Primavera con una esquina rota

304
34

Mario Benedetti

Primavera con una esquina rota

EDITORIAL NUEVA IMAGEN

méxico * caracas * buenos aires

Primera edición, 1982
Tercera edición, 1983

Portada: *Alberto Diez*

© 1982, Editorial Nueva Imagen, S.A.
Escollo 316, México 01710, D.F.
Apartado Postal 600, México 06000, D.F.

Impreso en México

ISBN 968-429-338-0

A la memoria
de mi padre
(1897-1971)
que fue químico
y buena gente

Se soubesse que amanhã morria
E a primavera era depois de amanhã,
Morreria contente, porque ela era depois de amanhã.

FERNANDO PESSOA

Almanaque caduco, espejo roto

RAÚL GONZÁLEZ TUÑÓN

Índice

Intramuros

(Esta noche estoy solo)

Esta noche estoy solo. Mi compañero (algún día sabrás el nombre) está en la enfermería. Es buena gente, pero de vez en cuando no viene mal estar solo. Puedo reflexionar mejor. No necesito armar un biombo para pensar en vos. Dirás que cuatro años, cinco meses y catorce días son demasiado tiempo para reflexionar. Y es cierto. Pero no son demasiado tiempo para pensar en vos. Aprovecho para escribirte porque hay luna. Y la luna siempre me tranquiliza, es como un bálsamo. Además ilumina, así sea precariamente, el papel, y esto tiene su importancia porque a esta hora no tenemos luz eléctrica. En los dos primeros años ni siquiera tenía luna, así que no me quejo. Siempre hay alguien que está peor, como concluía Esopo. Y hasta peorísimo, como concluyo yo.

Es curioso. Cuando uno está afuera e imagina que, por una razón o por otra, puede pasar varios años entre cuatro paredes, piensa que no aguantaría, que eso sería sencillamente insoportable. No obstante, es soportable, ya se ve. Al menos yo lo he soportado. No niego haber pasado momentos de desesperación, además de aquellos en que la desesperación incluye sufrimiento físico. Pero ahora me refiero a la desesperación pura, cuando

13

uno empieza a calcular, y el resultado es esta jornada de clausura, multiplicada por miles de días. No obstante, el cuerpo es más adaptable que el ánimo. El cuerpo es el primero que se acostumbra a los nuevos horarios, a sus nuevas posturas, al nuevo ritmo de sus necesidades, a sus nuevos cansancios, a sus nuevos descansos, a su nuevo hacer y a su nuevo no hacer. Si tenés un compañero, lo podés medir al principio como a un intruso. Pero de a poco se va convirtiendo en interlocutor. El de ahora es el octavo. Creo que con todos me he llevado bastante bien. Lo bravo es cuando las desesperaciones no coinciden, y el otro te contagia la suya, o vos le contagiás la tuya. O también puede ocurrir que uno de los dos se oponga resueltamente al contagio y esa resistencia origine un choque verbal, un enfrentamiento, y en esos casos justamente la condición de clausura ayuda poco, más bien exacerba los ánimos, le hace a uno (y al otro) pronunciar agravios, y, algunas veces, hasta decir cosas irreparables que enseguida agudizan su significado por el mero hecho de que la presencia del otro es obligatoria y por tanto inevitable. Y si la situación se pone tan dura que los dos ocupantes del lugarcito no se dirijan la palabra, entonces tal compañía, embarazosa y tensa, lo deteriora a uno mucho más, y más rápidamente, que una soledad total. Por suerte, en este ya largo historial, tuve un solo capítulo de ese estilo, y duró poco. Estábamos tan podridos de ese silencio a dos voces, que una tarde nos miramos y casi simultáneamente empezamos a hablar. Después fue fácil.

Hace aproximadamente dos meses que no tengo noticias tuyas. No te pregunto qué pasa porque sé lo que pasa. Y lo que no. Dicen que dentro de una semana todo se regularizará otra vez. Ojalá. No sabés lo importante que es una carta para cualquiera de nosotros.

14

Cuando hay recreo y salimos, de inmediato se sabe quiénes recibieron cartas y quiénes no. Hay una extraña iluminación en los rostros de los primeros, aunque muchas veces traten de ocultar su alegría para no entristecer más a los que no tuvieron esa suerte. En estas últimas semanas, por razones obvias, todos estábamos con caras largas, y eso tampoco es bueno. De modo que no tengo respuesta a ninguna pregunta tuya, sencillamente porque carezco de tus preguntas. Pero yo sí tengo preguntas. No las que vos ya sabés sin necesidad de que te las haga, y que, dicho sea de paso, no me gusta hacerte para no tentarte a que alguna vez (en broma, o lo que sería muchísimo más grave, en serio) me digas: "Ya no". Simplemente quería preguntarte por el Viejo. Hace mucho que no me escribe. Y en este caso tengo la impresión de que no hay ninguna otra causa para la no recepción de cartas. Sólo que hace mucho que no me escribe. Y no sé por qué. Repaso a veces (sólo mentalmente, claro) lo que recuerdo haberle escrito en algunos de mis breves mensajes, pero no creo que haya habido en ellos nada que lo hiriera. ¿Lo ves a menudo? Otra pregunta: ¿cómo le va a Beatriz en la escuela? En su última cartita me pareció notar cierta ambigüedad en sus datos. ¿Te das cuenta de que te extraño? Pese a mi capacidad de adaptación, que no es poca, ésta es una de las faltas a las que ni mi ánimo ni mi cuerpo se han acostumbrado. Al menos, hasta hoy. ¿Llegaré a habituarme? No lo creo. ¿Vos te habituaste?

Heridos y contusos

(Hechos políticos)

—Graciela —dijo la niña, con un vaso en la mano—. ¿Querés limonada?

Vestía una blusa blanca, pantalones vaqueros, sandalias. Los cabellos negros, largos aunque no demasiado, sujetos en la nuca con una cinta amarilla. La piel muy blanca. Nueve años; diez, quizá.

—Ya te he dicho que no me llames Graciela.

—¿Por qué? ¿No es tu nombre?

—Claro que es mi nombre. Pero prefiero que me digas mamá.

—Está bien, pero no entiendo. Vos no me decís hija, sino Beatriz.

—Es otra cosa.

—Bueno ¿querés limonada?

—Sí, gracias.

Graciela aparenta treinta y dos o treinta y cinco años, y tal vez los tenga. Lleva una pollera gris y una camisa roja. Pelo castaño, ojos grandes y expresivos. Labios cálidos, casi sin pintura. Mientras hablaba con su hija, se había quitado los anteojos, pero ahora se los coloca de nuevo para seguir leyendo.

Beatriz deja el vaso con limonada en una mesita que tiene dos ceniceros, y sale de la habitación. Pero al cabo de cinco minutos vuelve a entrar.

—Ayer en la clase me peleé con Lucila.

—Ah.

—¿No te interesa?

—Siempre te peleás con Lucila. Debe ser una forma que ustedes dos tienen de quererse. Porque son amigas ¿no?

—Somos.

—¿Y entonces?

—Otras veces nos peleamos casi como un juego, pero ayer fue en serio.

—Ah sí.

—Habló de papá.

Graciela se quita otra vez los anteojos. Ahora muestra interés. Bebe de una sola vez la limonada.

—Dijo que si papá está preso debe ser un delincuente.

—¿Y vos qué respondiste?

—Yo le dije que no. Que era un preso político. Pero después pensé que no sabía bien qué era eso. Siempre lo oigo, pero no sé bien qué es.

—¿Y por eso te peleaste?

—Por eso, y además porque me dijo que en su casa el padre dice que los exiliados políticos vienen a quitarle trabajo a la gente del país.

—¿Y vos qué respondiste?

—Ahí no supe qué decirle, y entonces le di un golpe.

—Así el papá podrá decir ahora que los hijos de los exiliados castigan a su nena.

—En realidad no fue un golpe, sino un golpecito. Pero ella reaccionó como si la hubiera lastimado.

Graciela se agacha para arreglarse una media, y quizá también para tomarse una tregua o reflexionar.

—Está mal que la hayas golpeado.

18

—Me imagino que sí. Pero ¿qué iba a hacer?

—También es cierto que su padre no debería decir esas cosas. Él sobre todo tendría que comprendernos mejor.

—¿Por qué *él* sobre todo?

—Porque es un hombre con cultura política.

—¿Vos sos una mujer con cultura política?

Graciela ríe, se afloja un poco, y le acaricia el pelo.

—Un poco sí. Pero me falta mucho.

—¿Te falta para qué?

—Para ser como tu padre, por ejemplo.

—¿Él está preso por culpa de su cultura política?

—No exactamente por eso. Más bien por hechos políticos.

—¿Querés decir que mató a alguien?

—No, Beatriz, no mató a nadie. Hay otros hechos políticos.

Beatriz se contiene. Parece a punto de llorar, y sin embargo está sonriendo.

—Andá, traeme más limonada.

—Sí, Graciela.

Don Rafael

(Derrota y derrotero)

Lo esencial es adaptarse. Ya sé que a esta edad es difícil. Casi imposible. Y sin embargo. Después de todo, mi exilio es mío. No todos tienen un exilio propio. A mí quisieron encajarme uno ajeno. Vano intento. Lo convertí en mío. ¿Cómo fue? Eso no importa. No es un secreto ni una revelación. Yo diría que hay que empezar a apoderarse de las calles. De las esquinas. Del cielo. De los cafés. Del sol, y lo que es más importante, de la sombra. Cuando uno llega a percibir que una calle no le es extranjera, sólo entonces la calle deja de mirarlo a uno como a un extraño. Y así con todo. Al principio yo andaba con un bastón, como quizá corresponda a mis sesenta y siete años. Pero no era cosa de la edad. Era una consecuencia del desaliento. *Allá*, siempre había hecho el mismo camino para volver a casa. Y *aquí* echaba eso de menos. La gente no comprende ese tipo de nostalgia. Creen que la nostalgia sólo tiene que ver con cielos y árboles y mujeres. A lo sumo, con militancia política. La patria, en fin. Pero yo siempre tuve nostalgias más grises, más opacas. Por ejemplo, ésa. El camino de vuelta a casa. Una tranquilidad, un sosiego, saber qué viene después de cada esquina, de cada farol, de cada quiosco. *Aquí*, en cambio, empecé a caminar y a sorprenderme. Y la sorpresa me fatigaba. Y por añadidura no llegaba a casa, sino a *la habitación*. Cansado de sorprenderme, eso sí. Tal vez por eso recurrí al bastón. Para aminorar tantas sorpresas. O quizá para que los compatriotas que iba encontrando, me dijeran: "Pero, don Rafael, usted *allá* no usaba bastón", y yo pudiera contestarles: "Bueno, tampoco vos usabas guayabera". Sorpresa por sorpresa. Uno de esos asombros fue una tienda con máscaras, de colores un poco abusivos, hipnotizantes. No podía habituarme a las máscaras, aunque siempre fueran las mismas. Pero junto con la recurrencia de las máscaras, se repetía también mi deseo, o quizá mi expectativa, de que las máscaras cambiaran, y diariamente me asombraba encontrar las mismas. Y entonces el bastón me ayudaba. ¿Por qué? ¿Para qué? Bueno, para apoyarme cuando me asaltaba esa modesta decepción de todas las tardes, quiero decir cuando comprobaba que las máscaras no habían cambiado. Y debo reconocer que mi expectativa no era tan absurda. Porque la máscara no es un rostro. Es un artificio ¿no? Un rostro cambia sólo por accidente. Quiero decir en su estructura; no en su expresión, que ésta sí es variable. En cambio, una máscara puede cambiar por miles de motivos. Digamos: por ensayo, por experimentación, por ajuste, por mejoría, por deterioro, por sustitución. Sólo a los tres meses comprendí que no podía esperar nada de las máscaras. No iban a cambiar esas empecinadas, esas tozudas. Y empecé a fijarme en los rostros. Al fin de cuentas, fue un buen cambio. Los rostros no se repetían. Venían hacia mí, y dejé el bastón. Ya no tenía que apoyarme para soportar el estupor. Quizá cada rostro no cambiara con los días sino con los años, pero los que venían a mí (con excepción de una mendiga

huesuda y tímida) eran siempre nuevos. Y con ellos
venían todas las clases sociales, en autos impresionan-
tes, en autitos modestos, en autobuses, en sillas de
ruedas, o simplemente caminando. Ya no eché de menos el camino, montevideano y consabido, de vuelta a
casa. En la nueva ciudad había nuevos derroteros.
Derrotero viene de derrota, ya lo sé. Nuestra derrota
no será total, pero es derrota. Ya lo había comprendi-
do, pero lo confirmé plenamente cuando di la primera
clase. El alumno se puso de pie y pidió permiso para
preguntar. Y preguntó: "Maestro, ¿por qué razón su
país, una asentada democracia liberal, pasó tan rápidamente a ser una dictadura militar?" Le pedí que no
me llamara maestro. No es nuestra costumbre, pero se
lo pedí solamente para organizar la respuesta. Le dije
lo consabido: que el proceso empezó mucho antes, no
en la calma sino en el subsuelo de la calma. Y fui ano-
tando en el pizarrón los varios rubros, los períodos, las
caracterizaciones, los corolarios. El muchacho asintió.
Y yo leí en sus ojos comprensivos toda la dimensión de
mi derrota, de mi derrotero. Y desde entonces regreso
cada tarde por una ruta distinta. Por otra parte, ahora
ya no vuelvo a *una habitación*. Tampoco es una casa.
Es simplemente un apartamento, o sea un simulacro de
casa: una habitación con agregados. Pero la nueva
ciudad me gusta ¿por qué no? Su gente —menos mal—
tiene defectos. Y es muy entretenido especializarme en
ellos. Las virtudes —por supuesto también las
poseen— generalmente aburren. Los defectos, no. La
cursilería, por ejemplo, es una zona prodigiosa, en la
que nunca acabo de especializarme. Mi bastón, sin ir
más lejos, era un amago de cursilería, y sin embargo
tuve que abandonarlo. Cuando me siento cursi, me
desprecio un poquito, y eso es malísimo. Porque nunca

es bueno despreciarse, a menos que existan fundadas razones, que no es mi caso.

Exilios

(Caballo verde)

Seis meses antes había resbalado en un encerado piso de hotel, en otra ciudad, golpeándose violentamente la cabeza contra el suelo. Como consecuencia de esa caída se le había desprendido la retina y ahora lo habían operado. Por indicación médica debía permanecer quince días acostado, con los dos ojos vendados, o sea que durante ese lapso dependía totalmente de su mujer. Cada setenta y dos horas venía el cirujano, destapaba el ojo operado, comprobaba que todo iba bien, y volvía a taparlo. Era aconsejable que, al menos durante la primera semana, no recibiera visitas, a fin de garantizar la quietud total. Pero sí podía escuchar la radio y el grabador à casete. Y por supuesto atender el teléfono.

Las noticias de radio no sólo no eran aburridas, como en las buenas épocas, sino que a veces eran incluso escalofriantes, ya que en enero de 1975 solían aparecer diez o doce cadáveres diarios en los basurales porteños. Entre noticiero y noticiero, se entretenía escuchando casettes de Chico Buarque, de Viglietti, de Nacha Guevara, de Silvio Rodríguez, y también La trucha de Schubert y algún cuarteto de Beethoven.

Otra diversión era proponerse imágenes, y ésa había

25

pasado a convertirse en la más fascinante de sus actividades pasivas, ya que sin duda incluía un elemento creador, al fin de cuentas más original que el simple y textual registro por la vista de las imágenes que la realidad iba proporcionando. Ahora no. Ahora era él quien inventaba y reclutaba esa realidad, y ésta aparecía con todos sus rasgos y colores en el muro interior de sus ojos cerrados.

El juego era estimulante. Pensar por ejemplo: ahora voy a crear un caballo verde bajo la lluvia, y que apareciera en el envés de sus párpados inmóviles. No se atrevía a ordenar que el caballo trotara o galopara, porque la instrucción del médico era que las pupilas no se movieran, y no tenía bien claro en su reciente descubrimiento si la pupila clausurada iba a sentir o no la tentación de seguir el galope del caballo verde. Pero en cambio se tomaba todas las libertades para concebir cuadros inmóviles. Digamos: tres niños (dos rubios y un negrito, como en la publicidad de los grandes monopolios norteamericanos), el primero con un monopatín, el segundo con un gato y el tercero con un balero. O también, por qué no, una muchacha desnuda, cuyas medidas elige cuidadosamente antes de concretar su imagen. O una amplia panorámica de una playa montevideana, con una zona de sombrillas de colores muy vivos, y otra en cambio casi desierta, con un viejo, barbudo y en shorts, acompañado de un perro que contempla al amo en estado de rígida lealtad.

Entonces sonó el teléfono y resultó muy fácil estirar la mano. Era una buena amiga, que por supuesto sabía de la operación pero que no preguntó cómo seguía ni si todo iba bien. También sabía que el apartamento de Las Heras y Pueyrredón no daba a la calle; apenas si por una ventanita del cuarto de baño se veían tres o cuatro metros de la plaza. Sin embargo dijo: "Te llamo nada más que para que te asomes al balcón y veas qué lindo desfile militar hay frente a tu casa". Y colgó. Entonces él le dijo a su mujer que mirara por la ventanita del baño. Lo previsible: una operación rastrillo.

"Hay que quemar algunas cosas", dijo él, y se imaginó la mirada preocupada de su mujer. Y a pesar de la urgencia trató de tranquilizarla a medias: "No hay nada clandestino, pero si entran aquí y encuentran cosas que se adquieren en cualquier quiosco, como los relatos del Che o la Segunda Declaración de La Habana, (no digo Fanon o Gramsci o Lukacs, porque no saben quiénes son), o algunos números de la revista Militancia o del diario Noticias, eso basta para que tengamos problemas".

Ella fue quemando libros y periódicos, mientras echaba esporádicas miradas al pedacito de plaza. Hubo que abrir otras ventanas (las que daban al jardín del fondo que separaba los dos bloques) para que se despejaran el humo y el olor a quemado. Así durante veinte minutos. Él trataba de orientarla: "Mirá, en el segundo estante, el cuarto y quinto libro a la izquierda, ahí está Estética y marxismo, en dos tomos. ¿Lo ves? Bueno, en el estante de abajo, están Relatos de la guerra revolucionaria y El Estado y la Revolución".

Ella le preguntó si también había que quemar El cine socialista y Marx y Picasso. Él dijo que quemara primero los otros. Éstos eran más defendibles. "No eches las cenizas por el ducto de la basura. Tratá de usar el water." El humo lo hizo toser un poco. "¿No te hará mal a los ojos?" "Puede ser. Pero hay que elegir el mal menor. Además, creo que no. Los tengo bien tapados."

Volvió a sonar el teléfono. La amiga otra vez: "¿Qué tal? ¿Te gustó el desfile? Lástima que terminó tan

27

pronto ¿no?" "Sí", dijo él, respirando hondo, "fue magnífico. Qué disciplina, qué color, qué elegancia. Desde que era un botija, me fascinan los desfiles de soldaditos. Gracias por avisarme".

"Bueno, no quemes más. Al menos por hoy. Ya se fueron." Ella también respiró, recogió con la pala las últimas cenizas, las echó en el water, tiró la cadena, vigiló si eran arrastradas por el agua, se lavó las manos, y vino a sentarse, ya aflojada, cerca de la cama. Él alcanzó a tomarle una mano. "Mañana quemamos el resto", dijo ella, "pero con calma". "Me da lástima. Son textos que a veces necesito".

Entonces trató de pensar en el caballo verde bajo la lluvia. Pero no supo bien por qué, ahora el caballo era negro retinto y lo montaba un robusto jinete que llevaba quepis pero no tenía rostro. Al menos él no conseguía distinguirlo en el muro interior de sus párpados.

Beatriz

(Las estaciones)

Las estaciones son por lo menos invierno, primavera y verano. El invierno es famoso por las bufandas y la nieve. Cuando los viejecitos y las viejecitas tiemblan en invierno se dice que tiritan. Yo no tirito porque soy niña y no viejecita y además porque me siento cerca de la estufa. En el invierno de los libros y las películas hay trineos, pero aquí no. Aquí tampoco hay nieve. Qué aburrido es el invierno aquí. Sin embargo hay un viento grandioso que se siente sobre todo en las orejas. Mi abuelo Rafael dice a veces que se va a retirar a sus cuarteles de invierno. Yo no sé por qué no se retira a cuarteles de verano. Tengo la impresión de que en los otros va a tiritar porque es bastante anciano. Jamás hay que decir viejo sino anciano. Un niño de mi clase dice que su abuela es una vieja de mierda. Yo le enseñé que en todo caso debe decir anciana de mierda.

Otra estación importante es la primavera. A mi mamá no le gusta la primavera porque fue en esa estación que aprehendieron a mi papá. Aprendieron sin hache es como ir a la escuela. Pero con hache es como ir a la policía. A mi papá lo aprehendieron con hache y como era primavera estaba con un pulover verde. En la primavera también pasan cosas lindas como cuando mi

29

amigo Arnoldo me presta el monopatín. Él también me
lo prestaría en invierno pero Graciela no me deja porque dice que soy propensa y me voy a resfriar. En mi
clase no hay ningún otro propenso. Graciela es mi mami. Otra cosa buenísima que tiene la primavera son las
flores.

El verano es la campeona de las estaciones porque
hay sol y sin embargo no hay clases. En el verano las
únicas que tiritan son las estrellas. En el verano todos
los seres humanos sudan. El sudor es una cosa más bien
húmeda. Cuando una suda en invierno es que tiene por
ejemplo bronquitis. En el verano a mí me suda la frente. En el verano los prófugos van a la playa porque en
traje de baño nadie los reconoce. En la playa yo no tengo miedo de los prófugos pero sí de los perros y de las
olas. Mi amiga Teresita no tenía miedo de las olas, era
muy valiente y una vez casi se ahogó. Un señor no tuvo
más remedio que salvarla y ahora ella también tiene
miedo de las olas pero todavía no tiene miedo de los
perros.

Graciela, es decir mi mami, porfía y porfía que hay
una cuarta estación llamada elotoño. Yo le digo que
puede ser pero nunca la he visto. Graciela dice que en
elotoño hay gran abundancia de hojas secas. Siempre
es bueno que haya gran abundancia de algo aunque sea
en elotoño. El elotoño es la más misteriosa de las estaciones porque no hace ni frío ni calor y entonces uno no
sabe qué ropa ponerse. Debe ser por eso que yo nunca
sé cuándo estoy en elotoño. Si no hace frío pienso que
es verano y si no hace calor pienso que es invierno. Y
resulta que era elotoño. Yo tengo ropa para invierno,
verano y primavera, pero me parece que no me va a
servir para elotoño. Donde está mi papá llegó justo
ahora elotoño y él me escribió que está muy contento

30

porque las hojas secas pasan entre los barrotes y él se imagina que son cartitas mías.

Intramuros

(¿Cómo andan tus fantasmas?)

Hoy estuve mirando detenidamente las manchas de la pared. Es una costumbre que viene de mi infancia. Primero imaginaba rostros, animales, objetos, a partir de esas manchas; luego, fabricaba miedos y hasta pánicos en relación con ellas. De modo que ahora es bueno convertirlas en cosas o caras y no sentir temor. Pero también me provoca un poco de nostalgia aquella edad lejana en que el máximo miedo era provocado por manchas fantasmales que uno mismo creaba. Los motivos adultos, o quizá las excusas adultas de los miedos que vienen después, no son fantasmales sino insoportablemente reales. Sin embargo, a veces les agregamos fantasmas de nuestra cosecha ¿no te parece? A propósito, ¿cómo andan tus fantasmas? Dales proteínas, no sea que se debiliten. No es buena una vida sin fantasmas, una vida cuyas presencias sean todas de carne y hueso. Pero vuelvo a las manchas. Mi compañero leía, muy enfrascado en su Pedro Páramo, pero igual lo interrumpí para preguntarle si alguna vez se había fijado en una mancha, probablemente de humedad, que estaba cerca de la puerta. "No especialmente, pero ahora que me lo decís, veo que es cierto, hay una mancha. ¿Por qué?" Puso cara de asombro, pero también de curiosidad. Tenés que comprender que cuando se está aquí, *todo* puede llegar a ser interesante. Ni te digo lo que significa que de pronto distingamos un pájaro entre los barrotes, o (como me sucedió en una celda anterior) que un ratoncito se convierta en un interlocutor válido para la hora del ángelus, o la hora del demonius como glosaba Sonia ¿te acordás? Bueno, a mi compañero le dije que le preguntaba porque me interesaba saber si él reconocía alguna figura (humana, animal o simplemente inanimada) en esa mancha. Él la miró un rato fijamente, y luego dijo: "El perfil de De Gaulle". Qué bárbaro. A mí en cambio me traía el recuerdo de un paraguas. Se lo dije y se estuvo riendo como diez minutos. Ésta es otra cosa buena cuando se está aquí: reírse. No sé, si uno se ríe verdaderamente con ganas, parece como si de pronto se te reacomodaran las vísceras, como si de pronto hubiera razones para el optimismo, como si todo esto tuviera un sentido. Uno tendría que automedicarse la risa como un tratamiento de profilaxis sicológica, pero el problema, como te imaginarás, es que no abundan los motivos de risa. Por ejemplo: cuando me hago cargo del tiempo que hace que no los veo: a vos, a Beatriz, al viejo. Y sobre todo cuando pienso en el tiempo que acaso transcurra antes de que los vuelva a ver. Cuando mido ese valor del tiempo, no es como para reír. Creo que tampoco para llorar. Yo, al menos, no lloro. Pero no me enorgullezco de ese estreñimiento emocional. Sé de mucha gente que aquí de pronto suelta el trapo y llora inconsolablemente durante media hora, y luego emerge de ese pozo en mejores condiciones y con mejor ánimo. Como si el desahogo les sirviera de ajuste. De manera que a veces lamento no haber adquirido ese hábito. Pero quizá tenga miedo de que si me aflojo, mi resultado personal no sea el ajuste

34

sino el desajuste. Y ya tengo, desde siempre, suficientes tornillitos a medio aflojar como para arriesgarme a un descalabro mayor. Además, para serte estrictamente franco, no es que no llore por miedo a aflojarme, sino sencillamente porque no tengo ganas de llorar, o sea que no me viene el llanto. Esto no quiere decir que no padezca angustias, ansiedades, y otros pasatiempos. Sería anormal si, en estas condiciones, no los padeciera. Pero cada uno tiene su estilo. El mío es tratar de sobreponerme a esas minicrisis por la vía del razonamiento. La mayoría de las veces lo logro, pero en cambio otras veces no hay razonamiento que valga. Destrozando un poco al clásico (¿quién era?) te diría que a veces hay corazonadas de la razón que el corazón no entiende. Contame de vos, de lo que hacés, de lo que pensás, de lo que sentís. Cómo me gustaría haber caminado alguna vez por las calles que ahora recorrés, para que tuviéramos algo en común allí también. Es el inconveniente de haber viajado poco. Vos misma, de no haberse dado esta inesperada suma de circunstancias, es posible que nunca hubieras viajado a esa ciudad, a ese país. Quizá, si todo hubiera seguido el curso normal (¿normal?) de nuestras vidas, de nuestro matrimonio, de nuestros proyectos de hace sólo siete años, habríamos algún día reunido lo suficiente como para hacer un viaje mayor (no digo los viajecitos menores a Buenos Aires, Asunción o Santiago, ¿remember?), pero seguramente el destino habría sido Europa. París, Madrid, Roma, quizá Londres. Qué lejano parece todo. Este terremoto nos trajo a tierra, a esta tierra. Y ahora, ya ves, si tenés que salir lo hacés a otro país de América. Y es lógico. E incluso los que hoy, por distintas razones, están en Estocolmo o París o Brescia o Amsterdam o Barcelona, querrían seguramente estar

35

en alguna ciudad de las nuestras. Después de todo, yo también quedé fuera del país. Yo también añoro lo que vos añorás. El exilio (interior, exterior) será una palabra clave de este decenio. Sabés, es probable que alguien tache esta frase. Pero quien lo haga debería pensar que acaso él también sea, de alguna extraña manera, un exiliado del país real. Si la frase sobrevivió, te habrás dado cuenta de cuán comprensivo estoy. Yo mismo me asombro. Es la vida, muchacha, es la vida. Si no sobrevivió, no te preocupes. No era importante. Date besos y besos, de mi parte.

El otro

(Testigo solito)

Puta qué ojeras, dijo y se dijo Rolando Asuero ante el espejo y su herrumbre. Me las merezco por tanto trago, agregó, tratando de que los ojos se le pusieran enormes pero sólo consiguiendo una expresión que definitivamente le pareció de orate. Oratungán, pronunció lentamente y tuvo que sonreírse a pesar de la goma. Así llamaba *in illo tempore* Silvio a los milicos, cuando se reunían en el ranchito del Balneario Solís, un poco antes de que el futuro se pusiera decididamente malsano. Ni siquiera son gorilas, diagnosticaba. Apenitas orangutanes, y además orates. Resumiendo: oratunganes.

Se habían juntado los cuatro: Silvio, Manolo, Santiago y él, en la última vacación de que disfrutaron. También estaban las mujeres, las esposas bah. En realidad tres: María del Carmen, la Tita y Graciela, porque él, Rolando Asuero, siempre fue un soltero profesional y nunca quiso entreverar sus programitas ocasionales con los demasiado estables amores de sus amigos. Pero las mujeres siempre tenían chismes y modas y horóscopos y recetas de cocina, al menos en aquella época, y tal vez por eso ellos casi siempre hacían rancho aparte para arreglar el mundo. Y casi casi lo arreglaban. Silvio, por ejemplo, era buenísimo pero ingenuote. Nunca sería capaz de empuñar un bufoso, aseguraba, y sin embargo después lo empuñó, y también lo empuñaron contra él y por eso está ahora en el Buceo, para más datos en el panteón propiedad de sus suegros, que siguen teniendo guita aunque estén tristes. Y la gordita María del Carmen, en Barcelona, con dos botijas, vendiendo cacharritos en las Ramblas o donde ahora los hayan arrinconado. Manolo era cáustico, incisivo y mordaz, tres palabras contiguas que en él no eran precisamente sinónimos. Más bien trincheras de su timidez. La prueba era que con ellos nunca se excedía, siempre acababa siendo suave y comprensivo. *Funyi, lengue y alpargatas/y una mirada sin fin.* Con excepción del funyi, aquel tango podía ser su estampa. Santiago era el traga, por supuesto, pero sobre todo era buena gente. Sabía de botánica y marxismo y filatelia y poesía de vanguardia y además era un fichero vivo de historia del fútbol. Y no sólo el gol de Piendibeni al divino Zamora, o el ¡tuya Héctor! de la gesta olímpica. Eso ya era parte del folklore. Santiago tenía además en la repleta memoria todo el *record*, partido a partido, de la pareja Nazassi/Domingos (era bolsilludo hasta los caracuses) o el último taponazo de Perucho Petrone, ya en la época en que de cada diez tiros al arco, ocho iban directo al azul firmamento pero los otros dos servían milagrosamente para aumentar el *score*; y también, a fin de que vieran que no era sectario, contaba cómo el flaco Schiaffino era un genio aun sin la globa, que eso es lo más difícil en el rubro concertación, y el respeto que siempre le había inspirado cierto aconcagua llamado Obdulio, que se hacía obedecer, y esto no era verdurita, hasta por el mono Gambetta.

Y ahora puta qué ojeras, dice y se dice Rolando Asuero ante el espejo de tres herrumbres, *me hice a las*

38

penas, bebí mis años. La verdad es que se hizo a las penas, pero bebió otra cosa. He aquí el arcano, piensa en difícil. ¿Por qué de vez en cuando, digamos una vez al mes, se agarra una tranca de órdago, y en cambio, entre papalina y papalina, se mantiene sobrio y casi abstemio? Casi, porque de vez en cuando un clarete (o *rosé*, como suelen decir quienes padecen una penetración cultural cartesiana) bueno, un clarete es casi un cóctel de aleluya con testosterona. Será que la saudade depende de las lunas, algo así como la regla de las minas. Bueno, no sólo de las minas, también de las once mil vírgenes y de madre hay una sola, qué desproporción ¿no? Después de todo, más vale ser borracho conocido que alcohólico anónimo. ¿Quién habrá parido esa sapiencia? La verdad es que los alcohólicos anónimos siempre le dieron en las pelotas. Uno se encurda o no se encurda, de acuerdo a su propia exigencia o mufa o necesidad o morriña o despiporre y no de acuerdo a la rigidez de los inmaculados o a la coacción del puritanaje. Linda banana el puritanaje, piensa Rolando Asuero haciéndose una morisqueta. Y se detiene con fruición en el botón de muestra al norte del río Bravo. Linda banana. Campaña moralista contra el martini o el *bourbon* de cada crepúsculo, pero en pro del napalm de cada aurora.

Ah si pudiera echarle al imperialismo la culpa de estas ojeras. Pero no. *Testigo solito la luz del candil.* No necesita terapia colectiva ni individual. Jodido el exilio ¿no? Incluso el pobre analista las pasó mal. Allá se negó a proporcionar las fichas de sus pacientes subversivos y menos aún las de los subversivos impacientes. Y claro, las pasó mal. La cana tiene su propia terapia, no admite competidores. *Testigo solito.* Silvio muerto, Manolo en Gotemburgo, Santiago en el Penal. Y María del

Carmen, viuda de represión, vendiendo cacharritos. Y la Tita, separada de Manolo, juntada ahora con un gurí muy serio (voy a "acompañerarme" con el Sardina Estévez, le había escrito hacía un año), nada menos que en Lisboa. Y Graciela aquí, desajustada y linda, con la Beatricita de Santiago y laburando de secretaria. ¿Y él? Puta qué ojeras.

La gente de este bendito y maldito país es realmente piola. A él, a qué negarlo, le gustan estos sonrientes, sobre todo ellas. Pero hay días y noches en que no le gustan tanto. Son los días y noches en que echa de menos el sobrentendido. Días y noches en que tiene que explicarlo todo y escucharlo todo. Una de las módicas ventajas de hacer el amor con una compatriota es que si en un instante determinado (esa hora cero que siempre suena después de las urgencias, el entusiasmo y el vaivén) uno no está para muchas locuacidades, puede pronunciar o escuchar un lacónico monosílabo y esa palabrita se llena de sobrentendidos, de significados implícitos, de imágenes en común, de pretéritos compartidos, vaya uno a saber. No hay nada que explicar ni que le expliquen. No es necesario llorar la milonga. Las manos pueden andar solas, sin palabras, las manos pueden ser elocuentísimas. Los monosílabos también, pero sólo cuando remolcan su convoy de sobrentendidos. Hay que ver todos los idiomas que caben en un solo idioma, dice y se dice Rolando Asuero, enfrentado a su propia imagen, y agrega, repetitivo y sombrío: puta qué ojeras.

Exilios

(Invitación cordial)

Más o menos a las 6 p.m. del viernes 22 de agosto de 1975, estaba leyendo, sin ninguna preocupación a la vista, en el apartamento que alquilaba en la calle Shell, de Miraflores, Lima, cuando abajo alguien tocó el timbre y preguntó por el señor Mario Orlando Benedetti. Eso ya me olió mal, pues el segundo nombre sólo figura en mi documentación y nadie entre mis amigos me llama así.

Bajé, y un tipo de civil me mostró su carnet de la PIP, y dijo que quería hacerme algunas preguntas sobre mis papeles. Subimos y entonces me dijo que les había llegado la denuncia de que mi visa estaba vencida. Traje el pasaporte y le mostré que había sido renovada en tiempo. "De todos modos va a tener que acompañarme, porque el Jefe quiere hablar con usted". "En media hora estará de vuelta", agregó. Y ante esa imprudente aseveración tuve la casi seguridad de que iba a ser deportado. Ese lenguaje críptico lo usan todas las represiones del mundo.

Durante el corto viaje a la Central de Policía, fue criticando al gobierno, tendiéndome, con torpeza digna de peor causa, ingenuas celadas para que yo mordiera el anzuelo y también criticara a la Revolución pe-

41

ruana. Mis elogios fueron cautos, pero concretos.

Una vez en la Central me hicieron esperar media hora, y luego me recibió un inspector. Me volvió a decir lo del documento con visa vencida, y otra vez mostré el pasaporte. Entonces me dijo que yo estaba cobrando haberes, algo que está prohibido cuando se tiene visa turística. Le dije que mi caso tenía cierta peculiaridad, ya que, con plena autorización de los ministerios de Relaciones Exteriores y de Trabajo, el diario Expreso había firmado contrato por mis labores periodísticas y que dicho contrato estaba actualmente en el Ministerio de Trabajo, y que de ese trámite tenían conocimiento en el Ministerio de Relaciones, al más alto nivel. El señor quedó un poco desconcertado con el alto nivel, pero entonces otro funcionario, seguramente de superior jerarquía, le dijo desde otra mesa y en voz alta: "¡No le plantees más objeciones! Él siempre te las va a destruir con razones valederas. Tienes que ir al grano". Y dirigiéndose a mí: "¡El gobierno peruano quiere que se vaya!" Mi pregunta lógica: "¿Se puede saber por qué?" "¡No! Tampoco nosotros sabemos la razón. El ministro nos manda la orden y nosotros cumplimos". "¿Qué tiempo tengo?" "Si fuera posible, diez minutos. Como no va a ser posible, porque no hay medio de que se vaya tan pronto, le diré que se irá en la primera oportunidad en que ello sea posible: una, dos horas". "¿Puedo elegir a dónde voy?" "¿A dónde quisiera ir? Tenga en cuenta que nosotros no le vamos a pagar el pasaje". "Como en Argentina he sido amenazado de muerte por las AAA, y como en Cuba trabajé en otra época durante dos años y medio y tengo allí posibilidad de trabajo, quiero saber si se me permite ir a Cuba". "No. Hoy no hay avión a Cuba, y usted tiene que irse lo antes posible". "Bueno, entonces dígame cuáles son mis opciones reales". "Son éstas: o lo dejamos por vía terrestre en la frontera ecuatoriana, o utiliza su pasaje aéreo de vuelta a Buenos Aires".

Pensé rápidamente, y no me sedujo la idea de que un camión militar me dejara, en la madrugada, en la frontera de un país que entonces no conocía, de modo que dije: "Buenos Aires. En Ecuador no he estado nunca". Tuve que firmar una declaración en la que me preguntaban cómo cobraba mis gajes en Expreso. Dije que en la Caja, y allí volví a dejar constancia del contrato, del trámite en el Ministerio de Trabajo, etc.

Volvimos al apartamento. Al principio me dieron un cuarto de hora, después una hora, y a medida que hacían llamadas telefónicas y no conseguían sitio en ningún vuelo a Buenos Aires, fui teniendo más tiempo, pero sólo me permitieron llevar una valija, así que tuve que dejar muchas cosas.

El inspector me dijo entonces (a esa altura ya me trataban con mejores modos) que mi caso no era de expulsión ni de deportación y que por lo tanto no se me pondría en el pasaporte el sello deportado. Para la deportación —me explicó— se necesitaba un decreto supremo, que no había tenido lugar en este caso. Por eso era tan sólo "una cordial invitación a que me fuera de inmediato". Le pregunté qué podía pasar si no aceptaba la invitación. "Ah, entonces igual se tendría que ir". Le dije que en mi país decimos, ante un caso así: "Me cago en la diferencia".

Pedí que me dejaran telefonear a alguien de Lima. No me lo permitieron. Estaba incomunicado. En cambio, consintieron que hiciera llamadas de larga distancia. Por lo tanto telefoneé a mi hermano en Montevideo, para que le avisara a mi mujer que fuera a encontrarse conmigo en Buenos Aires. También traté de llamar a dos o tres personas en Buenos Aires, pero no conseguí comunicación. Mi preocupación era lograr que me esperara alguien en Ezeiza. Les pedí que por lo menos me dejaran hablar con la dueña del apartamento. Me dijeron que podía llamarla siempre que le informara que, de súbito, había decidido irme del Perú y que en consecuencia le dejaba el apartamento. Les dije que una llamada así yo no la hacía, ya que esa persona había tenido conmigo un trato muy correcto. Les sugerí que la llamaran ellos. Dijeron que no.

Al cabo de unos minutos el inspector me preguntó qué condición ponía yo para hablarle a la dueña. Dije que le hablaría si podía decirle que me estaban echando. Aceptó por fin. Así que telefoneé a la señora a las tres de la madrugada. La pobre casi se desmaya. "¡Ay, señor, que le hagan eso a un caballero como usted!" Le expliqué que le dejaría un inventario de las cosas que quedaban en el apartamento y eran mías, y que más tarde le haría llegar alguna indicación sobre el destino de las mismas.

Los tipos a esa altura ya estaban tan suaves que me pidieron un poster que yo tenía en la pared con una de mis canciones, y otro me pidió que le regalara uno de mis libros. "¿No cree que lo pueda comprometer?", le pregunté. "Esperemos que no", dijo sin demasiada seguridad.

Como a esa altura de la noche hacía bastante frío, dos de los hombres (eran cuatro en total) le pidieron permiso al jefe para ir a buscar sendas chompas. Él accedió. Seguí arreglando mi maleta bajo la mirada vigilante de mis custodias. De pronto noté que ambos se habían dormido. Roncaban tan apaciblemente que me quité los zapatos para que mis pasos sobre la moquette no turbaran su sueño. Tuve una hora y media para arreglar mucho mejor la maleta, y el ducto del incinerador de basura tuvo bastante trabajo.

Al cabo de esa hora y media, me puse nuevamente los zapatos y sacudí discretamente al inspector: "Perdone que lo despierte, pero si soy tan subversivo como para que me echen del país, por favor no se duerman y vigílenme". El inspector me explicó que lo que pasaba era que estaban trabajando desde temprano y estaban muy cansados. Dije que comprendía, pero que yo no tenía la culpa.

A las cuatro y media salimos los cinco (los otros dos habían regresado con sus chompas) en un auto grande y negro. Pasamos por lo de la dueña. Le dieron las llaves y el inventario. Ese viaje fue mi único motivo real de preocupación, ya que me llevaron por una ruta que no era la habitual. Totalmente oscura, entre baldíos, sólo iluminada por los focos del auto. Demoramos mucho más que en un viaje corriente. Cuando distinguí a lo lejos la torre del aeropuerto, confieso que respiré un poco mejor. Ya en el aeropuerto, sólo pude salir en el vuelo de las 9 a.m. del sábado. Afortunadamente era de Aeroperú. Fracasaron en conseguirme sitio en uno de las ocho, que era de LAN.

En ningún momento me dieron nada de beber o comer. Estuve veinticuatro horas sin probar bocado. Creo que ello se debió sencillamente a que no tenían plata, ya que tampoco ellos comieron nada. Cuando el inspector me entregó los documentos junto a la escalerilla del avión, dijo: "Usted se va seguramente resentido con el gobierno, pero no tenga resentimiento con los peruanos". Y me estrechó la mano.

Heridos y contusos

(Uno o dos paisajes)

Graciela entró en el dormitorio, se quitó el abrigo liviano, se miró en el espejo del tocador, y frunció el ceño. Luego se quitó la blusa y la pollera, y se tiró en la cama. Dobló una pierna y luego la estiró todo lo que pudo. Entonces advirtió un punto corrido en la media. Se sentó, se quitó las medias y las fue revisando a ver si había otra corrida. Después hizo un montoncito con el par y lo puso sobre una silla. Se miró de nuevo en el espejo y se apretó las sienes con los dedos.

Por la ventana entraba todavía la luz penúltima de una tarde que había sido fresca y ventosa. Apartó uno de los visillos y miró hacia afuera. Frente al edificio B jugaban seis o siete niños. Reconoció a Beatriz, despeinada y agitada, pero en pleno disfrute. Graciela sonrió sin mucha convicción y se pasó la mano por el pelo.

Sonó el teléfono junto a la cama. Era Rolando. Ella se acostó de nuevo para hablar con más comodidad.

—Qué tarde desagradable ¿no? —dijo él.

—Bueno, no tanto. Me gusta el viento. No sé por qué, pero cuando camino contra el viento, parece que me borra cosas. Quiero decir: cosas que quiero borrar.

—¿Como cuáles?

47

—¿No lees la prensa vos? ¿No sabés que eso se llama intervención en los asuntos internos de otra nación?

—Está bien, república.

—Por lo menos, república amiga ¿no?

Ella pasó el tubo a la mano y el oído izquierdos, a fin de poder rascarse detrás de la otra oreja.

—¿Novedades? —preguntó él.

—Carta de Santiago.

—Ah, qué bien.

—Un poco enigmática.

—¿En qué sentido?

—Habla de manchas en las paredes y de figuras que imaginaba a partir de ellas cuando niño.

—A mí también me pasaba.

—A todo el mundo le pasa ¿o no?

—Realmente, ese tema puede no ser demasiado original, pero en cambio no me parece enigmático. ¿O querías que te mandara una proclama contra los milicos?

—No seas bobo. Simplemente me parece que antes se atrevía a más.

—Sí, claro, y acaso por esa osadía estuviste más de un mes sin recibir noticias.

—Ya averigüé. Fue una medida general, uno de tantos castigos colectivos.

—Para los cuales generalmente se basan en un pretexto tan pueril como ése: que alguien al escribir sobrepase, conscientemente o no, límites no establecidos pero reales.

Ella no respondió. Al cabo de unos segundos él habló otra vez.

—¿Cómo está Beatriz?

—Jugando afuera, con su pandilla.

—Me gusta. Es vital y saludable.

—Sí, bastante más que yo.

—No es tan así. Es cierto que la mayor vitalidad le viene de Santiago, pero también de vos.

—De Santiago sí.

—Y de vos también. Lo que pasa es que últimamente estás deprimida.

—Puede ser. La verdad es que no veo salidas. Y además mi trabajo me aburre soberanamente.

—Ya conseguirás otro que sea más estimulante. Por ahora, conformate.

—Ahora corresponde que me digas que tuve suerte.

—Tuviste suerte.

—También corresponde que me digas que no todos los exiliados del Cono Sur han conseguido una tarea tan bien remunerada con sólo seis horas de trabajo, y por añadidura con los sábados libres.

—No todos los exiliados del Cono Sur han conseguido una tarea tan bien remunerada, etcétera. ¿Puedo agregar que te lo merecés porque sos una secretaria eficacísima?

—Podés. Pero la eficacia es precisamente una de las razones de mi aburrimiento. Sería más entretenido que de vez en cuando me equivocara.

—No lo creo. Es posible que vos te aburras de la eficacia, pero en general los patrones y los gerentes se aburren mucho más y más pronto de la ineficacia.

De nuevo ella no contestó. Y otra vez fue él quien reinició el diálogo.

—¿Puedo hacerte una proposición?

—Si no es deshonesta.

—Digamos que es semihonesta.

—Entonces sólo la autorizo a medias. Venga.

—¿Querés ir al cine?

—No, Rolando.

—La película es buena.

—No lo dudo. Tengo confianza en tu gusto. Por lo menos en tu gusto cinematográfico.

—Y además te va a mover un poco las telarañas.

—Estoy conforme con mis telarañas.

—Más grave aún. Reitero el convite. ¿Querés ir al cine?

—No, Rolando. Te agradezco de veras. Pero estoy reventada. Si no tuviera que cocinar algo para Beatriz, te juro que me acostaría sin cenar.

—Tampoco es bueno. Cualquier cosa, antes que dejarse vencer por la rutina.

Graciela acomodó el tubo entre la mandíbula y el hombro. Evidentemente, tenía buena experiencia en ese gesto de secretaria profesional. Además, le dejaba las dos manos libres, en esta ocasión, para mirarse las uñas y repasarlas de a ratos con una limita.

—Rolando.

—Sí, te oigo.

—¿Alguna vez viajaste en un ferrocarril con otra persona, sentados frente a frente, cada uno en su ventanilla?

—Creo que sí. Ahora no recuerdo la ocasión precisa. ¿A qué viene eso?

—¿No te fijaste que si las dos personas se ponen a comentar el paisaje que ven, el comentario del que mira hacia adelante no es exactamente el mismo que el del que mira hacia atrás?

—Te confieso que no me fijé nunca en ese detalle. Pero es posible.

—Yo en cambio me fijé siempre. Porque desde niña, cuando viajaba en ferrocarril, me apasionaba mirar el paisaje. Era uno de mis placeres favoritos. Nunca leía en el ferrocarril. Tampoco ahora, si viajo en tren, me gusta leer. Me fascina ese paisaje vertiginoso, que corre a mi lado, pero en dirección contraria. Pero cuando voy sentada hacia adelante, me parece que el paisaje viene hacia mí, me siento optimista, qué sé yo.

—¿Y si vas mirando hacia atrás?

—Me parece que el paisaje se va, se diluye, se muere. Francamente, me deprime.

—¿Y ahora cómo vas sentada?

—No te burles. Esto lo vi claro el otro día, cuando me puse a releer las cartas de Santiago. Él, que está en la cárcel, escribe como si la vida viniera a su encuentro. A mí, en cambio, que estoy, digamos, en libertad, me parece a veces que ese paisaje se fuera alejando, diluyendo, acabando.

—No está mal. Como intención poética, claro.

—Nada de intención poética. Ni siquiera es prosa. Simplemente, es como me siento.

—Bueno, ahora sí te hablo en serio. ¿Sabés que me preocupa ese estado de ánimo? Y si bien estoy convencido de que cada tipo es el único que puede resolver los problemas propios, también es cierto que a veces puede ayudar, sólo ayudar, alguien de mucha confianza. Para esa relativa ayuda me ofrezco, si querés. Pero lo esencial es que profundices en vos misma.

—¿Profundizar en mí misma? Puede ser. Puede ser. Pero no estoy segura de que me guste.

Don Rafael

(Una culpa extraña)

Santiago se ha quejado a Graciela de que hace tiempo que no le escribo. Y es cierto. Pero ¿qué decirle? ¿Que lo que le ocurre es una consecuencia de su actitud? Eso ya lo sabe. ¿Que me siento un poco culpable de no haber hablado suficientemente con él (cuando todavía era tiempo de hablar y no de tragarse las palabras) para convencerlo de que no siguiera ese camino? Eso quizá no lo sepa a ciencia cierta, pero quizá se lo imagine. También ha de imaginarse que, de haber tenido él y yo esas discusiones en profundidad, él habría seguido de cualquier manera la ruta que en definitiva eligió. ¿Que cada vez que me despierto en la noche no puedo evitar la aprensión, la sensación o la mala intuición, qué sé yo, de que acaso a esa misma hora lo estén torturando, o se esté recuperando de una sesión de tortura, o preparando para las próximas, o maldiciendo a alguien? Tal vez no tenga ganas de imaginar una cosa así. Demasiado tendrá con su propio suplicio, su propio aislamiento, su propia angustia. Cuando uno soporta sufrimientos propios no tiene necesidad de adjudicarse dolores ajenos. Pero yo a veces imagino que a Santiago le están aplicando la picana en los testículos y en ese mismo instante siento un dolor real (no imaginario) en *mis* testículos. O si pienso que le están aplicando el *sub-marino*, literalmente me ahogo yo también. ¿Por qué? Es una historia vieja, o mejor dicho una vieja señal: el sobreviviente de un genocidio experimenta una rara culpa de estar vivo. Y acaso quien, por alguna razón válida (no tengo en cuenta las razones indignas) consigue escapar a la tortura, experimente cierta culpa por no ser torturado. O sea que no tengo muchos temas. Ciertos tópicos no pueden lógicamente mencionarse en una carta a un preso, que por añadidura está en la cárcel por subversivo. En cuanto a otros asuntos soy yo quien no quiere mencionarlos. El temario que queda, después de esas dos rebajas, es más bien estúpido. ¿Aceptaría Santiago que le escribiera estupideces? Habría un asunto sobre el que, en otras circunstancias, podría escribirle, o mejor hablarle. Pero jamás en éstas. Me refiero al estado de ánimo de Graciela. Graciela no está bien. La noto cada vez más desanimada, más gris. Ella que siempre fue tan linda, tan simpática, tan aguda. Y lo peor es que creo advertir que su desaliento viene de que se está alejando de Santiago. ¿Motivos? ¿Cómo saberlo? Ella lo admira, de eso estoy seguro. No tiene para él reproches políticos, ya que virtualmente está (o estuvo) en lo mismo. ¿Será que la mujer, para mantener incólume su amor, precisa, más que la existencia, la presencia física del hombre? ¿Será que Ulises se está volviendo hogareño y en cambio Penélope ya no se conforma con tejer y destejer? Quién sabe. Lo cierto es que si no me atrevo a tratar el tema con ella, a quien veo casi a diario, menos lo puedo tratar con Santiago, a quien sólo envío alguna carta de vez en cuando. También podría contarle de mis clases, de las preguntas que me hacen los muchachos. O quizás de cierto proyecto de volver a escribir. ¿Otra novela? No. Ya es suficiente

54

con un fracaso. Quizá un libro de cuentos. No para publicar. A mi edad eso no importa demasiado. Tengo la impresión de que significaría un estímulo para mí. Hace quince años que no escribo nada. Al menos, nada literario. Y durante quince años no tuve ganas de hacerlo. Ahora sí. ¿Será esto una señal? ¿Algo que debo interpretar? ¿Será esto un síntoma? Pero ¿de qué?

Intramuros

(El río)

Vengo del río. ¿Pensás que estoy un poco loco? Ni mucho ni poco. Si no enloquecí en otras circunstancias, creo que a esta altura ya estoy vacunado contra la locura. Y sin embargo, vengo del río. Hace unas semanas que descubrí el sistema. Antes, los recuerdos me asaltaban sin orden. De pronto estaba pensando en vos o en Beatriz o en el Viejo, y dos segundos después en un libro que leí en la época de liceo, y casi inmediatamente en alguno de los postres que me hacía la Vieja cuando vivíamos en la calle Hocquart. O sea que los recuerdos me dominaban. Y una tarde pensé: por lo menos voy a liberarme de este dominio. Y a partir de entonces, soy yo quien dirijo mis recuerdos. Parcialmente, claro. Siempre hay momentos del día (generalmente cuando me invade el desánimo o me siento jodido) en que los recuerdos aún me zarandean. Pero no es lo corriente. Lo normal es que ahora planifique la memoria, o sea que decida qué voy a recordar. Y así resuelvo recordar, por ejemplo, una lejana jornada de escuela primaria, o una noche de farra con amigos, o alguna de las interminables discusiones en el ámbito de la FEUU, o los vaivenes (hasta donde eso puede efectivamente recordarse) de alguna de mis escasas borracheras, o un

57

diálogo a fondo con el Viejo, o la mañana en que nació Beatriz. Es claro que todo eso lo voy alternando con los recuerdos que se refieren a vos, pero aun en éstos he decidido poner orden. Porque si no pongo orden, todas tus imágenes se concentran en tu cuerpo, en vos y yo haciendo el amor. Y eso no siempre me hace bien. Pasa a ser una constancia dolorosa de tu ausencia. O de mi ausencia. Primero gozo angustiosa y mentalmente. Disfruto en el vacío. Luego me deprimo. Y el bajón me dura horas. De manera que cuando te digo que también en este campo tuve que poner orden, quiero decir que he decidido incorporar otros recuerdos que te (y me) atañen y que son tan decisivos y valiosos como las noches de nuestros cuerpos. Hemos tenido tántas conversaciones que, para mí al menos, son inolvidables. ¿Te acordás del sábado en que te convencí (después de cinco dialécticas horas) de los nuevos caminos? ¿Y cuando estuvimos en Mendoza? ¿Y en Asunción? No importa el orden de las fechas. Importa el orden que impongo a mis evocaciones. Por eso empecé diciéndote que hoy vengo del río. Y es un recuerdo en que vos no estás. El Río Negro, cerca de Mercedes. Cuando tenía doce o trece años, iba en el verano a pasar mis vacaciones en casa de los tíos. La propiedad no era demasiado grande (en realidad, una chacrita) pero llegaba hasta el río. Y como entre la casa y el río había muchos y frondosos árboles, cuando me quedaba en la orilla nadie me veía desde la casa. Y aquella soledad me gustaba. Fue de las pocas veces que escuché, vi, olí, palpé y gusté la naturaleza. Los pájaros se acercaban y no se espantaban de mi presencia. Tal vez me confundieran con un arbolito o un matorral. Por lo general el viento era suave y quizá por eso los grandes árboles no discutían, sino simplemente intercambiaban comentarios, cabeceaban con buen humor, me hacían señales de complicidad. A veces me apoyaba en alguno de los más viejos y la corteza rugosa me transmitía una comprensión casi paternal. Repasar la corteza de un árbol experimentado es como acariciar la crin de un caballo que uno monta a diario. Se establece una comunicación muy sobria (no empalagosa, como suele ser la relación con un perro insoportablemente fiel) pero lo bastante intensa como para que después uno la eche de menos cuando vuelve al trajín de la ciudad. En otras ocasiones subía al bote y remaba hasta el centro del río. La equidistancia de las dos orillas era particularmente estimulante. Sobre todo porque eran distintas y polemizaban. No tanto los pájaros, que las compartían, sino más bien los árboles, que se sentían locales y un poco sectarios, cada uno en lo suyo o sea en su ribera. Yo no hacía nada. Simplemente observaba. No leía ni jugaba. La vida pasaba sobre mí, de orilla a orilla. Y yo me sentía parte de esa vida y llegaba a la extraña conclusión de que no debía ser aburrido ser pino o sauce o eucaliptus. Pero como aprendí varios años más tarde, las equidistancias nunca duran mucho, y tenía que decidirme por una u otra orilla. Y estaba claro que yo pertenecía sólo a una de ellas. Ya ves como era cierto lo que te dije al comienzo: vengo del río.

Beatriz

(Los rascacielos)

El singular se escribe rascacielos y el plural también se escribe rascacielos. Pasa lo mismo que con escarbadientes. Los rascacielos son edificios con muchísimos cuartos de baño. Eso tiene la enorme ventaja de que miles de gentes pueden hacer pichí al mismo tiempo. Los rascacielos poseen además otras ventajas. Por ejemplo tienen ascensores con mareos. Los ascensores con mareos son muy modernos. Los edificios viejísimos no tienen ascensores o sólo tienen ascensores sin mareos y la gente que vive o trabaja allí se muere de vergüenza porque son muy atrasados.

Graciela o sea mi mami trabaja en un rascacielos. Una vez me llevó a su oficina y fue la única vez que hice pichí en un rascacielos. Es bárbaro. El rascacielos de Graciela tiene un ascensor con mareos totalmente importado y por eso a mí me revuelve muchísimo el estómago. El otro día hice el cuento en la clase y todos los niños se murieron de envidia y querían que los llevara al ascensor con mareos del rascacielos de Graciela. Pero yo les dije que era muy peligroso porque ese ascensor va rapidísimo y si una saca la cabeza por la ventanilla se puede quedar sin cabeza. Y ellos lo creyeron, si serán bobos, mire si los ascensores de rascacielos van a ser tan atrasados como para tener ventanillas.

Cuando hay un apagón en los ascensores de rasca-cielos cunde el pánico. En mi clase cuando llega la hora del recreo cunde la alegría. El verbo cundir es un her-moso verbo.

Además de ascensores con mareos los rascacielos tienen porteros. Los porteros son gordos y jamás po-drían subir por la escalera. Cuando los porteros adelga-zan no les permiten seguir trabajando en los rascacielos pero tienen la oportunidad de ser taxistas o jugadores de fútbol.

Los rascacielos se dividen en rascacielos altos y rascacielos bajos. Los rascacielos bajos tienen muchísi-mo menos cuartos de baño que los rascacielos altos. A los rascacielos bajos también se les llama casas, pero tienen prohibido tener jardín. Los rascacielos altos ha-cen mucha sombra, pero es una sombra distinta a la de los árboles. A mí me gusta más la sombra de los árbo-les, porque tiene manchitas de sol y además se mueve. En la sombra de los rascacielos cunden las caras serias y la gente que pide limosna. En la sombra de los árboles cunden los pastitos y los bichitos de San Antonio.

Yo pienso que allá donde está mi papá, a última hora de la tarde debe cundir la tristeza. A mí me gustaría mucho que mi papá pudiera por ejemplo visitar el ras-cacielos donde trabaja Graciela o sea mi mami.

Exilios

(Venía de Australia)

Lo conocí en el aeropuerto de Ciudad de México, frente a los mostradores de Cubana de Aviación. Yo viajaba a La Habana con tres valijas y debía pagar mi exceso de equipaje. Entonces un señor, que me seguía en la cola, sugirió que, como él viajaba con una sola y pequeña maleta, registráramos juntos nuestros equipajes, que en total llegaban exactamente a los permitidos cuarenta kilos. Acepté, claro, agradeciéndole el favor, y el empleado de Cubana procedió a despachar las cuatro valijas. Pero he aquí que cuando mi espontáneo benefactor mostró su pasaporte, advertí con sorpresa que era un documento uruguayo. No oficial, ni diplomático, sino un pasaporte corriente. El sonrió: "¿Le extraña, verdad?" Admití que sí. "Ya se lo explicaré mientras tomamos un café".

Tomamos el café. Él inquirió: "Usted es Benedetti ¿no?" "Claro, pero ¿de dónde me conoce? No recuerdo su cara". "Es lógico. Usted estaba en la tribuna y yo entre el público. Lo escuché muchas veces en actos callejeros durante la campaña electoral del 71. ¿Se acuerda del acto final del Frente Amplio, frente al Legislativo y con la Diagonal Agraciada totalmente llena? Esa vez usted no habló, pero estaba en la tribuna. Se-

63

*regni fue el único orador. Estuvo muy bien el general".
Creo que me daba esos datos para inspirarme confianza, pero a esa altura yo no los necesitaba. Su rostro era
de tipo honesto, sin dobleces.*

*Me dijo su nombre. Su apellido es otro, pero aquí lo
llamaré Falco. De todos modos, el verdadero es tan
uruguayo como ése. "Para empezar, quiero aclararle
que desde hace unos cinco años vivo en Australia. Soy
obrero. Plomero, o fontanero, según los países". "¿Y a
qué viene a Cuba?" "Como turista. Integro una excursión. Estuve ahorrando durante dos años para darme el
gustazo de venir una semana a Cuba". "¿Y cómo se
siente allá?" "En el aspecto económico, bien. Pero nada más. Por otra parte, vos sabés (¿puedo tutearte, verdad?), la emigración a Australia no fue precisamente
política, sino más bien económica, aunque me digas
que eso significa que es indirectamente política. Y es
cierto, pero por lo general los emigrados económicos no
tienen conciencia de esa relación. En este sentido es un
exilio bastante ingrato, muy distinto al de otros sitios.
A veces hay un respiro, por ejemplo cuando vienen Los
Olimareños y la gente va a oírlos porque, a pesar de todo, los temas del terruño siguen conmoviéndola. Y no
sólo los temas. También los nombres de árboles, de flores, de cerros, las figuras históricas, las calles, los
pueblos, las referencias al cielo, a los atardeceres, a los
ríos, a cualquier arroyito de mala muerte. Pero se van
los Olima y volvemos todos a nuestra rutina, a nuestro
aislamiento. Yo digo que en Australia somos el Archipiélago Oriental, porque en realidad constituimos una
suma de islas, de islotes, de tipos o parejas o familias,
todos aislados, en soledades más o menos confortables,
pero que no dejan de ser soledades. Algunos mandan
plata a las porciones de familia que quedaron en Uru-*

guay, y eso da cierto sentido a sus vidas y a su trabajo".
"¿Y no intentan por lo menos integrarse en el medio,
hacerse de amigos australianos?" "Mirá, no es fácil.
Ante todo está la barrera del idioma. Es claro que con
el tiempo cualquiera acaba por aprender inglés, pero
cuando se llega a ese punto uno ya se ha acostumbrado
al aislamiento, y es difícil cambiar la rutina. Además,
la sociedad australiana, si bien necesita la mano de
obra extranjera, no se abre así nomás a los emigrantes.
He entrado en muchos hogares australianos, pero sólo
como plomero. Y si la familia está reunida cuando paso
con mi caja de herramientas, automáticamente dejan
de hablar". "¿Y por qué te interesaba tanto venir a Cuba?" "No lo sé exactamente. Es una de esas fascinaciones, parecidas a las que uno tiene en la infancia o en
la adolescencia. Vos dirás que un boludo como yo no
está en edad de fascinaciones. Pero es como un metejón
¿sabés? Mirá vos, te dije metejón y ahora me doy cuenta de que debe hacer como cinco años que no pronuncio esa palabra. Allá, no sólo se va perdiendo el voca-
bulario, sino que insensiblemente vamos incorporando
al habla diaria palabras inglesas. Bueno, volviendo a
Cuba. La verdad es que nos ilusionamos demasiado en
Uruguay, allá por el 69, el 70, y un poco menos en el
71. Creímos que también en nuestro país era posible un
cambio radical. Y no fue posible, al menos por un largo
ahora. Entonces me entró cierta impaciencia por conocer un país, como Cuba, que sí pudo llevar a cabo su
cambio. Decime un poco, ¿vos creés que habría alguna
posibilidad de que me quedara en Cuba? Trabajando,
claro". "Esperá a ver cómo te sentís ahí. Pensá que por
ejemplo te puede gustar la gente, podés estar de acuerdo con el sistema político, y sin embargo te puede
aplastar el clima. Nada de cuatro estaciones, sino un

65

solo verano, con una temporada seca y otra lluviosa. A mí personalmente no me afecta, pero sé de otros rioplatenses que se sienten agobiados con tanto calor y tanta humedad. De todos modos, siete días son poco tiempo para las necesarias gestiones. Tené en cuenta que justo en el medio hay un fin de semana". "Sí, claro, ¿pero los cubanos ven con buenos ojos la incorporación de extranjeros?" "Vos allí no serías extranjero. Sos latino-americano ¿no? El problema es más complejo. ¿Te imaginás por un momento qué pasaría si Cuba (que ahora ha abierto sus puertas para que se vaya todo el que no esté conforme) abriera esas mismas puertas para que viniera a radicarse todo el que quisiese? ¡Las colas que se formarían en Montevideo, Buenos Aires, Santiago, La Paz, Puerto Príncipe! Además, sigue habiendo serios problemas de vivienda". "¿Pero vos creés que podría intentarlo?" "Por supuesto, intentalo. Nada se pierde".

Esa voz, suave y anónima, que en todos los aeropuertos del mundo convoca para el embarque y que siempre parece la misma, nos recordó que debíamos arrimarnos a la puerta ocho. Durante el vuelo seguimos conversando y cuando la azafata (en Cubana de Aviación se llaman aeromozas) nos dejó el correspondiente refrigerio, Falco comentó: "Qué increíble. Éstas no son muñecas, como las de otras compañías de aviación. Son mujeres ¿viste?"

Lo perdí en el aeropuerto José Martí, después de haber recogido nuestras cuatro valijas (una suya, tres mías). Él tuvo que incorporarse al resto de la excursión, y yo me reuní con varios amigos que habían ido a esperarme.

Dos días después tuvo lugar la marcha frente a la Oficina de Intereses norteamericanos. Ya había concluido la invasión de los diez mil en la embajada peruana. Ahora el tema era otro: el anuncio de maniobras navales en la base de Guantánamo y las diarias amenazas de Carter.

También yo desfilé por el Malecón, con mis compañeros de la Casa de las Américas. En mis varios años de residencia en Cuba, jamás había asistido a un acto de masas tan impresionante. Estábamos esperando, a la altura de la Rampa, que el desfile se iniciara, cuando de pronto vi a Falco, apenas a unos diez metros de distancia.

La muchedumbre era compacta, así que era difícil avanzar. De modo que le grité: "¡Falco! ¡Falco!" Desde el comienzo escuchó mi grito, pero indudablemente no podía creer que a las cuarenta y ocho horas de haber llegado a La Habana, alguien lo reconociera y lo llamara. Pero así es el azar. Yo era seguramente la única persona en Cuba que podía reconocerlo, y allí estaba, a pocos pasos.

Por fin me vio y sólo entonces puso cara de asombro y levantó alegremente sus largos brazos. Transcurrieron diez minutos antes de que pudiéramos aproximarnos. Me abrazó. "¡Qué cosa bárbara, che! ¡Un millón de gente y vos que me encontrás!" Estaba eufórico. "Esto es tonificante. ¿No te trae el recuerdo del acto final del Frente?" "Bueno, aquí somos más". "Por supuesto. Pero yo me refiero al fervor, a la alegría".

Por fin empezamos a desfilar, primero lentamente, luego un poco más rápido. De pronto sentí que me daba un codazo de complicidad. "¿Sabés que hoy di el primer paso?" "¿Qué primer paso?" "Para quedarme aquí". "Ah". "Fui a la oficina que me indicaron y era justo donde había una cantidad de esa gente que quiere irse. Cuando llegué a la puerta de vidrio, en ese preciso

67

instante la cerraron. Entonces empecé a hacerle señas al empleado que había cerrado la puerta. Y él a hacerme señas que no. Y yo a insistirle que me escuchara un momentito. Entonces se me ocurrió algo. En el bolsillo tenía un papel. Escribí la palabra compañero y puse luego el papel contra el vidrio. Quizá le picó la curiosidad, porque abrió la puerta unos cinco centímetros, lo suficiente para escucharnos mutuamente. 'Hoy no se atienden más solicitudes de salida ¿entiende?' 'Ya sé, pero es que yo no vengo a eso'. '¿Y a qué viene entonces?' 'Estoy con una excursión. Turistas. Y yo quiero quedarme'. '¿Que quiere qué?' 'Que-dar-me'. El muchacho (porque era un muchacho) no podía creerlo. Entonces abrió un poco más la puerta, para que yo pudiera entrar, provocando con ello las explicables protestas de los candidatos a exiliados en Miami. '¿Dijo que usted quiere quedarse?' 'Sí, eso dije'. El muchacho me miró, como cateándome en profundidad. Después tomó una libreta, le arrancó una hoja, escribió un nombre y me lo dio. 'Mira, chico, ven mañana, pero que sea bien temprano, y pregunta por este compañero. Él te va a atender. Y buena suerte'. Así que mañana voy. ¿Qué te parece? O como dicen aquí: ¿qué tú opinas?" "Ya veo que te adaptás mejor a los modismos cubanos que a los australianos".

La marcha aceleró su ritmo. De a poco nos fuimos separando y por un rato lo perdí de vista. Estábamos pasando exactamente frente al edificio de la Oficina de Intereses norteamericanos (no se veía a nadie en las ventanas) cuando volví a verlo, ahora un poco más atrás. Con voz estentórea y crudo acento montevideano, hacía vibrar una de las consignas que aquella jocunda multitud coreaba: "¡Pin, pon, fuera, abajo la gusanera!"

El otro

(Querer, poder, etc.)

Vos estás chifle, recuerda nítidamente Rolando Asuero
que había murmurado Silvio aquella mañana en que
Manolo expuso lo que denominaba Visión Personal y
Panorámica de la Realidad Nacional y Otros Ensayos.
Pero Manolo, que por ese entonces sólo había hablado
media hora escasa, dijo apretando los labios, dejame
terminar querés. Y Silvio lo había dejado terminar. Y
ahora qué pensás, dijo muy orondo Manolo tras el punto final. Vos estás chifle, había insistido Silvio,
inconmovible, y casi acaban a los piñazos. Pero Santiago y él, Rolando, habían intervenido rápidamente, y
además María del Carmen y la Tita ya estaban haciendo pucheros, de nervios nomás, Graciela no porque
siempre fue más dura o más equilibrada o más púdica,
y Silvio y Manolo volvieron a sentarse y Silvio empezó a
desquitarse con el mate, dándole unas chupadas a la
bombilla que se escuchaban en tres dunas a la redonda.
Lo cierto era que la tesis de Manolo parecía muy
concreta, pero también muy catastrofista. Circular,
sentenciaba Silvio. Y sí, lo era, circular y sin salida, pero Manolo le daba un énfasis que la hacía obligatoria.
Los que tenían la guita y el poder jamás cederían. No
se hagan ilusiones, muchachos, ésta no es la burguesía

escandinava que va reduciendo sus dividendos con tal de sobrevivir. Éstos van a apelar a la milicada, aunque la milicada después se los morfe. ¿Constitucionalistas? ¿Legalistas? ¿Vergüenza o pudor de usar el uniforme o de taparse la pelada con el quepis? No jodáis, caros compatriotas. Todo eso es pretérito imperfecto. Nos van a golpear y a liquidar como si fuéramos guatemaltecos, ni más ni menos. O sea que hay que pelearles el partido en otra cancha que no sea la del mero debate político. Hay que pelearles el partido y meterles goles. Aunque sea desde fuera del área. Esa metáfora le había gustado especialmente a Santiago, que a partir de ese instante empezó a interesarse. Y Manolo dale que dale que dale, metiendo a todos en la misma bolsa (tango habemus: *si igual es una mosca que un ciprés*) porque lo que él quería apasionadamente era el cambio, pero no el de los chamuyos sino el del fato, cita textual. Y no le importaban demasiado los medios (*si Jesús no ayuda que ayude Satán*), lo esencial eran los fines. Me suena eso, comentó Silvio con ironía marginal. Y vos creés que los vamos a desalojar, preguntaba Santiago, chupando ahora él de la bombilla pero con relativa sordina. No, respondía sin vacilar Manolo, tan eufórico como si estuviera vendiendo futuro. No, no vamos a poder, nos van a reventar, nos van a meter en cana, nos van a amasijar, nos van a liquidar. Y entónces, inquiría Silvio, quemando etapas entre la ironía y la perplejidad. Él, Rolando, se había limitado a levantar las cejas con sano escepticismo. Y entonces nada, estallaba el dinamismo del ponente. Nada en lo inmediato, pero su victoria, la de ellos, será a lo Pirro. Ganarán y no sabrán qué hacer con el trofeo. Ganarán en los papeles y perderán el pueblo. (Aplausitos en la barra femenina). Lo perderán definitivamente. Y mirando con cierta provocación a Silvio, seguís creyendo que estoy chifle eh. A lo mejor estamos todos, dijo el otro, aflojando un poco, y entonces Manolo se levantó y le dio un abrazo de molusco cefalópodo con ocho tentáculos, o sea de pulpo, según Larousse. Mientras tanto, María del Carmen y la Tita, ya recuperadas, se reían entre lágrimas, como dos arcoiris. Pero Santiago estaba desacostumbradamente serio y a continuación expuso que, planteada en esos términos, la lucha era sólo moral, a mí qué me importa ser un vencedor ético si van a seguir existiendo los cantegriles y el latifundio y la rosca bancaria y la mar en coche, si yo me metiera en esa gresca querría ser un vencedor real. Bárbaro che, dijo Manolo, todos querríamos ser vencedores reales, no creas que estás descubriendo la pólvora, la cosa no es querer sino poder. Y Silvio otra vez a enardecerse, a partir de ahora se daba cuenta de que el lema de Manolo era más amplio, la cosa no es querer ni poder sino joder. Risitas en la bancada femenina, y los ñoquis que estaban listos, uy qué temprano, vamos que si no se pasan, y yo que tengo la panza llena de mate, lo que ocurre es que ustedes se calientan discutiendo y no se dan cuenta de que se tomaron dos termos completos, qué relajo, a los ñoquis señores a los ñoquis, este tinto está como de misa de gallo, sensacional, y vos creés que después de la revolución seguirá habiendo ñoquis, eh.

Don Rafael

(Dios mediante)

Cerrar los ojos. Cómo quisiera cerrar los ojos y empezar de nuevo y abrirlos después con la tardía lucidez que traen los años pero con la vitalidad que ya no tengo. Dios da pan al que no tiene dientes, pero antes, mucho antes, le dio hambruna al que los tenía. Linda trampa la de Dios. Después de todo, los refranes populares son algo así como un curriculum divino. Se armó la de Dios es Cristo: virulencia y furia. Dios los cría y ellos se juntan: conspiración y acoso. Dar a Dios lo que es de Dios y al César lo que es del César: repartija y prorrateo. Como Dios manda: prepotencia e imperio. Dios pasó de largo: indiferencia y menosprecio. A Dios rogando y con el mazo dando: parapoliciales, paramilitares, escuadrones de la muerte, etc. Cuando Dios quiera: poder omnímodo. Dios nos libre y nos guarde: neocolonialismo. Dios castiga sin palo ni piedra: tortura subliminal. Vaya con Dios: malas compañías.

Cerrar los ojos pero no para mis corrientes pesadillas sino para tocar el fondo de las cosas. Allí están las imágenes, las elocuentes, las sólo para mí. Cada una como la revelación que no entendí ni atendí. Y no se puede volver atrás. Se puede recoger lo aprendido pero de poco sirve.

Cerrar los ojos y al abrirlos encontrarla. ¿A cuál de ellas? Una es un rostro. Otra es un vientre. Otra más una mirada. ¿Cuántas más? En el amor no hay posturas ridículas ni cursis ni obscenas. En el no amor todo es ridículo y cursi y obsceno. También la norma, también la tradición.

De pronto el pasado se vuelve fastuoso, no sé por qué. Mi cuerpo que tuve, el aire que respiré, el sol que me alumbró, los alumnos que escuché, el pubis que convencí, un crepúsculo, una axila, un pino cabeceante.

El pasado se vuelve fastuoso y sin embargo es apenas una desilusión óptica. Porque el pobre, mezquino presente, gana una sola y decisiva batalla: existe. Estoy donde estoy. ¿Qué es este exilio sino otro comienzo? Todo comienzo es joven. Y yo, viejo recomenzante, rejuvenezco. Escala de viudo, de veterano profesor, de archivo de palabras. Estoy condenado a rejuvenecer. Último engorde, dicen los cretinos. Y yo estoy flaco, coño. En mi tierra decía carajo, pero también estaba flaco. Del carajo al coño, patria grande esta América. Y un hijo preso. Tristemente preso, porque se siente dinámico y optimista y vital y no tiene demasiadas razones para ese singular estado de ánimo. Se bambolean mis sentimientos, vaya vaya. Estoy donde estoy y él está donde está. Pobre hijo. Si pudiera canjearme con él. Pero no me aceptan. No soy lo suficientemente odioso. No quise derribarlos, desarmarlos, vencerlos. Él sí lo quiso y fracasó. Si yo pudiera entrar allí para que él saliera, tal vez no lo pasaría tan mal. A los sesenta y siete, no iban a torturarme, yo digo. Bueno, nunca se sabe. Y cerraría allí también los ojos y así me libraría de los barrotes. Y acaso podría tocar el fondo de las cosas. Pero no. Estoy donde estoy y él está donde está. Cerrar los ojos y ver a mi hijo pero abrirlos y verla a ella. ¿A cuál?

Probablemente a la del barco. O a la del árbol. O a la del pájaro. Dios las cría y ellas se separan. Si yo fuera Dios ordenaría terminantemente que compareciera la del árbol. Pero no soy, y comparece Lydia.

Heridos y contusos

(Un miedo espantoso)

Graciela puso punto final al informe sobre el segundo semestre. Respiró profundamente antes de sacar de la máquina eléctrica el original con siete copias. Ya no quedaba nadie en la oficina. Había trabajado tres horas extras. No para cobrarlas sino porque el jefe estaba en un apuro y era buena gente y mañana vencía el plazo para la entrega del informe sobre el segundo semestre.

Juntó la última hoja con las treinta y tres restantes. Mañana a primera hora distribuiría original y copias en ocho carpetas. Ahora estaba demasiado cansada. Dejó todo en el segundo cajón, puso la cubierta de plástico sobre la máquina de escribir y se miró las manos, sucias del carbónico negro.

Entró un momento en el baño, se lavó concienzudamente las manos, se peinó, pasó el lápiz labial sobre el color anterior, ya desvaído y reseco, se contempló en el espejo sin sonreírse a sí misma, pero alzó levemente las cejas como interrogándose o cuestionándose o simplemente para comprobar el grado de su fatiga. Unió por un momento los labios recién vueltos a pintar y emitió un resoplido inocuo. Luego volvió a su mesa de trabajo; del primer cajón extrajo su bolso, descolgó el tapado de una percha y se lo puso. Abrió la puerta, salió al pasillo, pero antes de apagar la luz y cerrar, echó un vistazo. Todo estaba en orden.

Cuando se abrió la puerta del ascensor, se sorprendió. No esperaba encontrar a nadie y allí estaba Celia, también sorprendida.

—Siglos que no te veía. ¿Qué hacés a estas horas en la oficina?

—Tuve que pasar el informe del segundo semestre. Y era larguísimo.

—Vos le hacés demasiadas concesiones a tu jefe. Cualquier día de éstos acabarás acostándote con él.

—No, mijita, estate tranquila. No es mi tipo. Pero es buena gente. Además, ni siquiera me pidió que hiciera este trabajo. Y por si todo eso fuera poco, no estuvo conmigo en la oficina.

—Querida, no te justifiques tanto. Era una broma.

Llegaron a la calle. Había niebla y la correspondiente exasperación de los automovilistas.

—¿Querés tomar un té?

—Un té exactamente no. Pero tal vez un trago. Me vendrá bien después de mis 34 páginas con siete copias.

—Así me gusta. ¡Viva la evasión!

Se sentaron junto a una ventana. Desde una mesa vecina, un hombre joven y atildado les echó una mirada inspectiva.

—Bueno —dijo Celia en voz baja—. Parece que todavía somos dignas de ser miradas.

—¿A vos, eso te estimula o te deprime?

—No sé. Depende mucho de mi estado de ánimo, y también ¿por qué no? del aspecto del mirón.

—Y éste concretamente ¿te estimula?

—No.

—Menos mal.

El camarero depositó suavemente las dos copas.

—Salud.

—Salud y libertad.

—Está bien. Es más completo.

—Y además creo que fue consigna de Artigas.

—¿De veras? ¡Cómo sabés vos!

—Si hubieras vivido los años que viví yo junto a Santiago, vos también serías erudita en Artigas. Para él siempre fue una obsesión.

Celia aprovechó para tomar un traguito.

—¿Qué noticias últimas tenés?

—Las de siempre. Escribe regularmente, salvo cuando lo castigan por algo. Tiene buen ánimo.

—¿Y hay alguna esperanza de que lo larguen?

—Habría motivos. Pero esperanzas, no muchas.

La calle era, a esas horas, una realidad poco menos que hipnotizante. Las dos mujeres estuvieron un buen rato calladas, mirando los automóviles, los autobuses repletos, y también a las señoras con perros, los mendigos con leyendas explicativas, los niños harapientos, los buenos mozos, los policías. Celia fue la primera que se desprendió de esa rutina espectacular.

—¿Y vos? ¿Cómo te sentís? ¿Cómo aguantás una separación tan larga? (Hizo una pausa). Si no querés, no me contestes.

—En realidad, quisiera contestarte. El problema es que no tengo respuesta.

—¿No sabés cómo te sentís?

—Me siento desajustada, desorientada, insegura.

—Y es lógico ¿no?

—Puede ser. Pero no me parece tan lógico cuando quiero responder a tu segunda pregunta. Eso de cómo aguanto la separación.

—¿Qué pasa?

—Pasa que la aguanto, sencillamente. Demasiado sencillamente. Y eso no es normal.

—No te entiendo, Graciela.

—Vos sabés qué buena pareja hicimos Santiago y yo. Sabés también qué identificados estuvimos siempre en lo político. Los dos estábamos en lo mismo. Aunque él esté en cana y yo esté aquí. Cuando se lo llevaron, creí que no podría soportarlo. Nuestra unión no era sólo física. También era espiritual. No tenés idea de cómo lo necesité en los primeros tiempos.

—¿Ya no?

—La cosa no es tan fácil. Yo lo sigo queriendo. ¿Cómo no voy a quererlo después de diez años de una excelente relación? Y me parece horrible que esté preso. Y tengo plena noción de lo que su ausencia significa para la formación de Beatriz.

—Sí, todo eso va en un platillo de la balanza. ¿Y en el otro?

—El problema es que la obligada separación a él lo ha hecho más tierno, y a mí en cambio me ha endurecido. Para decírtelo en pocas palabras (y esto es algo que no lo confieso a nadie, y hasta me cuesta confesármelo a mí misma): cada vez lo necesito menos.

—Graciela.

—Ya sé lo que vas a decirme: que es injusto. Lo sé perfectamente. No soy tan estúpida como para no saberlo.

—Graciela.

—Pero no puedo engañarme. Le sigo teniendo mucho afecto, pero como puede tenerlo una compañera de militancia, no como su mujer. Él se pasa añorando mi cuerpo (siempre me lo hace entender en sus cartas) y yo en cambio no siento necesidad del suyo. Y eso hace que me sienta ¿cómo te diré? culpable. Porque en

80

realidad no se qué demonios me ocurre.

—Puede haber una explicación.

—Claro, vos pensás que hay otro. Pero no hay.

—¿Seguro?

—Todavía no hay.

—¿Por qué agregaste *todavía*?

—Porque en cualquier momento puede haberlo. El hecho de que no sienta necesidad concreta del cuerpo de Santiago, no significa que el mío esté inerte. Celia: hace más de cuatro años que no hago el amor con nadie. ¿No te parece una exageración?

—No sé. No sé.

—Claro, vos tenés a Pedro contigo. Y te va bien. Por suerte. Pero ¿podés saber qué te habría ocurrido si hubieras pasado cuatro años sin verlo ni tocarlo, ni ser vista ni tocada por él?

—No sé y no quiero saberlo.

—Me parece bien que te niegues a enfrentar gratuitamente un conflicto que no es el tuyo. Pero yo sí sé qué me ocurre. No tengo más remedio que saberlo. Y te puedo asegurar que no es fácil, ni cómodo, ni agradable.

—¿Y no has pensado en contárselo de a poco, carta a carta?

—Claro que lo he pensado. Y me da un miedo espantoso.

—¿Miedo? ¿De qué?

—De destruirlo. De destruirme. Qué sé yo.

Intramuros

(El complementario)

Tener noticias tuyas es como abrir una ventana. Lo que me contás de vos, de Beatriz, del Viejo, del trabajo, de la ciudad. Tengo presentes los horarios de todos, así que en cualquier momento puedo organizar mi imaginería: Graciela estará ahora escribiendo a máquina, o el Viejo terminará en este instante su clase, o Beatriz estará desayunando muy apurada porque se le hizo tarde para la escuela. Cuando uno tiene que estar irremediablemente fijo, es impresionante la movilidad mental que es posible adquirir. Se puede ampliar el presente tanto como se quiera, o lanzarse vertiginosamente hacia el futuro, o dar marcha atrás que es lo más peligroso porque ahí están los recuerdos, todos los recuerdos, los buenos, los regulares y los execrables. Ahí está el amor, o sea estás vos, y las grandes lealtades y también las grandes traiciones. Ahí está lo que uno pudo hacer y no hizo, y también lo que pudo no hacer y sí hizo. La encrucijada en la que el camino elegido fue el erróneo. Y ahí empieza la película, es decir cómo habría sido la historia si se hubiera tomado el otro rumbo, aquel que entonces se descartó. Generalmente, después de varios rollos uno suspende la proyección y piensa que el camino elegido no fue tan equivocado y que acaso, en igual encrucijada, hoy la elección sería la misma. Con variantes, claro. Con menos ingenuidad, por supuesto. Con más alertas, por las dudas. Pero eso sí manteniendo el rumbo primordial. Estos grandes espacios en blanco son por lo común zonas de desaliento, pero en otra acepción también son provechosos. En los últimos y penúltimos tiempos antes de la obligada internación, todo sucedió tan atropelladamente y en medio de tantas tensiones, rodeado por tantas implacables urgencias, por tantas decisiones a tomar, que no había tiempo ni ánimo para la reflexión, para pensar y repensar sobre nuestros pasos, para ver claro en nosotros mismos. Ahora sí hay tiempo, demasiado tiempo, demasiados insomnios, demasiadas noches con las mismas pesadillas y las mismas sombras. Y la tendencia natural, y también la más facilonga, es preguntarse para qué me sirve el tiempo ahora, para qué esta meditación tardía, atrasada, anacrónica, inútil. Y sin embargo sirve. La única ventaja de este tiempo baldío es la posibilidad de madurar, de ir conociendo los propios límites, las propias debilidades y fortalezas, de ir acercándose a la verdad sobre uno mismo, y no hacerse ilusiones acerca de objetivos que uno nunca podría lograr, y en cambio aprontar el ánimo, preparar la actitud, entrenar la paciencia, para conseguir lo que algún día sí puede estar al alcance. A tal punto se atina, en estas peculiarísimas condiciones, a ahondar en el análisis, que me atrevo a confesarte algo: si bien no puedo hacer un plan quinquenal de mis pesadillas, sí puedo soñar despierto y por capítulos. Y así voy desgranando, desmenuzando, lo que quise y lo que quiero, lo que hice y lo que haré. Porque algún día podré volver a hacer cosas ¿no te parece? Algún día abandonaré este raro exilio y me reintegraré al mundo ¿no? Y seré alguien distinto, creo incluso que alguien mejor, pero nunca el enemigo del que fui o el que soy, sino más bien el complementario. Sí, tener noticias tuyas es como abrir una ventana, pero entonces me vienen unas ganas casi incontenibles de abrir más ventanas y, lo que es más grave (qué locura) de abrir una puerta. Sin embargo, estoy condenado a ver las espaldas de esa puerta, su lomo hostil, duro, inexpugnable, concretísimo, pero nunca tan sólido como un buen argumento, como una buena razón. Tener noticias tuyas es como abrir una ventana, pero todavía no es como abrir una puerta. Quizá diga demasiadas veces la palabra puerta, pero tenés que comprender que aquí esa palabra es casi una obsesión, aunque te parezca increíble mucho más obsesión que la palabra barrote. Los barrotes están ahí, son una presencia real, admitida, comprendida en toda su chata magnitud. Pero los barrotes no pueden ser otra cosa que lo que efectivamente son. No hay barrotes abiertos y barrotes cerrados. En cambio, una puerta es tántas cosas. Cuando está cerrada, y siempre lo está, es la clausura, la prohibición, el silencio, la rabia. Si se abriera (no para un recreo, o para un trabajo, o para una sanción, que son otras tantas formas de estar cerrada, sino para el mundo) sería la recuperación de la realidad, de la gente querida, de las calles, de los sabores, de los olores, de los sonidos, de las imágenes y el tacto de ser libre. Sería por ejemplo la recuperación de vos y de tus brazos y de tu boca y de tu pelo y bah a qué intentar darle vueltas a un pestillo que no cede, a una cerradura inconmovible. Pero lo cierto es que la palabra puerta es de las que aquí más se barajan, más aún que todas las otras palabras que esperan detrás de esa puerta, porque todos sabemos que para llegar a ellas, para llegar a las palabras hijo, mujer, amigo, calle, cama, café, biblioteca, plaza, estadio, playa, puerto, teléfono, es imprescindible traspasar la palabra puerta. Y ésta, que siempre nos muestra el lomo pero está aquí, nos mira férrea y sectaria, cruel y durísima, sin hacernos ninguna promesa ni darnos ninguna esperanza y siempre cerrándose en nuestras narices. Sin embargo, nosotros no nos dejamos vencer así nomás, nosotros también organizamos nuestra campaña anti clausura, y escribimos cartas, considerando simultáneamente al destinatario y al censor, o proyectos de cartas donde por costumbre seguimos autocensurándonos pero somos un poquito más osados, o masticamos libres monólogos como éste que ni siquiera llegará al papelucho y sus límites. Pero uno de los matices más destacables y positivos de esa campaña es justamente el hacernos promesas, el darnos esperanzas (no las increíbles y triunfalistas, sino las austeras y verosímiles), el imaginar que abrimos la puerta en nuestras narices. A veces tenemos con nosotros naipes o ajedrez, pero no siempre. Ah pero tenemos el derecho de jugar al futuro, y por supuesto en ese juego de azar siempre nos guardamos un naipe en la manga, o reservamos un jaque mate originalísimo y secreto que no vamos a malgastar en el juego cotidiano sino en la gran ocasión, por ejemplo cuando enfrentemos a Capablanca o a Alekhine, no digamos a Karpov porque éste después de todo existe y además su nombre podría ser tachado. También hablamos de música y músicos, siempre y cuando a mi compañero de turno o a mí no nos lleven con la música a otra parte. Pero a solas o con alguien, puedo recordar por ejemplo varias de mis cumbres de espectador. Y así cuento, o en el más anacoreta de los casos me cuento, que vi y escuché a Maurice Chevalier en el Solís, ya veteranísimo el tipo pero todavía bienhumorado y tan gentil como para hacernos creer a todos que improvisaba cada una de sus bromas prehistóricas; y vi y escuché a Louis Armstrong en el Plaza, y todavía puedo repetirme la convincente humanidad de su ronquera; y vi y escuché a Charles Trenet en no sé qué Centro español de la calle Soriano, sentados todos en unas sillas que parecían de comedor y nosotros los gurises en el suelo, y el franchute, un poquito amanerado pero hábil, cantándonos lo que años más tarde supe que se llamaba La mer o Bonsoir jolie madame; y vi y escuché a la Marian Anderson, ya no me acuerdo si en el Sodre o en el Solís pero sí tengo nítido el porte de aquella negra enorme y dulcísima, instalada como un mamtram en la trágica asunción de su raza; y bastante después vi y escuché a Robbe-Grillet, diciendo muy orondo que en *L'étranger* de Camus el empleo del pretérito imperfecto era más importante que la historia contada; y vi y escuché a Merdedes Sosa, cantando única y casi clandestina en el Zitlovsky de la calle Durazno; y vi y escuché a Roa Bastos, modestísimo sin disimulo, diciendo ante un auditorio vergonzantemente escaso que Paraguay ha vivido siempre en su año cero; y vi y escuché a don Ezequiel Martínez Estrada, algunos meses antes de su muerte, pronunciando una conferencia sobre un tema que no recuerdo porque mi atención estuvo acaparada por su rostro enjuto, cetrino, reseco, sólo reivindicado para la vida por unos ojitos de mirada agudísima; y vi y escuché al Neftalí Ricardo Reyes, bromeador, irónico, sutilmente vanidoso y poetísimo, desgranando como un salmo sus recuerdos de Isla Negra; y vi y escuché al de la otra Isla en la Explanada, metido yo entre un público vibrante ante la duración, el impulso y el estilo del inesperado concierto, que para tantos otros era desconcierto. Recuerdos de niño, de adolescente, de hombre, pero recuerdos indiscutiblemente míos. O sea que cuando levanto el telón soy, como habrás podido apreciar, interesantísimo, y yo mismo me aplaudo y me exijo otra, otra, otra, otra.

Exilios

(Un hombre en un zaguán)

Al doctor Siles Zuazo lo había conocido en Montevideo, hará de esto veinte años, cuando vino exiliado (en aquel entonces se decía exilado) a Uruguay, tras el triunfo de uno de los tantos golpes militares que siempre han ulcerado la historia de Bolivia. Yo entonces tenía pocos libros publicados y trabajaba en la sección contable de una gran compañía inmobiliaria.

Una tarde el teléfono sonó en mi mesa y una voz grave dijo: "Habla Siles Zuazo". Al principio creí que era una broma y sin embargo no respondí en consecuencia, midiendo quizá la leve posibilidad de que fuera cierto. No salía de mi asombro, pero enseguida él me sacó de dudas. En realidad, me estaba invitando a que fuera a verle al Hotel Nogaró. Pensé que me iba a hablar de Bolivia y de los milicos que habían tomado el poder, pero de todas maneras no me explicaba las razones de que me hubiera elegido precisamente a mí. Pero estaba equivocado.

Unos años antes yo había publicado un ensayo sobre Marcel Proust y el sentido de la culpa. Bueno, Siles Zuazo quería conversar conmigo sobre Proust y otros temas literarios. Me encontré con que aquel político sin salida al mar, aquel personaje cuyas anécdotas de valor cívico me habían sido narradas por varios amigos, era un hombre excepcionalmente culto, empedernido lector de la literatura contemporánea.

Hablamos sobre Proust, claro, mientras tomábamos el té con tostadas. Sólo faltaban los bollos de magdalena. Las pocas veces que tocamos el tema político, se debió a preguntas mías. Él en cambio quería hablar de literatura y por cierto dijo cosas muy inteligentes y sagaces.

Después de ese encuentro inicial, tomamos té varias veces en el Nogaró, y conservo un recuerdo muy plácido y agradable de aquellas conversaciones. Poco más tarde dejó Montevideo y se reintegró a las luchas y vaivenes políticos de su incanjeable Bolivia.

Estuve muchos años sin verlo, aunque siempre seguí su infatigable quehacer político: legal, cuando se podía, clandestino cuando no. Una noche de cerrada lluvia, allá por 1974, en Buenos Aires, venía yo, creo que por la calle Paraguay tratando de guarecerme, cuando de pronto, al pasar casi corriendo frente a un zaguán, me pareció reconocer allí a un hombre que también se resguardaba del aguacero.

Volví atrás. Era el Dr. Siles. Él también me había reconocido. "Así que también a usted le tocó exiliarse". "Sí, doctor. Cuando hablábamos en Montevideo eso parecía imposible ¿verdad?" "Sí, parecía". En aquella penumbra no podía distinguir su sonrisa, pero la imaginaba. "Y en este inesperado exilio suyo ¿qué etapa es la actual?" Respondí con un poco de vergüenza: "La número tres". "Entonces no se aflija. Yo ando por la catorce".

Esa noche no hablamos de Proust.

Beatriz

(Este país)

Este país no es el mío pero me gusta bastante. No sé si me gusta más o menos que mi país. Vine muy chiquita y no me acuerdo de cómo era. Una de las diferencias es que en mi país hay cabayos y aquí en cambio hay cabaios. Pero todos relinchan. Las vacas mugen y las ranas croan.

Este país es más grande que el mío, sobre todo porque el mío es chiquitísimo. En este país viven mi abuelo Rafael y mi mami Graciela. Y también otros millones. Es muy agradable saber que una vive en un país con muchos millones. Cuando Graciela me lleva al Centro, pasan montones de gente por la calle. Es tanta tanta tanta gente la que pasa que me parece que ya debo conocer a todos los millones de este país.

Los domingos las calles están casi vacías y yo pregunto dónde se habrán metido todos los millones que vi el viernes. Mi abuelo Rafael dice que los domingos la gente se queda en su casa a descansar. Descansar quiere decir dormir.

En este país se duerme mucho. Sobre todo los domingos porque son muchos millones los que duermen. Si cada uno que duerme ronca nueve veces por hora (mi mami ronca catorce) quiere decir que cada millón

91

de habitantes ronca nueve millones de veces por hora. O sea que cunden los ronquidos.

Yo a veces cuando duermo me pongo a soñar. Casi siempre sueño con este país, pero algunas noches sueño con el país mío. Graciela dice que no puede ser porque yo no puedo acordarme de mi país. Pero cuando sueño sí me acuerdo, aunque Graciela diga que yo hago trampa. Y no hago.

Entonces sueño que mi papá me lleva de la mano a Villa Dolores que es el nombre del zoológico. Y me compra manises para que le dé a los monos y esos monos no son los del zoológico de aquí porque a éstos los conozco muy bien y también a sus esposas y a sus hijos. Los monos de mis sueños son los de Villa Dolores y mi papá me dice ves Beatriz esos barrotes, así también vivo yo. Entonces me despierto llorando en este país y Graciela tiene que venir a decirme pero mijita si es sólo un sueño.

Yo digo que es una lástima que entre los millones de gentes que hay en este país no esté por ejemplo mi papá.

Heridos y contusos

(Soñar despierta)

—Ves, por eso no quiero que vengas sola.

—¿Qué hice?

—No te hagas la mosquita muerta.

—¿Pero qué hice?

—Ibas a cruzar con luz roja.

—No venía ningún auto.

—Sí que venía, Beatriz.

—Pero muy lejos.

—Vamos ahora.

Pasan frente al supermercado. Luego, frente a la tintorería.

—Graciela.

—¿Qué hay?

—Te prometo cruzar siempre con luz verde.

—Ya me lo prometiste la semana pasada.

—Pero ahora te lo prometo de veras. ¿Me perdonás?

—No es cuestión de perdón o no perdón. ¿No te das cuenta de que si cruzás con luz roja te puede arrollar un auto?

—Tenés razón.

—¿Qué hago yo, Beatriz, si a vos te pasa algo? ¿Cómo se sentiría tu padre si a vos te pasara algo? ¿No pensás en eso?

—No me va a pasar nada, mami. No llores. No llores, por favor. Voy a cruzar siempre con luz verde. Graciela. Mami. No llores.

—Si ya no lloro, boba. Vamos, entrá.

—Es temprano todavía. Las clases empiezan dentro de veinte minutos. Y el solcito está lindo. Y quiero estar un rato más con vos.

—Adulona.

Cuando dice eso, Graciela se afloja un poco y sonríe.

—¿Me perdonaste?

—Sí.

—¿Vas a la oficina ahora?

—No.

—¿Estás de vacaciones?

—Trabajé mucho la semana pasada y me dieron libre este lunes.

—¿Y qué vas a hacer? ¿Vas al cine?

—No creo. Me parece que vuelvo a casa.

—¿Vendrás a buscarme a la salida? ¿O podré volver sola?

—Quisiera tenerte confianza.

—Tenémela, mami. No me va a pasar nada. De veras.

Beatriz no espera la respuesta de Graciela. La besa, casi en el aire, y entra corriendo en la escuela. Graciela se queda un rato inmóvil, mirándola alejarse. Luego aprieta los labios y se va.

Camina lentamente, balanceando el bolso, deteniéndose a veces, como desorientada. Al llegar a la Avenida, recorre con la mirada la cadena de grandes edificios. De pronto los que van a cruzar la rozan, la empujan, le dicen algo, y entonces ella también se decide a cruzar. Pero antes de llegar a la otra acera, los semáforos se han puesto rojos y un camión debe hacer un viraje para esquivarla.

Ahora dobla por una calle casi desierta, donde hay varios tachos de basura, desbordantes y hediondos. Se acerca a uno de ellos y mira con algún interés el contenido. Hace un ademán como para introducir la mano, pero se contiene.

Camina dos, tres, cinco, diez cuadras. En la esquina anterior a la otra Avenida hay una mujer que pide limosna. Junto a ella dormitan dos niños muy pequeños. Ella se acerca y la mujer reinicia su cantilena.

—¿Por qué pide? ¿Eh?

La mujer la mira asombrada. Está acostumbrada a la dádiva, al rechazo, a la indiferencia. No al diálogo.

—¿Cómo?

—Digo que por qué pide.

—Para comer, señora. Por amor de Dios.

—¿Y no puede trabajar?

—No, señora. Por amor de Dios.

—¿No puede o no quiere?

—No, señora.

—¿No qué?

—No hay trabajo. Por amor de Dios.

—Deje tranquilo al amor de Dios. ¿No se da cuenta de que Dios no quiere amarla?

—No diga eso, señora. No diga eso.

—Tome.

—Gracias, señora. Por amor de Dios.

Ahora camina con pasos más firmes y más rápidos. La mendiga queda atrás, atónita. Uno de sus niños rompe a llorar. Graciela vuelve la cabeza para mirar al grupo, pero no se detiene.

Cuando está a dos cuadras de su casa, distingue borrosamente a Rolando. Está apoyado en la puerta. Camina otra cuadra y lo saluda con el brazo en alto. Él

95

parece no verla. Ella repite el gesto y entonces él responde agitando también su brazo, y viene a su encuentro.

—¿Cómo supiste que venía a casa?

—Muy sencillo. Llamé a tu oficina y me dijeron que hoy no ibas.

—Casi voy al cine.

—Sí, pensé en esa posibilidad. Pero el sol estaba tan lindo que me pareció poco probable que decidieras encerrarte en un cine. Y bueno, me largué hasta aquí, y ya ves, acerté.

La besa en las mejillas. Ella busca en su bolso, encuentra la llave, y abre.

—Vení. Sentate. ¿Querés tomar algo?

—Nada.

Graciela abre las persianas y se quita el tapado. Rolando la mira inquisidoramente.

—¿Estuviste llorando?

—¿Se me nota?

—Tenés el aspecto que técnicamente se denomina: después de la tormenta.

—Bah, sólo un chubasquito.

—¿Qué pasó?

—Poca cosa. Un injusto desaliento ante una mendiga, y antes una justa rabieta con Beatriz.

—¿Con Beatriz? Tan linda ella.

—Buena pieza. Pero siempre me gana.

—¿Y qué pasó?

—Estupidez mía. Es tan imprudente al cruzar las calles. Y me da miedo.

—¿Sólo eso?

Rolando le ofrece un cigarrillo, pero ella lo rechaza. Él toma uno y lo enciende. Echa la primera bocanada y la mira a través del humo.

96

—Graciela, ¿cuándo te vas a decidir?

—¿Decidirme a qué?

—A confesarte a vos misma no sé qué. Evidentemente, algo que no querés admitir.

—No empieces otra vez, Rolando. Me revienta ese tonito paternal.

—Hace mucho que te conozco, Graciela. Antes que Santiago.

—Es cierto.

—Y porque te conozco sé que te sentís mal.

—Me siento.

—Y que te seguirás sintiendo así hasta que lo admitas.

—Puede ser. Pero es difícil. Es duro.

—Ya sé.

—Se trata de Santiago.

—Ah.

—Y sobre todo de mí. Bah, no es tan complicado. Pero es duro. No sé que me pasa, Rolando. Es terrible admitirlo. Pero a Santiago no lo necesito.

—¿Y desde cuándo te sentís así?

—No me pidas fechas. Yo qué sé. Es absurdo.

—No lo califiques todavía.

—Es absurdo, Rolando. Santiago no me hizo nada. Sólo caer preso. ¿Qué te parece? Después de todo, ¿se puede hacer a alguien algo peor, algo más ominoso? Me hizo eso. Cayó preso. Me abandonó.

—No te abandonó, Graciela. Se lo llevaron.

—Ya lo sé. Por eso te digo que es absurdo. Sé que se lo llevaron y sin embargo me siento como si me hubiese abandonado.

—¿Y se lo reprochás?

—No, ¿cómo voy a reprochárselo? Él se portó bien, demasiado bien, soportó la tortura, fue valiente, no de-

97

lató a nadie. Es un ejemplo.

—Y sin embargo.

—Y sin embargo me he ido alejando. Y la lejanía me ha dado respiro para repasar toda nuestra relación.

—Que era buena.

—Buenísima

—¿Entonces?

—Ya no lo es. Él sigue escribiéndome cartas cariñosas, cálidas, tiernas, pero yo las leo como si fueran para otra. ¿Podés aclararme qué ha pasado? ¿Será que la cárcel ha convertido a Santiago en otro tipo? ¿Será que el exilio me ha transformado en otra mujer?

—Todo es posible. Pero también todo puede complementarse. Y enriquecerse. Y mejorarse.

—Yo no he mejorado ni me he enriquecido. Me siento más pobre, más seca. Y no quiero seguir empobreciéndome ni secándome.

—Graciela. ¿Vos seguís compartiendo la actitud política de Santiago?

—Claro. Es también la mía ¿no? Sólo que él cayó. Y yo en cambio estoy aquí.

—¿Le reprochás los compromisos que contrajo?

—¿Estás loco? Hizo lo que había que hacer. Yo también hice lo mío. Por ahí vas mal rumbeado. En eso estuvimos y seguimos unidos. Donde yo no sigo unida es en la relación de dos. No en la social sino en la conyugal ¿entendés? Eso por lo menos lo tengo claro. Lo que no tengo claro es el motivo. Y eso me angustia. Si Santiago me hubiera hecho una porquería, o si lo hubiera visto hacer una porquería a alguien. Pero no. Es un tipo de primera. Leal, buen amigo, buen compañero, buen marido. Y estuve muy enamorada de él.

—¿Y él?

—También. Y al parecer sigue igual. La loca soy yo.

—Graciela. Sos una muchacha todavía. Sos linda, sos inteligente, sos tierna a veces. Quizá lo que echás de menos sea la contrapartida, la retribución afectiva.

—Uy, qué difícil.

—Eso que Santiago no puede darte por correspondencia, y menos por correspondencia bajo censura.

—Es posible.

—¿Puedo hacerte una pregunta muy pero muy indiscreta?

—Podés. Y también puedo no contestarte.

—De acuerdo.

—Venga pues.

—¿Soñás con otros hombres?

—¿Querés decir sueños amorosos?

—Sí.

—¿Te referís a soñar dormida o a soñar despierta?

—A ambas cosas.

—Cuando duermo no sueño con ningún hombre.

—¿Y despierta?

—Despierta sí sueño. Te vas a reír. Sueño con vos.

Don Rafael

(Locos lindos y feos)

Santiago me escribió y está bien. He aprendido a leer
sus entrelíneas y por ellas sé que sigue estando cuerdo.
Mi temor ha sido ése. No que delate o se afloje. Eso no.
Creo que conozco a mi hijo. Mi temor ha sido que se
deslice desde la cordura hacia quién sabe qué. Ya lo dijo una vez el director del penal, no sé si el último o el
penúltimo: "No nos atrevimos a liquidarlos a todos
cuando tuvimos la oportunidad, y en el futuro tendremos que soltarlos. Debemos aprovechar el tiempo que
nos queda para volverlos locos". Por lo menos fue franco ¿verdad? Franco y abyecto. Pero de algún modo esa
impúdica confidencia dio la clave: es en ellos, los sa-
buesos, donde hay algo demencial. Son ellos los que
aprovecharon el tiempo para enloquecerse. Pero no son
locos lindos; son locos disformes, esperpénticos. Locos
por vocación y libre elección, que es la forma más innoble de locura. Fueron becados a Fort Gulick para re-
cibirse de dementes. Ahora bien, aunque aquel director del penal dijo eso hace más de cinco años, yo me sigo aferrando a las únicas seis palabras aprovechables
de su escalofriante programa: "en el futuro tendremos
que soltarlos". Digamos que a Santiago *no se atre-*
vieron a liquidarlo cuando tuvieron la oportunidad,

101

pero ¿estará entre los que soltarán antes de que enloquezcan? Aspiro a que sí. Santiago ha logrado generar, o quizá descubrir en sí mismo, una extraña vitalidad. Su descenso a los infiernos no lo ha incinerado. Chamuscado tal vez. Pienso que, más aún que afiliarse a una esperanza, allí lo que cuenta es aferrarse a la cordura. Y él sigue cuerdo. Toco madera. Y por las dudas que sea sin patas: por ejemplo esta cuchara de olivo, que además es regalo de Lydia. Sigue cuerdo porque se ha incrustado de modo voluntario en la cordura. Y está dosificando prudente y sagazmente sus odios, eso es decisivo. Los odios vivifican y estimulan sólo si es uno quien los gobierna; destruyen y desajustan cuando son ellos los que nos dominan. Sé que es difícil tener sentido común cuando se ha pasado por la humillación y el mutismo empecinado y el asco a la muerte y la alarma sin tregua y el pavor solidario y el martirio en incómodas cuotas. Tras ese itinerario, aferrarse a la cordura puede ser una forma de delirio. Sólo así puede explicarse esa machacona lealtad al equilibrio. Y también por los principios, claro. Pero hubo gentes con muchos y sólidos y declarados principios, que sin embargo flaquearon y después se sintieron como el culo. Gentes a las que no enjuicio, que esto quede y me quede bien claro, porque uno no sabe quién es realmente, cuán incinerable o incombustible es, hasta que no pasa por alguna hoguera. Digo sinceramente que los principios son, por supuesto, un elemento fundamental, pero sólo uno. El resto es respeto a sí mismo, fidelidad a los demás, y sobre todo mucho empecinamiento, mucha terquedad en bruto, y también, se me ocurre ahora, una progresiva desmitificación de la muerte. Porque éste es en definitiva el argumento más contundente y taladrante que esgrimen. La posibilidad cierta, la comparecencia ge-

nuina de la muerte, pero no una muerte cualquiera sino la muerte propia. Y sólo rebajándola ante sí mismo,
sólo mutilándola de su legendaria reputación, puede el
hombre ganar el forcejeo. Convencerse de que morir
no es después de todo tan jodido si se muere bien, si se
muere sin recelos contra uno mismo. No obstante se me
ocurre (a mí que nunca pasé por ese riesgo) que no debe
ser fácil, porque en una coyuntura así uno está espan-
tosamente solo, ni siquiera acompañado por la presencia mugrienta del techo o las paredes, ni por los rostros
inmundos de quienes lo destrozan; está solo con su ca-
pucha, o más exactamente con el revés de la arpillera;
solo con su taquicardia, sus arcadas, su asfixia o su angustia sin fin. Es claro que, cuando eso acaba, cuando
eso concluye y se es consciente de que se sobrevive, debe quedarle a uno un sedimento de dignidad y también
un sarro permanente de rencor. Algo que nunca más se
perderá, aunque el ambiguo futuro depare seguridades
y confianzas y amor y paso firme. Un sarro de rencor
que puede volverse endémico y hasta llegar a contami-
nar las seguridades y las confianzas y el amor y el paso
firme, tal vez compaginados en más de un futuro individual. O sea que estos implacables, estos peritos de la
sevicia, estos caníbales inesperados, estos hierofantes
de la Sagrada Orden del Cepo, no sólo tienen una culpa actual sino también una proyección, que roza el infinito, de esa culpa. No sólo son responsables de cada
inquina individual, o de la suma de esas inquinas, sino
también de haber podrido los viejos cimientos de una
sociedad entera. Cuando suplician a un hombre, lo
maten o no, martirizan también (aunque no los en-
cierren, aunque los dejen desamparados y atónitos en
su casa violada) a su mujer, sus padres, sus hijos, su vida de relación. Cuando revientan a un militante (como

fue el caso de Santiago) y empujan a su familia a un exilio involuntario, desgarran el tiempo, trastruecan la historia para esa rama, para ese mínimo clan.

Reorganizarse en el exilio no es, como tantas veces se dice, empezar a contar desde cero, sino desde menos cuatro o menos veinte o menos cien. Los implacables, los que ganaron sus galones en la crueldad militante, esos que empezaron siendo puritanos y acabaron en corruptos, ésos abrieron un enorme paréntesis en aquella sociedad, paréntesis que seguramente se cerrará algún día, cuando ya nadie será capaz de retomar el hilo de la antigua oración. Habrá que empezar a tejer otra, a compaginar otra en que las palabras no serán las mismas (porque también hubo lindas palabras que ellos torturaron o ajusticiaron o incluyeron en las nóminas de desaparecidos), en la que los sujetos y las preposiciones y los verbos transitivos y los complementos directos, ya no serán los mismos. Habrá cambiado la sintaxis en esa sociedad todavía nonata que en ese entonces aparecerá como debilucha, anémica, vacilante, excesivamente cautelosa, pero con el tiempo irá recomponiéndose, inventando nuevas reglas y nuevas excepciones, palabras flamantes desde las cenizas de las prematuramente calcinadas, conjunciones copulativas más adecuadas para servir de puente entre los que se quedaron y aquellos que se fueron y entonces volverán. Pero nada podrá ser igual a la prehistoria del setenta y tres. Para mejor o para peor; no estoy seguro. Y menos seguro estoy de poder habituarme, si algún día regreso, a ese país distinto que ahora se está gestando en la trastienda de lo prohibido. Sí, es probable que el *desexilio* sea tan duro como el exilio. La nueva sociedad no será levantada por los veteranos como yo, ni siquiera por los jóvenes maduros como Rolando o Graciela. Somos sobrevivientes, claro, pero

104

también heridos y contusos. Ellos y nosotros. ¿Será levantada entonces por los hoy niños, como mi nieta? No lo sé, no lo sé. Quizá los oficiantes, los hacedores de esa patria pendular y peculiar sean los que hoy son niños pero siguen en el país. No los muchachitos y muchachitas que traerán en la retina nieves de Oslo o atardeceres del Mediterráneo o pirámides de Teotihuacán o motonetas de la Via Appia o cielos negros del invierno sueco. Tampoco los muchachitos y muchachitas que traigan en la memoria a los niños mendigos de la Alameda, o a los drogadictos del Quartier Latin, o la borrachera consumista de Caracas, o el tejerazo de Madrid, o las algaradas neonazis del milagro alemán. A lo sumo puede que ayuden, que comuniquen lo aprendido, que pregunten por lo desaprendido, que intenten adaptarse y bregar. Pero quienes forjarán el nuevo y peculiar país del mediato futuro, esa patria que es todavía un enigma, serán los púberes de hoy, los que estuvieron y están allí, los que desde una óptica infantil pero nada amnésica, vieron buena parte de las duras refriegas y cómo otros adolescentes, los del sesenta y nueve y del setenta, eran acribillados como enemigos, y cómo se llevaron a sus padres y tíos y a veces a sus madres y hasta a sus abuelos y sólo mucho más tarde volvían a verlos pero tras las rejas o desde lejos o también desde una proximidad hecha de incomunicación y lejanía. Y vieron llorar y lloraron ellos mismos junto a ataúdes que estaba prohibido abrir, y vieron cómo después vino el silencio atronador en las esquinas, y las tijeras en el cabello y en el diálogo, y eso sí mucho *rock* y *jukeboxes* y tragamonedas para que olvidaran lo inolvidable. No sé cómo ni cuándo, pero esos botijas de hoy serán la vanguardia de una patriada realista. ¿Y nosotros los veteranos? ¿Nosotros las carrozas, como dicen los gaitas? Bueno, los que para entonces todavía estemos lúcidos, nosotros las carrozas que todavía rodemos, nosotros les ayudaremos a recordar lo que vieron. Y también lo que no vieron.

Exilios

(La soledad inmóvil)

A Sofia, Bulgaria, fue a dar H., periodista, experto en asuntos internacionales, corresponsal de un diario búlgaro en Montevideo. A raíz de una de las tantas arremetidas del régimen había tenido que exiliarse en Argentina, donde vivió siete meses, pero tras el asesinato de Zelmar Michelini y Gutiérrez Ruiz, también la Argentina se volvió inhabitable para los exiliados uruguayos. Bajo la protección de las Naciones Unidas, salió hacia Cuba y desde allí a Bulgaria.

Vivía solo, lejos de su mujer y de sus hijos, pero seguramente había hecho amigos entre los búlgaros, gente cálida y acogedora, amiga de los tragos nobles y sentimentales, y habrá disfrutado de esas increíbles avenidas, con canteros de rosas, que se encuentran a lo largo y a lo ancho de esa linda tierra que es la de Dimitrov, claro, pero también la de mi amigo Vasil Popov, que hace más de diez años escribió y publicó un cuento muy tierno sobre dos tupamaros que encontró una vez en el ascensor de un hotel habanero.

Sí, seguramente se habrá acostumbrado al yoghourt (fermentos casualmente búlgaros) y a los popes y al café a la turca, que a mí me resulta insoportable. Pero aun así habrá sentido la inquerida humillación de estar solo y de mirarse cotidianamente al espejo con nuevo asombro y vieja resignación.

Cuando a mediados de 1977 llegué a Sofía para asistir al Encuentro de Escritores por la Paz, hacía pocos días que H., tan periodista él, había sido noticia. Como todas las tardes, había llegado a su apartamento, probablemente se acostó, y sólo se supo de él varios días después, cuando sus compañeros de trabajo, extrañados por su ausencia, fueron a golpear a su puerta y, al no obtener respuesta, trajeron a la policía para que la abriera.

Estaba en su cama, con vida aún, pero ya sin sentido. Un colapso le había provocado una hemiplejia. Hacía por lo menos tres días que estaba en ese estado. De nada valieron los cuidados intensivos.

En rigor, no murió de hemiplejia sino de soledad. Los médicos dijeron que si se le hubiera encontrado a tiempo, seguramente habría sobrevivido. Cuando sus amigos lo hallaron, ya había perdido el sentido, pero se supone que por lo menos durante veinticuatro horas supo qué le estaba ocurriendo. Es desolador tratar de introducirme, inventándolos, en sus pensamientos de hombre inmovilizado. No voy a introducirme, por respeto, aunque quizá estuviera en particulares condiciones de hacerlos verosímiles.

Un par de años antes, en mi exilio porteño, en mi apartamento de solo en Las Heras y Pueyrredón, pasé por un trance bastante parecido. Durante un día entero estuve semi inconsciente, presa del llamado mal asmático. Según parece, algunos amigos me telefonearon, pero yo no me enteré, aunque tenía el teléfono sobre la cama. Seguramente creyeron que no estaba. En aquellos sombríos meses de la Argentina de López Rega, cuando en cada jornada aparecían diez o veinte *cadáveres en los basurales, era frecuente que muchos de nosotros, en ciertas noches particularmente inquietantes, durmiéramos en casas de amigos. En mi llavero siempre había por lo menos tres llaves solidarias.*

En la tarde recuperé vagamente la conciencia y atendí una llamada, sólo una, luego volví a hundirme. Aquel único ademán alcanzó para salvarme. H. ni siquiera tuvo esa posibilidad. La soledad lo había dejado inmóvil.

El otro

(Titular y suplente)

Un rayo la Beatricita, ah si la viera Santiago. Rolando
sabe que ése debe haber sido el examen más duro para
aquel traga famoso. Años sin Beatriz, quién sabía
cuántos. Ahora hay alguna esperanza, pero entonces.
Claro que Santiago tendrá varios otros rubros de nostalgia, Graciela entre ellos por supuesto, pero lo más
bravo debe ser lo de Beatriz, porque cuando cayó recién empezaba a disfrutarla. No mucho, claro, porque
fueron años tremendos, pero de cualquier manera cada
dos o tres días se hacía un ratito para verla, y la traía a
la cama grande y loqueaba un rato con la piba, que
desde que era un gorgojo fue avispadísima. Santiago sí
que era padre de vocación, no como él, Rolando
Asuero, *habitué* de quilombos en primera instancia, de
amuebladas después, en realidad fue la política la que
acabó con su *latin american way of life*, hay que ver
que en los últimos tiempos hasta las amuebladas eran
usadas para contactos clandes, qué desperdicio, él
siempre sentía un poco de vergüenza de no quitarse ni
la campera y de tener que respetar a la compañera de
rigor (tango habemus: *me cachendié, qué gil*) en aquel
ambientacho de jolgorio clásico, bueno alguna vez el
contexto pudo más que el texto, de todos modos

siempre le pareció que era un abuso de autoridad por parte de los irresponsables Responsables, porque las compas por lo general estaban buenísimas y uno tenía que estar tan atento a no excitarse, tan dedicado a pensar en bloques de hielo y cumbres nevadas, que después hasta se olvidaba del mensaje recibido y a trasmitir.

Un rayo la Beatricita. Hoy había estado un buen rato charlando con ella, mientras ambos esperaban a Graciela. A Rolando le encanta cómo la gurisa habla de la madre, y cómo la tiene fichada, y cómo le conoce las inexpugnabilidades y los puntos vulnerables. Pero lo curioso es que lo dice sin vanidad, sin petulancia, más bien con un rigor casi científico. Es claro que ese rigor se esfuma cuando empieza a hablar de Santiago. Lo ha endiosado. Hoy acribilló a Rolando, a tío Rolando (para ella todos los amigos y amigas de Graciela son *tíos*), preguntándole sobre el Penal, sobre cómo serían las celdas, sobre si será cierto que se ve el cielo (él dice que sí, pero ella, a lo mejor es para que Graciela y yo no lloremos) y por qué exactamente estaba preso si tanto Graciela como él, el tío Rolando, aseguraban que era tan bueno y quería tanto a su patria. Y ahí se había callado un ratito para preguntarle después, con los ojos entrecerrados, concentrada en una preocupación que sin duda no era nueva, tío cuál es *mi* patria, la tuya ya sé que es Uruguay, pero yo digo en *mi* caso que vine chiquita de allá, eh, decime de veras, cuál es *mi* patria. Y cuando decía *mi* se tocaba el pecho con el índice, y él había tenido que carraspear y hasta sonarse la nariz para darse tiempo y luego decirle que puede haber personas y sobre todo niños que tengan dos patrias, una titular y otra suplente, pero la gurisa a insistir cuál era entonces su patria titular y él eso está claro tu patria titular es Uruguay, y la gurisa a meter entonces el dedito en la llaga y por qué entonces no me acuerdo nada de mi patria titular y en cambio sé muchas cosas de mi patria suplente. Y menos mal que justo ahí llegó Graciela y abrió la puerta (porque estaban esperando junto a la ventana y sin poder entrar) y fue a lavarse las manos y a peinarse un poco y le ordenó a Beatriz que también se lavara las manos y la gurisa que ya me las lavé al mediodía y Graciela montando en cólera y llevándola de un brazo hasta el lavabo con cierta brusquedad y/o impaciencia, y regresando agitada a donde estaba Rolando, sentado en la mecedora, mirándolo como si sólo ahora advirtiera su presencia y diciéndole hola con una voz cansada e indefensa que sólo lejanamente se parecía a la suya.

Intramuros

(El balneario)

No sé por qué hoy estuve rememorando largamente los veranos en Solís. Era lindo el ranchito y tan cerca de la playa. A veces, cuando me pongo impaciente o rabioso, pienso en las dunas y me tranquilizo. En aquellas temporaditas tan calmas, tan parecidas a la felicidad, ¿quién iba a pensar que después vendría todo lo que vino? Recuerdo cuando subimos a la Sierra, y cuando nos encontramos con Sonia y Ruben, y cuando alquilábamos los caballos y vos te estabilizabas en el trote y no lograbas, pese a tus órdenes y a tus esfuerzos, que el pingo emprendiera el galope, y en consecuencia quedabas reventada. Sin embargo, no sólo me acuerdo de esos detalles costeño-bucólicos; también tengo presente cierta sensación de incomodidad que no me dejaba disfrutar plenamente de aquel sobrio confort de tres semanas. ¿Te acordás de que lo hablamos unas cuantas veces, cuando el atardecer caía sobre el ranchito y la hora del ángelus nos ponía melancólicos y hasta un poco sombríos? Sí, nuestro confort era terriblemente austero, nuestro descanso era baratísimo y nada ostentoso, y sin embargo pensábamos en los que no tenían nada, ni trabajo ni pan ni vivienda, ni mucho menos una hora especial para la melancolía porque su amargura era de tiempo completo. Y así terminábamos en silencio, sin soluciones a la vista, pero sintiéndonos vagamente culpables. Y, claro, a la mañana siguiente, cuando el aire fresco y salobre y el primer sol penetraban desde temprano en el ranchito, ante ese visto bueno de la naturaleza se nos iba la mufa y volvíamos a sentirnos plenos y optimistas y vos te dedicabas a juntar caracoles y yo a andar en bicicleta porque ya en aquellos años vos argumentabas que yo tenía cierta tendencia a la panza, y ya ves, han pasado unos cuantos más y no tengo panza, claro que por otro tratamiento que tal vez no sea el más recomendable. Y los últimos tiempos, cuando también venían los amigos. Eso tenía algo de bueno y algo de malo ¿no? Era más entretenido, por supuesto, y estimulaba provechosas (aunque a veces demasiado largas) discusiones, que para mí tuvieron siempre una clara utilidad: me servían para descubrir en mí mismo qué pensaba verdaderamente sobre tantos temas. Pero ese verano colectivo también era malo, porque nos quitaba intimidad y arrinconaba nuestra posibilidad de diálogo (la de nosotros dos), limitándola nada más que a la cama, un sitio donde por lo común usábamos otros medios de comunicación. Y en qué desparramo ha acabado todo el clan. Alguno ya no está más. Creo que las mujeres andan por Europa (¿te escribís con ellas?). Tengo entendido que uno de los muchachos anda por ahí, ¿lo ves a veces?, dale mis abrazos, ¿qué hace? ¿trabaja? ¿estudia? ¿sigue muy mujeriego? Conservo un buen recuerdo de su erudición tanguera y de su vena conciliadora. ¿Cómo estará Solís? ¿Seguirá existiendo El Chajá? Era lindo almorzar en su salón de troncos, por lo general repleto de ingleses, amables y distantes como siempre. ¿Por qué les gustaría tanto a los ingleses ese balneario? A lo mejor les gustaba por las mismas razones que a nosotros: allí todavía (al menos en aquellos años) se recuperaba la sensación de espacio; se podía ver la playa como playa y no como un vasto negocio con arena; el marco natural había sobrevivido, ya que las viviendas, aun las decorosamente suntuosas, no agraviaban el paisaje. De mañana temprano era bárbaro caminar y caminar junto a la orilla, recibiendo en los pies esas olitas suaves que te daban ganas de seguir viviendo. Creo que eso nos gustaba también porque de algún modo simbolizaba al Uruguay de entonces, país de olitas suaves, no de las batientes tempestuosas que vinieron después. En uno de los extremos había rocas, pero no grandes rompientes. Uno sencillamente se sentaba y el agua invadía los espacios entre roca y roca, recorría y limpiaba esos canalitos, ponía patas arriba a los cangrejos y sacudía las mitades de mejillones que siempre se agrupaban en algún recoveco de piedras y cantos rodados. Al atardecer la sensación era distinta, quizá menos generadora de energía o de optimismo, pero portadora de un sosiego que nunca volví a experimentar. El sol se iba escondiendo tras las dunas de Jaureguiberry, y el rítmico chasquido de las olas mansas se entremezclaba con algún mugido que parecía lejanísimo y quizá por eso se volvía taciturno y agorero. Algunos días nos contagiábamos de esa congoja provisional, pero a veces se convertía imprevistamente en la sal de la jornada, sencillamente porque no teníamos motivos personales para la hipocondría, y entonces, aunque a vos a veces se te humedecieran los ojos verdes y a mí se me formara un nudo en la garganta, siempre éramos conscientes de que no había causas concretas para la tristeza, salvo las congénitas, las que vienen adscriptas al mero hecho de vivir y morir. Y volvíamos caminando despacito, ahora abrazados y en silencio, y en la palma de mi mano derecha sentía que la piel de tu cintura desnuda se erizaba, seguramente porque ya empezaba a correr un anticipo de la brisa nochera, y hacía falta llegar al rancho para ponernos los pulóveres y tomar una grapita con limón y preparar el churrasco con huevos y ensalada y besarnos un poco, no demasiado, porque lo mejor venía después.

Beatriz

(Una palabra enorme)

Libertad es una palabra enorme. Por ejemplo, cuando terminan las clases, se dice que una está en libertad. Mientras dura la libertad, una pasea, una juega, una no tiene por qué estudiar. Se dice que un país es libre cuando una mujer cualquiera o un hombre cualquiero hace lo que se le antoja. Pero hasta los países libres tienen cosas muy prohibidas. Por ejemplo matar. Eso sí, se pueden matar mosquitos y cucarachas, y también vacas para hacer churrascos. Por ejemplo está prohibido robar, aunque no es grave que una se quede con algún vuelto cuando Graciela, que es mi mami, me encarga alguna compra. Por ejemplo está prohibido llegar tarde a la escuela, aunque en ese caso hay que hacer una cartita, mejor dicho la tiene que hacer Graciela, justificando por qué. Así dice la maestra: justificando.

Libertad quiere decir muchas cosas. Por ejemplo, si una no está presa, se dice que está en libertad. Pero mi papá está preso y sin embargo está en Libertad, porque así se llama la cárcel donde está hace ya muchos años. A eso el tío Rolando lo llama qué sarcasmo. Un día le conté a mi amiga Angélica que la cárcel en que está mi papá se llama Libertad y que el tío Rolando había dicho qué sarcasmo y a mi amiga Angélica le gustó tan-

119

to la palabra que cuando su padrino le regaló un perri-
to le puso de nombre Sarcasmo. Mi papá es un preso
pero no porque haya matado o robado o llegado tarde a
la escuela. Graciela dice que mi papá está en Libertad,
o sea está preso, por sus ideas. Parece que mi papá era
famoso por sus ideas. Yo también a veces tengo ideas,
pero todavía no soy famosa. Por eso no estoy en Libertad, o sea que no estoy presa.

Si yo estuviera presa, me gustaría que dos de mis muñecas, la Toti y la Mónica, fueran también presas
políticas. Porque a mí me gusta dormirme abrazada
por lo menos a la Toti. A la Mónica no tanto, porque es
muy gruñona. Yo nunca le pego, sobre todo para darle
ese buen ejemplo a Graciela.

Ella me ha pegado pocas veces, pero cuando lo hace
yo quisiera tener muchísima libertad. Cuando me pega
o me rezonga yo le digo Ella, porque a ella no le gusta
que la llame así. Es claro que tengo que estar muy alunada para llamarla Ella. Si por ejemplo viene mi
abuelo y me pregunta dónde está tu madre, y yo le contesto Ella está en la cocina, ya todo el mundo sabe que
estoy alunada, porque si no estoy alunada digo solamente Graciela está en la cocina. Mi abuelo siempre
dice que yo salí la más alunada de la familia y eso a mí
me deja muy contenta. A Graciela tampoco le gusta
demasiado que yo la llame Graciela, pero yo la llamo
así porque es un nombre lindo. Sólo cuando la quiero
muchísimo, cuando la adoro y la beso y la estrujo y ella
me dice ay chiquilina no me estrujes así, entonces sí la
llamo mamá o mami, y Graciela se conmueve y se pone
muy tiernita y me acaricia el pelo, y eso no sería así ni
sería tan bueno si yo le dijera mamá o mami por cualquier pavada.

O sea que la libertad es una palabra enorme. Graciela dice que ser un preso político como mi papá no es ninguna vergüenza. Que es casi un orgullo. ¿Por qué casi? Es orgullo o es vergüenza. ¿Le gustaría que yo dijera que es casi vergüenza? Yo estoy orgullosa, no casi orgullosa, de mi papá, porque tuvo muchísimas ideas, tantas y tantísimas que lo metieron preso por ellas. Yo creo que ahora mi papá seguirá teniendo ideas, tremendas ideas, pero es casi seguro que no se las dice a nadie, porque si las dice, cuando salga de Libertad para vivir en libertad, lo pueden meter otra vez en Libertad. ¿Ven comó es enorme?

Exilios

(Penúltima morada)

La muerte de un compañero (y más cuando se trata de alguien tan querido como Luvis Pedemonte) es siempre un desgarramiento, una ruptura. Pero cuando la muerte culmina su asedio en el exilio, y aun si ello sucede en un ámbito tan fraterno como éste, el desgarramiento tiene otras implicancias, otro significado.

Ese desenlace natural, ese final obligatorio que es la muerte, tiene siempre algo de regreso. Vuelta a la tierra nutricia; vuelta a la matriz de barro, de nuestro barro, que nunca va a ser igual a los otros barros del mundo. La muerte en el exilio es aparentemente la negación del regreso, y éste es quizá su lado más oscuro.

Por eso, durante el largo período de la penosa enfermedad de Luvis, nos era tan difícil verlo animarse, sonreír, hacer proyectos, y más difícil todavía meternos en el disimulo, nombrar futuros que lo incluían, imaginar o sobrentender que volvería a respirar el aire de su cuadra, a ver la playa, ese luminoso corazón del día montevideano, y disfrutar las uvas, los duraznos, esos lujos del pobre.

Cómo hablar de las buenas cosas simples que dan gusto a la vida y que daban sentido a la suya, si sabíamos que la muerte le seguía el rastro y que nadie podía guardarlo ni esconderlo, ni morirse por él, ni menos aún convencer a su sabueso, ni siquiera derramar un llanto clave para que permaneciera vital entre nosotros.

En los primeros tiempos el exilio era, entre otras cosas, el duro hueso de vivir distante. Ahora es también el de morirse lejos. La lista tiene ya cinco o seis nombres. La soledad, las enfermedades o los tiros, acabaron con ellos y quién sabe cuántos más son ahora tántos menos en el vastísimo país errante.

El trago es más amargo si pensamos que morir de exilio es la señal de que no sólo a Luvis sino a todos nos han quitado transitoriamente ese supremo derecho a abandonar el tren en la estación donde el viaje empezara. Nos han quitado nuestra muerte doméstica, sencillamente nuestra, esa muerte que sabe de qué lado dormimos, de qué sueños se nutren las vigilias.

Por eso cuando ahora admitimos que Luvis, compañero querido como pocos, se va sin haber regresado, le prometemos bregar no sólo por cambiar la vida sino también por preservar la muerte, esa muerte que es matriz y nacimiento, la muerte en nuestro barro.

Luvis fue un excelente periodista, un militante revolucionario, un amigo leal, un ferviente admirador de la Revolución cubana, pero acaso podamos sintetizar todos esos matices diciendo que fue un excepcional hombre de pueblo, con los atributos de sencillez y modestia, de apasionamiento y generosidad, de capacidad de afecto y de trabajo, alegría y valor, eficacia y responsabilidad, que de alguna manera compendian lo mejor de nuestro pueblo.

En él se daban dos rasgos complementarios, que no siempre coexisten en el exiliado; por un lado, el ojo y el oído indeclinablemente atentos a los sufrimientos y a

124

las luchas, a los rumores y las imágenes, de la patria lejana, y por otro, su amplia capacidad de ser útil puesta al servicio de su fecunda integración en Cuba, cuya revolución comprendía, defendía y quería como si fuera la propia, y sabiendo que de algún modo era la suya, era la nuestra.

Con todas sus frustraciones y amarguras, el exilio no fue nunca para él un motivo, ni mucho menos un pretexto, de autoconfinamiento y soledad. Él sabía que la mejor fórmula contra el azote del exilio es la integración en la comunidad que acoge al exiliado, y así, firme en su convicción, trabajó con denuedo y alegría, casi como un cubano más, sin dejar nunca de ser un uruguayo cabal.

Recordemos que entre los lugares comunes que, en el mundo capitalista, rodean el negocio de la muerte, frecuentemente se habla de la "última morada". Sin embargo, para un compañero como Luvis, ésta en que hoy lo dejamos sólo será la penúltima, ya que su última morada estará siempre en nosotros, en nuestro afecto, en nuestro recuerdo. Y será una morada de puertas abiertas y ventanas con cielo.

Sólo así venceremos a esta muerte que parece sin regreso. Y la venceremos porque nadie duda que Luvis regresará con aquellos de nosotros que volvamos algún día al terruño. Regresará en nuestros corazones, en nuestra memoria, en nuestras vidas. Corazones, memoria y vidas que serán considerablemente mejores por el mero hecho de volver con tan honesto y leal, tan digno y generoso, tan sencillo y veraz, hombre de pueblo.

Heridos y contusos

(Verdad y prórroga)

A última hora de la tarde fue a ver a su suegro. Hacía como quince días que no lo visitaba. El único problema era que sus horarios no coincidían.

—Caramba, caramba —dijo don Rafael después de besarla—. Algo grave debe ocurrir cuando venís a verme.

—¿Por qué dice eso? Bien sabe que me gusta conversar con usted.

—A mí también me gusta charlar contigo. Pero vos sólo venís cuando tenés problemas.

—Puede ser. Y le pido perdón.

—No jorobes. Vení cuando quieras. Con o sin problemas. ¿Y mi nieta?

—Un poco resfriada, pero en general bien. En los últimos meses, está consiguiendo buenas notas en la escuela.

—Es inteligente, pero además es astuta. Digamos que sale al abuelo. ¿No la trajiste por el resfrío?

—Un poco por eso. Y también porque quería hablar a solas con usted.

—Te lo anuncié ¿viste? Bueno, ¿cuál es el problema?

Graciela se sentó en el sofá verde, casi se arrojó en él. Miró lenta y detenidamente aquel recinto levemente desordenado, aquel apartamento de viejo solo, y sonrió con desgano.

—Me resulta difícil empezar. Sobre todo porque es usted. Y sin embargo es con el único que quiero hablarlo.

—¿Santiago?

—Sí. Mejor dicho: sí y no. El tema lateral es Santiago, pero el central soy yo.

—Mirá que son egocéntricas las mujeres.

—No sólo las mujeres. Pero en serio, Rafael, el tema estricto tal vez sea: Santiago y yo.

También el suegro se sentó, pero en la mecedora. Se le ensombrecieron un poco los ojos, pero antes de hablar se balanceó un par de veces.

—¿Qué es lo que no marcha?

—Yo no marcho.

El suegro pareció dispuesto a acortar camino.

—¿Ya no lo querés?

Evidentemente, Graciela no estaba preparada para entrar tan rápidamente en materia. Emitió un sonido poco menos que gutural. Después resopló.

—Tranquilizate, mujer.

—No puedo. Mire cómo me tiemblan las manos.

—Si de algo te sirve, te diré que hacía ya unos meses que me lo veía venir. Así que no me voy a asustar de nada.

—¿Lo veía venir? ¿Se me nota entonces?

—No, muchacha. No se te nota así, en general. Sencillamente, te lo noto yo, que te conozco desde hace tantos años y que además soy el padre de Santiago.

Graciela tenía frente a ella una buena reproducción del Fumador, de Cezanne. Cien veces había visto allí esa imagen de sosiego, pero sintió de pronto que no podía aguantar aquella mirada, que le pareció oblicua.

128

En otras tardes y en otras penumbras, la mirada del Fumador le había parecido perdida en divagaciones, pero ahora en cambio imaginó que la miraba a ella. Quizá todo venía de esa pipa, sostenida en la boca de un modo muy semejante a como la sostenía Santiago. Así que apartó la vista y miró nuevamente a su suegro.

—A usted le va a parecer una locura, una insensatez. Le adelanto que a mí también me lo parece.

—A mis años nada parece una locura. Uno acaba por acostumbrarse a los exabruptos, a los estallidos, a las corazonadas. Empezando por las propias.

Graciela pareció animarse. Abrió el bolso, extrajo un cigarrillo y lo encendió. Le ofreció el paquete a don Rafael.

—Gracias, pero no. Hace ya seis meses que no fumo. ¿No te habías dado cuenta?

—¿Y eso por qué?

—Problemas de circulación, pero nada serio. Después de todo, me vino bien. Al principio era desesperante, sobre todo después de las comidas. Ahora ya me acostumbré.

Graciela aspiró lentamente el humo, y al parecer eso le dio coraje.

—Usted me preguntó si ya no quiero a Santiago. Tanto si le respondo que sí como si le contesto que no, estaría distorsionando la verdad.

—Parece que la cosa viene complicada ¿eh?

—Un poco. Es claro que en un sentido lo sigo queriendo, entre otras cosas porque Santiago no ha hecho nada para que yo lo dejase de querer. Usted sabe mejor que nadie cómo se ha comportado. Y no sólo en sus lealtades políticas, militantes. También en lo personal. Conmigo siempre ha sido buenísimo.

—¿Y entonces?

129

—Entonces lo sigo queriendo como se quiere a un amigo estupendo, a un compañero de conducta intachable que, por otra parte, es nada menos que el padre de Beatriz.

—Pero.

—Pero yo, como mujer, no lo sigo queriendo. Es en este sentido que no lo necesito, ¿me entiende?

—Es claro que te entiendo. No soy tan bruto. Además lo decís con mucha claridad y con mucha convicción.

—¿Cómo podría resumirlo? Quizá diciéndolo rudamente. Y espero que usted me perdone. No quisiera acostarme más con él. Le parece horrible ¿verdad?

—No, no me parece horrible. Me parece triste, tal vez, pero la verdad es que últimamente el mundo no es una fiesta.

—Si Santiago no estuviera preso, esto no sería tan grave. Sería simplemente lo que le ocurre a tanta gente. Podríamos hablarlo, discutirlo. Estoy segura de que al final Santiago lo entendería, aunque mi decisión lo amargara o lo decepcionase. Pero está en la cárcel.

—Sí, está en la cárcel.

—Y eso hace que me sienta como cercada. Él está preso allá, pero yo también estoy aprisionada en una situación.

Sonó el teléfono. Graciela hizo un gesto de fastidio: el timbrazo destruía el clima de comunicación, estropeaba la confidencia. El suegro dejó la mecedora y levantó el tubo.

—No, ahora no estoy solo. Pero vení mañana. Tengo ganas de verte. Sí, de veras. No estoy solo, pero no es una presencia que deba preocuparte. Bueno, te espero en la tarde. ¿A las siete te parece bien? Chau.

El suegro colgó y volvió a instalarse en la mecedora.

130

Miró a Graciela, calibró su expresión de sorpresa y no tuvo más remedio que sonreír.

—Bueno, estoy viejo pero no tanto. Y además, la soledad total es muy jodida.

—Me sorprendí un poco, pero me alegro, Rafael. También me dio un poco de vergüenza. Uno está siempre demasiado atento a su propio ombligo: le parece que los problemas propios son los únicos importantes. No siempre se da cuenta de que los demás también tienen los suyos.

—Te diré que a esto mío yo no lo llamaría exactamente problema. No es una muchacha ¿sabés? Aunque sí es bastante más joven que yo. Eso siempre estimula. Además, es buena gente. Todavía no sé cuánto durará, pero por ahora me hace bien. Confidencia por confidencia, te diré que me siento menos inseguro, más optimista, con más ganas de seguir viviendo.

—De veras me alegro.

—Sí, yo sé que sos sincera.

El suegro estiró un brazo hasta una puertita de la biblioteca. La abrió y extrajo una botella y dos vasos.

—¿Querés un trago?

—Sí, me vendrá bien.

Antes de beber se miraron y Graciela sonrió.

—Con su inesperada historia casi me hizo olvidar la mía.

—No lo creo.

—Lo digo en broma. ¿Cómo voy a olvidarla?

—Graciela, ¿es simplemente eso? ¿No acostarte más con Santiago, cuando éste salga algún día del Penal? ¿Es sólo eso o hay algo más?

—Al principio no había. Era sólo el alejamiento, en realidad *mi* alejamiento. Descartar una futura relación conyugal con Santiago.

—¿Y ahora?

—Ahora es distinto. Creo que estoy empezando a enamorarme.

—Ah.

—Dije que creo que estoy empezando.

—Mirá, si admitís que estás empezando es que ya te enamoraste.

—Puede ser. Pero no estoy segura. Usted lo conoce. Es Rolando.

—¿Y él?

—También para él es duro. Siempre fueron buenos amigos con Santiago. No crea que no me doy cuenta de que ésta es una complicación adicional.

—Te la buscaste bien difícil ¿eh?

—Ya lo creo. Demasiado.

—¿Y qué vas a hacer? ¿O qué hiciste ya? ¿Le escribiste a Santiago?

—Esto es fundamentalmente por lo que vine a verle. No sé qué hacer. Por un lado, Santiago me sigue escribiendo cartas muy enamoradas. Sé que es sincero. Y yo me siento muy falluta tratando de contestarle en esa misma vena. Por otro, me parece espantoso que él, allá en Libertad, entre cuatro paredes, reciba un día una carta mía (estoy segura de que el sadismo de los milicos haría que se la entregaran de inmediato) en la que yo le diga que no quiero ser más su mujer y para colmo que estoy enamorada de uno de sus mejores amigos. Hay días en que comprendo que, pese a todo, es necesario que se lo escriba de una buena vez, y otros en que me digo que eso sería una crueldad inútil.

—Es penoso ¿no?

—Sí.

—Me inclino a pensar que el mero hecho de decírselo sería lo que expresaste al final: una crueldad inútil. Vos

132

y Beatriz son para Santiago sus razones de vida.

—¿Y usted?

—Yo soy su padre. Es otra cosa. Los padres vienen de regalo, nadie los elige. La mujer y los hijos se adquieren por un acto de voluntad, por una decisión propia. Santiago me quiere, claro, y yo lo quiero a él, pero siempre ha mediado entre nosotros una distancia. Con su madre era distinto. Ella sí había logrado una buena comunicación, y su muerte fue para Santiago una catástrofe difícil de asimilar. Es claro que entonces tenía quince años. Pero, como te decía, ahora para él y allí donde está, vos y Beatriz son su futuro; mediato o inmediato, no importa. Él piensa que algún día se reunirá con ustedes dos y todo recomenzará.

—Sí, eso es lo que piensa.

—Ahora bien, como vos decís, si él no estuviera en la cárcel todo eso sería triste pero más normal. Nunca es buena la ruptura de una pareja, pero a veces una continuidad forzada puede ser mucho peor.

—¿Qué me aconseja, Rafael?

El suegro empina el vaso y acaba con el whisky que se había servido. Ahora es él quien resopla.

—Meterse en la vida de los demás es siempre una imprudencia.

—Pero Santiago es su hijo.

—Y vos también sos un poco mi hija.

—Yo lo siento así.

—Ya lo sé. Por eso es más complicado.

Otra vez suena el teléfono, pero el suegro no levanta el tubo.

—No te preocupes. No es Lydia. ¿Te había dicho su nombre? Quien llama siempre a esta hora es un pesado. Un alumno que me hace interminables consultas sobre bibliografía.

Al parecer el alumno es perseverante o terco o ambas cosas, porque el teléfono sigue sonando. Por fin vuelve el silencio.

—Ya que me preguntás, yo sería partidario de que no le escribieras nada sobre el tema. O sea que sigas simulando. Ya sé que eso hace que te sientas mal. Pero tené en cuenta que vos estás libre. Tenés otros motivos de interés y de afecto. Él en cambio tiene cuatro paredes y algunos barrotes. Decirle la verdad sería destruirlo. Y yo no querría que mi hijo fuera destruido precisamente ahora, después que ha sobrevivido a tantas calamidades. Algún día, cuando salga (sé que va a salir) podrás decírselo con todas las letras y también enfrentar toda su amargura. Y cuando llegue esa ocasión, te autorizo a que le digas que fui yo quien te aconsejó el silencio. Al principio le dará mucha bronca, estallará como en sus mejores tiempos, llorará tal vez, creerá que el mundo se viene abajo. Pero para entonces ya no estará entre cuatro paredes, ya estará lejos de los barrotes, y también tendrá, como vos ahora, otros motivos de interés y de afecto. Bueno, ésta es mi opinión. Vos me la pediste.

—Sí, yo se la pedí.

—¿Y qué te parece?

Ahora el suegro parecía más ansioso y nervioso que ella. Cuando inclinó nuevamente la botella, advirtió que la mano que sostenía el vaso le temblaba un poco. También Graciela lo notó.

—Tranquilícese— dijo, parodiándolo. Él se aflojó entonces y rió, pero sin muchas ganas.

—Tal vez sea lo mejor. O por lo menos lo único sensato.

—Comprendo que ninguna solución es totalmente aceptable. ¿Y sabés por qué no lo es? Porque lo único verdadermanete inaceptable es la situación que vive Santiago.

—Creo que voy a seguir su consejo. Seguiré simulando.

—Además, el futuro puede deparar sorpresas. A todos. Así como hoy no lo necesitás, podés volver a necesitarlo.

—Me cree demasiado inestable ¿verdad, Rafael?

—No. Creo que todos, los que estamos aquí y los que están en tantas otras partes, vivimos un desajuste. Unos más, otros menos, hacemos el esfuerzo por organizarnos, por empezar de nuevo, por poner un poco de orden en nuestros sentimientos, en nuestras relaciones, en nuestras nostalgias. Pero no bien nos descuidamos, reaparece el caos. Y cada recaída en el caos (perdoná la redundancia) es más caótica.

Graciela cerró los ojos por un rato. El suegro la miró, intrigado. Quizá tuvo miedo de que soltara el llanto. Pero ella volvió a abrirlos y sólo estaban levemente húmedos, o quizá un poco brillantes. Miró atentamente el vaso vacío que tenía aún en su mano y lo estiró hacia don Rafael.

—¿Me da otro traguito?

Don Rafael

(Noticias de Emilio)

Me siento como estrujado, como perdido. Como jade-
ante, pero sin jadeo. Como tras una vivencia, miserable y primaria, de la paternidad. Como si me viera
desde lejos en un escaparate (ya casi perdí el hábito de
decir vidriera) y mi propia imagen fuera la de un
maniquí al que, para hacerlo más ridículo, sólo le hu-
bieran dejado puesta una corbata. Afortunadamente,
parece que convencí a Graciela, pero yo mismo ¿estoy
convencido? La hipocresía es un vicio, pero no estoy
tan convencido de que la franqueza sea siempre una
virtud. Quiero ser realista, quiero ser amplio, quiero
ser flexible, quiero ser contemporáneo. La joda es que
además soy padre. O sea que cuando Santiago salga
por fin de su prisión (el abogado acaba de enviarme
una carta bastante esperanzadora), aquí le espera otra.
Ver a Graciela a través de los barrotes de un amor ajeno. Rescatar a Beatriz los fines de semana y llevarla al
zoológico y a los parques y alguna vez al cine y preguntarle muy pocas cosas comprometedoras porque cada
respuesta, por candorosa que sea, le traerá un desaso-
siego, le hará hacer el cálculo. Y luego: tratar nuevamente a Rolando ¿como qué? ¿como al viejo compañero de militancia y hasta de celda o como al hombre que

ahora se acuesta con su mujer? ¿Qué pasa señores con mi hijo? Sé lo que posee y hasta lo que le sobra, pero la pregunta de hoy es qué le falta. ¿Cuál ha sido la carencia de esta historia? No me cuesta imaginar los pliegues y repliegues que hacen que la gente lo quiera, pero me declaro tachuela acerca de los despliegues que lo conducen al desamor. ¿Qué carencia ha heredado de mí o de su madre? Tengo que encontrarla. Tengo que encontrar a ese hijo verdadero que acaso todavía no sé quién es. Hoy precisamente desempolvé la carta clandestina, la única que hasta ahora (todavía ignoro cuál fue el insólito canal) pudo enviar con total garantía de que no pasara por la censura carcelaria. Y extrañamente esa carta singular fue para mí y no para Graciela. "Fijate, Viejo, si estaré seguro de este *correo* que he resuelto decirte las imprudencias que vas a leer. A alguien tengo que hacerle señas desde este páramo y a quién sino a vos. Tengo que hacer señas para no desarmarme, para no reducirme a pedazos. No te aflijas: es una metáfora. Pero de alguna manera traduce una sensación ¿no? Pongamos las cosas en claro: no tengas miedo de que haya hablado, o delatado a alguien. Eso no. Hay algunas pocas cosas que vos me enseñaste y ésa es una de las que aprendí. Ah, pero tampoco soy un héroe. ¿Te asombrarías si te dijese que aún no sé si callé por convicción o por cálculo? Sí, por cálculo. Siempre observé que mientras lo negás todo, si te obstinás en decir que no y que no con la cabeza, con las manos, con los labios, con los ojos, con la garganta, los tipos igual te dan como en bolsa, claro, pero a veces notás que en el fondo sospechan que les estás diciendo la verdad, o sea que no sabés nada de nada; ah pero en cambio si flaqueás y decís una cosa mínima, una pavada que acaso no les sirva para nada y con la que no jodés a nadie,

138

entonces la actitud cambia, porque a partir de ese momento creen que sabés muchísimo más, y ahí sí que te amasijan, se ensañan con vos. Si negás permanentemente, te van a reventar, es lógico, pero también es posible que a partir de cierto día te dejen tranquilo, porque quizá se convenzan de que efectivamente no sabés nada. Pero si decís algo, un dato mínimo, entonces jamás te dejarán tranquilo. A lo mejor te abandonan por un tiempo, pero después vuelven a la carga. Les obsesiona extraerte el resto. De ahí que te repita que no sé si callé por convicción o por cálculo. Tal vez sea por esto último. Pero en el fondo son defensas que uno genera. De todos modos estoy conforme, porque nadie cayó por una flojera mía. Pero no es de esto que quiero hablarte. Vos sabés cuál ha sido siempre la argumentación del abogado: no maté a nadie ¿estamos? Pues sí maté. Que no te venga el infarto ¿eh? Esto no lo saben ni el abogado ni mis compañeros ni Graciela ni nadie. Sólo vos lo estás sabiendo ahora, y lo estás sabiendo porque tengo que quitármelo de encima. Ya ves que lo arriesgo poniéndolo aquí en blanco y negro, por máxima que sea la seguridad en el *correo*, y sin embargo lo hago porque ya no puedo llevarlo a solas. Te cuento. Hacía como diez días que yo estaba en el *enterradero*, uno de tantos. Los últimos dos días los había pasado solo, sin salir jamás a la calle, comiendo exclusivamente de latas, leyendo alguna novela policial, escuchando la radio a transistores pero sólo con auricular para no llamar la atención. De día estaban las persianas cerradas. También de noche, claro, pero sin encender ninguna luz. Había que mantener el aspecto de casa deshabitada. La gran ventaja de ese *enterradero* era que tenía salidas a dos calles distintas, y eso, en medio de todo, me otorgaba cierta seguridad, porque la segunda salida estaba muy disimulada, al final de un corredor al que daban varios apartamentos. La mayoría eran bulincitos, así que el movimiento era escaso y eso también ayudaba. Yo sí que dormía con un ojo abierto, y una noche ciertos roces leves y pasos casi imperceptibles hicieron que abriera el ojo número dos. Me pareció que provenían del jardincito del frente. Miré por entre las persianas y vi una sombra que apenas se balanceaba. Pero no alcancé a distinguir si era la sombra de un tipo o la de un pinito medio enano que había en el segundo cantero. Me quedé inmóvil, pero de pronto tuve la intuición de que alguien se movía en el interior de la casa. Pensándolo ahora, creo que ellos estaban tan seguros de que allí no había nadie que descuidaron un poco sus normas de seguridad. Además, tengo la impresión de que eran pocos, sólo tres o cuatro, y que se habían acercado a la casa no porque supieran nada en concreto sino porque a esa altura sospechaban de todo. Y entonces me iluminó una linterna y pasó un minuto que para mí fue una eternidad y una voz dijo muy bajo: Santiago ¿que hacés vos aquí? Al principio pensé en algún compañero, pero no podía ser porque ellos me llamaban de otro modo, pero luego él apartó un poco la linterna que me encandilaba y pude ver, primero el uniforme, luego el arma que empuñaba, por último el rostro. ¿Sabés quién era? Agarrate, Viejo. Era Emilio. Sí, el mismito que vos pensás, el hijo de tía Ana, tu sobrino. No sabés el desfile de imágenes que pasan por la cabeza de uno en un momento así. Yo tenía poco margen para tomar decisiones; más bien era él quien podía dominar la situación, ya que yo no estaba en condiciones de alcanzar mi arma. En el jardincito había pasos, ruiditos. Él volvió a hablar: Santiago, rendite, es lo mejor, no sabía que anduvieras en esto pero rendite. Y miraba el arma, no la suya sino la mía, la que yo no podía alcanzar. Yo tampoco sabía que anduvieras en esto, Emilio. Ambos hablábamos en susurros. Tántos años sin vernos, murmuró. Mal momento para encontrarnos ¿eh?, susurré. Y de pronto tomé una decisión instantánea. Puse mi dos puños juntos y me arrimé a él, como para que me esposara las muñecas. Está bien, me rindo. Y él se confió. No se hubiera confiado en ningún otro. Dejó que me acercara y hasta me parece que bajó un poco el arma. No sé ahora qué movimientos vertiginosos hice, pero lo cierto es que tres segundos más tarde esas dos manos mías que iban a ser esposadas le estaban apretando el cuello y lo siguieron apretando hasta que quedó inmóvil. No sé cómo pudo ocurrir todo tan silenciosamente. Las sombras seguían moviéndose en el jardincito pero tampoco hablaban, y era comprensible, no podían revelar así nomás su presencia. Yo estaba descalzo pero vestido, siempre dormía vestido. Caminé todo lo rápido que pude hacia la segunda salida, recogiendo de paso unas alpargatas que estaban sobre una silla. Llegué a la puerta de la otra calle, la que daba al corredor de los bulincitos. Ahí no había persianas ni mirilla, o sea que simplemente había que arriesgarse, y me arriesgué. Salí y no había nadie. Eran las tres de la madrugada. Avancé diez metros, sin correr, y de pronto lo vi y no podía creerlo: un ómnibus avanzaba lentamente, con sólo dos pasajeros, uno de esos viejos autobuses de Cutcsa con plataforma abierta. Trepé de un salto. Media hora después bajé en la Plaza Independencia. Nunca los diarios mencionaron esa minioperación frustrada, ni el nombre de Emilio apareció como una de las nobles víctimas de la subversión asesina. Sólo el aviso mortuorio. Y hasta estábamos nosotros (vos, yo, Graciela, etc.) entre los deudos que participaban con profundo dolor el fallecimiento. Quizá vos hayas estado en el velorio. Yo no, claro, aunque en algún momento tuve la tentación. Pero a esa altura ya estaba muy quemado. Un año después, cuando nos agarraron en la redada de Villa Muñoz, me sometieron a cientos de interrogatorios, me deshicieron bastante, pero jamás me preguntaron sobre eso. ¿Por qué no dieron cuenta del hecho? Nunca lo sabré. La verdad es que nadie en la familia sabía que Emilio era cana. Pero si su profesión era tan misteriosa, ¿por qué llevaba uniforme? Te preguntarás por qué te ensarto todo esto. Te lo cuento porque nunca me he librado de esa acción, que para mí fue obligada. ¿Prejuicio pequeñoburgués? Tal vez. Es mi única muerte, qué ironía. Estuve en más de un enfrentamiento y en varias ocasiones estuvieron a punto de limpiarme, y yo también estuve a punto de liquidar a alguno, pero parece que mi puntería deja un poco que desear. No tengo ninguna otra muerte en mi haber (¿o será en mi debe?). ¿Cuál es el problema? Que el primo no se me borra. Ni se me borran mis manos crispadas apretándole el cuello. Sueño con él dos o tres veces al mes, pero nunca en el acto de matarlo. No son pesadillas. Sueño con un pasado lejanísimo, cuando ambos éramos niños (me llevaba un año ¿no?) y jugábamos al fútbol en el campito que quedaba atrás de la iglesia, o cuando en los meses de vacaciones íbamos al Prado en horas de la siesta, mientras ustedes los adultos sucumbían a la modorra y nosotros nos sentíamos particularmente libres y nos tendíamos sobre el césped o el colchón de hojas y divagábamos y divagábamos y hacíamos proyectos en el que siempre íbamos a estar juntos y a viajar pero en barco porque los aviones nos daban miedo y además, así decía Emilio, en la cubierta del barco podremos jugar al rango y a la payana y en cambio en los aviones eso está prohibido por las azafatas, y seguíamos divagando y él iba a ser ingeniero, porque me gusta la regla de tres compuesta decía, y yo iba a ser músico porque me gustaba tocar La Cumparsita soplando en una hojilla de fumar a tavés de un peine, y también hablábamos de ustedes los viejos y él dictaminaba, no nos comprenden pero nos quieren, y teníamos fijada la frontera de los catorce años para escaparnos definitivamente de su casa y de mi casa e iniciar así el tomo de aventuras que tantas veces habíamos construido oralmente. Es con ese Emilio que sueño y por eso no son pesadillas. La pesadilla viene cuando me despierto y entonces veo mis manos apretándole el cogote que no era suave y finito como cuando teníamos ocho nueve diez sino corto y rechoncho o acaso me pareció así debido al cuello del uniforme. En varias ocasiones, aquí en el Penal o antes en el cuartel, salió su nombre a luz, y nadie sabe que era mi primo, y todos coinciden en que era un verdugo, uno de los durísimos, un canalla que disfrutaba metiéndole al preso la picana en el culo o en los huevos, y algunos conocen que murió hace un tiempo pero ignoran en qué circunstancias y yo no aclaro nada cuando alguien comenta ojalá no haya sido de muerte natural, ojalá le hayan machacado el cerebro a ese hijo de puta, sádico de mierda y otros calificativos igualmente elogiosos. De modo que no es exactamente un sentido de culpa esto que a veces me desasosiega, sino pensar que esa madrugada de alguna manera acogoté mi infancia. Y tal vez acordarme de la mirada de confianza que él tenía cuando yo puse los puños juntos como para que me esposara las muñecas. Y tal vez pensar hoy que entonces habló susurrando por alguna razón. Quizá porque creyó que yo no estaba solo en la casa y no las tenía todas consigo aunque era consciente de que mi arma no estaba a mi alcance. O quizá para que los demás no me mataran de puro nerviosismo o de pura crueldad, porque después de todo yo era el primo Santiago y era mejor conseguir que me sometiera vivo y no llevarme cadáver y que algún día la familia se enterara de semejante desaguisado. O quizá porque a él también se le vino de repente todo el pasado en común con nuestras divagaciones sobre el césped y el colchón de hojas, y eso lo desconcertó y lo dejó inerme. O quizá porque no le asaltaron tan rápidamente como a mí las profundas diferencias ideológicas que ahora nos enfrentaban en una guerra sin cuartel y sin primos. Pero yo nunca había matado a nadie, Viejo, y creo que éste mi único fogueo me ha marcado para siempre. A lo mejor eso quiere decir que soy un flojo, aunque haya sido muy fuerte en tantas otras cosas. Y te digo más: creo que no me sentiría así si lo hubiera matado a tiros en un enfrentamiento. Me siento así porque lo maté de ese otro modo, cómo te diré innoble, un poco ruin tal vez, y usando y abusando de su estupor, que era (si quiero ser sincero, no puedo evitar pensar así) un estupor afectivo. Y aunque ahora sé que se había convertido en un tipo siniestro, en alguien sanguinario y sin escrúpulos, y todos dicen y yo también me digo que bien muerto está, lo cierto es que cuando le apreté el cuello con mis manos crispadas, yo ignoraba eso y lo maté sencillamente para sobrevivir, a él que había divagado conmigo sobre un colchón de hojas y había hecho conmigo proyectos comunes de escapadas de su casa y mi casa y de viajes en barco para jugar a la payana y al rango. Son, cómo te diré, dos valores distintos, dos identidades distintas, dos Emilios yuxtapuestos. Viejo ¿me entendés? A Graciela no se lo cuento ni se lo contaré porque no lo comprendería, porque ella tiende siempre a

144

simplificar las cosas. Me diría hiciste bien, un verdugo menos. O me diría: cómo pudiste hacerle eso a tu primo. Y no es ni una cosa ni la otra. Es más complicado, Viejo, más complicado. Ahora una cosa. Tené en cuenta que esta carta es una oportunidad única (algún día espero poder contarte cómo pudo darse este increíble azar) que seguramente no se repetirá nunca más. Es imposible que me contestes por esta vía o por otra que sea tan digna de confianza. Sin embargo tenés que contestarme. ¿Verdad que sí, Viejo, verdad que me vas a contestar? Tendrás que hacerlo por la vía normal, la que pasa indefectiblemente por la censura carcelaria. Tendremos que limitarnos a sólo dos respuestas posibles, aunque bien sabemos cuántos matices puede haber entre una y otra. Tomá nota, entonces, si te hacés cargo de la situación; no digo si aprobás o justificás, pero si por lo menos la comprendés, arreglate para que, dos líneas antes del saludo final, figure la palabra *entiendo*. Si en cambio te parece algo abyecto o inadmisible, entonces arreglátelas para escribir *no entiendo*. ¿Estamos? Chau, Viejo."

Leí aquella carta como diez veces y me tomé dos días antes de empezar a escribirle. Mi carta terminaba así: "Mi nieta, que como segunda prioridad es también tu hija, linda y espabilada como siempre, ha empezado a estudiar francés ¿qué te parece? A veces, cuando viene a verme, me pone al día con su última lección franchuta. Pero debo estar medio duro de oídos (los años ay no pasan en vano) o quizá de memoria, ya que a duras penas la entiendo cuando me dice, con el barnizado acento de la Alliance, alguno de los cuentos de Perrault. Chau, hijo".

El otro

(Turulato y todo)

Para él es una sensación nueva. Y no es desagradable, qué va a ser. Pero lo cierto es que se ha metido en un atolladero. Nunca le había pasado esto con ninguna mujer. Siempre había sido él, Rolando Asuero, el propietario de la iniciativa, el que había llevado las riendas de cada relación, terminara o no en la cama. Y eso sí, una cuestión de principios: que fuera provisional, con todos los datos y propósitos bien claritos, transparentes como el H_2O y sin que nadie pudiera luego arrinconarlo con el certificado oral de alguna promesa incumplida. Como omitió decir el Eclesiastés: para no incumplir promesas, lo mejor es no hacerlas. Afortunadamente, y esto debía reconocerlo, siempre había encontrado mujeres gauchas y bien dispuestas, que admitían desde el pique las reglas del juego y que después, cuando éste concluía, se esfumaban con un chau cordial y santas pascuas. Por otra parte, a las dueñas o esclavas, esposas en fin, de sus amigos más entrañables, las había tratado como hermanas y si bien de vez en cuando les dedicaba una miradita incestuosa, jamás iba más allá del linde bienhumorado y camaraderil, aunque a menudo soliviantando la coquetería innata

147

de las susodichas. Miraditas incestuosas que no habían
escaseado en tiempos idos para Graciela, que allá en
Solís, balneario en bruto, cuando se ponía su malla
azul de dos exiguas piezas (no era *bikini* sin embargo,
pues hasta ahí no llegaba el cauto liberalismo de Santiago Apóstol) exhibía una estampa o palmito o cuerpo
docente, realmente dignos de consideración y éxtasis,
ah pero él nunca había traspasado la pudorosa barrera
del suspiro o la admiración descaradamente visual tras
las gafas oscuras, por cierto ocasionalmente estimula-
das por algún comentario del mismísimo Santiago, que
al verla correr hacia el agua como en un comercial de
tevé, una tarde de olas por ejemplo, había murmurado
como para sí mismo pero en realidad para los otros
tres, está linda la flaca eh, provocando las bromas am-
biguas y las risotadas viriles, bueno es un decir, de los
otros dos casados y del único soltero impenitente o sea
él, Rolando Asuero para servir a usted y a su señora,
frase célebre y nada ingenua que él había espetado, dos
lustros ha, a un gerente general de empresa que inmediatamente decidió convertirlo en ex-cajero.

Pero la Graciela de ahora es otra cosa. Y él también
ha cambiado. Cómo para no. Primero fue la etapa política, con aquellos dos años previos al golpe que fueron
sencillamente del carajo. ¿Quién que es, no es erótico?
Linda y sustanciosa pregunta para hacérsela a la Esfin-
ge, lacónica bisabuela de Anwar el-Sadat. Ah, pero
qué difícil es ser sencillamente erótico en época de me-
morables patriadas. En aquel reñido bienio a veces no
se conseguía ni siquiera una catrera para buenamente
dormir, cuánto menos para otros menesteres. Y luego
la maldita cana, con sus capitulillos de plantones, picana, submarino y otras *delikatessen*. Ahí sí que labura
incansable el marote. Te fabricás resignaciones, como-

148

nó, y después ni te acordás, porque de noche, cuando ni siquiera comparece como testigo la cucaracha nuestra de cada día, metés la cabezota en la parodia de almohada y soltás el trapo hasta que te deshidratás de tanta lágrima (TH o sea tango habemus: *rechiflao en mi tristeza*, ah pero nunca: *si fui flojo, si fui ciego*). Sí, la Graciela de ahora es otra cosa. En primer término, más mujer, y en segundo, más confusa, tal vez como consecuencia de esa madurez. Como cuerpo (y como alma también, no seamos dogmáticos) ha madurado notoria y estupendamente, y verla por ejemplo acercarse despacito por el callejón de flores que lleva a su edificio (él, como tantas veces, aguardando en el portal) genera lindas expectativas no siempre confirmadas. Está un poco confusa, es cierto, aunque quizá lo más correcto sería decir desorientada. Y en el centro vital del despiporre: Santiago. Santiago en el Penal, sin poder defenderse ni atacar, solito con su murria y con su acervo cultural, qué terminología eh, pero además qué *situação*. Rolando ha llegado a un diagnóstico preliminar y es que Graciela es una mina que no la va con la lejanía, y es ahí donde, sin comerlo ni beberlo, el pobre Santiago ha perdido puntos. Pero de ahí a concebir que él, Rolando Asuero, tuviera un papel a desempeñar en esta historia, hay un buen trecho. No sabe. Todavía no sabe. Aunque de a poco lo va sabiendo. Le gusta Graciela, a qué amortiguarlo y/o impugnarlo. Y él reconoce que, en ocasiones varias, cuando ella le hablaba de sus *telarañas* o de sus estados alternos de ánimo y desánimo, había efectuado sobrios avances, había dejado caer indirectas abusivas, había ofrecido ayuda digamos fraterna, y de a poco, tal vez sin proponérselo, había ido dejando veladas pero concretas alusiones a su afectivo interés por ella, o mejor aún al atractivo cierto que tenía para él. Y claro, en

ésta su etapa ambigua, con sus sentimientos y emo-
ciones en franca revulsión y revisión, Graciela estaba
receptiva como una esponja griega. Y seguramente
había captado esos movimientos cautelosos, prudentes.
Y un día, de pronto, en mitad de una de esas charlas
equívocas, de equilibrista, ella salió con aquello de que
ya no necesita a Santiago, me abandonó, y él comprensivo, no Graciela no te abandonó sino que se lo llevaron, y ella, es absurdo absurdo o será que el exilio me
ha transformado en otra, y él, acaso no seguís compartiendo la actitud política de Santiago, y ella, por supuesto si es también la mía, y él por fin la pregunta de
los diez millones, tal vez soñás con otros hombres, y
ella, te referís a soñar dormida o soñar despierta, y él, a
ambos casos, y ella, cuando duermo no sueño con ningún hombre, y él, y despierta, y ella, bueno despierta sí
sueño te vas a reír, y allí hizo un alto, una pausa no te-
atral sino apenas un silencio breve para tomar aliento y
aquilatar todo el peso de lo que iba a agregar: sueño
con vos. Él se había quedado turulato, había sentido
un repentino bochorno en las orejas, nada menos que él
buena pieza y donjuanísimo, se había mordido un labio
hasta sangrarlo pero sin advertirlo hasta horas después.
Y ella tensa frente a él, a la espera de algo, no sabía
exactamente qué, pero tremendamente insegura porque entre otras cosas conjeturaba que él se estaría acri-
billando en ese instante con la palabra lealtad, lealtad
al amigo solísimo en un calabozo que aunque estuviera
limpio siempre sería inmundo, lealtad a un pasado pesado y pisado y a una moral no articulada pero vigente
y a larguísimas discusiones hasta el alba en las que
siempre estaba Silvio que ya no está y estaba Manolo
que ahora es técnico electrónico en Gotemburgo, y las
esposas semimarginadas por el machismo-leninismo de

los ilustres varones pero participando a veces con objeciones obvias y más que nada preparando ensaladas churrascos ñoquis empanadas milanesas dulce de leche y después lavando platos mientras ellos sesteaban a gamba suelta. Se había quedado turulato, él, tan casanova y putañero, con la frente sudada como liceal seducido por vedette del Maipo, y con una picazón en el tobillo izquierdo que era probablemente una reacción alérgica ante el futuro espeso que se avecinaba. Turulato y todo, había logrado articular gragraciela no jugués con fufuego y hasta había intentado llevar el diálogo a un territorio frivolón, algo así como de carne somos y no codiciar a la mujer del prójimo, todo para tomarse un mínimo respiro, ah pero ella mantuvo su expresión de austeridad sobrecogedora, mirá que no estoy bromeando esto es demasiado grave para mí, y él, perdón Graciela es la sorpresa sabés, y a partir de esa frase de segundo acto de sainete porteño ya no tartamudeó y dejó de sentirse turulato para estar definitivamente apabullado y no obstante poder murmurar es una lástima que no pueda contestar que no digas locuras porque en los ojos te veo que hablás terriblemente en serio y también es una lástima que no pueda decirte mirá conmigo no va la cosa, porque conmigo va. Y no bien pronunció ese *va*, pensó que había estado sincero y fatal, sincero porque verdaderamente ése era el sentimiento safari que empezaba a abrirse paso en la selvita de su estupor, y fatal, porque no se le escapaba que aquel *va* relativamente imprudente era algo así como el primer versículo de su apocalipsis personal. Pero ya estaba pronunciado y subrayado, y Graciela que había estado decorosamente pálida de pronto se coloreó y suspiró como quien entra en una florería de lujo, y él consideró que ahora correspondía extenderle una mano y

151

en consecuencia se la extendió por sobre la mesita ratona sorteando hábilmente el búcaro sin claveles y el cenicero con puchos, y ella estuvo un rato o sea cuatro segundos vacilando y luego también extendió su mano delgada que parecía de pianista pero era de mecanógrafa y ésta pasó a ser la prueba del nueve porque el contacto fue después de todo suficientemente revelador y ambos se miraron como descubriéndose. A continuación había venido el larguísimo análisis, otra vez la palabra lealtad saltando por sobre el búcaro sin flores y el cenicero con puchos, deteniéndose a veces en los rudos nudillos de él y otras veces en el fragante escote de ella, y Graciela, por ahora más atormentada que feliz, yo comprendo que es una situación injusta pero a esta altura del partido no puedo mentirme a mí misma y demasiado sé todo lo que le debo a Santiago pero evidentemente esa convicción no es un seguro vitalicio contra el desapego conyugal, y Rolando por su parte, por ahora más desconcertado que feliz, tomémoslo con serenidad, tomémoslo como si Santiago estuviera presente en nuestro diálogo ya que él es una parte indescartable de esta situación, tomémoslo como si Santiago pudiera de veras comprenderlo y sobre todo comprendiéndolo en primer término nosotros. Y así hablaron y fumaron durante un par de horas, casi sin tocarse, barajando soluciones y resoluciones, tocando pero con pinzas el tema Beatriz, sin atreverse todavía a desmenuzar o planificar el futuro, prometiéndose un tiempo para habituarse a la idea   prometiéndose asimismo no hacer demasiadas locuras ni tampoco demasiadas sensateces, y Rolando sintiéndose cada vez más hipnotizado por los verdísimos ojos de ella y las piernas de ella y la cintura de ella, y Graciela evidentemente turbándose con esa reacción que sin embargo quería y esperaba, y Rolando empezando a enamorarse de esa turbación, y Graciela de pronto resbalando inerme hacia un sollozo nada premeditado y por tanto persuasivo como pocos, y él tomándole el rostro con ambas manos y sólo entonces notando, en el dulce contacto con los labios de ella, que de puro azorado se había mordido los suyos cuando una hora antes ella había dicho sueño con vos.

Beatriz

(La polución)

Dijo el tío Rolando que esta ciudad se está poniendo imbancable de tanta polución que tiene. Yo no dije nada para no quedar como burra pero de toda la frase sólo entendí la palabra ciudad. Después fui al diccionario y busqué la palabra IMBANCABLE y no está. El domingo, cuando fui a visitar al abuelo le pregunté qué quería decir imbancable y él se rió y me explicó con muy buenos modos que quería decir insoportable. Ahí sí comprendí el significado porque Graciela, o sea mi mami, me dice algunas veces, o más bien casi todos los días, por favor Beatriz por favor a veces te ponés verdaderamente insoportable. Precisamente ese mismo domingo a la tarde me lo dijo, aunque esta vez repitió tres veces por favor por favor por favor Beatriz a veces te ponés verdaderamente insoportable, y yo muy serena, habrás querido decir que estoy imbancable, y a ella le hizo gracia, aunque no demasiada pero me quitó la penitencia y eso fue muy importante. La otra palabra, polución, es bastante más difícil. Ésa sí está en el diccionario. Dice, POLUCIÓN: efusión del semen. Qué será efusión y qué será semen. Busqué EFUSIÓN y dice: derramamiento de un líquido. También me fijé en SEMEN y dice: semilla, simiente, líquido que sirve para la reproducción. O sea que lo que dijo el tío Rolando quiere decir esto: esta ciudad se está poniendo insoportable de tanto derramamiento de semen. Tampoco entendí, así que la primera vez que me encontré con Rosita mi amiga, le dije mi grave problema y todo lo que decía el diccionario. Y ella: tengo la impresión de que semen es una palabra sensual, pero no sé qué quiere decir. Entonces me prometió que lo consultaría con su prima Sandra, porque es mayor y en su escuela dan clases de educación sensual. El jueves vino a verme muy misteriosa, yo la conozco bien cuando tiene un misterio se le arruga la nariz, y como en la casa estaba Graciela, esperó con muchísima paciencia que se fuera a la cocina a preparar las milanesas, para decirme, ya averigüé, semen es una cosa que tienen los hombres grandes, no los niños, y yo, entonces nosotras todavía no tenemos semen, y ella, no seas burra ni ahora ni nunca, semen sólo tienen los hombres cuando son viejos como mi papi o tu papi el que está preso, las niñas no tenemos semen ni siquiera cuando seamos abuelas, y yo, qué raro eh, y ella, Sandra dice que todos los niños y las niñas venimos del semen porque este líquido tiene bichitos que se llaman espermatozoides y Sandra estaba contenta porque en la clase de ayer había aprendido que espermatozoide se escribe con zeta. Cuando se fue Rosita yo me quedé pensando y me pareció que el tío Rolando quizá había querido decir que la ciudad estaba insoportable de tantos espermatozoides (con zeta) que tenía. Así que fui otra vez a lo del abuelo, porque él siempre me entiende y me ayuda aunque no exageradamente, y cuando le conté lo que había dicho el tío Rolando y le pregunté si era cierto que la ciudad estaba poniéndose imbancable porque tenía muchos espermatozoides, al abuelo le vino una risa tan grande que casi

156

se ahoga y tuve que traerle un vaso de agua y se puso bien colorado y a mí me dio miedo de que le diera un patatús y conmigo solita en una situación tan espantosa. Por suerte de a poco se fue calmando y cuando pudo hablar me dijo, entre tos y tos, que lo que tío Rolando había dicho se refería a la contaminación almofférica. Yo me sentí más bruta todavía, pero enseguida él me explicó que la almófera era el aire, y como en esta ciudad hay muchas fábricas y automóviles todo ese humo ensucia el aire o sea la almófera y eso es la maldita polución y no el semen que dice el diccionario, y no tendríamos que respirarla pero como si no respiramos igualito nos morimos, no tenemos más remedio que respirar toda esa porquería. Yo le dije al abuelo que ahora sacaba la cuenta que mi papá tenía entonces una ventajita allá donde está preso porque en ese lugar no hay muchas fábricas y tampoco hay muchos automóviles porque los familiares de los presos políticos son pobres y no tienen automóviles. Y el abuelo dijo que sí, que yo tenía mucha razón, y que siempre había que encontrarle el lado bueno a las cosas. Entonces yo le dí un beso muy grande y la barba me pinchó más que otras veces y me fui corriendo a buscar a Rosita y como en su casa estaba la mami de ella que se llama Asunción, igualito que la capital del Paraguay, esperamos las dos con mucha paciencia hasta que por fin se fue a regar las plantas y entonces yo muy misteriosa, vas a decirle de mi parte a tu prima Sandra que ella es mucho más burra que vos y que yo, porque ahora sí lo averigüé todo y nosotras no venimos del semen sino de la almófera.

Exilios

(La acústica de Epidauros)

Si se da un golpe en Epidauros
Se escucha más arriba, entre los árboles,
En el aire.

ROBERTO FERNÁNDEZ RETAMAR

Estuvimos en epidauros veinticinco años después que
[roberto
y también escuchamos desde las más altas graderías
el rasgueo del fósforo que allá abajo
encendía la guía la misma gordita
que entre templo y templete
entre adarme socrático y pizca de termópilas
había contado cómo niarchos se las arreglaba
para abonar apenas nueve mil dracmas
digamos unos trescientos dólares de impuesto por año
y con su joven énfasis nos había anunciado
ante el asombro de cinco porteños
expertos en citas de tato bores
la victoria próxima y segurísima del socialista pa-
[pandreu

estuvimos pues en epidauros respirando el aire transpa-
[rente y seco
y contemplando los profusos inmemoriales verdes
de los árboles que dieron y dan su espalda al teatro
y su rostro a la pálida hondonada
verdes y aire probablemente no demasiado ajenos

a los que contemplara y respirara polycleto el joven
cuando hacía sus cálculos de eternidad y enigma
y también yo bajé al centro mágico de la orquesta
para que luz me tomara la foto de rigor
en paraje de tan bienquista y sólida memoria
y desde allí quise probar la extraordinaria acústica
y pensé hola líber hola héctor hola raúl hola jaime
bien despacito como quien rasguea un fósforo o arruga
                                          [un boleto
y así pude confirmar que la acústica era óptima
ya que mis sigilosas salvas no sólo se escucharon en las
                                          [graderías
sino más arriba en el aire con un solo pájaro
y atravesaron el peloponeso y el jónico y el tirreno
y el mediterráneo y el atlántico y la nostalgia
y por fin se colaron por entre los barrotes
como una brisa transparente y seca

Intramuros

(Una mera posibilidad)

Ayer estuvo el abogado y me dio a entender que la cosa va por mejor camino. Que no es improbable. Que tal vez. Una mera posibilidad, ya lo sé. Pero debo reconocer que me produjo una conmoción, creo que hasta me vino taquicardia. No es que alguna vez haya perdido la esperanza. Siempre supe que algún día iba a encontrarme nuevamente con ustedes. Pero una cosa es conjeturar que para que ello ocurra han de transcurrir unos cuantos años, y otra muy distinta que tal perspectiva ingrese de pronto en el campo de lo posible. No quiero hacerme ilusiones. Y sin embargo me las hago, no lo puedo evitar. Y es comprensible ¿no te parece? Sólo anteayer admitía como probable que permanecería aquí varios años, y hasta me había fabricado una actitud mental para habituarme a pagar esa gabela, "a besar el azote" como decía ¿te acordás? con su dejo luciferino aquel cura salteño. Ahora, en cambio, cuando surge la posibilidad de que a lo mejor, que tal vez, que acaso, que quizá sea sólo un año o aún menos, es curioso que este lapso tan mensurable en términos de aguante, me parezca sin embargo más insoportable que aquel otro, extenso, casi infinito, al que de alguna manera me había resignado. Somos complicados ¿no?

Y vos y el Viejo ¿qué piensan de esto? Por ahora no le digan nada a la nena, no sea que empiece a hacerse ilusiones y luego todo acabe en una frustración, algo que a sus añitos puede ser traumatizante. Nada más que imaginar que acaso la vea pronto, digamos en un plazo alcanzable, sólo eso me eriza el pellejo. Verte a vos, ver al Viejo, es otra cosa. Imaginate si los querré contemplar y estrechar. Hablar largamente con ustedes, qué fiesta diosmío. Pero lo de Beatriz me eriza. Cinco años sin ver a un hijo, y sobre todo si es un niño, significan una eternidad. Cinco años sin ver a un adulto, por querido que sea, son sencillamente cinco años y también es tremendo. A mí por ejemplo me encontrarían sin nada nadita de panza, y con menos pelo (no me refiero a las razones de obvia peluquería local sino a evidentes entradas que nada tienen que ver con semejante ortodoxia). También hay algunas vacantes incisivas y molares (ojo al gol, que no dice *morales* ¿eh?). ¿Qué más? Bueno, ciertas pecas nuevas, nuevos lunares, alguna cicatriz. Como ves, me sé de memoria. Lo que ocurre es que, en una circunstancia como la que vivo, casi de cartujo, el propio cuerpo se convierte inevitablemente en una clave. Y no por narcisismo, sino porque durante horas y horas no hay a mano otra señal de vida. Por mi parte, sé que el Viejo tendrá unas cuantas canas más. Más arrugas no, porque ese viejo ladino nació arrugado. Recuerdo que, cuando niño, siempre me impresionaban los frunces y estrías que tenía junto a los ojos, en el ceño, etc. Al parecer eso no impedía que tuviera flor de banca con las minas. Yo creo que aun en vida de la Vieja se mandaba sus buenos afiles. ¿Y cómo te encontraré a vos? Más madura, claro, y por eso más linda. A veces las angustias pasadas dejan un rictus de amargura; así al menos escribían los novelistas de comienzos de siglo. Los de ahora ya no emplean giros tan cursis, ah pero los rictus en cambio no pasaron de moda; será que las amarguras siguen tan campantes. Pero yo sé que vos no tenés esos rictus, y si los tenés qué importa, yo te curaré de ellos. Eso sí, es probable que estés más seria, que no te rías tan estruendosamente, tan primaria y primaveralmente como antes. Pero también es seguro que habrás conservado y enriquecido tu capacidad de alegría, tu vocación de eficacia. Si lo que el abogado me dejó entrever efectivamente ocurre, no tengo la menor idea de cómo (y si) podré juntarme con ustedes. Quiero decir: ignoro si en ese caso podría salir del país. Demasiado sé que en este aspecto todo será complicado, pero siempre será mejor que esta separación, que en este instante ya no sé si es injusta, absurda o merecida. Preferiría viajar, por supuesto, porque aquí ¿qué familia me queda? Tras el fallecimiento de Emilio, sólo está tía Ana, pero no creo que tenga demasiadas ganas de verla; después de todo, nunca ha intentado visitarme. Dicen que está más achacosa que de costumbre, será por eso. En cuanto a los otros primos, no pueden verme por razones obvias, ni, aunque yo saliera, creo que pudiera verlos. Conseguir trabajo aquí sería muy difícil, por motivos varios, de modo que insisto en que lo mejor sería que yo viajase, pero es prematuro conjeturar (sólo en base a los breves indicios que me dejó entrever el doctor) alguna cosa sobre el particular. Mientras tanto, pienso. Y sobre cosas concretas. Frente a esta nueva posibilidad, de pronto he dejado de fantasear, de refugiarme en recuerdos, de reconstruir instancias del balneario, o de la casa, de reconocer figuras y rostros en las manchas de humedad de los muros. Ahora pongo mi atención en temas concretos; trabajo, estudios, vida familiar, proyectos de diversa índole. No estaría mal que pudiera completar los estudios. ¿Por qué no vas averiguando ahí, en la Universidad, qué materias podría revalidar, cuáles tendría que rendir de nuevo? Por si las moscas ¿sabés? ¿Y trabajo? Ya sé que tenés un buen empleo, pero yo quiero laburar lo antes posible. Y no pienses que sea por machismo. Simplemente tenés que entender que toda la vida he trabajado y estudiado simultáneamente, de modo que tengo el hábito y además me gusta. ¿Por qué no van examinando, vos y el Viejo, alguna posibilidad en este sentido? Ustedes bien conocen qué sé hacer mejor, pero a esta altura no voy a pretender que el trabajo responda exactamente a mis conocimientos o a mi vocación. Puedo hacer cualquier cosa ¿entendés? cualquier cosa. Físicamente estoy bastante repuesto y es seguro que ahí terminaré de reponerme, siempre cuidando, claro, de que no vuelva la panza. Se me hace agua la boca nada más que de imaginar que podría recuperar una vida normal, una vida con vos y con Beatriz y con el Viejo. Desde hace quince días tengo otra vez alguien con quien compartir el espacio, digamos un compañero de habitación, y es muy buena gente, nos llevamos magníficamente. Sin embargo, con él no me atrevo a hablar de mi nueva perspectiva, sencillamente porque él no la tiene, al menos por ahora, y si doy rienda suelta a mi euforia (siempre con la íntima e inevitable desconfianza de que yo padezca una optimitis aguda) temo provocar en él, así sea indirectamente, cierta desesperanza y cierta pena. Todos somos generosos, por lo menos aquí hemos aprendido a serlo, sobre todo cuando queda atrás la primera etapa que suele ser egoísta, reconcentrada, huraña, hasta hipocondriaca; pero también la generosidad tiene fronteras, aledaños y colmos. Recuerdo perfectamente que, hace poco más

164

de un año, cuando salió J., yo mismo experimenté sentimientos encontrados. Cómo no sentir alegría ante la realidad de que justamente él, que es un tipo excepcional, pudiera reunirse con su mujer y su madre y trabajar de nuevo y sentirse otra vez plenamente un ser humano. Y sin embargo su ausencia también me desalentó, en primer término porque J. es un tipazo para compartir con él las veinticuatro horas, y luego porque su ida me reveló el rigor y la tristeza de mi quedada. Es curioso, pero el buen compañerismo no consiste siempre en hablar o escuchar, en contarnos las vidas y las muertes, los amores y los desamores, en narrarnos novelas que leímos hace mucho y que ahora no tenemos a mano, en discutir sobre filosofía y sus suburbios, en sacar conclusiones de experiencias pasadas, en analizar y analizarnos ideológicamente, en intercambiar las respectivas infancias o, cuando se puede, en jugar al ajedrez. El buen compañerismo consiste muchas veces en callar, en respetar el laconismo del otro, en comprender que eso es lo que el otro necesita en esa precisa y oscura jornada, y entonces arroparlo con nuestro silencio, o dejar que él nos arrope con el suyo, pero, y este pero es fundamental, sin que ninguno de los dos lo pida ni lo exija, sino que el otro lo comprenda por sí mismo, en una espontánea solidaridad. A veces una buena relación de enclaustramiento o reclusión, una relación que puede convertirse en amistad para siempre, se construye mejor con los silencios oportunos que con las confidencias intempestivas. Hay gente incluso que se considera tan obligada a intercambiar peripecias autobiográficas que hasta las inventa. Y no siempre se trata de mitómanos o mentirosos, que también los hay; a veces se inventa un episodio como una deferencia, como una cortesía hacia el compañero, creyendo que con eso se le

165

entretiene, o se le hace olvidar su desamparo, o se lo extrae de un pozo de angustia, o con ello se le provocan nostalgias y se le enciende la memoria, y hasta se le contagia el virus del recuerdo-ficción. Bicho raro el ser humano cuando está condenado a su propia soledad o cuando el castigo consiste en cotejarla cotidianamente con las respectivas soledades de uno o dos o tres prójimos cuya contigüidad no eligió ninguno de ellos. No creo (ni siquiera después de estos últimos y durísimos años) aquello que decía el taciturno existencialista acerca de que el infierno son los otros, pero en cambio puedo admitir que muchas veces los otros no son precisamente el paraíso.

Heridos y contusos

(El dormido)

A primera hora de la tarde, el silencio está afuera y está adentro. Graciela sabe qué va a encontrar si se decide a mirar a través de las persianas. No sólo el camino de flores estará desierto sino todo el alrededor: los canteros, las calles internas de la urbanización, las ventanas, las breves terrazas del edificio B.

Los únicos habitantes móviles son a esta hora unos extraños abejorros que se arriman zumbando a las persianas pero no consiguen entrar. A lo lejos, muy a lo lejos, suenan de vez en cuando, como en ondas casi imperceptibles, los gritos y las risas de un colegio mixto que queda a unas doce o quince cuadras.

Entonces ¿para qué va a levantarse y mirar a través de las persianas si de antemano sabe lo que va a encontrar? Ese exterior es rutina, y en cambio en el interior, por ejemplo en la cama, hay una novedad.

Graciela apaga el cigarrillo apretándolo contra un cenicero de la mesita de noche. Se incorpora a medias, apoyándose en un codo. Examina su propia desnudez y siente un escalofrío, pero no hace ademán de recoger la sábana que está amontonada a los pies de la cama.

Sigue mirando hacia las persianas, pero sin que nada reclame su interés. Probablemente es sólo una manera de darle la espalda al resto del lecho, pero no como un rechazo sino como la postergación de un disfrute. Y entonces, antes de darse vuelta, antes de mirar, va moviendo lentamente una mano hasta posarla sobre la piel del dormido.

La piel del dormido se estremece, un poco a la manera de los caballos cuando intentan espantar las moscas. La mano no se da por aludida y permanece allí, tenaz, hasta que aquella carne vuelve a serenarse.

Luego Graciela mueve su cuerpo semi incorporado a fin de enfrentarlo totalmente al dormido, y sin abandonar el archipiélago de pecas que cubre la palma, lo mira de arriba a abajo y viceversa, deteniéndose en puntos, rincones, breves territorios, que en el curso de las últimas horas han ido ganando sus preferencias y turbando su brújula.

Y se demora por ejemplo en el hombro macizo que horas antes acarició con su oreja y su mejilla; y en el pecho sólo a medias velludo; y en el ombligo extraño, como de niño, que la mira como un ojo de asombro, movido indirectamente por el compás respiratorio; y en la cicatriz profunda de la cadera, esa que le hicieron en cierto cuartel que él nunca menciona; y en el vello desordenado y rojizo del triángulo inferior; y en el mágico sexo ahora en reposo después de tanta brega; y en los testículos desiguales porque el izquierdo nunca se ha recuperado y está como magullado y contraído después de tanta máquina en el cuartel sin nombre; y en las piernas bien labradas como del corredor de ochocientos con vallas que hace un tiempo fue; y en los pies toscos y grandes, de dedos largos y un poco torcidos y una uña a punto de encarnarse.

Graciela retira su palma de aquella orografía y acerca su boca a la otra boca. En ese preciso instante, la del

que acaso sueña esboza una sonrisa, y ella entonces decide alejarse para verla mejor, para imaginarla mejor,
hasta que la sonrisa se cambia en un suspiro o resoplido
o jadeo y se va esfumando hasta convertirse otra vez en
mera boca entreabierta. Ella aleja la suya, de labios
apretados.

Ahora se tiende de espaldas, con las manos bajo la
nuca y mirando hacia el cielo raso. Desde el exterior sigue penetrando el silencio y también la insistencia de
los abejorros, pero ya no se escuchan las risas y los gritos del colegio mixto.

Ese colegio no es el de Beatriz ni tiene el mismo hora-
rio, pero Graciela alza un brazo hasta poder ver la hora
en el reloj digital, regalo de su suegro. Vuelve a poner
la mano bajo la nuca, y en tono suave, como para que
el dormido no tenga un despertar con sobresalto, dice:

—Rolando.

El dormido se mueve apenas, estira lentamente una
pierna y sin abrir los ojos deposita una mano sobre el
vientre liso de la mujer despierta.

—Rolando. Arriba. Dentro de una hora llega
Beatriz.

El otro

(Sombras y medias luces)

Lo peor de todo era dejar correr el tiempo sin haber llegado a un acuerdo sobre el futuro. Porque no importaba cuántas horas conversaran sobre el tema ni cuántas veces se animaran a tratarlo. Todos los argumentos y contrargumentos acababan derrumbándose cuando él, Rolando Asuero, volvía a repetir el ademán ya clásico, el del primer día de la creación, o sea el de tomarle el rostro con ambas manos y besarla con una convicción que en cada nuevo ensayo se iba ajustando y madurando y dejando un sedimento más entrañable. Y cuando él la desnudaba con la misma responsabilidad y el mismo placer de la ocasión primera, y ella se dejaba acariciar y acariciaba con una alegría corporal que, al iluminarla, la convertía rápidamente de seducida en seductora, entonces se acababan todas las humillaciones y los tirones de conciencia y el situarse arbitrariamente en el lugar del ausente. Nunca lo hacían de noche, porque Graciela no quería que Beatriz se enterara antes de que Santiago lo supiera. Graciela no quería que la hija convirtiera, con su sola mirada de estupor o con su oído indeliberadamente atento, aquel acto traslúcido en aire confinado, aquella necesidad mutua en enigma a descifrar. Por eso lo hacían de tarde, y él estaba de acuerdo, mientras la ciudad sesteaba y sólo se oía el zumbido de los abejorros que merodeaban en el callejón de flores o junto a las persianas.

Graciela le había dicho que esa hora obligada había acabado en ella con un prejuicio antiguo, más arraigado en sus hábitos de lo que había pensado y admitido. Con Santiago nunca habían hecho el amor de tarde porque ella quería la oscuridad absoluta para la ceremonia, no quería nada que la distrajese del tacto, ya que el tacto era para ella el sentido cardinal de la unión amorosa, y Santiago, que no estaba de acuerdo con tal preeminencia y exclusividad del tacto, se había resignado sin embargo, siempre de mala gana, a esa exigencia que él atribuía a puritanismo mal digerido y punto, y sobre todo a su educación en colegio de monjas. Contra el cielo no hay quien pueda, decía Santiago para justificar el carácter irremediable de su concesión. Pero Graciela siempre había tenido bien clarito que las Hermanas no tenían la culpa y que en todo caso la razón última residía en ella misma, en un pudor oscuro del que no se enorgullecía. Por su parte, Rolando se hacía el muy amplio y condescendiente, pero en realidad no le gustaba nada ese arqueo tan pormenorizado de aquellas ajenas noches desnudas, y sólo por vengarse moderadamente de ese malestar le preguntaba y qué tal antes de Santiago, y ella no se indignaba sino más bien se avergonzaba de confesarle que antes de Santiago nada, y otra vez se embarcaba en el lío de las sombras y las medias luces, y la prueba la tenés ahora porque haciéndolo como lo hacemos en plena hora de siesta y aun con las persianas cerradas la penumbra es tan luminosa que todo queda a buena vista. Y era tan poderoso su deseo del otro cuerpo, tan prioritario y tan tierno el placer de juntarse con él, que en ningún mo-

mento ella había hecho hincapié en su anacrónico culto
de lo oscuro, y no sólo no se había distraído del tacto sino que había descubierto, casi a pesar suyo, cuánto
agregaba al tacto la decisión de mirar al otro cuerpo en
todas sus maniobras y rutinas y nuevas propuestas, y
cuánto agregaba al tacto el ser mirada en todos sus
valles y musgos y colinas. Sólo después del disfrute y el
aflojamiento, cuando él, Rolando Asuero, encendía un
cigarrillo y luego otro más y se lo alcanzaba, sólo entonces o más bien un poco después, cuando ella volvía
del baño y se acurrucaba contra él, sólo entonces el tema del ausente volvía a instalarse entre ellos, entre los
dos cuerpos satisfechos y laxos.

Ella hablaba y hablaba, le daba vueltas y más vueltas a la situación, y llegaba a decir que nunca había
sentido su propio cuerpo tanto como ahora, nunca
había sacado tanto partido, no sólo físico sino también
espiritual, de un hecho que después de todo no tenía
demasiadas variantes (en eso Rolando no está totalmente de acuerdo, pero se limita a sonreír) y sin embargo esa plenitud no la empujaba a hacer compara-
ciones, porque no quería agraviar el recuerdo de Santiago ni siquiera el recuerdo de su cuerpo (aquí Rolando
deja de sonreír), no quería de ninguna manera opacar
su imagen ya que tampoco tenía derecho a hacerlo pues
no olvidaba que cuando ella y Santiago lo hacían eran
más jóvenes, más urgidos, más vitales quizá (aquí Rolando frunce el ceño) pero también más inexperientes,
y después de todo, lo sufrido en carne propia y ajena en
todos estos años los había transformado en seres más
duros y a la vez más tiernos, en hombres y mujeres más
reales y a la vez más irreales, más concretos y sin embargo más moldeables por la imaginación, y todo eso,
todo ese desmoronamiento de ritos y de normas, toda

173

esa contradicción entre pasado y presente, entre presente y futuro, toda esa flamante objetividad, despojada de horóscopos (sonrisa de Rolando con soplido adicional) y melancolías, venía a convertirse de pronto en la única ventaja de una triste historia: ser menos mentirosos en el trato recíproco, ser menos injustos en la relación mutua, ser más humanos de tercera clase, porque los de primera y segunda ya no estaban, o ya no eran, o acaso habían pertenecido a estratos de ficción y disimulo.

Hasta que en la nueva vez que lo hicieron, cuando ella recomenzaba su paternoster post afrodisiaco, Rolando apagó el cigarrillo y le quitó el de ella, apagándolo también, y le tomó sin violencia un mechón de pelo suelto y la acostó suavemente y trepó sin apuro sobre aquel cuerpo asombrado y estremecido, y tras besarla junto a la oreja, dijo simplemente, Graciela no empieces de nuevo, vos y yo sabemos la historia completita, a quién se la contás entonces, él es tu marido y yo soy su amigo, y además es un gran tipo, pero no podemos seguir jugando al pingpong de la conciencia, entendés, tenemos que decidir y aparentemente ya lo hemos decidido. Hemos encontrado algo que nos importa mucho y por lo tanto vamos a seguir juntos, con todos los problemas y desajustes que ello va a implicar. Los capítulos próximos serán duros, pero vamos a seguir juntos. Vos lo sabés y yo lo sé. Entonces dejemos el tema Santiago para cuando un día él esté en condiciones de saberlo, de adaptarse a la nueva realidad. Vos y don Rafael decidieron no decirle nada mientras esté en cana. Yo no estoy tan seguro de que sea lo mejor, no te olvides de que yo también estuve en cana y creo saber cómo se valoran desde allí estas cosas, pero lo acepto sin embargo y también acepto mi responsabilidad en la omisión. Si, pese a todo, vos seguís respetando a Santiago, y si yo lo sigo respetando, no podemos seguir hablando obsesivamente de él cada vez que lo hacemos. Vos seguirás pensando, claro, y yo seguiré pensando, cada uno por su cuenta y riesgo. Hizo una pausa, volvió a besarla, y cuando él, Rolando Asuero, ya estaba a punto, agregó como pudo: el simple hecho de no macerar el tema con palabras que se repiten y se gastan y nos gastan, ese simple silencio nos irá ayudando, nos ayudará a querernos como verdaderamente somos, y no como tendríamos la frágil obligación de ser.

Exilios

(Adiós y bienvenida)

Holweide es un barrio de Colonia, en la República Federal de Alemania. Mejor llamémosla Köln, para que no se la confunda con la del Sacramento. En Holweide, pues, se afincó (con un carácter provisional que ya acumula siete años) una familia uruguaya, es decir Olga y sus tres hijos, que en 1974 eran sólo niños y ahora son adolescentes. Familia incompleta, ya que el padre, David Cámpora, estaba preso en Uruguay desde 1971. En el logro de su libertad obtenida en 1980, fue decisivo el papel desempeñado por la escuela en que estudian los tres muchachos: Ariel, Silvia, Pablo.

Según los Cámpora, "Holweide es un barrio proleta, un trozo de pueblo alemán. Hay de todo: gente trabajadora y marginados sociales, plazas de deportes, negocios pequeños, viejas simpáticas y viejas chismosas, varias iglesias, un par de bancos, una escuela piloto sumamente progresista, gente sencilla en fin".

"La escuela se inauguró" me cuenta Olga, "justo cuando los gurises empezaron a ir. Ahora tiene unos mil doscientos alumnos. En la actividad desplegada por la libertad de David participaron padres, maestros, alumnos, la directora de la escuela y hasta el propio Ministro de Educación, quien reconoció que para esa

escuela los derechos humanos eran algo más que una clase teórica. Se creó una Comisión Cámpora y nos reuníamos quincenalmente para cranear qué nuevas cosas hacer. A veces pensábamos que ya no se podía hacer nada más, pero siempre surgía una idea nueva".

Se llevaron a cabo varios actos por Uruguay. En el primero de ellos la escuela convocó una asamblea de padres para informarles sobre la situación de David y consultarlos acerca de qué se podría hacer. "Esperábamos que asistieran unos treinta", dice Olga, "pero, ante nuestra sorpresa, concurrieron quinientos, y de ahí surgió la idea de hacer una demostración frente a la Embajada uruguaya. Contrataron autobuses, hicieron colectas y hasta hubo que pagar seguro por los niños ya que la manifestación implicaba sacarlos de Köln y trasladarlos a Bonn. Hubo niños que contribuyeron a la financiación con parte de su asignación mensual. El costo total fue de 4 000 marcos y participaron más de 800 personas. Aquí eso representa mucho, sobre todo si se tiene en cuenta que los niños más pequeños debían ir acompañados por sus padres o traer una autorización escrita. Así se inició una nutrida serie de actividades. Fueron enviadas al gobierno uruguayo 20 000 cartas, con otras tantas firmas, y se logró la participación de trece escuelas de la ciudad. Se publicaron artículos en la prensa y el caso Cámpora se fue conociendo y a la vez encarando como cosa propia. Buenas madres de familia que nunca habían repartido un volante, ahora juntaban firmas en la calle y explicaban lo que ocurría en Uruguay. Hubo unas pocas que decían 'Si está preso, será por algo', pero más bien constituían la excepción."

Aquella solidaria comunidad vivió con la familia todas las alternativas, tanto las esperanzas de salida como las negativas tajantes de la dictadura. "Por fin, y antes que el propio David, nos enteramos de que su libertad era inminente, y la directora de la escuela nos consultó para ver qué podíamos hacer cuando llegara, ya que muchos padres querían ir a esperarlo al aeropuerto. Eso estaba claro: quienes tanto habían hecho por su libertad tenían todo el derecho de compartir nuestra alegría. Me adelanté hasta Frankfurt para prevenir a David, ya que él, por razones obvias, ignoraba la magnitud de lo realizado. Luego, en el aeropuerto de Köln, lo esperaban 300 personas; niños con dibujos, flores y manzanas de regalo, y también muchas lágrimas".

Se resolvió entonces hacer una gran fiesta en la escuela, así "todos iban a poder ver y tocar a David, que era su logro, su conquista, el resultado de su trabajo solidario. Por supuesto, antes hubo que recauchutarlo".

La fiesta tuvo su parte oratoria. Habló la doctora Focke, 65 años, de la guardia vieja de la socialdemocracia; en cierto modo, ella es algo así como la garantía moral de David en Alemania. "En realidad", dice Olga, "es nuestra madrina protectora". También hablaron la directora de la escuela, un delegado de los padres ("obrero de la construcción y uno de los mejores amigos que tenemos aquí"), un alumno ("que se ha convertido en un brillante político") y una delegada de los maestros. Luego David debía agradecer en sólo cinco minutos, pero con la traducción (hecha por Silvia, su hija) se fue a ocho. Y finalmente hablaron un diputado, el burgomaestre de la ciudad y (como también habían sido invitados los distintos grupos que trabajan por América Latina) una delegada del FDR salvadoreño. "Y ahí nomás empezó el baile, con una orquesta integrada por trabajadores italianos. En fin, gran canyengue, con comida, bebida, llantos, etc."

Éstas son las palabras que pronunció David Cámpora ese 20 de marzo de 1981: "Esta noche tiene una especial significación. De alguna querida y extraña manera hemos venido a despedirnos y también a darnos la bienvenida. Nos estamos despidiendo, sin tristeza, de un hombre que estuvo preso nueve años. Que estuvo preso por negarse a cruzar los brazos cuando su pueblo tuvo hambre, dolor e injusticia. Nos estamos despidiendo, sin olvido, de una experiencia muy dura, un poco larga, pero enormemente valiosa. Todo preso político debe agradecer a sus carceleros que le confirmen, en los hechos y sobre su persona, la validez de sus convicciones, la razón de sus pasos. Nunca un hombre está más seguro de lo que hace, que cuando un dolor prolongado no logra quitarle el aliento y derrotarlo. Nos estamos despidiendo de una situación, pero conservaremos de ella prolija memoria. Hoy también damos la bienvenida a un padre en esta escuela. Tres hijos y una esposa me han traído de la mano; quieren mostrarme la excelencia que anida en los seres humanos. Hombres y mujeres del pueblo capaces de entregar y entregarse. Es un padre emocionado, que se siente en su propia casa, el que hoy puede decirles 'hola' y preguntarles dónde vamos juntos. Siento dentro mío que esta fiesta es algo especial, muy distinto a todo, algo nuevo e importante. Tan pero tan importante, que no soy capaz de decir las palabras exactas que debiera. Tan pero tan nuevo, como siempre resulta la calidez de la gente volcada hacia afuera, de la gente que se ha puesto a querer a los otros. También hay aquí grandeza esta noche. Hay la necesidad imperiosa de seguir haciendo, de seguir pudiendo. Necesidad que brota de lo logrado. Porque ustedes pudieron. Pudieron más que la brutalidad de una dictadura, más que el empecinamiento y el odio de los carceleros, más que la pereza y la comodidad de la vida para sí mismos. Ustedes pudieron y yo estoy aquí como prueba del poder de ustedes. Prueba, pero no medida. Porque no hay medida que pueda abarcar todo lo que se vuelve posible para la gente que se ha puesto a poder. Me atrevo hoy a tomar las voces de mis tantos hermanos presos, a representarlos cabalmente, para decirles: muchas gracias por no dejarnos solos, muchas gracias por querernos tanto. Para pedirles que empecinen su solidaridad hacia América Latina, continente que está comprando con sangre su derecho a ser libre. Podemos esta noche hablar de prisión y muerte sin perder la alegría. Porque nuestra alegría es la del triunfo militante, porque nuestra fiesta es la del esfuerzo combatiente. Estamos felices porque sabemos asumir el dolor de los demás. Lo que ustedes me han dado, no hay forma adecuada de agradecerlo. A ustedes debo el aire libre y la luz, las calles y las voces, el sueño y los libros. Ustedes me han devuelto mis hijos y mi esposa: mi lugar de cariño, mi permanente ternura. Me avergüenza estarles hablando, diciéndoles cosas. Lo único que tengo para trasmitirles es mi fe en el hombre y mi opaca sabiduría de preso. Precisamente a ustedes, empecinada gente buena, que acaban de realizar lo imposible. Ustedes que saben y pueden. Es para ustedes la fiesta, para ustedes el agasajo. Y soy yo quien los aplaude y los abraza".

Los alemanes lloraron, y los latinoamericanos ni qué decir. No era para menos. Según cuenta Olga (porque David es muy discreto) "una muchacha se le abrazó y le acarició la espalda durante un largo rato, agradeciéndole lo mucho que le había dado". Después de todo, la muchacha tenía razón. Sin saberlo ni proponérselo, David había brindado a esa colectividad la excepcional ocasión de expresar lo mejor de sí misma.

Don Rafael

(Un país llamado Lydia)

¿Soy extranjero? Hay días en que estoy seguro de serlo; otros en que no le concedo la menor importancia; y por último otros más (mejor diría que son noches) en que de ningún modo admito ante mí mismo esa extranjería. ¿Será que la condición de extranjero es un estado de ánimo? Probablemente si estuviera en Finlandia o en las Islas de Cabo Verde o en el Vaticano o en Dallas, me sentiría inexorablemente extranjero, y aun así, quién sabe. Dicho sea de paso ¿por qué empezaremos siempre con Finlandia cualquier nómina de lejanías, de lontananzas, de extraterritorialidades? ¿Quién nos habrá puesto ese prejuicio en la sesera? Hablar de alguien que está en Finlandia siempre ha sido para nosotros como decir que está en los quintos infiernos, y si no siempre asimilamos las dos acepciones es porque nunca se han visto quintos infiernos con tanto hielo y tanta nieve. Después de todo ¿qué sabemos de los fineses o finlandeses, aparte del *Kalevala* y el Nobel a Sillampää, ése de los cuatro puntitos sobre las dos aes? Hasta las olimpíadas de 1952 los diarios del Cono Sur escribían Helsinski, con una S antes de la K, pero un tiempo después empezaron a escribir Helsinki. ¿Qué habrá pasado en los juegos olímpicos para que Helsinski perdiera su segunda S?

Pero no estoy en Finlandia sino aquí. Y aquí ¿soy extranjero? No hace mucho leí en una buena obra de un autor alemán de estos ambivalentes días: "Es curioso que los extranjeros aprendan primero los insultos, las expresiones malsonantes y la jerga de moda del país en que viven (la muchacha que lleva sólo unos meses en P. suelta ya los gritos de dolor en francés y dice: ¡Ai! en vez de ¡Au!)". Según esa definición yo no sería extranjero porque sigo puteando tal y como lo hacía en mi tierra purpúrea y cuando tengo un dolor intenso no pronuncio ninguna interjección, ni de las importadas ni de las domésticas, sencillamente porque emito un extraño sonido que podría ser más bien definido como onomatopéyico, aunque el diccionario aporta tres ejemplos de onomatopeyas (miau, gluglú, cataplún) que por supuesto y por suerte no tienen nada que ver con los gruñidos o bufidos o estridores guturales que suelo producir en tales lancinantes ocasiones.

¿Que pensaría yo de mí mismo si por ejemplo cuando el mes pasado, exactamente el miércoles nueve, el profesor Ordóñez me apretó el dedo con la sólita y sólida puerta de su Volkswagen yo hubiera gritado gluglú o cataplún? En cambio mi modesto estridor gutural, acompañado de mirada tajante (no en la acepción de "categórico" sino de "que taja o corta"), seguramente no le habrá dejado al pobre Ordóñez la menor duda acerca de mi odio instantáneo, odio por otra parte injusto además de instantáneo ya que él me había reventado el índice sólo por imperdonable distracción y no por xenofobia militante. Reconozco sin embargo que para mí no representó entonces ningún consuelo ni atenuante la indudable certeza de que ese tarado sería capaz de masacrarle el dedo, con toda ecuanimidad y pa-

184

reja torpeza, a cualquiera de sus queridos compatriotas. Aunque parezca mentira aquella desgracia me causó gracia, porque durante unos cuantos minutos debimos haber sido dos "rostros pálidos" (afortunadamente no apareció ningún *sioux* en el horizonte): yo, porque estuve a punto de desmayarme en mitad de mis estridores guturales, y Ordóñez porque también. Con la única diferencia de que el dedo era mío. Ahora bien, ese odio instantáneo, y reconozco que injusto, que experimenté hacia mi colega aun cuando estuve a punto de desplomarme ¿lo habría sentido, en el mismo grado, si el dueño del Volkswagen hubiese sido un oriental del Paso Molino, de Tambores o de Palmitas? Tengo mis dudas al respecto, pero como la única forma de salir de ellas sería que un compatriota del Paso Molino, de Tambores o de Palmitas, me desbaratara un dedo con la puerta de su Volkswagen (bah, la marca puede ser otra) no tengo ningún inconveniente en mantenerme en el precario y confortable territorio de la duda filosófica. De todas maneras, si mi odio instantáneo hacia el pelma de Ordóñez tuviera connotaciones internacionales, o por lo menos interamericanas, mi caso ya no sería de xenofobia sino todo lo contrario.

El trasplante forzoso es duro en cualquier edad. Eso lo he sufrido en carne propia. Pero tal vez sean los jóvenes quienes se sienten más castigados. Y no lo digo por Graciela, o por Rolando, o por el mismo Santiago cuando algún día esté libre. Pienso más bien en los muchachos que eran todavía unos gurises cuando empezó el quilombo. A ellos les debe ser casi imposible concebir este tramo de sus vidas como algo no transitorio, como una frustración a larguísimo plazo. Y el peligro es que tal sensación pueda convertirlos en víctimas de una erosión irreversible.

185

¿Cuántos de esos que antes vimos militando cojonudamente en La Teja o en Malvín o en Industrias, y hoy vemos en París, junto al Sacré-Coeur, o en el Ponte Vecchio florentino, o en el Rastro de Madrid, tendidos junto a productos artesanales que ellos mismos han moldeado o tejido, cuántos de esos muchachos y muchachas, de vaga sonrisa y mirada lejana, no habrán visto, meses o años atrás, cómo caían a su lado los camaradas más queridos, o no habrán oído gritos desgarradores desde la celda nauseabunda y contigua? ¿Cómo juzgar justicieramente a estos neopesimistas, a estos escépticos prematuros, si no se empieza por entender que sus esperanzas han sido abruptamente mutiladas? ¿Cómo omitir que a estos jóvenes, segregados de su medio, de su familia, de sus amigos, de sus aulas, se les ha suspendido su humanísimo derecho a rebelarse como jóvenes, a luchar como jóvenes? Sólo se les dejó el derecho a morir como jóvenes.

A veces los muchachos tienen un valor a prueba de balas, y sin embargo no poseen un ánimo a prueba de desencantos. Si al menos yo y otros veteranos pudiéramos convencerlos de que su obligación es mantenerse jóvenes. No envejecer de nostalgia, de tedio o de rencor, sino mantenerse jóvenes, para que en la hora del regreso vuelvan como jóvenes y no como residuos de pasadas rebeldías. Como jóvenes, es decir, como vida.

Después de esta tirada creo que tengo derecho a respirar hondo. Decididamente, cuando me pongo serio puedo volverme insoportable. Pero también cabe la posibilidad de que el verdadero Rafael Aguirre sea éste, el insoportable, el pesado, el retórico, y que en cambio el otro Rafael Aguirre, el que disfruta haciendo juegos de palabras y se burla un poco de los demás y bastante de sí mismo, sea en realidad una máscara del otro.

Quizá sea un modo irregular, anómalo, de responder a mi propia pregunta: ¿soy extranjero? Y me respondo así, con una mano, la derecha, en el sudario, y otra, la izquerda, dibujando un sol que ojalá fuera tan espontáneo y luminoso como el que traza mi nieta con sus insólitos e insolentes colores. Sólo que yo no puedo diseñar un sol verde y unas nubes rosas como ella sí hace, sin la menor retórica del cielo. Y en definitiva creo que en mí puede más el sol (aunque sea ortodoxamente amarillo y naranja) que el sudario.

Lo único que puede redimir a un viejo es que a duras penas se sienta joven. He dicho joven y no verde, ojo. No que se haga el pibe vistiendo colorinches o escuchando esa porquería con la que aturden en las discotecas (ah los incomparables Beatles de mi prevejez, aquellos de "Michelle" o "Yesterday" o "Eleanor Rigby") sino sintiéndose, a duras y maduras penas, un viejo joven.

Tal vez fue eso lo primero que entendió Lydia, y tal vez fue eso (quiero decir el hecho de que lo haya entendido) lo primero que me gustó en ella. Y sin hacerse demasiadas ilusiones. Quizá sucedió de ese modo porque es de aquí, digamos porque no es compatriota. Nadie puede ni quiere quitarse sus nostalgias, pero el exilio no debe convertirse en frustración. Vincularse y trabajar con la gente del país, como si fuera nuestra propia gente, es la mejor forma de sentirnos útiles y no hay mejor antídoto contra la frustración que esa sensación de utilidad.

Vincularse con la gente del país. Bueno, yo me vinculé con Lydia. Como a veces le digo: después de todo, ya ves, estoy lydiando. Y me siento mejor. Lejos quedó el simulacro del bastón. También por eso no me siento extranjero, porque ella no es *mi extranjera* sino algo así como *mi mujer*. Tiene su poco de sangre india, enhorabuena. O quizá la tenga de sangre negra, también enhorabuena. Digamos que su linda piel es más oscurita que la de Graciela o la de Beatriz. Y aun más oscurita (y mucho menos arrugadita) que la mía.

Tal vez me vinculé con un país llamado Lydia. Y es un nexo distinto a todos mis anteriores. Faltan varios ingredientes clásicos: urgencia, pasión, opresión en el pecho, ni siquiera me atrevería a decir que estoy enamorado, pero a lo mejor me atrevo a pensarlo. Es claro que si cometo el error de mirarme al espejo, automáticamente me lleno de cordura. No hay (ni tal vez haya) matrimonio, pero lo que no puedo negar es que si bien Lydia no es de mi aldea, es en cambio de mi casta, de mi tribu. Y eso de que me vinculé al país Lydia no es un simple tropo, porque fue ella quien me introdujo en las cosas, en las comidas, en las gentes de aquí. Ya he empezado a festejar (no a pronunciar, eh) los modismos locales, no sólo los definitivos sino también los transitorios, como por ejemplo cuando el concuñado de Lydia confiesa que tiene ganas de mover el bigote, y eso quiere decir que aspira a almorzar.

No obstante me sigo viendo con los compatriotas. Hay multitud de temas que sólo puedo hablar con ellos, quiero decir hablarlos con plenitud, con conocimiento de causa aunque no siempre con conocimiento de efectos. Hacer el complejo balance del pasado, más arduo cuanto más cercano, o como dice el buenazo de Valdés (medicina general y vías respiratorias) con su deformación profesional: hay que auscultar el país, señores, ponerle la oreja junto al lomo para sentir cómo respira y entonces ordenar, diga treinta y tres, diga por favor Treinta y Tres Orientales.

Pero a esta altura eso no me basta. No puedo vivir aquí y así, con la obsesión de que mañana o el próximo octubre o dentro de dos años, voy a quitar amarras y emprender el regreso, el mítico regreso, porque el estilo provisional jamás otorga plenitud, y entonces me interno en el país Lydia, y esto es mucho más que un símbolo sexual (sin perjuicio de que allí me interne y sea un lindo viaje), es también enterarme de lo que se entera la gente del país Lydia, es escuchar los noticieros de radio y televisión de cabo a rabo y no solamente cuando le toca a las noticias internacionales, en la cotidiana espera de que por fin llegue algo bueno desde allá abajo. Pero lo que llega es que desaparecieron otros cuatro, o murieron tres en la prisión y no siempre por lo que cierto defenestrado presidente llamaba "el rigor y la exigencia en los interrogatorios" sino pura y exclusivamente por fatiga y sobresaturación de cárcel. Lo que llega es que hubo más *rastrillos* y cayeron quinientos y luego soltaron a cuatrocientos veinte como era previsible, pero quiénes serán los ochenta restantes, qué les harán.

Estamos perdiendo la saludable costumbre de la esperanza. Ya casi no entendemos que otras sociedades la sigan generando. Recuerdo la madrugada del treinta de noviembre. Le había dicho a Lydia que no viniera. Quería estar solo con mi escepticismo. No creía en el plebiscito, me parecía una trampa ridícula. Pero a las tres de la madrugada me desperté y tuve la corazonada de encender la onda corta. Y la noticia vino como entremezclada con mi sueño (que no había sido particularmente estimulante) y el NO había arrollado la propuesta de los milicos, y sólo cuando me convencí de que eso no era una posdata de mi sueño sino una noticia real, sólo entonces salté de la cama y grité como si estuviera en el Estadio y de pronto me di cuenta de que estaba llorando sin ninguna vergüenza y hasta con sollozos y que ese llanto no era cursi ni ridículo y me sorprendí tanto de mi propio estallido que quise recordar cuándo había llorado así por última vez y tuve que retroceder hasta octubre del 67, en Montevideo, también solo y de noche, cuando otra onda corta había pormenorizado la tristeza informativa de Fidel sobre la muerte del Che.

Pero en noviembre del 80, las gentes del país Lydia me dejaron llorar a solas y lo agradecí. Sólo vinieron al día siguiente para abrazarme, después de asegurarse bien de que yo tenía los ojos secos, y para que les explicara lo inexplicable, y entonces les fui diciendo mientras yo mismo me convencía: la dictadura decidió abrir, no una puerta sino una rendija, y una rendija tan pequeña que sólo pudiera entrar en ella una sola sílaba, y entonces la gente vio aquella hendedura y, sin pensarlo dos veces, colocó allí la sílaba NO. Es probable que mañana den un portazo, cierren otra vez la fortaleza que habían creído inexpugnable, pero ya será tarde, la rotunda sílaba habrá quedado dentro, les será imposible deshacerse de ella. En esta época de bombas neutrónicas y ojivas nucleares, es increíble cuánto puede hacer todavía una pobre sílaba negadora.

Y Lydia vino, claro (no ya el país Lydia, sino Lydia solita y su alma) y no me dijo nada y también se lo agradecí, y después de asegurarse ella también de que yo tenía los ojos secos, se sentó en el suelo junto a mí (yo estaba como siempre en la mecedora y dejé de mecerme) y apoyó en mis rodillas su cabeza oscurita y sus cabellos negros.

Beatriz

(La amnistía)

Amnistía es una palabra difícil, o como dice el abuelo Rafael muy peliaguda, porque tiene una M y una N que siempre van juntas. Amnistía es cuando a una le perdonan una penitencia. Por ejemplo si yo vengo de la escuela con la ropa toda sucia y Graciela o sea mi mami me dice por una semana estarás sin postre, y si después me porto bien y a los tres días traigo buenas notas en aritmética entonces ella me da una amnistía y puedo volver a comer helado de esos que se llaman canoa y tienen tres pelotas una de vainilla otra de chocolate y otra más de fresa que viene a ser lo mismo que el abuelo Rafael llama frutillas.

También cuando Teresita y yo estuvimos peleadísimas porque ella me había dado un sopapo lleno de barro y pasamos como dos semanas sin decirnos ni chau ni prestarnos el cepillo de dientes de pronto vi que la pobre estaba muy arrepentida y no podía vivir sin mi carinio y me di cuenta que suspiraba fuerte cuando yo pasaba y empecé a tener miedo de que se suicidara como en la tele así que la llamé y le dije mirá Teresita yo te amnistío pero ella entonces creyó que la había llamado nada más que para insultarla y se puso a llorar a lágrima cada vez más viva hasta que no tuve más remedio que decirle Teresita no seas burra yo te amnistío quiere decir yo te perdono y entonces empezó a llorar de nuevo pero con otro llanto porque éste era de emoción.

También el otro día vi por la tele una corrida de toros que es como un estadio donde un señor juega con un mantel colorado y un toro que se hace el furioso pero es buenísimo, y después de muchísimas horas de estar jugando el hombre se aburrió y dijo no quiero jugar más con ese bicho que se hace el furioso pero el toro quería seguir jugando y entonces fue el hombre quien se puso furioso y como era muy necio le clavó aquí en la nuca una espada larguísima y el toro que ya estaba a punto de pedir la amnistía miró al señor con unos ojos muy pero muy tristes y después se desmayó en mitad de la cancha sin que nadie le diera la amnistía y a mí me dio tanta lástima que me salió un suspiro finito finito y esa noche soñé que yo acariciaba al toro y le decía chicho chicho igual que le digo a Sarcasmo el perro de Angélica y él mueve la cola contentísimo, pero en el sueño el toro no la movía porque seguía desmayado en mitad de la cancha y yo le daba la amnistía pero en sueños no vale.

El diccionario dice que amnistía es el olvido de los delitos políticos y yo estaba pensando que a lo mejor a mi papá le dan la amnistía, pero también siento miedo de que el general que puso preso político a mi papá tenga buena memoria y no se olvide de los delitos. Claro que como mi papá es muy pero muy bueno y sabe hasta barrer los calabozos, a lo mejor el general que lo puso preso político hace la vista gorda igual que mi abuelo hace conmigo, como si se olvidara de los delitos aunque verdaderamente no los olvide y a lo mejor una noche el general que lo puso preso político le da la amnistía así de repente y sin decirle nada le deja la puerta sin llave para que mi papá salga en puntas de pie y se asome calladito a la calle y tome un taxi y le cuente muy contento al chofer que le acaban de dar la amnistía así que lo lleve enseguida al aeropuerto porque quiere venir a vernos a Graciela y a mí y sepa que yo tengo le dirá al chofer una hijita que hace muchos años que no veo pero sé que es lindísima y muy buena y el chofer le dirá ah qué interesante señor yo también tengo una nena y seguirán hablando y hablando y hablando porque hasta el aeropuerto son una cantidad bárbara de kilómetros y cuando lleguen ya será de noche y mi papá le dirá el problema es que como estuve preso político ahora no tengo plata para pagarle y el chofer no se aflija señor son apenas treinta y ocho millones ya me los pagará cuando pueda y consiga trabajo y mi papá qué bueno es usted muchísimas gracias y el chofer no hay de qué y dele recuerdos a su señora y a su nena que es tan buena y tan linda y que tenga buen viaje y lo felicito por la amnistía.

Angélica en cambio es muy rencorosa y cuando Sarcasmo la muerde un poco no mucho porque tiene los dientes chiquitos y no lo hace por mal, ella le pega y le pega y después no le habla por tres días y yo sé que Sarcasmo se muere de tristeza y ella sin embargo nunca lo amnistía. A mí Sarcasmito me da muchísima lástima y me lo llevaría a mi casa pero Graciela siempre dice que en el exilio no hay que tener animalitos porque una se encariña y de pronto un día hay que volver a Montevideo y no vamos a llevar el perro o el gato porque se hacen pichí en los aviones.

Cuando venga la amnistía vamos a bailar tangos. Los tangos son unas músicas tristes que se bailan cuando uno está alegre y así vuelve a ponerse triste. Cuando venga la amnistía Graciela me va a comprar una mu-

193

ñeca nueva porque la Mónica ya está para jubilarla. Cuando venga la amnistía no habrá más corridas de toros ni me van a salir más granitos. Y el abuelo Rafael me va a comprar un reloj pulsera. Cuando venga la amnistía se acabará la amnesia. La amnistía es como una vacación que se va a desparramar por todo el país. Los aviones y los buques llegarán completísimos de turistas muy platudos que irán a ver la amnistía. Los aviones irán tan llenos que la gente estará parada en los pasillos y las señoras les dirán a los señores que van sentados ah usted también va a ver la amnistía y entonces el señor no tendrá más remedio que darle el asiento. Cuando venga la amnistía habrá cucharitas y camisetas y ceniceros con la palabra amnistía y también muñecas que cuando uno les apriete la barriga dirán amnis-tí-a y tocarán una musiquita. Cuando venga la amnistía se acabarán las tablas de multiplicar, sobre todo la del ocho y la del nueve que son una basura. Me imagino que cuando algún día venga mi papá va a estar como un año hablando siempre de la amnistía. Teresita dice que Sandra dijo que en los países muy fríos hay menos amnistía, pero yo creo que ahí no debe ser tan grave porque como afuera está nevando y sopla un viento helado los presos políticos no querrán que los dejen en libertad porque en el calabozo están más calentitos. A veces pienso que la amnistía está demorando tanto que cuando venga a lo mejor yo seré grande como Graciela y trabajaré en un rascacielos y hasta podré cruzar las calles con luz roja como hacen siempre los mayores. Cuando venga la amnistía capaz que Graciela le dice al tío Rolando, bueno chau.

El otro

(Ponte el cuerpo)

¿Así que me encontrás raro? Puede ser, Rolando, puede ser. Además, hacía mucho que no nos veíamos. Sin embargo debería estar feliz. Y a lo mejor estoy feliz y es precisamente eso lo que me vuelve extraño. ¿Te parece imposible? Estamos tan acostumbrados a las muertes que cuando por ejemplo ocurre un nacimiento nos agarra desprevenidos, o como diría un aficionado local al béisbol (ya ves cómo me voy adaptando) nos "coge fuera de base". Seguramente te estarás preguntando qué ocurrió. Y no te resignás a creer que lo ocurrido sea algo estimulante. ¿Desconfiás, eh? Yo también me he vuelto desconfiado. Y sin embargo el elemento nuevo es una buena noticia: soltaron a Claudia y está en Suecia. ¿No te lo imaginabas, eh? Pues la soltaron y está en Suecia y ya me escribió y ya le escribí. ¿Qué te parece? Seis años son larguísimos, sobre todo si tenés en cuenta que yo pude zafar, apenitas pero pude, y ella no, ella tuvo que comerse esos seis de mierda, de humillaciones, de pudrición, de delirio. Y ahora decime, ¿cómo iba a gozar de mi libertad, cómo iba a disfrutar de mi trabajo (por fin estoy haciendo algo que me gusta, que se corresponde con mi vocación), del mero hecho de decir en voz alta lo que se me antoja, cómo iba a gozar de mi vida si sabía que Claudia estaba allá, reventada, animosa pero malherida, leal pero terriblemente ansiosa? Tengo treinta y dos años y soy un tipo robusto y sexualmente sano, en pleno vigor. Vos sabés que a esta edad, si sos normal, es imposible pasar seis años sin tener de vez en cuando una mujer. Yo también lo sé y Claudia lo sabe y en sus cartas me lo sugería indirectamente y por otras vías me lo mandaba decir sin ambajes: "No te hagas problemas, Ángel. Yo te quiero como nunca y sin embargo no puedo exigirte una cosa así. Sos un hombre joven y estás afuera. No podés negarte a lo que espera el cuerpo. Es *tu* cuerpo. Yo no voy a sentirme agraviada. Jamás. Te lo digo en serio. Por favor, creémelo. Después, cuando yo salga, ya veremos qué pasa. Sí, yo te sigo queriendo como nunca, pero no te quedes sin mujer, no te condenes a vivir sin cuerpo de mujer. Yo sé mejor que nadie cuánto lo necesitás". Y siempre así. Sólo faltó que me transcribiera aquel verso de Vallejo: "Ya va a venir el día. Ponte el cuerpo". Era casi una obsesión en sus cartas y en sus mensajes. Yo le respondía que no se preocupara, que quizá más adelante, pero que ahora no tenía ganas ni deseos ni nada. Y ella de nuevo a insistir. Hasta que al fin se dio una coyuntura no buscada por mí, algo que vino muy naturalmente, y decidí ponerme el cuerpo, o sea que fui a la cama con una muchacha estupenda, y lo hicimos, claro, pero en otro sentido fue un fracaso. Yo miraba mi vaivén ¿sabés? como si fuera el de otro. Los órganos reaccionan, claro, al contacto de una linda carne contigua; pueden desenvolverse, excitarse, llegar por sí mismos a una culminación, pero yo permanecía ajeno a ese disfrute, yo estaba allá, en una celda remota, murmurándole apoyo a una mujer lejana y mía, consolándola, sin tocarla, de heridas que nunca cerrarán; diciéndole palabras, palabritas aisladas que para nosotros dos tienen el significado de un ritual, son como hitos de nuestra historia privada. Me dirás que eso ocurre con todas las parejas. Ah, pero en esta pareja uno estaba aquí, libre, pero sintiéndose estúpidamente culpable de su libertad, y la otra estaba allá, en clausura y en pugna, acompañada y solitaria, pensando probablemente en mí, en que yo me estaría sintiendo estúpidamente culpable de mi libertad. Y la muchacha que lo estaba haciendo conmigo, comprendió de pronto con claridad toda la situación, y la comprendió a pesar de que era de aquí, o quizá por eso mismo, y cuando ya estábamos tendidos y en silencio, mirando el techo, apoyó su mano en mi pierna, y dijo: "No te aflijas, esto te pasa porque eres buena gente", y se levantó y se vistió y se fue sin más, después de darme un beso en la mejilla. Así que imagínate si habrá sido buena noticia para mí saber que, después de seis años, la otra, o sea la única, la castigada, la leal, estaba libre y en Suecia y con amigos. Ésta es la historia. Por ahora. Nos hemos escrito, nos hemos telefoneado. Te aseguro que el teléfono no fue el medio ideal de comunicación, porque los dos llorábamos y al final aquello costó un montón de plata, nada más que para escuchar, durante un cuarto de hora, tres monosílabos y cuatro sollozos. Desde el primer momento le escribí que viniera enseguida y le compré el billete de avión, *open*, para que viaje cuando quiera y pueda. Pero en su respuesta noté cierta reticencia y empecé a imaginar cosas absurdas. Imagínate la libertad que uno tiene cuando se pone a imaginar cosas absurdas. Las razonables tienen que ver con permisos, residencias, pasaportes, etc., pero yo elegí las otras, por lo menos algunas, y las enumeré en mi nueva carta. Y hoy

197

acabo de recibir su respuesta. Dice así, te la leo: "Vos seguís pensando en la Claudia que dejaste de ver hace seis años, pero en esos seis años pasaron muchas cosas y hasta los rostros cambian y esa transformación tiene un ritmo distinto al del simple transcurrir del tiempo. Sé que vos, por ejemplo, tenés el mismo aspecto, sólo que con seis años más. Es lo normal ¿no? Pero yo, querido, no tengo el mismo rostro. Ésta es la reticencia que notaste en mi carta. Y como imaginaste tantas barbaridades, tomé esta decisión: me hice varias fotos, y te confieso que, aunque no lo creas, seleccioné la mejor, y bueno, aquí te la mando, Ángel, quiero que antes de que decidas si debo ir allá o quedarme aquí, veas cómo soy y cómo estoy, veas cómo pasaron esos seis años por mis ojos, por mi boca, por mi nariz, por mis orejas, por mi frente, por mi pelo. Y quiero (vos sabés que soy católica, así que te lo pido por el amor de Dios) que, si de veras me querés y respetás, seas rigurosamente sincero conmigo". ¿Te das cuenta, Rolando, de todo lo que esa carta dice? ¿Podés leer como yo todas las entrelíneas? Por eso te decía hace un rato que a lo mejor estoy feliz y es eso lo que me vuelve un poco extraño. Estar feliz y sin embargo no ser feliz. Ah, pero nunca imaginé que el estar feliz incluyera ¿sabés? tanta tristeza.

Heridos y contusos

(Puta vida)

—¿Y qué sentiste cuando te leyó la carta, cuando te contó lo de la foto?

—Desconcierto. Realmente, creo que me sentí desconcertado.

—¿Desconcertado y culpable?

—No. Culpable no.

—¿Y entonces por qué llegaste con esa cara de velorio?

—Será porque este enredo no es precisamente una fiesta.

—Cuando decís enredo ¿te referís a lo nuestro?

—Sí ¿a qué va a ser?

—Yo no lo veo como un enredo.

—¿Ah, no? Pero es.

—¿Estás arrepentido?

—No. Pero no es una fiesta.

—Ya lo habías dicho. Tampoco lo de ellos es una fiesta.

—¿Lo de Claudia y Ángel? Tampoco. Pero al menos es transparente. Un dolor transparente. Un amor transparente.

—A diferencia del nuestro, que es opaco.

—No dije eso.

—Pero lo das a entender. Todo lo que no decís, lo estás sin embargo diciendo. ¿Te creés acaso que yo no me lo digo?

—Vos bien sabés que para mí lo único opaco es que no se lo hayamos comunicado a Santiago. Lo demás, no. De veras te quiero, Graciela, y eso no es opaco.

—¿A qué volver sobre eso? Lo hablé con Rafael y él me convenció. Y sigo creyendo que tuvo razón. Era demasiado para Santiago. Enterarse así, y enterarse allá. Entre cuatro paredes.

—Bueno, ahora viene.

—Sí, y estoy contenta de que venga.

—¿Contenta por eso quiere decir arrepentida de lo otro?

—No, Rolando, yo tampoco estoy arrepentida. Contenta quiere decir contenta, nada más. Contenta porque va a estar libre, que bien lo merece. Y también porque podré decírselo.

—¿Podrás?

—Sí, Rolando, podré. Soy bastante más fuerte de lo que pensás. Y además estoy segura. Ahora sé definitivamente que lo otro marcharía mal. Y respeto demasiado a Santiago para seguir mintiéndole.

—Puta vida ¿no? Que el tipo salga, después de tantos años, y lo espere esto. Quiero decir: que lo esperemos nosotros con esta buena nueva.

—No sé. Después de todo, como dice Rafael, es mejor que se entere aquí, con otra perspectiva.

—También se enterarán los otros. Los compañeros. ¿Acaso te habló de eso tu admirado Rafael?

—No. Pero bien que lo sé.

—No creo que vayan a estar de parte nuestra.

—Probablemente no. A Santiago todo el mundo lo quiere. Será difícil.

200

—¿Cómo se lo vas a decir?

—No sé, Rolando, no sé.

—¿Preferís que le hablemos los dos?

—Mirá, no sé cómo se lo voy a decir. Improvisaré. Pero en cambio sé que quiero decírselo a solas. Tengo ese derecho ¿no?

—Tenés todos los derechos. ¿Y Beatricita?

—Está como distante. También eso me jode.

—¿Sabe que el padre llega dentro de quince días?

—Desde el domingo lo sabe. A pesar de la advertencia de Santiago, me resolví a decírselo. ¿Sabés por qué lo hice? Porque pensé que por alguna extraña vía se había enterado o lo intuía, y que acaso su actitud distante obedecía a que yo no le había dado la noticia. Pero después que se lo dije, ha seguido igual.

—Es demasiado avispada la botija. Seguro que sospecha lo nuestro.

—Eso creo.

—Después de todo, es una reacción inevitable.

—Puede ser, pero me preocupa.

—¿Y ahora por qué llorás?

—Porque tenés razón.

—Sí, claro, ¿pero en qué?

—En eso que hoy dijiste: puta vida.

Exilios

(Los orgullosos de Alamar)

Viví más de dos años en Alamar, una zona situada a unos quince kilómetros de La Habana e integrada fundamentalmente por bloques de vivienda, incesantemente construidos por brigadas de trabajadores capitalinos. Es una de las maneras que han hallado los cubanos para tratar de resolver su arduo problema habitacional, sin que por ello se resienta la producción. En cada fábrica u oficina o almacén, se forman una o más brigadas de 33 trabajadores cada una. Como por lo general no son obreros de la construcción, empiezan por un curso básico y luego se consagran a levantar edificios de cinco a doce plantas, que luego serán ocupados por aquellos de sus compañeros (o acaso por ellos mismos) que más urgentemente necesiten una nueva vivienda. El vacío laboral que cada brigada deja en su centro de trabajo es compensado por horas extraordinarias que trabajan los demás. Curiosamente, la idea provino de los obreros; el gobierno se limitó a viabilizarla.

Pero hay un detalle adicional que nos atañe directamente. En cada uno de esos edificios, las brigadas ceden un apartamento (si es de cinco plantas) o cuatro (si es de doce) a familias de exiliados latinoamericanos, y éstos lo reciben con mobiliario, refrigerador, radio, televisión, cocina a gas, y hasta sábanas y vajilla. Todo gratuito.

De ahí que un buen número de latinoamericanos estén concentrados precisamente en Alamar. Los niños y adolescentes uruguayos suelen ser allí, si no bilingües, por lo menos bitonales. Cuando juegan y corretean en las calles con sus compinches locales, hablan con un crudo acento cubano. Pero cuando entran en sus hogares donde los padres siguen hablando tozuda y conscientemente de vos y che, entonces los fiñes pasan a ser nuevamente botijas.

Alamar es un lindo lugar, acaso con menos autobuses y árboles de lo necesario, pero con un aire liviano y salitroso, un mar al alcance de la mano y una fraternidad sin aspavientos.

El 30 de noviembre de 1980, día del plebiscito, zancadilla que la dictadura uruguaya se hizo a sí misma, yo ya no estaba en Alamar sino en España. Esa madrugada, mientras las noticias del explosivo triunfo popular iban accediendo a las primeras planas de las noticias mundiales, pensé muchas cosas, claro, pero entre otras pensé en Alamar, en que habría sido bueno celebrar allí la increíble goleada.

Y cuando en el siguiente enero fui a La Habana, éste fue el primer tema que toqué con Alfredo Gravina. Alfredo y yo tenemos varias cosas en común, pero sobre todo dos muy importantes: la literatura y Tacuarembó, aunque él provenga de la capital departamental y yo sólo de Paso de los Toros.

"Ah, esa noche". Y pone los ojos en blanco. Siempre pensé que Alfredo (su segundo nombre es Dante, pero nunca me atreví a tomarle el pelo, porque mi tercero es Hamlet) había salido con su tranquito inimitable, de

alguna película de Vittorio de Sica, con libreto de Ce-
sare Zavattini. Ah, pero cuando pone los ojos en blan-
co, queda igualito a Totó.

"Mirá, esa noche nos habíamos reunido varios de la
colonia para charlar y tomar unos tragos. ¿El plebiscito? Lo previsible era el fraude". Entre sus arrugas de
fogueo aparece esa sonrisa abierta, y siempre dispuesta
a ampliarse, que quienes no lo conocen pueden interpretar como burla de otros, pero que nosotros sabemos que es joda de sí mismo. No autocrítica, entendá-
monos, sino joda de sí mismo. Hay matices ¿no?

"Empezamos a cantar tangos, viejos tangos, quizá
como una forma de sublimar la nostalgia. Pero una
compañera, más realista (como suelen ser las mujeres)
estaba, a pesar de la canterola, con la oreja pegada a la
onda corta. Así que el panorama era éste: nosotros con
Gardel y ella con la BBC. Y de pronto dio un salto: '¡Ganó el NO! ¡Ganó el NO por más del sesenta por ciento!' Y
ahí nomás abandonamos al pobre Gardel y nos pega-
mos a la BBC, que nos confirmaba el notición".

Ese mismo 30 de noviembre, en Mallorca, también
yo me había enterado por la BBC; nunca antes, aquel
español pulcro y desinfectado, esa suerte de promedio
entre Guadalajara y Ushuaia, me había parecido tan
espléndido.

"Nos largamos a la calle con una bandera", sigue
Alfredo, "ni sé de dónde la sacamos. Había que comu-
nicarlo y festejarlo. Golpeábamos en las casas de los
compatriotas, pero la mayoría no había vacilado, como
nosotros, entre el Mago y la BBC; sencillamente se
habían ido al catre, porque el lunes es día de trabajo.
Muchos creían que era una broma, pero de a poco
fueron convenciéndose y sumándose al coro, cada vez
más entusiasta y desafinado. Era tanto el escándalo

que la policía no tuvo más remedio que acercarse, un poco asombrada ante semejante alboroto en un Alamar que a esas horas sólo descansa o hace el amor. ¿Qué era aquello? ¿Qué nos pasaba? Ahí nuestro principal argumento fue la bandera y a partir de eso entendieron lo demás. Sólo nos sugirieron que no hiciéramos tanto ruido, pero yo creo que sin ninguna esperanza de que siguiéramos el consejo. En realidad, el festejo sólo terminó cuando empezó a asomar el sol".

¿Y al final cómo estaban? "Orgullosos, che, orgullosos", concluye el viejo Alfredo, flaco, arrugado y enhiesto, sacando pecho como en Tacuarembó.

Don Rafael

(Quitar los escombros)

Es raro. Mi hijo va a salir de la cárcel, va a llegar aquí cualquier día de éstos y yo asumo la noticia con toda naturalidad, casi como si fuera el corolario de un presagio. ¿Acaso era tan previsible? ¿Cuántos, aun con menos años de prisión que Santiago, un día no pudieron más con su angustia o su cáncer o su propia historia, y murieron? ¿Cuántos más enloquecieron de desaliento o de impotencia? Sin embargo, desde el comienzo supe que iba a salir. Por instinto tal vez, por corazonada de viejo. Lo más curioso es que cuando Graciela me lo comunicó, en ese primer instante revelador no pensé en él ni en mí ni en mi nieta ni en el problema gordo que aquí le aguarda. Sólo pensé en su madre, en Mercedes. Pensé en ella como si estuviera viva, como si mi legítimo, razonable impulso fuera el de ir corriendo a avisarle, a decirle que pronto lo podría abrazar, estrujar, tocarle las mejillas, llorarle en el hombro, qué sé yo. Y así advertí que, a pesar de los años transcurridos, a pesar de Lydia hoy y otras más ayer y anteayer, existe todavía un nexo reservado que me une a Mercedes, al nombre y el recuerdo de Mercedes, con su atuendo siempre marrón; su mirada quieta, que allá en el fondo tenía permanentemente un puntito de emoción; sus manos débiles y sin embargo seguras; su sonrisa inconfundible y a menudo hermética; su tierna solicitud hacia Santiago. A veces se me antojaba (una locura como cualquier otra) que ella habría querido un biombo tras el cual hablar con Santiago, acariciar a Santiago, mirar a Santiago, sin que el resto del mundo (yo incluido en el mundo) la importunara con su curiosidad, su deferencia o su recelo. Pero como, por supuesto, no había biombo, sufría un poco, no escandalosamente sino con moderación, como era su estilo. No era fea Mercedes. Ni linda. Tenía un rostro personalísimo y atrayente, imposible de confundir u olvidar. Y una bondad bastante complicada pero legítima. Ahora, a tanta distancia, si quisiera ser descaradamente franco conmigo mismo, tal vez no sabría reconocer de qué me enamoré, o si realmente me enamoré alguna vez de esa mujer desmesuradamente mesurada. Me digo esto y de inmediato siento que soy injusto. Es claro que debo haberme enamorado. Sólo que no me acuerdo. Hablábamos entre nosotros bastante menos de lo que habla una pareja corriente, pero, claro, no éramos una pareja corriente. Sin embargo, esas pocas conversaciones no eran por cierto banales. Me desconcertaba bastante pero nunca pude agraviarla, o gritarle, o recriminarle algo. Siempre parecía la recién emergida de un naufragio que aún no se había habituado por completo a su sobrevida. Me fue difícil comunicarme con ella, pero las pocas veces en que lo logré, fue una comunicación milagrosa, casi mágica. Hacer el amor con Mercedes era quizá como hacerlo con un concepto y no con un cuerpo, pero después de hacerlo quedaba tan dulce y tan trémula que ese epílogo significaba una unión mucho más estrecha que el acto en sí. Sólo cuando escuchaba buena música recuperaba esa misma expresión de modelo de Filippo Lippi. Cuando apenas llevábamos dos años de casados, en uno de sus infrecuentes raptos de confidencia que eran como concesiones que a veces nos hacía (a ella y a mí), me dijo qué bueno sería morir escuchando alguna de las Cuatro Estaciones de Vivaldi. Y tantos años después, exactamente el diecisiete de junio de mil novecientos cincuenta y ocho, cuando estaba leyendo y de pronto quedó inmóvil para siempre, en la radio (ni siquiera era el tocadiscos) estaba sonando la Primavera. Santiago lo supo y quizá por eso esa palabra, primavera, ha quedado ligada para siempre a su vida. Es como su termómetro, su patrón, su norma. Aunque no lo mencione sino rarísimas veces, sé que para él los aconteceres del mundo en general y de su mundo en particular se dividen en primaverales, poco primaverales y nada primaverales. Supongo que estos últimos cinco años no le habrán parecido primaverales. Y bien, ahora sale. ¿Habré hecho mal aconsejándole a Graciela que no le escribiera sobre la nueva realidad? Sólo faltan doce días para que lo sepa. O quizá deban transcurrir seis meses o seis años para que efectivamente pueda comprobar si mi consejo fue un acierto o un gazapo. La vida sigue, dicen y repiten las canciones banales, o si no lo dicen por lo menos lo rozan. Y como son las canciones banales las que lo dicen, nosotros los sesudos descartamos radicalmente esa blandenguería. Y sin embargo, en todo lo cursi hay siempre un carozo de realidad. La vida sigue, por supuesto, pero no tiene un solo modo de seguir. Cada uno tiene su ruta y su rumbo. Conozco, porque me lo contó apabullada la mismísima Graciela, el caso diáfano de esa pareja, Angel y Claudia (tengo la impresión de que él fue alumno mío). Para ellos la vida siguió de ese modo tierno, conmovedor. Ah, pero no es ley. Justamente es conmovedor y tierno porque sucedió sin violencia interior, con una inevitabilidad absolutamente natural. Yo confío en Santiago. Creo que a pesar de lo mucho que quiso y admiró a su madre, tiene en el fondo más de mí que de ella. Imagino qué haría yo, cuál sería mi actitud en un caso así. Y por eso confío en Santiago. Es claro que yo tengo sesenta y siete y él sólo treinta y ocho. Pero está Beatricita, que es una maravilla y que llenará seguramente la existencia nueva de Santiago. Hasta ahora yo me había guardado esa historia, pero anoche se la conté a Lydia. Escuchó mi largo monólogo sin interrumpirme ni una sola vez. Tenía (así me lo confesó luego) dos sensaciones encontradas. Por un lado, disfrutaba la prueba de confianza. Creo que a partir de esta noche, murmuró, nos hemos acercado más, creo que ya somos una pareja. Tal vez. Pero también le preocupó mi preocupación. Estuvo un rato en silencio. Arrolló y desenrolló múltiples veces uno de sus lindos mechones negros, y luego dijo déjalos sí déjalos, no intervengas salvo que te lo pidan, déjalos y verás que la vida no sólo, como tú dices, sigue, sino que además se acomoda, se reajusta. Quizá tenga razón. Todo este terremoto nos ha dejado rengos, incompletos, parcialmente vacíos, insomnes. Nunca vamos a ser los de antes. Mejores o peores, cada uno lo sabrá. Por dentro, y a veces por fuera, nos pasó una tormenta, un vendaval, y esta calma de ahora tiene árboles caídos, techos desmoronados, azoteas sin antenas, escombros, muchos escombros. Tenemos que reconstruirnos, claro: plantar nuevos árboles, pero tal vez no consigamos en el vivero los mismos tallitos, las mismas semillas. Levantar nuevas casas, estupendo, pero ¿será bueno que el arquitecto se limite a reproducir fielmente el plano anterior, o será infinitamente mejor que repiense el problema y dibuje un nuevo plano, en el que se contemplen nuestras necesidades actuales? Quitar los escombros, dentro de lo posible; porque también habrá escombros que nadie podrá quitar del corazón y de la memoria.

Extramuros

(Fasten seat belt)

ya se apagó el *fasten seat belt* o sea que recupero mi vida y la azafata es linda # cuando me alcanza el jugo de
naranja veo sus uñas de un discretísimo rosa pálido y
tan pero tan cuidadas # advierto que mi boina le llama
un poco la atención pero no me la quito ni muerto

cinco años dos meses y cuatro días y todavía existo
hurra son mil ochocientas ochenta y nueve noches bah

qué sueño tengo y sin embargo quiero disfrutar a plenitud de este cambiazo # saber que el cinturón de seguridad lo puedo sacar y poner y sacar a discreción
mientras oigo el murmullo de los abejorros # ninguno
de los trescientos pasajeros disfruta de los abejorros a reacción como este servidor

la azafata me deja un diario y le pido otro más # entonces mira la boina y me deja los dos # así que bomba
de neutrones eh permanecerán las cárceles y no los presos pero también los millones y no los millonarios #
quedarán las escuelas y no los niños pero también los ca-
ñones y no los generales # ah y el misil que partirá de
hamburgo quizá caiga en moscú pero puede que la res-

213

puesta no caiga en hamburgo sino en oklahoma cambios cambios cambios

qué sueño y sin embargo quiero recordar todas las caras de los míos allá # los que quedaron # aníbal no es un número esteban no es un número rubén no es un número # quisieron convertirnos en cosas pero los jodimos no nos cosificamos # esteban hermano vos tenés aliento para rato # tendrás que ayudar a los desalentados # ah pero a vos quién te ayuda

qué odio y sin embargo no quise desmenuzarme en él perderme en él # durante los primeros años lo regué cotidianamente como si fuera una planta exótica # después comprendí que no podía rendirles ese homenaje y además había tantas cosas para pensar y programar y analizar y hacer # se van a pudrir solos eso es

a andrés lograron arrastrarlo hasta la locura # quizá le pasó eso por demasiada inocencia demasiada fe en el hombre # todo lo sorprendía siempre pensaba hasta aquí llegaron y se acabó no pueden ser tan crueles pero sí eran # voy a convencerlos y empezaba a hablarles y le rompían la boca # demasiada inocencia por eso enloqueció

por el reloj de mi vecino sé que dormí más de una hora # ya puedo pensar mejor # me siento ágil y decido ir al baño # inimaginable esta libertad de ir al baño todas las veces que uno quiera # mi primera meada de hombre libre # salú

el de mi derecha viene leyendo *time* y a la izquierda tengo el pasillo # cómo encontraré el ánimo del mundo

la formación y deformación del mundo # sería demasiada mala suerte que justo ahora que salí el planeta
explotara

beatricita qué fiesta nos espera # la verdad es que no sé
exactamente qué me aguarda # evidentemente hay un
problema sé que hay un problema # en las últimas cartas graciela no es la misma y no es cosa de leer
entrelíneas # a veces me parece que está enferma y no
quiere decírmelo # o acaso la nena eso ni pensarlo beatricita qué fiesta nos espera # incluso el viejo se ha
puesto enigmático y al principio lo atribuí a la censura
pero ya no

cinco años son muchos # graciela es un encanto pero el
exilio es una grieta que diariamente se ahonda # graciela es un encanto y tenemos mucho pasado en común
y eso pesa # decididamente la quiero cómo no voy a
quererla pero esta duda un poco loca no favorece el
amor y lo más probable es que yo sea injusto

el viejo me contestó en clave cuando le planteé lo del
emilio # estuvo sagaz pero lógicamente un poco oscuro
aunque tengo la impresión de que efectivamente lo entendió y ya estoy mejor ya no sueño con el emilio de la
payana y el rango # aníbal me habló largamente de él
sin saber nada de los pormenores por supuesto # él lo
sufrió en carne propia # parece que era un monstruo
con todas las letras

qué bien suena el abejorro # señores estoy volando

la azafata me sonríe y yo le sonrío # tal vez le ha im-
presionado mi boina pero no me la quitaré no faltaba más

qué habría pensado la vieja de todo esto # quizá sea
mejor que no lo haya visto ni sentido # hablaba poco
pero conmigo sí hablaba # entre ella y el viejo había
una tierra de nadie pero en ciertas ocasiones la cruza-
ban unas veces él y otras veces ella # el viejo estuvo
siempre un poco desconcertado y no era para menos
pero la vieja se complacía en decirme muy en secreto
cuánto lo quería # siempre bajo el juramento de que
yo jamás abriría la boca # linda viejita la vieja todavía
la echo de menos

después de estos cinco años de invierno nadie me va a
robar la primavera

la primavera es como un espejo pero el mío tiene una
esquina rota # era inevitable no iba a conservarse ente-
rito después de este quinquenio más bien nutrido # pero aun con una esquina rota el espejo sirve la primavera
sirve

el astutísimo neruda preguntaba en una de sus odas #
ahora primavera dime para qué sirves y a quién sirves
suerte que me acordé # para qué sirves # yo diría que
para rescatarlo a uno de cualquier pozo # la sola palabra es como un ritual de juventud # y a quién sirves
bueno mi modesta impresión es que servís a la vida #
por ejemplo pronuncio simplemente primavera y me
siento viable animoso viviente

parece que moví los labios cuando pronuncié primavera porque el de mi derecha me mira con alarma #
pobre # tengo la impresión de que sólo sabe decir invierno # y además yo podría haber estado rezando qué
carajo todavía se usa

una esquina rota # quizá la haya roto la nueva graciela la graciela distante pero esto es seguramente una locura y ella me esperará en el aeropuerto con beatricita y el viejo # todo recomenzará normalmente naturalmente aunque el espejo primavera tenga una esquina rota eso sí la tendrá seguro la tendrá

en cuanto pueda me compraré un reloj

la azafata me alcanza la bandeja con la comidita y dada mi obvia condición menesterosa y post mazmorra sólo pido cocacola no como concesión ideológica sino porque no la cobran # ensalada berberechos bistec duraznos en almíbar # la boca se me llena de saliva incrédula # linda la cucharita me gustaría guardármela para sentirme alguna vez delincuente común

pensándolo bien no es tan grave que en sus últimas cartas graciela haya estado lacónica y distante # ya lograré acercarla nuevamente # artículo primero la besaré # cuántas veces discutíamos a los gritos y nos decíamos cosas muy idiotas y muy duras y de pronto nos mirábamos asombrados y entonces yo iba y la besaba y otra vez el mundo volvía a estar en orden o mejor dicho en espléndido desorden # pero así y todo durante un buen rato con su boca tapada por la mía ella seguía reprochándome no sé qué pero cada vez más suavemente más tiernamente y concluía en un murmullo y finalmente ella también besaba # artículo segundo la besaré # la verdad es que hace cinco años que no beso # sólo eso alcanza para enloquecer a cualquiera

cinco años dos meses y cuatro días son probablemente demasiado tiempo como precio de algún error # es casi

la octava parte de mi vida vivida # yerro luego existo
dijo alguna vez san agustín el erróneo # a veces pienso
qué habría pasado conmigo si hubiese sido un obrero y
no un conspicuo miembro del tan denostado sector ter-
ciario # igual habría ido en cana # segurísimo # pero
quizá me habría adaptado mejor digamos a la comida
a la máquina no porque a eso nadie se acostumbra
vamos a ver qué diferencia hay entre mi conciencia de
clase y la conciencia de clase de un proleta # después
de todo yo también soy laburante pero claro hay como
una tradición un ámbito familiar # aníbal es proleta
también jaime # para los milicos eran números igual
que nosotros # no saben diferenciar # por lo menos
habrá que enseñarles que hay números arábigos y números romanos # con esa equiparación aprendíamos
todos y verdaderamente nos emparejábamos

es claro que un proleta está siempre más seguro y difí-
cilmente se dejará arrastrar a los vericuetos mentales
en que nosotros solemos retorcernos # pero a la hora de
ser leales podemos serlo todos # yo digo se me ocurre #
ellos quizá más naturalmente más modestamente y nosotros en cambio explicándonos a fondo el presunto
sacrificio y sacando de la manga todos los principios
que hayamos coleccionado # machacándonos todas
las honorables razones que existen para callar # los
proletas se complican menos la vida # sufren y punto
callan y chau

habrá que volver pero a qué país a qué uruguay # también tendrá una esquina rota y sin embargo reflejará
más realidades que cuando el espejo estaba virgen #
habrá que volver pero a qué primavera # no importa
en qué estado calamitoso esté pero yo quiero recuperar

mi primavera # ellos la taparon con hojas secas con nieve televisada con santa claus sudando con alumnos de mitrione con mundialito ganado y mundialote perdido con asesores subdesarrollantes pero lo que ignoran es que bajo esas capas de mierda siguen estando la vieja y la nueva primavera quizá con una esquina rota pero con trigales y ombúes y tangos prohibidos y autorizados y el compa gervasio y cielitos y central obrera y pastoreos y rebeldías y reglamento provisorio y comités de base y pueblo ingobernable y vía láctea y autonomía universitaria y mate amargo y el plebiscito y la colombes # habrá que volver # naturalmente # y el uruguay con una esquina rota mostrará sin vanidad ese muñón en línea recta y el orbe atenderá comprenderá respetará

se llevaron la bandeja y ahora me duelen un poco las rodillas # cómo será la cosa que hasta me parece bien que me duelan las rodillas

las piernas de graciela los muslos de graciela el bosquecito de graciela

qué estarán haciendo ahora los míos de allá

mientras sigue sonando el suave aletargante abejorro el señor del *time* se ha dormido en mi hombro # creí haber merecido mejor suerte # por fortuna una joven que está a su derecha estornuda providencialmente y con ganas # el vecino despierta azorado y se endereza murmurando *sorry* # se le cae el *time* hacia mi lado y yo se lo alcanzo # en la cana podíamos leer *claudia* qué amplitud no sé de qué se queja la cruz roja # habrá que dormir pero confío en no apoyarme a mi vez en el hombro puntiagudo de mi vecino

no puedo # resulta que ahora me desvelé # lo que pasa
es que la boina me da picazón pero juro que no me la
voy a quitar

habrá que empezar desde cero como si fuera un recién
nacido y soy # como recién nacidos son los osados peli-
tos que amagan bajo la boina

vamos a ver qué quisiera tener # operación franqueza
prioridad número uno un reloj # luego un bolígrafo
que funcione # y qué vergüenza un juego de ping pong
con red y todo # cómo jugábamos allá en solís con el
silvio y el manolo y también con maría del carmen era
buenísima la petisa # siempre agarraba la paleta a lo
chino y le daba a la globita un efecto del carajo # rolando no # rolando miraba socarrón desde un costado
y siempre con el mismo estribillo # yo no entiendo che
como gente tan boluda y dialéctica se puede tomar en
serio esa caquita de celuloide # y silvio entre saque y saque le recordaba mirá que mao es un campeón # por
eso nunca podré ser maoísta decía rolando # no me
distraaaaaaigan vociferaba la petisa en esto hay que
concentrarse como en el ajedrez # como en el ajedrez y
en el coitus interruptus respondía rolando echando humo # cochino cochinaaaazo gritaba otra vez la petisa
no me distraaaaaaigas que ya el flaco me sacó cinco puntos # pero ni el flaco ni yo pudimos ganarle jamás por
más de veintiuno a diecinueve

y también quiero hablar y escuchar y hablar y
escuchar # no más esos entrecortados diálogos con
aníbal o esteban que en ciertas ocasiones duraban dos
meses repartidos en cuatro medias horas # treinta minutos por quincena en los recreos

gran tipo el Rolando # con sus tangos sus minas #
siempre mariposeando hasta que se politizó o mejor
dicho lo politizamos pero resultó de una pieza # soltero
impenitente se autodenominaba # quién sabe si
todavía se mantiene invicto # ya caerá ya caerá # cómo definirlo # lumpen elegante # caballero tronado #
manolo decía que era un duque en desgracia y al final
todos le decíamos el duque y como si se ponía fino
reclamaba ensalada de escarolas o niente entonces silvio le completó el tratamiento nobiliario y así le quedó
para siempre lo de duque de *endives* # y a él le encan-
taba # una vez en el chajá le presentaron a la recién
importada esposa de un diplomático noruego y él le be-
só la mano y musitó muy exquisito sobreponiéndose al
short desflecado y las alpargatas duque de endives señora para servirla y para la pobre escandinava claro
fue igual que si le hubiese dicho papa frita

la rodilla me sigue jodiendo # será otra vez la amenaza
del reuma artrósico # pero ahora haré gimnasia y después de los seis metros cuadrados cualquier pocilga me
parecerá el salón de los pasos perdidos

estoy contento # no sé si se nota pero estoy contento #
espero que no se me note # el de mi derecha va a to-
marme por un pirata de aire # y soy de tierra míster
soy de tierra # qué curioso los únicos piratas que se han
vuelto totalmente anacrónicos son los de mar # *sando-
kan incorporated* y ramas anexas

los amigos caramba # a silvio nunca más pero a rolando y a manolo los encontraré # bueno el duque parece
que está en méxico # bárbaro # manolo en gotemburgo # se separó de la tita # probablemente los dos

tienen razón # la culpa no está en ellos # es esta sacu-
dida que nos revolcó a todos # y además el exilio apla-
na tritura # el exilio también es una máquina # a alguien hay que echarle la culpa de toda la frustración de
toda la angustia y por supuesto se jode al contiguo al
prójimo más próximo # ojalá que graciela y yo

también tengo ganas de ver el mar

después de todo salí mejor de lo que entré # qué primera semanita # bueno basta basta basta # soy el mismo
y soy otro # y este otro es mejor # me gusta este otro en
que me he convertido

la primavera no está todavía ahí al alcance de la mano
la primavera no llegará mañana pero acaso pasado
mañana # reagan neutrónico y tozudo no podrá impe-
dir que la primavera llegue pasado mañana

este olor a sobaco no es el mío

pensamiento profundo # la unidad latinoamericana
tiene en estos momentos dos motores esenciales # reagan
y la zeta # desde el río grande hasta tierra del fuego re-
negamos del estólido y no pronunciamos la zeta # o sea
que al tipo no se le rechaza sino que se le rechasa

ah pero la otra unidad la que no es joda # por supuesto
que la cana une la cana acaba con todas las grietas #
pero ésa no debe ser la fórmula ideal # me parece

a veces tuve miedo a qué negarlo # un miedo del que
tenía que tragarme los aullidos # no uno sino muchísimos miedos # miedo de despreciarme de preferir morir de quedarme sin el mundo # sin el mundo y sin

222

huevos # de terminar como un guiñapo # es horrible tener tanto miedo pero más horrible es tener que tragarse los aullidos

y después pasaba el miedo y parecía mentira el haberlo siquiera rozado # tan corajudo y estoico podía sentirme luego # y tanto me transfiguraba que hasta podía experimentar un cierto desdén por algún otro que tenía miedo y debía tragarse los aullidos # alguien que en algún momento siempre y cuando no aullara habría de sobrepasar ese instante de mierda y habría de sentirse tan corajudo y estoico que hasta podría experimentar cierto desdén por algún otro que en el cepo de su miedo tenía que tragarse los aullidos etcétera

el miedo es el peor abismo y sólo uno puede arrancarse del pozo agarrándose los propios pelos y tirando hacia arriba # de a poco se va aprendiendo a no tenerle miedo al miedo # muy de a poco # entonces si uno le hace frente el miedo huye

la azafata de las uñas rosa pálido pasa ofreciendo los auriculares para los que quieran ver la película # pero no es una atención de la casa # cuesta dos dólares y medio y yo estoy pobre de solemnidad o solemne de pobreza da lo mismo # y le digo que no como si sólo quisiera dormir # y acaso quiera

la tristeza también es temible # no sólo la propia sino también la ajena # qué hacer por ejemplo ante el compañero de celda semejante hombrón que de pronto se sacude y solloza en medio de la eterna penumbra de la noche en cárcel # vaya uno a saber qué recuerda o añora o lamenta o aguanta # el sollozo fraterno lo empapa a uno como una llovizna pertinaz de la que es imposible guarecerse # y no bien uno queda calado hasta los huesos entonces empiezan a despertarse una a una las tristezas personales # las tristezas son como los gallos # canta una y enseguida las otras se inspiran # y sólo así uno se da cuenta de que la colección es enorme e incluso que uno tiene tristezas repetidas

la película es una de pianistas # debe ser algo así como un concurso internacional para jóvenes talentos # sin sonido no parece música sino gimnasia # para colmo los dos son pianistas # la muchacha prolija y el muchacho desaliñado # en la primera parte domina ella y se dan besos prolijos pero en la segunda domina él y se dan besos desaliñados # y yo que hace cinco años que no beso ni prolijo ni desaliñado # la película es por supuesto norteamericana pero una de las jóvenes que compiten debe ser soviética porque siempre la acompañan dos de esos actores de escocesa prosapia que antes hacían de nazis y ahora la van de rusos y además la maestra de la joven talenta pide notoriamente asilo aunque con esa acción deba sobreponerse al enorme cariño que le inspira su prodigiosa alumna que por influencia nefasta del marxismo leninismo es un robot con trenzas # el final es reñidísimo pero la victoria es del teclado occidental y cristiano # piano piano

el concierto silente me ha dado sueño # es impresionante ver cómo en la pantallita aporrean el instrumento y uno mientras tanto como una tapia # no hay peor sordo que el que quiere oír

también está la idea de la muerte # viene y se va # a veces coincide con el miedo y otras no # en mí por lo común no coincidía # al final el dolor provoca más miedo que la muerte # incluso se puede avizorar la muerte como un definitivo analgésico pero siempre hay un pedacito de primavera que se resiste

tengo ganas de sentarme una semana a charlar con el viejo # tengo ganas de hablar con él todo lo que no hablé en los años anteriores # saber qué aprendió en este período y también que él sepa qué aprendí yo # pensamos distinto en muchas cosas pero enterarnos de las diferencias es también una forma de achicarlas

durante cinco años lo más estimulante fue el sol

qué lejos quedan la infancia el liceo las luchas estudiantiles el trabajo los sueldos # me parecen cosas de otro # a veces las recuerdo hasta en sus detalles pero como si alguien me las hubiera contado en una noche de neblina

fue en buenos aires cuando beatricita aún no había nacido fue en buenos aires cuando graciela me dijo para mí es inimaginable no tenerte # una tarde de lluvia caminando por lavalle muy juntitos para aprovechar el único paraguas cuando toda la porteñada salía de los cines

para mí la única prueba de la existencia de dios son las piernas de graciela

en la cana a muchos les dio por escribir versos # a mí no # a mí me daba por cantar tangos sin volumen calladito calladito en completo silencio y qué bien me salían jamás un gallo

225

para no delatar para nunca aflojar hay que levantar una empalizada y ser consciente de que aun sufriendo aun temiendo aun vomitando la empalizada debe ser defendida hasta la muerte # gracias john ford

cuando uno está libre y es aprehensivo siente de pronto dolores imaginarios y cree que son reales # en la cana es distinto # cuando se siente un dolor real hay que pensar que es imaginario # a veces ayuda

afuera para que la solidaridad se sienta hay que reunir un millar de personas y colectas y denuncias y derechos humanos # adentro en cambio la solidaridad puede tener el tamaño de media galletita

cuando son los cabos o los sargentos los que miran por el agujerito para vigilarnos nunca me despierto no les doy bolilla # sólo me despierto sobresaltado cuando después de las dos son los oficiales los que vichan

supongamos que llego al aeropuerto y no hay nadie esperándome # nada de eso # borrón y cuento nuevo # supongamos que allí están graciela y el viejo y beatricita

jugar un partido de vóleibol o de fútbol era tan importante como fundar una dinastía o descubrir la ley de gravedad

en total estuve incomunicado veinte días # de ahí o sea de la famosa isla se sale loco o se sale más fuerte # yo salí más fuerte pero lo malo es que no descubrí el método

la azafata pasa tan silenciosa entre los durmientes que casi todos se despiertan y piden disculpas y se miran di-

226

simuladamente la bragueta # en algunos países le dicen portañuela pero debe ser una deformación de portezuela

la joven que está a la derecha del que está a mi derecha duerme literalmente despatarrada y de un bolsillo de su linda chaqueta le sale la mitad de un tenedor # una delincuente común

esto empieza a moverse # *fasten seat belt* # despertar unánime # la despatarrada procede a patarrarse y esconde prestamente el tenedor

también mi estómago se mueve pero igual estoy contento # no es hora ni ocasión de vomitar # mi estómago sube a mi garganta y se saludan qué tal qué tal # la despedida es también conmovedora

por razones obvias yo no tenía visitas # es malo y no tan malo # cuando uno tiene visitas se angustia toda la semana # trata infructuosamente de no arriesgar la menor sanción # espera ese vistazo familiar cual si fuera una maravilla y a veces es # en cambio cuando no se tienen visitas no hay sanción que valga # uno se siente asquerosamente solo pero también más suelto o menos preso

cuando yo tenía nueve años más o menos la edad de beatricita había dos cosas por las que valían la pena las vacaciones # una era sentarse a la hora de la siesta en la escalera de mármol con el culo fresquito a leer y leer # así me tragué todo verne y salgari y hasta tarzán de los monos # hay que ver que en la escuela nuestra palabra clave era kagoda # y lo otro era ir a la chacrita de

los tíos junto a la costa # desde los nueve a los catorce
fui allí todos los veranos # no había otros botijas así
que tenía que arreglármelas solo y me escabullía hasta
el río # a graciela le conté en una carta o quizá en un
proyecto de carta o en un pobre monólogo a solas cómo
me subía al bote y remaba hasta el centro del río pero
otras veces permanecía en la orilla o tirado al pie de
unos árboles enormes o que así me lo parecían y todo
era un descubrimiento las piedras los hongos los bichitos de humedad o una pareja de perros mugrientos que
en cierta ocasión fornicaron cabalmente aunque yo ig-
norara el sentido de su gimnasia y quedaron unidos con
caras de pobres resignados # yo me sentía en el centro
mismo del universo y habría querido averiguar el secreto de cada corteza de cada ciempiés de cada benteveo y
no me movía porque sabía que sólo quedándome inmóvil podía tener alguna posibilidad de descubrir la ver-
dadera intimidad de aquella minijungla # y curiosamente jamás se me ocurrió gritar kagoda porque yo
sabía que el ultimatum tarzanesco no tenía allí ninguna validez nadie lo habría entendido ni le habría afec-
tado su sentido conminatorio # y en esa realidad apareció una mañana muy temprano un cierto ser extraño
aunque después supe que él podía ser una parte
legítima del paisaje con mucho más derecho que yo #
era un niño pues pero descalzo y en andrajos # la cara
y las piernas y los brazos tenían una mugre que me pareció mundial # me asusté un poco porque en medio de
mis ensoñaciones no lo había escuchado acercarse o
acaso había creído que el ruido entre las ramas era oca-
sionado por los perros vagabundos de siempre y como
me asusté él rió un poquito no mucho rió como a pesar
suyo y se sentó frente a mí sobre un tronco # dije hola y
él emitió un soplidito # a veces movía la cabeza o las

228

manos para espantar los moscones # le pregunté sos de aquí y él emitió otro soplido # yo no sabía qué hacer ni qué iniciativa tomar y entonces se me ocurrió recoger una piedrita y haciendo un enorme esfuerzo el máximo del que era capaz la tiré hacia el río y se hundió ahí nomás cerca del bote # entonces él sonrió de nuevo y emitió otro soplido y se levantó y recogió también una piedrita y casi sin esfuerzo colocando el brazo un poco de costado la arrojó también hacia el río y aquel guijarrito insignificante no sólo llegó a una distancia descomunal sino que además fue dando saltos sobre el agua casi quieta y entonces yo sentí que el pecho se me llenaba de admiración y le dije qué bárbaro y aplaudí y me reí y no sé cuántas cosas más hice para que él se diera cuenta de cómo me había deslumbrado y para culminar le dije sos un campeón # y entonces él me miró esta vez sin resoplar y por primera vez habló # no soy un campeón porque es lo único que sé hacer

con ese fondo de recuerdo silvestre e infancia remota creo que ahora sí me viene la modorra # voy a contar milicos a ver si me duermo

así que otra vez *fasten seat belt* # está bien está bien # debo haber dormido un par de horas # lo malo es que soñé nuevamente con emilio

Beatriz

(Los aeropuertos)

El aeropuerto es un lugar al que llegan muchos taxis y a veces está lleno de extranjeros y revistas. En los aeropuertos hace tanto frío que siempre instalan una farmacia para vender remedios a las personas propensas. Yo soy propensa desde chiquita. En los aeropuertos la gente bosteza casi tanto como en las escuelas. En los aeropuertos las valijas siempre pesan veinte kilos así que podrían ahorrarse las balanzas. En los aeropuertos no hay cucarachas. En mi casa sí hay porque no es aeropuerto. A los jugadores de fútbol y a los presidentes siempre los fotografían en los aeropuertos y salen muy peinados, pero a los toreros casi nunca y mucho menos a los toros. Será porque a los toros les gusta viajar en ferrocarril. A mí también me gusta muchísimo. Las personas que llegan a los aeropuertos son muy abrazadoras. Cuando una se lava las manos en los aeropuertos quedan bastante más limpias pero arrugaditas. Yo tengo una amiguita que roba papel higiénico en los aeropuertos porque dice que es más suave. Las aduanas y los carritos para equipaje son las cosas más bellas que tiene el aeropuerto. En la aduana hay que abrir la valija y cerrar la boca. Las azafatas caminan juntas para no perderse. Las azafatas son muchísimo más lindas que las maestras. Los esposos de las azafatas se llaman pilotos. Cuando un pasajero llega tarde al aeropuerto, hay un policía que agarra el pasaporte y le pone un sello que dice Este niño llegó tarde. Entre las cosas que a veces llegan al aeropuerto está por ejemplo mi papá. Los pasajeros que llegan siempre les traen regalos a sus hijitas queridas pero mi papá que llegará mañana no me traerá ningún regalo porque estuvo preso político cinco años y yo soy muy comprensiva. Nosotros frecuentamos los aeropuertos sobre todo cuando viene mi papá. Cuando el aeropuerto está de huelga, es mucho más fácil conseguir taxi para el aeropuerto. Hay algunos aeropuertos que además de taxis tienen aviones. Cuando los taxis hacen huelga los aviones no pueden aterrizar. Los taxis son la parte más importante del aeropuerto.

El otro

(Por ahora improvisar)

A esta altura Rolando Asuero ha dejado de preguntarse. Se ha fabricado a puñetazos una respuesta y además
está sinceramente convencido. Ahora sólo resta ir al
aeropuerto y enfrentar el pasado, el presente y el futuro todo junto. Probablemente Graciela tiene razón y lo
mejor sea improvisar. Improvisar sobre un tema fijo,
claro está. Pero qué hacer cuando llegue Santiago y se
abrace de ella y de Beatricita como de sus razones y
sinrazones de vida. Qué hacer. Dónde poner las manos. Hacia dónde mirar. Qué hacer cuando Santiago
abrace a Rafael y éste le acaricie un poco la nuca porque es un gesto propio de esa generación en retirada. Y
sobre todo qué hacer carajo cuando lo abrace a él y le
diga qué suerte duque que estés aquí, en el avión venía
pensando en vos, habrá que empezar a rejuntar el viejo
clan, qué te parece. Y qué cara pondrá Graciela cuando él la mire, en mitad del abrazo, por sobre el hombro
de Santiago. Sin embargo, cree que los peores momentos van a venir después, cuando Graciela por fin se lo
diga y el recién llegado empiece a reconstruir la esceni-
ta del aeropuerto y se halle ridículo a más no poder y se
desprecie y nos desprecie porque todos sabíamos el
libreto menos él y empiece a rehacer los besos que le dio

a Graciela frente a mí y el abrazo que me dio frente a
Graciela y va a ser muy duro de remontar ese pasadito
que queda ahí nomás a pocas horas. Cómo convencerlo
de que todo se fue haciendo solo, de que nadie lo pre-
meditó, de que aquel viejo compañerismo de los siete
fue de alguna manera el caldo de cultivo de este acer-
camiento y en definitiva de este amor. Porque es amor,
Santiago, y no aventurita, esto es lo bueno y lo jodido,
piensa Rolando, es lo que después de todo nos justifica
humanamente a Graciela y a mí pero también lo que
convierte a Santiago en obligado perdedor. ¿Obligado?
Una pregunta lógica es si se dará por vencido o lucha-
rá, si aceptará los hechos porfiadísimos o si, jugando la
carta inteligente de la serenidad, le dirá a Graciela no
resolvamos nada hoy, tené en cuenta que acabo de llegar, recién salidito de la cana, y debo acostumbrarme
no sólo a esta nueva situación sino al mundo en general, mejor será que hablemos, yo diría que no los tres,
sino nosotros dos que vivimos tanta historia a cuatro
manos, por qué vamos a darlo por resuelto cuando tenemos todo el tiempo por delante, antes de resolver dejame disfrutar un poco de Beatricita, dejame hablar
largamente con ella, no de este problema, estate tranquila, lo que menos pretendo es que tu imagen se dete-
riore ante ella, y también hablaré con Rolando pero
después, por ahora todo me parece increíble y a cada
minuto me figuro que voy a despertar de otra cabecea-
da en el avión. Claro, ésta es una variante por cierto
bastante verosímil, sobre todo conociendo a Santiago,
que cuando se propone no perder la calma generalmente lo consigue, y hay que ver que aquí se trata de no
perder la calma ni la mujer. También piensa Rolando
que eso es lo que él haría si fuese Santiago. Por lo pronto, se agarra una patilla y levanta las cejas. Quisiera

que todo llegara cuanto antes a su desenlace. En realidad, es Graciela la que posee la decisión última, ya que Santiago por un lado y él por otro, quieren estar con ella, dormir con ella, vivir con ella. Y quizá ahí radique la reducida ventaja que él, Rolando Asuero, le lleva a Santiago, porque le consta que en la semántica de los cuerpos Graciela y él se entienden de maravilla, y que además en los últimos tiempos ella le ha dado repetidas veces una tierna seguridad, casi una feroz seguridad, de que va a seguir con él y no con Santiago. Pero la ventaja de éste puede llamarse Beatricita, porque si, en vista de los acontecimientos y las decisiones, Santiago quiere llevársela con él, ya no está tan seguro de que Graciela, que como madre es toda una leona, se resigne así nomás a perder la gurisa, que además está lógicamente encandilada con un padre que ha pasado cinco años en la cárcel y que significa para ella toda una novedad. Pero bueno, se dice Rolando Asuero mientras avanza hacia el aeropuerto, ¿es ésa acaso una situación, no digamos ideal, pero al menos razonable? ¿Qué beneficio profundo puede sacar Santiago de una unión tan forzada, donde la gurisita sea meramente un motivo de chantaje? Por cierto que esta palabra no le gusta, reconoce que es una falta de respeto a Santiago, y decide mentalmente borrarla del planteo. Pero el ser humano es tan imprevisible. También puede ocurrir que Santiago prefiera tener a Graciela en una relación deteriorada antes que a Graciela en la cama de otro, aunque ese otro sea un amigo del alma, o precisamente por este detalle no tan nimio. Bueno, aquí está por fin el aeropuerto, y Rolando desciende del autobús en tal estado de ensimismamiento que por poco se come un escalón.

Extramuros

(Arrivals Arrivées Llegadas)

extraño me siento extraño pisando este suelo # menos
mal que llueve # con la lluvia todo se empareja y el paraguas se convierte en el común denominador de la humanidad # al menos de la humanidad guarecida

extraño me siento pero ya se me pasará # nadie se
muere de extañeza aunque sí puede morirse de extra-
ñar # lo que ocurre es que se juntaron demasiadas cosas # la noticia # la despedida de los míos allá # los jo-
didos trámites # la mueca jactanciosa del oficial penúltimo # carrasco # la partida sin nadie para mí # el
viaje el largo viaje con sueños y cavilaciones y proyectos # bueno y las comidas # cómo no sentirme desconcertado después de cinco años de aquel guiso infame

el funcionario que mira largamente el documento # la
verdad es que cuatro minutos pueden ser una eternidad
por favor podría quitarse la boina y cuidadosa com-
paración con la foto # siempre serio pero muy canchero así que otro más # sí otro más # yo también muy
canchero # sólo entonces sonrisa y el rostro adusto que
se cambia en cara de indiecito macanudo # buena
suerte amigo # me dijo buena suerte amigo

y ahora a esperar las valijas # la mía la pobre mía
vendrá o no vendrá # esto va a demorar # y los que
aguardan # el montón de cabezas tras los cristales # si
pudiera verlos encontrarlos

pero si están # son ellos claro que son ellos # orientales
la patria o la tumba # trabajadores del mundo uníos #
eureka # la celeste que no ni no # *fiat lux* # *nosce te
ipsum* # patria o muerte venceremos # arriba los que
luchan # carajo qué alegría

graciela y el viejo y esa cosita bárbara que debe ser mi
gurisa # graciela linda # pensar que ésa es mi mujer #
beatricita qué fiesta nos espera # y ese otro que levanta
los brazos # pero si es el duque # pero si es el duque de
endives en persona

PALMA DE MALLORCA, OCTUBRE 1980 A OCTUBRE 1981

Esta obra se terminó de imprimir en agosto de 1983,
en los talleres de LITOGRAFICA INGRAMEX, S.A.
Centeno 162, Col. Granjas Esmeralda,
México 13, D.F.

The Boy Who Lost His Face

LOUIS SACHAR

ALFRED A. KNOPF   New York

Copyright © 1989 by Louis Sachar
Cover illustration copyright © 1989 by Alexander Strogart
All rights reserved under International and Pan-American
Copyright Conventions. Published in the United States by
Alfred A. Knopf, Inc., New York, and simultaneously in
Canada by Random House of Canada Limited, Toronto.
Distributed by Random House, Inc., New York.

Manufactured in the United States of America
10 9 8 7 6 5 4 3 2 1

Library of Congress Cataloging-in-Publication Data
Sachar, Louis
The boy who lost his face / by Louis Sachar.   p.   cm.
Summary: David receives a curse from an elderly woman
he has helped his schoolmates attack, and he learns to re-
gret his weakness in pandering to others for the sake of
popularity before new friends. A nice girl helps him to be
a stronger, more assertive person.
ISBN 0-394-82863-1   ISBN 0-394-92863-6 (lib. bdg.)
[1. Schools—Fiction.   2. Bullies—Fiction.   3. Interper-
sonal relations—Fiction]   I. Title.   PZ7.S1185Bo
1989 [Fic]—dc19   88-22622

TO ANDY

The Boy Who Lost His Face

1

"SHE'S SO *ugly!*" whispered Roger.

Scott and Randy laughed.

David laughed too, even though he didn't think it was funny. Mrs. Bayfield wasn't ugly. She was just a lonely old lady who dressed kind of weird.

"Is someone there?" Mrs. Bayfield called out.

The smile left David's face. The boys crouched down behind the bushes next to the rusted iron gate leading to her yard. They became very quiet.

Mrs. Bayfield was sitting in a rocking chair in front of her large though quite dilapidated three-story house. She wore a yellow and white flowered dress and a red cardigan sweater. A floppy red hat covered her long gray hair. On her feet were red high-top sneakers and purple knee socks. Her snake-head cane lay across her lap.

They had come to steal her cane.

The cane was carved to look like a snake wrapped around a stick. The snake had two heads facing back to back. They formed the handle. Embedded in each snake head were two sparkling green eyes. One of the heads had its mouth open, with a tiny gold tongue sticking out.

3

"Look at her hair," said Scott. "I don't think she ever washes it."

The boys laughed, including David.

"I don't think she's ever taken a bath!" said Roger. "Have you ever smelled her?"

"I can smell her from here," said Scott, holding his nose. "She smells like a pig!"

Roger and Randy laughed, and again David laughed along with them, but not because he thought anything was funny. In fact, he liked the way Mrs. Bayfield smelled. He thought she smelled like Chinese tea.

He once stood behind her in line at the post office. The whole time he kept trying to figure out what that smell was, and finally decided it was like very sweet Chinese tea. That was also when he had gotten a good look at the cane.

He knew better than to tell Roger and Randy that he thought Mrs. Bayfield smelled like tea. It was one of those things that Scott would say was uncool.

"Okay, Scott," said Roger. "When I give the signal, you grab the cane. Randy and I will take care of Old Lady Buttfield."

"What do you want me to do?" asked David.

Roger didn't answer him. He just looked at David like he didn't know what David was doing there.

David didn't know what he was doing there either. He certainly didn't want to help steal a poor old woman's cane. Still, he felt disappointed not to be included in Roger's plans.

"You just be ready, David," said Randy. "Do whatever needs to be done."

4

David nodded. He was glad that at least Randy was willing to include him.

"But be careful," warned Randy. "She's a witch." He smiled at David.

David smiled back, although he had no idea what he was smiling at.

"She stole her husband's face," said Randy.

David snickered, but stopped abruptly when nobody else laughed. Scott gave him a dirty look.

"She waited until he was asleep," said Randy, "and then she peeled it off his head. It's hanging on the wall of her living room. She talks to it."

"Weird!" said Scott.

"What happened to her husband?" asked David.

"He's dead now," said Randy. "But for a long time he just walked around without a face. He lived up there, in the attic, so nobody could see him."

David looked up at the window just below the roof. "Wow," he said. He wondered if Randy or anybody else really believed any of that nonsense. He knew Scott didn't. Scott couldn't.

Scott and David had been best friends since the second grade. Then, this year, Scott managed to get in with Roger and Randy.

"You're holding me back," Scott had told David. "If you want to hang around with Roger and Randy, you got to be cool."

"I'm cool," David told him.

"Well, just try to be cooler, okay?"

"I'm ice."

"What?"

"Never mind."

"See, that's what I mean," said Scott. "You say stuff like that around Roger or Randy and they'll think you're a jerk. And then they'll think I'm a jerk for being your friend."

Now David felt a little angry as he looked at Scott. Scott had talked him into coming along—to prove he was cool. But when they met up with Roger and Randy, Scott completely ignored him. He made David feel like Scott's kid brother who just tagged along.

Roger stood up and pushed open the iron gate.

"Hello?" Mrs. Bayfield called out.

"Hello, there," replied Scott, entering the yard behind Roger.

David was the last one through the gate. He started to shut it, but Randy turned and whispered, "Leave it open."

The yard was overgrown with weeds except for a small rectangular patch of flowers in front of the porch.

"Good afternoon, boys," said Mrs. Bayfield from her rocking chair in the middle of the front yard. Next to her was a little table with a tall glass and a pitcher.

"Good afternoon," said Roger. "How are you today?"

"Quite well, thank you."

"Glad to hear it," said Roger. "My name is Frank. And this is George and Joe," he said, pointing to Randy and Scott. "And that's David," he said, pointing at David.

David's face flushed.

"A pleasure," said Mrs. Bayfield. "I'm Felicia Bayfield."

David wasn't worried that Mrs. Bayfield knew his real name. As long as she didn't know his last name. It was just that Roger had done that on purpose.

"Would you boys like some lemonade?" asked Mrs. Bayfield.

"Why, thank you, Felicia," said Roger. "We just love lemonade. Don't we?"

"I love lemonade," said Randy.

David shrugged. "Sure," he muttered, hoping that they'd change their minds and just drink the lemonade, then leave.

"Nothing like a cool glass of lemonade on a hot day," said Scott.

It wasn't a particularly hot day. They were all wearing jackets.

"There are some cups on the porch, if you would be so kind," said Felicia Bayfield.

Roger and Randy headed for the porch, directly behind Mrs. Bayfield. David watched as they stomped through her small flower bed, crushing the flowers. He smiled at Mrs. Bayfield, trying to show her that he really didn't mean her any harm.

"I hope the lemonade's not too sour for you," she said. "It's homemade."

"I like it sour," said David, still smiling. He watched Roger whisper something to Randy as they got some Styrofoam cups out of a plastic bag on top of an ice chest.

Roger returned with four cups and set them on the small table. "I'll pour," he said, and picked up the pitcher of lemonade.

Randy remained behind Felicia Bayfield.

"I hope there's enough," she said. Her eyes were bright green and sparkling like the green eyes on the snake-head cane resting on her lap.

Randy took hold of the back of the rocking chair with both hands.

"Oh, there's plenty," said Scott.

"Now!" shouted Roger.

Scott grabbed the cane while at the same time Randy pulled the rocking chair all the way over.

Mrs. Bayfield cried out as she fell on her back in the chair. Roger poured the pitcher of lemonade over her face, turning her cries into sputters.

Her legs were sticking up in the air and pointed right at David. He found himself staring at the strangest underpants he'd ever seen—black-and-white-striped with red ruffles. They extended from above her waist down almost to her knees.

Roger hurled the empty pitcher at the porch. It crashed through her front window.

"C'mon, David," yelled Randy, standing by the gate. "Before she puts a curse on us!"

Mrs. Bayfield slid backward out of the chair. She propped herself up on her elbows and looked at David looking at her.

He wanted to help her or at least tell her he was sorry, but he didn't.

He flipped her off.

Her green eyes flashed at him. In an angry, crackling voice she shouted: "Your Doppelgänger will regurgitate on your soul!"

8

David couldn't really get what she said, but he wasn't particularly worried about it. He didn't believe in witches or curses or any of those kinds of things. He never heard of a Doppelgänger.

Little did he know that someday his face would be hanging on her living room wall.

He ran toward the gate, which was now closed.

2

ROGER WAS limping around on the snake-head cane. "Would you boys like some lemonade?" he asked in a crotchety old voice that sounded nothing like Mrs. Bayfield.

Scott and Randy laughed.

David hurried up behind them. "Whew," he said. "We did it!"

"All right!" said Randy. He held up his hand for David to slap.

David slapped at it but almost missed. Only his last two fingers hit Randy's hand. He'd never been very comfortable with high-fives.

"There are some cups on the porch, if you would be so kind," whined Roger. "I'd get them myself, but I'm too ugly!"

Randy and Scott laughed.

David smiled. "Well, I gotta go," he said with a half-shrug, half-wave. "Homework."

"Later," said Randy.

"Yeah, see ya, Ballinger," said Scott. For the last week or so Scott had only called David by his last name.

"Simpson," he replied.

David walked home feeling miserable. He felt worried, too. What if she called the police?

Well, at least he wasn't the one who pulled her rocking chair over. He didn't pour lemonade on her head. He didn't step on her flowers or break her window. He didn't steal her cane.

All he did was flip her off.

Really, when you think about it, what's so wrong with that? All he did was point his middle finger at her. What makes the middle finger any worse than any other finger? What if he had just pointed his pinky at her? That wouldn't have been a bad thing to do, would it?

As far as he could remember, he'd never given anyone the finger before, at least not for real. He remembered when he first learned about it in the third grade. He and Scott used to practice giving it to each other. It took a lot of practice to be able to do it quickly. They'd flip each other off all day in class, but only in fun. It was kind of like a game of tag. They'd pretend to scratch their nose, or the back of their neck, but they'd always be pointing their middle fingers at each other.

It was too bad that Scott had become friends with Roger and Randy. Actually Randy wasn't so bad. He would probably be a good guy, thought David, if it wasn't for Roger.

But he knew the reason he had given Mrs. Bayfield the finger was to try to impress Roger. What do I care what Roger thinks? he asked himself. Except he did care, and he knew it.

"Hi, David!" his brother greeted him when he got home.

"Hi, Rick," he muttered.

"You want to play a game or something?" Ricky asked.

"I got homework," said David. "I have to memorize the Gettysburg Address."

"We could just throw the ball around," suggested Ricky.

David smiled. "Sure. Okay."

Ricky's face lit up.

They threw the baseball back and forth in the backyard. In a way David felt like he was doing a good deed to make up for the bad deed he had done earlier. He knew how much Ricky looked up to him.

Ricky was in the fifth grade. Anything David did, Ricky wanted to do too. There was never an argument about what to watch on TV. Ricky wanted to watch whatever David wanted to watch. When David mentioned he liked a song on the radio, Ricky would go out and buy the record, saying it was by his favorite group. If David told Ricky a joke, he'd hear Ricky repeat it to his friends the next day, even if it wasn't all that funny.

David caught the ball and threw it back to his brother, who was using David's old baseball glove. David had given it to him at the end of last season. Ricky could hardly believe it. "Wow, this is the same glove you made that famous catch with," he had said. David didn't know what Ricky was talking about. "You know. Remember when you caught that hot smash and stepped on second base for a double play?"

12

David had played second base. He was okay, but to hear Ricky tell it, he was a superstar. "They should put *you* at shortstop instead of Scott," Ricky said.

Scott always seemed to be a little better than David at everything. Even his grades were better. That was something David couldn't understand. How could someone as smart as Scott get along so well with idiots like Roger and Randy?

He threw the ball back to his brother. He wondered what Ricky would think of him if he knew what his life was really like. That he hung around with guys who didn't especially like him. That he helped steal a cane from a defenseless old lady.

What if she is still lying helplessly on the ground? What if she can't walk at all without her cane?

He imagined her having to drag herself across the overgrown yard, up the wooden stairs to the porch, and into the house. And Roger broke her front window, so all over the floor there would probably be broken glass that she'd have to crawl across. The glass pitcher probably broke, too. She could be bleeding to death at this very moment.

He tried not to think about it as he threw the ball back to Ricky.

She probably doesn't have any family or friends, he thought. She was so happy to see us, delighted to have some visitors.

Or what if she does have a family? Will she be able to tell them what happened? Or will she just clean herself up and say nothing to anyone, because it's too humiliating? Maybe just pretend it never happened. "How did you break the window?" her son might ask.

"Oh, you know clumsy old me," she'd answer, not wanting to talk about it.

David almost felt like crying. What if some kids did that to his own grandmother? Or to his mother, when she got old? Or to Elizabeth?

Elizabeth was his baby sister, who just had her first birthday.

Mrs. Bayfield was once one year old. She was once a cute baby girl whom everybody loved. Who would have thought then that someday she'd be a crippled, lonely old lady and some kids would knock her chair over, pour lemonade on her head, and steal her cane?

And then when she's lying helplessly on the ground, humiliated, unable to walk, without a friend in the world, some stupid kid flips her off.

He threw the ball hard, too hard, to his brother. He hadn't meant to throw it that hard.

Ricky caught it and beamed. "Nice throw!"

David sighed as he considered going back to see her. He wanted to make sure she was all right. Maybe he could even be her friend. At least tell her he was sorry.

He wanted to go back, but he didn't.

What if Roger or Randy found out? He'd be the joke of the school. Besides, the police might be there waiting for him. *The criminal always returns to the scene of the crime.*

Ricky threw the ball as hard as he could. David had to jump and catch it backhanded. "Great catch!" said Ricky.

David started to throw the ball back to Ricky, but

14

for a split second, instead of seeing his brother he saw the image of Mrs. Bayfield tipped over in her rocking chair with her legs up in the air and her black-and-white-striped underwear with red ruffles.

The ball sailed high over his brother's head and way off to the left.

It shattered their parents' bedroom window.

3

ELIZABETH said "ball."

It actually sounded more like "baw," but her mother knew what she meant. That was the reason David and Ricky didn't get in trouble for breaking the window.

Elizabeth and her mother were sitting on the bedroom floor at the foot of the bed, reading Elizabeth's favorite book.

"Mr. Duck and Mr. Goose
Went for a ride on the red caboose."

"Gaboo!" said Elizabeth, her finger on the picture of the caboose.

At that moment the ball came crashing through the window, bounced and rolled across the bed, bounced on the floor, and landed in Elizabeth's lap.

"Baw," said Elizabeth as if it were a very common thing for a baseball to suddenly crash through the window and land in her lap. She picked it up and showed it to her mother.

It all happened so fast that by the time Mrs. Ballinger realized what had happened it was already clear that the danger was past and nobody was hurt. She just laughed.

"It was my fault," said David, rushing into the room.

"I should have caught it," said Ricky, right beside him.

"You couldn't have caught that ball," said David.

"I could too," said Ricky.

Their mother and Elizabeth were laughing at each other.

"It's my fault," David repeated. "I'm the one who should get in trouble."

"No one is in trouble," their mother said. "Both of you please clean it up while I hold Elizabeth."

"But Elizabeth could have been hurt," said David.

His mother looked him right in the eye and said, "Yes, I know."

The broken glass was confined to the bed. David and Ricky folded up the ends of the bedspread.

Their mother read to Elizabeth, "Mr. Goose and Mr. Duck went for a ride on the green dump truck."

"Dum tugg!" said Elizabeth.

They lifted the bedspread off the bed.

"C'mon, Mr. Duck," said David.

"Okay, Mr. Goose," said Ricky.

IT DIDN'T seem right.

I should have gotten in trouble, David thought. It was my fault. I broke the window. And Elizabeth could have gotten hurt. What if the ball hit her on the head or a piece of glass got in her eye?

Besides, what kind of lesson was that for Ricky? He has to learn responsibility. If you do something wrong, even if it's not on purpose, you still have to suffer the consequences.

I should have been punished, he thought.

4

SINCE THE second grade David had stopped by Scott's house every morning on the way to school.

Scott's mother answered the door with a cup of coffee in one hand and half a croissant hanging from her mouth. She looked at David like she was surprised to see him.

She pulled the croissant from her mouth. "Scott's already left, Davey," she said. "I assumed you were with him."

David shrugged. "No big deal," he said. Then, "Oh,· that's right!" as if he suddenly remembered something. "Scott had something he had to do this morning."

Scott's mother had the coffee cup to her lips, and he walked away quickly before she had time to ask him anything more about what Scott had to do this morning. For some reason he felt embarrassed in front of her, that her son hadn't waited for him.

"Bye, Davey!" she called after him.

He waved with his back to her.

They had been Davey and Scotty until the fifth grade; then they became Dave and Scott. But Scott's mother still called him Davey. He called her Sally.

Once, when he was in the third grade, they had

spent half an hour crying in each other's arms after they had seen a dog get run over by a jeep.

It was kind of funny, he thought now as he walked away, that he called Scott's mother Sally but Scott he called Simpson.

When he got to school he saw Scott and Randy standing on either side of the door to the boys' bathroom. He headed toward them unsure if he was their friend, but they were right on the way to his locker and he didn't think he should have to go out of the way just to avoid them. Besides, he had helped them steal the cane. That proved he was their friend.

"Hi," he said.

"Hey, Dave, how ya doin'?" asked Randy.

"Ballinger," muttered Scott.

"Simpson," said David.

"So what was it that she said to you after you gave her the bird?" asked Randy.

"The bird?" asked David.

"You know," said Randy. Then, smiling, he gave David the finger.

David had never heard it called the bird before. "I don't know," he said. "She was just babbling. I mean, she could hardly talk with lemonade coming out of her nose." He laughed.

Neither Scott nor Randy laughed.

"I don't know, man," said Randy. "It sounded like she put a curse on you."

David smiled. "Yeah, right," he said.

A boy with long sloppy hair and blue sunglasses approached the bathroom door.

Scott and Randy immediately blocked his path. "Bathroom's closed," said Scott.

The boy stood there a moment. David recognized him from Spanish class. His name was Larry Clarksdale. He had only been at the school a few weeks.

Larry chuckled as if it were some kind of a joke. "C'mon, let me through," he said.

Scott and Randy didn't budge.

"Can't you read the sign on the door?" asked Randy.

There was no sign on the door.

"It says, 'Closed for Repairs,' " said Scott.

Larry looked at David, or at least David thought he was looking at him. It was hard to tell where Larry was looking behind his blue sunglasses.

David shrugged.

Larry also shrugged, then turned and walked away, slowly at first, then very quickly.

Randy snickered.

"Go use the girls' bathroom, pervert!" Scott shouted after him.

A moment later Roger stepped out of the bathroom. He laughed when he saw David.

David couldn't tell if Roger was laughing at him or with him. He smiled.

"So, David, you want a smoke?" asked Randy. "We'll stand guard."

For a split second David actually considered it. "Uh, no, thanks," he said. "Maybe later."

He saw the look of disapproval on Scott's face.

"What'd old Buttfield call you?" asked Roger. "A pimple-banger?"

"I don't know," David said with a shrug. "I gave her the bird," he added, trying to sound tough.

"Big deal," scoffed Roger. "She probably doesn't even know what it means!"

Randy and Scott laughed.

So did David, for lack of anything else to do.

DAVID'S HOMEROOM was a combination social studies and English class. He tried to put everything but the Gettysburg Address out of his mind as he looked it over one last time. Ricky had helped him memorize it. Ricky had been very impressed that David could memorize all those big words. But the big words were easy. It was the little words that were hard; all the "to's" and "for's" and "a's" and "the's."

Roger's voice suddenly popped into his head. *Big deal,* he had said. *She probably doesn't even know what it means!*

Roger had meant it as a put-down, but now as David thought about it, it made him feel better.

Maybe Mrs. Bayfield didn't know what it meant! If she didn't know what it meant, then it wasn't a bad thing for him to do. It would be no different than if he had pointed his elbow at her.

He wondered how long people had been giving the finger. Maybe they'd only been doing it a few years.

Who made it up? he wondered. Who decided it was a bad thing to do, and how did so many people find out about it?

He wondered if his parents knew what it meant. Maybe his father, he decided, but definitely not his mother. How could she? Somebody would have had to show it to her and tell her what it meant, and he couldn't imagine that. And if his mother didn't know what it meant, then Mrs. Bayfield probably didn't either.

"Miss Williams," said Mr. MacFarland.

David felt a pang, just as if Mr. MacFarland had said "Mr. Ballinger."

"Are you prepared to recite the Gettysburg Address?" asked Mr. MacFarland.

"Except for the hat," said Miss Williams.

"I beg your pardon."

"Nothing."

A lot of the kids thought Miss Williams was spacey, but David knew what she meant. She was making a joke. It was like she needed to wear a stovepipe hat in order to recite Lincoln's Gettysburg Address.

She stood up. "Should I say it here, or do you want me to go to the front of the room?"

"Wherever you feel most comfortable, Miss Williams," said Mr. MacFarland.

Miss Williams remained at her desk, standing very straight. She had long red hair, bright green eyes, and, thought David, just the right number of freckles.

He didn't know how many freckles she had, but he knew it was just the right amount. He sometimes daydreamed about sitting beside her in a beautiful meadow and just counting her freckles.

He was glad that Mr. MacFarland had called on her, so he could stare at her without having to worry about being caught. He sat two rows to the left of her and one row back. If the classroom was a chessboard, he was a knight's move away from her. If she was a queen and he was a knight, he could take her off on his next move.

She took a deep breath and began: "Fourscore and seven years ago our—"

"Stop!" commanded Mr. MacFarland.

She stared bravely at the teacher.

"Miss Williams, do you know what 'Fourscore and seven years ago' means?" he asked her.

"No," she said very quietly.

"No," he repeated. "Tell me this. How long did it take you to memorize Lincoln's Gettysburg Address?"

"I don't know, about an hour."

"You mean to tell me that you spent all that time saying the words, over and over again, and you don't even know what they mean. Are you a robot?"

She pushed out one side of her face with her tongue.

"Do you own a dictionary, Miss Williams?"

"Yes."

"Didn't it ever occur to you to look up the words in the dictionary?"

"I know what they mean separately," she said. "Just not together."

Mr. MacFarland turned toward the rest of the class. "Will someone please tell Miss Williams what the words mean *together*."

Several kids raised their hands. David didn't. He knew what "fourscore and seven" meant, but he wasn't about to show her up.

24

"Mr. Schwartz."

Jeremy Schwartz explained that a score was twenty, so that fourscore and seven equaled eighty-seven.

"Thank you," said Mr. MacFarland. "Now tell us, Mr. Schwartz, why didn't Lincoln just say eighty-seven? Why did he have to make it so complicated?"

"Maybe that's just how people talked back then."

"No, people said eighty-seven, just as they do today." He turned back to Miss Williams, who was still standing. "Miss Williams, why do you think he said fourscore and seven instead of eighty-seven?"

"Because it sounds good," she said meekly.

"Because it sounds good?" Mr. MacFarland repeated. Several kids snickered. "What do you mean, it *sounds* good."

"It sort of rhymes."

There were more snickers. David could hardly watch. He hated to see her ridiculed in front of the whole class.

"Do you mean to say," continued Mr. MacFarland, "that on the site of the bloodiest battlefield in the Civil War, where there were more than forty thousand casualties, where brothers killed brothers, President Lincoln chose those words because they *rhymed*?"

Miss William's face quivered.

Mr. MacFarland smiled. "Well, you're absolutely correct," he said.

David smiled.

"The Gettysburg Address is more than just a speech," Mr. MacFarland told the class. "It is a piece

25

of literature. It is a poem honoring the forty thousand young men killed or wounded. Mr. Lincoln came to that horrible site and spoke with dignity and grace. And now, Miss Williams, I'd like you to do the same. Recite the Gettysburg Address, but don't just say the words. *Feel* them. Imagine you're standing on that battlefield and speak with the dignity and grace befitting the occasion." He smiled at her. "And you don't even need a hat."

Miss Williams smiled sheepishly. Then with her head held high and her green eyes flashing she spoke. "Fourscore and seven years ago, our fathers brought forth on this continent a new nation, conceived in liberty and dedicated to the proposition that all men are created equal. Now we are engaged in a great civil war, testing . . ."

David closed his eyes, leaned back in his chair, and listened to her clear, brave voice.

". . . We have come to dedicate a portion of that field, as a final resting-place for those who here gave their lives that that nation might live. It is altogether fitting and proper that we do this."

He opened his eyes to look at her again, but for a split second instead of Miss Williams he saw the face of Felicia Bayfield.

He toppled over in his chair.

Miss Williams stopped reciting. Several kids were laughing.

"Stay where you are, Mr. Ballinger," ordered Mr. MacFarland.

"Huh?"

"Maybe this will teach you to sit like a human being. Please continue, Miss Williams."

David felt like a bug as he lay on his back with his legs in the air while Miss Williams continued to recite.

"But, in a larger sense, we can not dedicate—we can not consecrate—we can not hallow—this ground. The brave men, living and dead, who . . ."

David wondered if Mr. MacFarland knew what it meant to give someone the finger. He wondered if President Lincoln ever flipped anyone off.

". . . that these dead shall not have died in vain— that this nation, under God, shall have a new birth of freedom—and that government of the people, by the people, for the people, shall not perish from the earth."

5

AT RECESS David hung out with Scott, Roger, Randy, and some other kids, including two girls—Leslie Gilroy and Ginger Rice. Even though he was just barely part of the group, it still felt good to be hanging out with the two most popular girls in the school. He sat on the edge of a planter with a fake smile plastered across his face.

Roger told the others how they had swiped Mrs. Bayfield's snake cane.

"Her name's Felicia!" said Scott. "Can you believe it? Felicia?"

They all laughed.

"Don't get too close to David," warned Roger. "She put a curse on him."

"Really, David?" asked Ginger.

David smiled. "That's right," he said, trying to sound mysterious. "I'm cursed."

"Yuck," said Ginger.

After recess David had science. Science and math were his two best subjects. His father was a scientist. After science was shop.

Randy was in his shop class. David waved and said hi to him as he walked past Randy's worktable.

Randy waved back and loudly called, 'Hi, Dave!"

28

Another boy named Alvin whispered something to Randy, then they both laughed.

David continued on toward his table at the other side of the room.

At the beginning of the year everyone had to sign up for either home economics or shop. There was no rule that boys had to take shop and girls had to take home ec. In fact, David shared his worktable with a girl.

But girls can get away with doing "boy" things a lot easier than boys can get away with doing "girl" things. Shop was David's worst subject. He would have liked to have taken home ec. He knew he'd have to know how to cook some day. But he could just imagine what the other kids would have called him if he had signed up for home ec.

He was making a cheese board shaped like an apple. He had drawn a picture of it on his drafting paper, and now, slowly and carefully, he was trying to copy that picture onto a piece of maple wood.

Wham!

David's pencil slipped as the girl next to him hammered a nail into the doghouse she was building.

David turned and watched her. She was short and skinny, with very short, straight black hair that hung like a bowl over her head. Her name was Maureen, but everyone called her Mo.

Wham! Wham! Wham!

He was fascinated by the way her skinny arms could wield the heavy hammer and pound in the nail all the way, with just three hits. The doghouse was almost bigger than she was.

He finished drawing the apple on his piece of wood. It didn't look the same as his drafting paper drawing, but that didn't matter. He knew he wouldn't be able to cut it out along the lines anyway.

Wearing gloves and safety goggles, he cautiously approached the jig saw. He set the piece of wood on the metal plate and turned the switch. He tried to maneuver the wood so that the vibrating vertical blade stayed on the penciled outline of the apple. So far so good . . . perfect. "Nuts!"

He had cut the apple out perfectly, except he followed the wrong line at the top and accidentally cut off the apple's stem. The stem was also supposed to be the handle of the cheese board.

Well, not all apples have stems, he consoled himself.

He returned to his worktable, took out his sheet of drafting paper, and erased the stem. He had learned early in the year that if he couldn't make the project look like the drawing, he'd make the drawing look like the project.

"Is that for your *girlfriend*?" asked Mo.

"Huh?" said David. "I don't know." He shrugged. "Maybe." He was flattered that Mo would think he was the kind of guy who had a girlfriend.

"Are you going to carve your initials in it?" she asked.

"Why would I do that?" he asked. "She knows who I am." Whoever she was.

"Isn't that what you're supposed to do with hearts?" asked Mo. She returned to her project. *Wham! Wham! Wham!*

He watched her bang another nail in the back of the doghouse, then glanced back down at his own measly project. It did look more like a heart than an apple.

He looked up to see Randy and Alvin coming his way. He nodded to them.

"Hey, Mo," said Alvin, ignoring David. "Me and Randy were wondering something."

Mo looked at them suspiciously. "What?" she asked, hammer in hand.

"Are you a boy or a girl?" asked Alvin.

He and Randy cracked up laughing.

"Buzz off," said Mo.

"She's neither," said Randy. "She's a dog! Look, she's making a house for herself!"

They laughed again.

"Watch out, David," said Randy. "I don't know if she's had her rabies shot."

David smiled.

"How would you like a hammer up your ass?" asked Mo.

David turned red. He wasn't sure if she was threatening only Alvin and Randy or if she was including him too. He didn't dare look at her.

Alvin and Randy laughed and headed back to their table.

David stared down at his cheese board. He didn't breathe until he heard Mo slam another nail into her doghouse.

6

"YOU SHOULD have taken the cigarette this morning," Scott told him as they walked home together after school. "You didn't have to smoke it. All you have to do is go into the bathroom, light it, and let it burn for a few minutes so the smoke gets in your hair."

"Why?" asked David. "I mean why can't I just say no?"

"Who are you?" asked Scott. "Nancy Reagan?"

David laughed. Scott laughed along with him.

David was glad that they were still friends, at least as long as Roger wasn't around.

"Sorry I didn't wait for you this morning," said Scott. "It's not that I don't like you. I mean you're still my friend, it's just that, you know, it's not good for my reputation. I have to think of myself, too. You understand, right?"

"I guess," said David.

"I'm taking a chance even walking home with you now," said Scott. "But you're my friend."

"Thanks," said David. "It's not both of them, is it?" he asked. "I mean, I kind of get the feeling Randy thinks I'm okay. It's just that Roger won't give me a chance."

Scott shook his head. "Man, you got that backwards," he said. "Roger was saying that maybe you were kind of cool, now that there's a curse on you, but Randy thinks you're just a total dipshit."

"DID YOU say the Gettysburg Address?" asked Ricky.

"No, Mr. MacFarland didn't call on me."

"Too bad!" said Ricky. "I know you wouldn't have made any mistakes."

David shrugged.

"Can I hear it again?" Ricky asked.

Once more David recited the Gettysburg Address for his brother. He remembered what Mr. MacFarland had said, and he did his best to speak with the dignity and grace befitting the occasion.

"That's right," Ricky said when David was through. "You didn't miss a single word."

Ricky had memorized it too.

"Now do you want to hear my address?" asked David.

"Okay," said Ricky.

"1411 Meadowbrook Lane," said David.

Ricky cracked up laughing.

David shook his head in amazement. He wondered why Ricky didn't realize that if he was really such a neat guy he wouldn't be reciting the Gettysburg Address to his little brother. He'd be out with his friends or even with a girl. Only nerds stay home and recite Lincoln's Gettysburg Address to their little brothers.

What would Ricky think if he knew my so-called friends thought I was a dipshit? Or that there was a girl I liked, but there was no way she would ever like me? And that while she was reciting the Gettysburg Address I fell over in my chair and then had to lie on my back like a bug?

"Hey, Mom," said Ricky as she walked by. "Do you want to hear David's address?"

Their mother walked into David's room with her finger on her lips. "Shh," she whispered. "I just put Elizabeth down."

She had medium length light brown hair and hazel eyes. She always looked worn out but at the same time content. Before Elizabeth was born she had worked for a consulting firm, doing statistical analysis. At first she was just going to take six weeks off, then three months, then six months, and now she still occasionally talked about going back to work.

"Do you want to hear David's address?" Ricky whispered. "It's really funny."

"All right."

"David, tell her your address," said Ricky.

David shrugged. "1411 Meadowbrook Lane."

Ricky cracked up laughing again.

Mrs. Ballinger smiled politely. She obviously didn't understand the joke, if that's what it was. "Ricky, you need to clean your room," she said.

David watched his little brother walk out the door, followed by his mother. "Hey, Mom," he said.

His mother stopped and turned back to look at him. He flipped her off.

For a moment she didn't react at all. Then in a strained voice she said, "Don't move until your father gets home."

She walked out of his room, slamming the door behind her.

A second later he heard Elizabeth crying. He looked down at his middle finger, which was still raised, and pointed it at himself.

7

DAVID DIDN'T think his mother actually meant "Don't move." She was just too upset to choose her words properly. He had to stay in his room until his father came home, but surely he was allowed to move.

Unfortunately his father sometimes didn't get home until almost midnight. He worked in a lab at the university and would get so involved with his experiments that he'd forget all about time.

David didn't know exactly what his father did, except that he was sort of working on a cure for cancer, but not really. His father tried to explain his work to him, slowly and simply, but then he'd always get carried away and start talking real fast about cutting and cloning and splicing DNA molecules. He could go on for half an hour before realizing that David had no idea what he was talking about. Then he'd just shrug and say, "I'm working on a cure for cancer."

But David had also heard his father say that the only way to get a government grant was to say he was working on a cure for cancer. True, he hoped his research might eventually lead to a discovery that might help lead to a cure for cancer, but that wasn't really the main thing.

Ricky brought David his dinner on a tray. "I'm not

supposed to talk to you," he said. "I'm just supposed to give you your dinner, then go right back to the kitchen."

"Okay," said David, lying on top of his bed.

Ricky set the tray on David's desk and started toward the door, then stopped and walked quickly to his brother. "What'd you do?" he whispered.

David shook his head.

He was too ashamed to tell Ricky he had given their mother the finger, but once again he knew he had impressed his little brother. Here he was, eating alone in his room because of some great and mysterious thing he had done.

Maybe I really am cursed, he thought, picking at his dinner. I've got no friends. My mother hates me.

In an odd way it made him feel better to pretend to believe Mrs. Bayfield put a curse on him. It gave him an excuse. It's not my fault I'm a dipshit. There's a curse on me.

The door opened. His father entered, took one look at him, and shook his head.

"I'm sorry," said David.

"Don't tell me," said his father, sitting on the bed. "Tell your mother." He wore torn jeans and a T-shirt. This was how he dressed for work, unless he had to meet with somebody from the government, and then he wore a suit and tie. He had very curly hair like David's, but his hairline was receding. He also had a scraggly beard and mustache.

"I didn't think she'd know what it meant," David tried to explain.

His father stared at him incredulously.

"Who told her what it meant?" David asked. "Did you?"

"No."

"Then how does she know? Somebody had to show it to her and then tell her what it meant."

"I suppose you're right."

"How'd she tell you what I did?" asked David. "What'd she call it?"

His father thought a moment. "She didn't call it anything. She said, 'David did this to me,' and then she showed me."

"Was she very good at it?" asked David.

"Good at it?"

"I mean, was she able to do it easily?"

His father smiled. "No, actually she had to use her other hand to bend her fingers into place."

"I just thought—I mean Mom seems so pure and innocent and everything. I didn't think she'd know what it meant."

"Well, that's not the point," said his father. "Even if she didn't know what it meant, that still wouldn't excuse your actions."

"Why not?" asked David. "If you give somebody the finger, and that person doesn't know what it means, then what makes it bad?"

His father started to say something, then stopped and reconsidered. "That's a good point," he remarked. "There's nothing inherently bad about it. It is only bad because everyone has agreed it's a bad thing to do. I suppose it could just as easily have been made to mean something good—like 'good luck.' "

38

"Or 'I love you,' " said David.

"Right," his father said. He smiled, but then his face turned serious again. "Even if your mother didn't know what it meant, you did. You weren't thinking 'good luck' or 'I love you.' You meant it as an insult."

"I didn't mean anything," said David. "I was just testing her to see if she knew what it meant. It was like an experiment."

His father appeared to mull that over.

"Who made it up?" asked David.

"I don't know."

"Someone had to," said David.

His father nodded. "I guess so," he said. "And then, when he gave people the finger, he'd have to explain what it meant. Otherwise no one would care."

"They might think he meant 'good luck' or 'I love you,' " said David.

His father laughed. "Right," he said. "And then those people would give other people the finger, and they'd have to explain it too. But now we live in a world where people have been cursing and insulting each other for so long that we can do it without having to bother to explain it." He smiled sadly. "Aren't we lucky?"

"I wonder how long people have been doing it," said David.

"Quite a while, I suppose, for everyone to know about it."

"Do you think Grandma and Grandpa know what it means?"

"I'm sure they do," said his father. "But I never *experimented* on them." He smiled.

So did David. "But what if there is one person who doesn't know what it means, and you do it to her— or him? Is it bad? Elizabeth doesn't know what it means. If I went into her room and flipped her off, would that be bad?"

"I don't know. I know I wouldn't like it if I was taking her for a stroll and somebody came along and said, 'Hey, Elizabeth,' and then flipped her off." He thought a moment. "But would that be because he was offending Elizabeth or because he was offending me?"

"I guess Elizabeth'll find out what it means some day," said David. "Just like Mom. It seems so hard to believe. It's sad."

His father nodded. "Why don't you go apologize to your mother," he said.

David started toward the door.

"David," his father called to him.

He turned around.

His father flipped him off. "Good luck," he said.

David flipped off his father and said, "I love you."

David's mother was quite delighted to find out it was just an experiment. She was flattered that David didn't think she'd know what it meant.

DAVID WASN'T going to stop by Scott's house Tuesday, but it was right on his way to school, and maybe Scott would be there.

He wasn't.

"I told him he should wait for you, Davey," said Scott's mother, "but he seemed to be in a hurry."

"That's okay," said David. "I figured he wouldn't, but you know, I mean since I had to walk right by your house anyway, I might as well—"

"Oh, he forgot his lunch," said Scott's mother. "Would you mind bringing it to him?" She disappeared back into the house, then returned a moment later with a white paper sack.

David carried Scott's lunch all the way to school, where he saw Scott, Roger, Randy, and Alvin all laughing together. He dropped Scott's lunch into a trash can. After all, he didn't want to ruin Scott's reputation.

He got his books from his locker and headed toward his homeroom. Maybe Mrs. Bayfield really did put a curse on me, he thought. Except even if she was some kind of witch, she would have put a curse on Scott or Roger, not me. All I did was give her the finger.

And then I gave my mother the finger too, he realized. Maybe Mrs. Bayfield somehow made me do that.

A weird thought popped into his head. He had broken his parents' bedroom window too, just like Roger had broken a front window in Mrs. Bayfield's house.

And, he suddenly realized, he had fallen over backward in his chair in homeroom, just like Mrs. Bayfield when Randy pulled over her rocking chair.

He smiled at the strangeness of it all.

The smile left his face when he saw Miss Williams coming his way. Her red hair hung over a long yellow and purple sweatshirt. He hoped she hadn't thought that he was smiling at her.

Her green eyes flashed at him. "Hi," she said.

His mouth went dry. "Hello, Miss Williams," he said, nearly gagging on the words.

She pushed on through the door and made her way to her desk.

He hoped she hadn't seen him blush. He felt like an absolute fool as he went to his desk.

He couldn't believe that he had called her Miss Williams. So what if he didn't know her first name? He should have just said hi back to her. "Hi," she had said, cool and sweet. "Hello, Miss Williams," he replied, nerdy and dumb.

He felt himself blush again, just thinking about it. Well, it's not my fault—I'm cursed.

Mr. MacFarland was talking about John Wilkes Booth, a prominent actor who assassinated Abraham Lincoln right in the middle of a performance. "For all we know, President Lincoln might have thought it was all part of the play, right up until the last moment, when Booth fired his pistol."

She did say hi to me, David realized. That was something. He wished he knew her first name. He wondered if he had ever heard it before. He went through every girl's name he could think of to see if one rang a bell. Alice Williams. Amy Williams. Betty Williams. Barbara Williams. Carol Williams. Cathy Williams. Debbie Williams. Donna Williams. . . . He made it all the way through Zelda Williams, but the only bell that rang was the one at the end of the period.

AT RECESS he saw Scott and Roger and everyone hanging out on the steps. Roger was waving his arms, talking about something, and everyone else was laughing.

David sighed. He didn't know what Roger was saying, but he doubted it was very funny. Still, he knew if he was there, he would have laughed too.

Leslie Gilroy was wearing Roger's black vinyl jacket. That was one of the games they played. Whenever a girl wore a boy's jacket it meant she wasn't allowed to talk to another boy. Leslie wasn't even allowed to talk to Randy or Scott without first taking off the jacket.

Leslie had long, silky, beautiful blond hair that she was always complaining about. It seemed whenever she wasn't the center of attention, like when the guys were talking about sports, she'd suddenly say, "I hate my hair. It's too straight. I wish it was like yours, Ginger." Ginger had dark frizzy hair.

David opened his math book and started on his homework. If he didn't have any friends, at least he'd get his homework done so he'd have plenty of free time after school. He laughed at himself. Free time to do what? Play with my little brother and his friends?

"You have to go with me, Ginger!" he heard Leslie exclaim.

He glanced up to see Leslie and Ginger coming toward him. He looked back down at his book but continued to watch Leslie and Ginger out of the corner of his eye.

They stopped right in front of him. Leslie took off Roger's black jacket and handed it to Ginger. Now she was allowed to talk. She turned to David and said, "No girl will ever want to wear your jacket. You're the ugliest boy in the whole school."

She took the jacket from Ginger and put it back on. Then the two girls turned and walked quickly back to their friends.

"I said it!" David heard Leslie exclaim. "I said it right to his face!"

"He didn't do a thing," said Ginger. "He just sat there."

WHAT WAS I supposed to do? David was still thinking two and a half hours later as he changed into his gym clothes. Punch Leslie Gilroy in the face? What'd they expect? I'm not going to say, "No, I'm not ugly." That would have been worse.

Roger was in David's P.E. class. David was glad that Roger's locker was on the other side of the locker room. At least he could get dressed in peace.

He headed out to the soccer field. He was good at soccer. He was a pretty fast runner, but more than that, he had quick feet.

As the teams got ready he discovered he was playing against Roger's team. Of course Roger was playing goalie. Roger was too cool to play a position where he might get sweaty or mess up his hair.

David ran up and down the field kicking the ball, getting kicked in the shins, falling down, and getting back up.

Roger leaned on the side of the goal with his hands behind his head and watched. Whenever someone kicked the ball at the goal, Roger would casually block it, then pick it up and boot it all the way to the other end of the field.

Just one shot, hoped David as he wiped the sweat

from his face. One clear shot to kick a goal past him. Or maybe just kick it right at him, as hard as he could, right into the middle of Roger Delbrook's smug face.

The ball bounced free and David ran after it. He stopped it with the side of his foot. Someone charged him. David tried to dribble around, but their legs collided and they both fell to the ground.

The ball rolled harmlessly toward the goal. Roger picked it up and booted it high over David's head.

David pulled himself back to his feet. He leaned over, put his hands on his knees, and took a deep breath.

There was a blocked kick and the ball was rolling toward the sidelines. He ran after it and managed to save it with the heel of his foot just before it went foul. Then, turning around, he saw there was no one between him and the goal.

Except Roger.

He dribbled down the field trying to go as fast as he could without losing control of the ball. People were closing in from all sides. He just needed to get a little closer.

He tapped the ball too hard, knocking it too far out in front of him, too close to Roger.

Roger came out after the ball. David continued to charge even though he knew Roger would get to it first.

Roger suddenly stopped. David thought he saw a look of panic on Roger's face as he backed up to defend the goal. Roger was still backing up with arms outstretched as David reached the ball.

46

He smiled, then kicked it as hard as he could.

He wasn't even close.

The ball soared high over the goal and rolled all the way to where the girls were playing volleyball.

All traces of panic were now gone from Roger's face. "Go get the ball, butthead," he said scornfully.

David chased after it. He was the one who kicked it, and he was closest to it, except for Roger, who obviously wasn't going to get it. He jogged to the volleyball court.

He stopped. Miss Williams was holding the soccer ball. She had freckles on her arms and legs, too. Up till now he hadn't even known she was in his P.E. class.

He stared at her with his mouth open and sweat dripping down his face. Besides her blue shorts and white button-down shirt, she wore a green headband and red high-top sneakers.

She underhanded the soccer ball to him.

He exhaled. "Thanks," he said.

"You're welcome, *Mr. Ballinger.*" Her green eyes sparkled as she smiled at him.

He returned to the soccer game elated.

10

DAVID SPENT too long in the shower, thinking about Miss Williams, what she said to him, and the way she smiled. He could still picture her with her green headband, her blue shorts, and her red high-top sneakers. He felt a sudden pang of remorse as he remembered that Mrs. Bayfield was wearing red high-top sneakers too.

The bell rang while he was still getting dressed. He hurriedly tied his shoes, stuffed his gym clothes into his locker, and headed for Spanish class, his last class of the day.

"*Buenos tardes,* Dah-veed," Mrs. Guiterrez greeted him as he walked in late.

"*Buenos tardes, señora,*" he replied.

He was struck by the fact that in Spanish *tardes* means afternoon, whereas in English "tardy" means late. Even though Mrs. Guiterrez said good afternoon to him, he had the feeling that in her own way she was also telling him he was late.

"Dah-veed!" Mrs. Guiterrez whispered sharply. She wiggled her finger at him, gesturing for him to come to her.

"What is it?" he asked as he made his way to the front of the room.

"Come here," she whispered, now gesturing with her whole hand.

He heard several kids snicker, so he smiled. Leslie Gilroy was in his Spanish class. He didn't look at her.

He approached Mrs. Guiterrez's desk. *"Si, señora,"* he said. He had heard rumors that Mrs. Guiterrez had once been a judge in El Salvador or Nicaragua or someplace like that, and that she had to suddenly leave her home in the middle of the night to escape from the Sandinistas or *Contras* or somebody.

"Dah-veed," she said. "You are obliged to, ah"— she struggled to find the right English words— "raise your . . ."

Her bracelets jingled as she moved her hand in a circle, searching for the word.

"What?" he asked. *"Qué pasa?"*

She smiled at his Spanish and continued moving her hand around in a circle. *"Cremallera,"* she said. *"Comprende?"*

He shook his head. He didn't know what a *cremallera* was. "I'll try not to be late again," he said.

"No, no," she said. *"Cremallera* is down. You need to lift up."

"My grades are bad?" asked David. "I need to raise my grades?"

She looked through him. Suddenly her eyes lit up as she remembered the word. "Zeeper!" she exclaimed.

"Zeeper?" asked David, still not knowing what she was talking about. "I need to lift up my zeeper?"

49

Suddenly he turned bright red. As inconspicuously as possible, he zipped his fly.

"Gracias," said Mrs. Guiterrez.

The class was hysterical.

He returned to his seat, trying not to look at anybody.

He wondered who saw. All they would have seen were his Jockey shorts. Big deal! He wondered if Leslie noticed. Of course, it didn't matter whether she did or didn't, he realized. She'd say she did.

Big deal. What did he care what Leslie or anyone else said about him?

When the bell finally rang, he walked quickly out of the room, but not so quick that he'd draw any more attention to himself.

Someone tapped him on the shoulder. He turned around.

"You and your friends think you're so cool," said Larry Clarksdale behind his blue sunglasses. "But at least I don't walk around with my *cremallera* down."

David remembered how Scott and Randy had kept Larry from using the bathroom yesterday so Roger could have a smoke.

"And *you* call *me* a pervert," said Larry.

"I didn't call you a pervert," said David.

"Your friends did."

"They're not my friends," said David.

"They're not?"

"No."

"Oh," said Larry. "Well, I think they're a bunch of assholes."

50

David turned and headed toward his locker. As he made his way across the school he noticed that Larry was still walking beside him.

"No one could really see anything," said Larry. "You had your back to the class the whole time."

"Mrs. Guiterrez saw," said David.

"That doesn't count. She's from South America," said Larry.

"So?"

"It's different in South America. People walk around naked down there all the time."

"How do you know?"

"I used to live there, in Venezuela, when I was nine years old. I used to see naked people all the time, boys and girls." He shrugged. "It was no big deal. You get used to it."

"You saw naked girls?" whispered David.

"Twenty-three," said Larry. "We lived in an American section where everyone was usually dressed, but we used to go for drives, and you'd see kids walking around naked until they were like thirteen or fourteen."

"Wow," David said.

Larry smiled. "I got pictures, too," he said.

"Really?" said David.

"Not all twenty-three," said Larry. "Only twelve. I had to pretend to my parents that I was taking pictures of scenery and stuff, but I was really taking pictures of naked girls."

David laughed.

"I was just a kid then," said Larry. "It's no big

deal to me now. You know, once you've seen twenty-three naked girls it's no big deal."

"Yeah," David agreed as if he had also seen twenty-three naked girls before.

"I can bring the pictures tomorrow," said Larry, "if you want to see 'em."

David shrugged. "Sure," he said as if it were no big deal, like maybe he just wanted to see the pictures because he was interested in photography.

"Okay, I'll bring them tomorrow."

"Okay," said David.

"Well, see ya tomorrow," said Larry.

"Bye."

"Bye, David."

David put his Spanish book into his locker. He didn't have any books to bring home since he had already done all his homework.

He was halfway home when it struck him. *I saw Mrs. Bayfield's underpants.*

"I really am cursed," he said aloud. "Everything that happened to her keeps happening to me."

That's stupid, he thought. Mrs. Bayfield didn't do anything to him. He just forgot to zip his fly after P.E. because he was in such a hurry.

He didn't believe in witchcraft. He was, after all, going to be a scientist when he grew up. He knew that everything had a logical and scientific explanation. He didn't believe in curses or astrology or fortune cookies or any of that stuff.

True, some of the same things that happened to Mrs. Bayfield happened to him, but that was just a coincidence. In a world where so many things are happening to so many people all the time, coincidences are bound to happen now and then.

"Okay, just one more thing!" he said aloud, looking up at the sky and speaking to Mrs. Bayfield or God or the Devil, or to whoever was in charge of curses. "Just do one more bad thing to me and then I'll believe I'm cursed."

He waited a few seconds for a lightning bolt to strike him, or maybe a pitcher of lemonade to pour on his head.

Nothing happened.

He took two steps, then stopped. He smelled something.

He checked the bottom of his shoe. Sure enough, he had stepped in it.

He could see it on the sidewalk behind him, with his footprint right in it. He laughed. "That doesn't count," he said. "That's got nothing to do with Mrs. Bayfield. I've stepped in that stuff before." He looked up at the sky and shouted, "I've stepped in it lots of times!"

Doppelgänger: a ghostly counterpart of a
living person.

THAT WAS the definition David found in *Webster's
Ninth New Collegiate Dictionary.* He also looked up
regurgitate. It seemed to be a nice way of saying
"throw up."

He could now clearly recall the words Mrs. Bayfield had said to him. *Your Doppelgänger will regurgitate on your soul.* My ghostly counterpart will puke
on my soul?

What is a ghostly counterpart of a living person?

He thought about everything that had happened to
him: breaking the window, falling over in his chair,
flipping off his mother, his fly.

Nobody else caused any of that to happen. Mrs.
Bayfield didn't do anything to him. He did it all to
himself.

Or maybe he didn't. Maybe it was his Doppelgänger?

Whatever was going on, it sure felt like someone
was throwing up on his soul.

12

MISS WILLIAMS wasn't paying attention to anything Mr. MacFarland was saying. She was drawing a picture. David couldn't see what she was drawing, but it must have been funny, because every once in a while she would stop, look at what she'd done, and smirk.

Whenever Mr. MacFarland looked at her, her head would instantly straighten up and she would look directly back at him. But as soon as he turned away she would smirk and go on drawing.

David anxiously looked at the clock. He knew exactly what he wanted to say to her. He just hoped he had the nerve to say it.

The bell rang. David remained in his seat while Miss Williams put her drawing in her folder. He waited for her to stand, then he stood up and started walking so that they both reached the door at the same time.

"Good morning, Miss Williams," he said without looking at her.

"And good morning to you, Mr. Ballinger," she replied.

LARRY WAS waiting at David's locker. "I got 'em," he said, tapping his jacket pocket. He looked like a drug dealer with his blue sunglasses and long un-combed hair.

David looked around to make sure no one was watching. They walked around to the side of the building.

Larry had eleven photographs of naked girls. "I thought I had twelve," he said. "I don't know what happened to the other one."

"That's okay," said David. He glanced over his shoulder to make sure no one was around, then took the pictures from Larry.

The pictures were a little out of focus, since they were taken by a nine-year-old kid in a moving auto-mobile, but he could definitely tell they were pictures of naked girls. Most of the girls were pretty young, probably under seven years old, but there were a couple of girls who were at least fourteen or fifteen.

Besides the naked girls David could also see the conditions around them: the dirt and garbage and broken-down tar-paper houses. He felt disgusted with himself. These poor people couldn't afford clothes, and here he was getting his kicks by looking at them.

Still, he kept looking.

There was one picture of a girl about nine years old playing with a little black-and-white dog. The girl had long stringy hair and was dirty from head to toe, but she had the happiest face he had ever seen. She looked like she was just laughing her head off.

"I guess she's about our age now, huh?" David asked.

"Yeah, I guess so," said Larry.

"I wonder what her name is," said David.

"Carmelita," said Larry.

"You know her?"

"No. That's just the name I made up for her. She looks like a Carmelita."

David nodded. "I wonder what she's doing now," he said. "Do they go to school?"

"I don't know," said Larry. "Some do, some don't."

They both stared at the picture.

"I hope she's still happy," said Larry.

"Yeah, me too," said David, although it hardly seemed possible. How could she still be happy, living in all that poverty? "They don't eat dogs, do they?" he asked.

"I don't think so," said Larry. "She probably still has the dog."

"Then maybe she's still happy," said David.

All of his own problems suddenly seemed petty and insignificant to him, especially his so-called curse.

"Sometimes I wish I could go back to Venezuela and find her," said Larry. "And maybe give her some money."

"Wouldn't that be great!" said David. "Or maybe even bring her back here to America. She could live at one of our houses and go to school with us. I wonder if she'd be allowed to keep her dog."

"I wouldn't even know how to find her," said Larry. He took the stack of pictures from David. "You want these?" he asked abruptly.

David shook his head.

Larry threw them in a trash bin, all except Carmelita, which he put back in his jacket pocket.

13

"IT'S NOT a heart," said David. "It's an apple. It's a cheese board in the shape of an apple." He rubbed the sandpaper around the rough edges of his project.

"Well, it looks like a heart," said Mo. She hammered a nameplate over the entrance to the doghouse. *Wham! Wham! Thud!* "Shit!"

She jumped up and down with her thumb in her mouth.

"Did you hurt yourself?" asked David.

She took her thumb out of her mouth and shook it wildly. "No, it feels good," she said. "I love hitting myself with a hammer."

David smiled. "That's like the guy who kept banging his head against the wall, and somebody asked him why he did it, and he said, 'Because it feels good when I stop.' "

Mo stared at him. "Was that supposed to be a joke?" she asked.

David shrugged.

He looked at the nameplate that Mo had hammered onto her doghouse. It was shaped like a large bone, and on it, in big black letters, it said KILLER.

He returned to sanding his heart-shaped apple-cheese board.

"Hey, David, where you been?"

It was Randy. He and Alvin were leaning on the side of David's worktable.

David looked up at him. "Hi," he said flatly.

"So where you been, buddy?" asked Randy. "How come you haven't been hanging around? Everybody's been wondering what happened to you."

"Yeah, right," David muttered.

"Especially Leslie," said Randy. He winked at David. "I think she likes you."

"That's right," said Alvin. "Today at recess she said, 'Where's David? He's so cute!' "

"I think it was when you walked into class with your zipper down," said Randy. "That's when she fell in love."

He and Alvin laughed.

"Leave me alone, all right?" said David.

"Hey, what's the matter?" asked Randy. "Don't you like her?"

"It's your curly hair," said Alvin. "She goes for guys with curly hair." He rubbed the top of David's head with his hand.

David pushed Alvin's arm away.

Alvin pushed him back.

"Hey, look, he made a heart for her," said Randy, picking up David's cheese board. "If you want, I'll give it to her for you at lunch."

"Give me that," said David, reaching for it.

Randy held the heart behind him. "Don't worry," he said. "I'll tell her it's from you. I'll write on it, 'To Leslie, with love, from David.' "

Mo grabbed the cheese board out of Randy's hand. "It's not a heart, assbite!" she said. "It's an apple."

Randy took a step toward her but thought better of it when she picked up her hammer.

"What's the matter, David?" asked Alvin. "You need a girl to protect you?"

"Is she a girl?" asked Alvin.

"I don't know what *it* is," said Randy.

They walked away laughing.

Mo handed David his project.

"Thanks, Mo," he said.

"You just have to stand up to those assholes," she told him. "You can't let them push you around."

David shrugged. It was a lot easier for her to stand up to them than it was for him, he thought. They're not going to fight a girl.

"You know, it does look like an apple," said Mo. "I mean, now that I know what it is, it definitely looks like an apple."

"It was supposed to have a stem," David explained, "but I accidentally cut if off. It would have looked more like an apple if it had a stem."

"Oh, yeah, I can see that," Mo agreed. "But that's okay. It still looks like an apple. I mean, not all apples have stems."

David looked at the doghouse with the nameplate KILLER nailed above the entrance. "So what kind of dog do you have?" he asked.

"What?" asked Mo. "Oh, this." She glanced at her project. "I don't have a dog."

14

SCIENCE MADE SENSE.

It was logical. It was consistent. If you dropped a rock, gravity would always cause it to fall down. It wouldn't sometimes fall up. If you combine two parts hydrogen with one part oxygen, you'll always get water. You won't sometimes get milk.

Maybe that's why it was David's favorite subject. Nothing else in his life seemed to make sense anymore.

"David, will you please assist me," asked Mr. Lugano, his science teacher.

Mr. Lugano often called on David to help out with experiments. The chemicals could be dangerous and David could be trusted. Some of the other kids instantly turned into mad scientists whenever they were asked to help in an experiment.

"Hey, Ballinger," Scott whispered as David walked by him on his way to the front of the room. "Your fly's down."

David didn't look.

It was Friday, three days since he'd walked into Spanish class with his *cremallera* down. Every time Scott or his friends saw him, they told him to zip his fly. If he looked down, they'd laugh. If he didn't look

61

down, they'd call him a pervert who liked to walk around with his pants unzipped, until at last he'd look. Then they'd all laugh.

David had the feeling that they would leave him alone if it wasn't for Scott. It was like Scott was using him as a way to become popular. The more Scott picked on David, the more the other kids liked Scott.

Mr. Lugano handed David a beaker full of some kind of foul-smelling chemical and asked him to fill six test tubes halfway.

He heard several kids snicker.

Maybe his fly was down, he worried. No, he wouldn't look. What if he was standing in front of the room, this time facing the class, with his zipper down? Still he didn't look. If it was down, it was down. The damage was already done.

He heard more laughter as he continued to pour the chemical into the test tubes.

"What's that smell?" asked a girl from the front row.

"It smells like rotten eggs!" said someone else.

Maybe that was it. Maybe they were just laughing at the smell.

He tried to think about Carmelita. He thought about her whenever he was feeling depressed. His problems were so trivial compared to hers. And still, she was laughing her head off.

The image of Carmelita disappeared and instead he saw Mrs. Bayfield lying on her back in the rocking chair, her face covered with lemonade.

The beaker slipped out of David's hand, fell on top

of the test tubes, and the whole experiment crashed to the floor.

The smell of rotten eggs exploded across the room like tear gas. "Everyone outside!" ordered Mr. Lugano. "Now!"

The students hurried outside, gagging, coughing, but mostly laughing.

"Try not to breathe!" said Mr. Lugano.

David looked down. His pants were zipped. He ran out of the room with one hand over his nose and mouth.

Out on the blacktop Mr. Lugano explained what happened. He discussed the chemical reaction that had taken place and how the molecules had been dispersed through the air to cause the resulting odor. It all made sense, logically and scientifically.

But there was one thing that didn't make sense. Roger had broken Mrs. Bayfield's pitcher of lemonade. And now David had broken a pitcher. How do you explain that, Mr. Lugano?

"YOU KNOW, if someone else did it," said David a little later while eating lunch with Larry, "everyone would have thought it was funny. Like if Roger Delbrook had done it, everybody would think it was real cool. He'd be bragging about it—'You hear about how I made a stink bomb in Lugano's class?' But because I did it, then it's not cool. It's, 'Did you hear what that stinkpot Ballinger did now?' "

"I know," Larry agreed. "It's just who you are. Roger or Scott could do anything they want, and it would be cool. But if you or I do the same thing, we're stinkpots."

They were sitting across from each other at the end of a long table. No one else was sitting at the table. That was partly because almost everyone else had finished their lunch, but it was also because Roger had walked past holding his nose and said loud enough for everyone to hear, "Puke, you stink!"

"You don't stink," said Larry. "I don't smell it on you."

"You sure?" asked David.

"I can't smell it at all," Larry assured him.

David looked at his ham and cheese sandwich, but he couldn't eat. The smell of rotten eggs was stuck in his throat. "I wonder what Carmelita is doing right now," he said.

"Yeah," Larry muttered, leaning on his elbows. "I bet she's doing okay," he said hopefully.

"Too bad she's not here," said David.

"Yeah," Larry agreed. "I wonder if she'd be my girlfriend or your girlfriend."

"Mine," said David with a laugh. Then more seriously he said, "She wouldn't have to be the girlfriend of either of us. She could just be our friend. Besides, there's this other girl I kind of like."

"Really?" asked Larry. He sounded surprised, but then he said, "There's a girl I kind of like, too."

"Really?" asked David. He bit into his sandwich. He had to concentrate very hard to keep it from tasting like rotten eggs.

"What if Carmelita didn't like either of us?" asked Larry.

David looked at him, surprised, as he swallowed his food. He had never thought of that.

"What if she thought we were nerds?" asked Larry. "What if she came here and just turned into another Leslie Gilroy or Ginger Rice?"

"Carmelita's not like that," said David.

"How do you know?"

"She just doesn't seem that way."

"All you saw was a naked picture of her when she was nine years old."

"The way she was laughing," said David. "I bet Leslie Gilroy never laughed like that."

"Yeah," Larry agreed.

"Besides, she'd have to like us," said David, "if we're the ones who go down there and find her and rescue her and everything."

"I guess. But what if we weren't the ones who rescued her? Suppose she was born here, and never lived in Venezuela, and her parents had plenty of money. She might be Randy or Scott's girlfriend."

David shook his head. "No way!"

"Maybe if Carmelita were born here," said Larry, "she wouldn't be able to laugh like that. Maybe it's not Leslie Gilroy's fault. It's just that all pretty girls in America automatically turn snotty. There's nothing they can do about it."

"Maybe," David agreed, "except the girl I like is pretty, and she's not a snot."

"Yeah, the girl I like isn't a snot either," said Larry. "She's pretty, but not like Leslie or Ginger. I mean, I think a lot of kids think she's kind of strange."

"The kids think the girl I like is kind of weird, too," said David.

They looked at each other and the same thought struck them simultaneously. "I hope we don't like the same girl," said Larry.

David laughed. "So what, even if we do?" he asked. "It's not like she'll really want either of us to be her boyfriend!"

Larry smiled. "Yeah, I guess you're right," he said. "It's hard to imagine a girl like her ever liking a guy like me." He laughed. "It's hard to imagine any girl ever liking me." He shook his head. "I don't know. Maybe she would. Sometimes I think she does."

David thought about the way Miss Williams always said "Hello, Mr. Ballinger" or "Good morning, Mr. Ballinger" or "Good afternoon, Mr. Ballinger" whenever she saw him. If she didn't like him she wouldn't say that. Still, that didn't mean she wanted to be his girlfriend.

"So what's her name?" asked Larry.

"You tell me your girl's name."

"I asked you first."

David bit his lip. "I don't know her name," he admitted.

Larry laughed.

"I know her last name," said David. "Williams. There's this sort of game we play. Whenever we see each other we act very proper and formal. I say,

'Hello, Miss Williams,' and she says, 'Hello, Mr. Ballinger.' "

David waited for Larry's opinion on whether the game was stupid, or if it meant she liked him, but Larry obviously was thinking only about the girl he liked. "I don't know my girl's last name," he said.

"What does she look like?" asked David.

"Well, she's kind of little," Larry said, "petite. She has big brown eyes and real short brown hair."

"The girl I like has long red hair," said David.

Larry smiled. "Well, that's good anyway," he said.

"Does she know you like her?" asked David.

"No, I'm cool," said Larry. "She's in my math class. I stare at her all the time, but she can't tell where I'm looking 'cause of my shades." Suddenly his cheeks reddened. "That's her!"

David turned around. "Where?"

"Don't stare. She's heading toward the door to the library. She just walked past it. Don't let her know you're looking at her."

David tried to hide his eyes as he looked at the girl. He had to look twice to make sure he wasn't mistaken.

"Mo?" he asked. "She's in my shop class. I share a table with her."

"God, you're lucky!" said Larry. "Don't you think she's pretty? And she's really funny, too."

"Um, sure," said David. "I never really thought of her like that. I mean, being in shop, I guess because she's always hammering and stuff like that."

Larry sighed.

"Maybe if her hair wasn't so short—" David started to say.

"I like her hair like that," said Larry. "That's how girls wear their hair in France."

"How do you know?"

"I used to live there."

"I thought you lived in Venezuela."

"We moved to France after we left Venezuela," said Larry. "Mo reminds me of a girl I used to see every morning in a café in Paris."

15

DAVID WAS feeling pretty crummy as he headed home after school—until Miss Williams popped up. He was walking by the bike racks and she was bent down fiddling with her bicycle lock, hidden by her bicycle. He didn't notice her until she suddenly popped up right next to him, as if out of a jack-in-the-box, and said, "Good day, Mr. Ballinger."

It caught him completely off guard and he didn't know what to do or say.

She smiled, glad to be the cause of his befuddlement.

"Good day, Miss Williams," he said at last.

She hopped on her bicycle and rode off.

He smiled as he watched her go, but he wondered what she thought about his fiasco in science class. She had to know about it. She probably even heard Roger say, "Puke, you stink!" to him at lunch. And of course he didn't do anything about it. He just sat there.

As he headed home he tried to think of something else he could say to her the next time she popped up. He finally decided on "Delightful weather we're having."

He imagined the conversation.

Good afternoon, Miss Williams.
Good afternoon, Mr. Ballinger.
Delightful weather we're having.
Yes, it is lovely, isn't it?

It wouldn't matter if rain was pouring down at the time. In fact, it would be funnier if it was.

He thought maybe he'd even wear a hat to school, so he could tip his hat when he spoke to her.

It was just so nice, amid all the garbage of junior high school, to be able to say "Hello, Miss Williams" to her and hear her say "Hello, Mr. Ballinger" to him. It was their own private joke, calling each other Miss Williams and Mr. Ballinger and speaking so formally. But besides being funny, there was also something very nice about it too.

He found himself thinking about her a lot over the weekend. He wasn't thinking anything in particular about her. She was just there, taking up all the space inside his head.

"It's your move," Ricky reminded him.

"Huh?" asked David. "Oh," he said, looking at the chessboard.

He wondered if maybe he should try talking to her like a normal person. Maybe he could even ask her to go the school skate party with him next month?

"It's your move," said Ricky.

"Huh? Oh." He moved his bishop.

Of course, just because she had said hello to him didn't mean she liked him enough to go to the skate party with him. He didn't even know her name.

She might not like him if he talked to her like a normal person. He couldn't risk that. He didn't want

70

to chance wrecking the only good thing in his life. At least he could still daydream about her; lying on the grass next to her, counting her freckles, laughing together, walking along a deserted beach holding hands. He didn't want to lose his daydreams.

"Check," said Ricky.

And what about the curse? He didn't believe in curses, but still, how could he risk doing anything with her, when there was even a tiny chance that he might be cursed? What if he accidentally poured lemonade on her head?

It could happen very easily. They always serve refreshments at skate parties. They probably had lemonade. And then she'd say, "I'm thirsty, Mr. Ballinger. Would you mind getting me a glass of lemonade?" So of course he'd have to get it, and he wasn't a very good skater to begin with, and the next thing he'd know he'd lose control, fall over her, and pour the lemonade on her face.

"Checkmate!" Ricky shouted triumphantly.

David studied the board. He had nowhere to move his king.

"I can't believe it!" exclaimed Ricky. "I beat you in chess!" He smiled knowingly at his brother. "You let me win, didn't you?"

"No," David assured him. "You beat me fair and square."

"I can't believe it! Wait till I tell Mom and Dad!"

David heard Ricky run through the house telling their parents how he beat David in a game of chess. He even told Elizabeth.

I'm the one who broke the window, thought David.

I fell over in my chair. *I* forget to zip my fly. Mrs. Bayfield didn't do anything to me. I did it all to myself.

Somehow that didn't make him feel any better.

Well, there is one thing for certain, he decided. I am not, not, *not* going to pour lemonade on my head.

16

Mo's doghouse was finished. "I don't know how I'm going to get this stupid thing home," she complained.

David was leaning on his elbows, still feeling depressed after something that happened in homeroom. He glanced at Mo's huge project, with KILLER over the entrance.

He wanted to ask her why she built a doghouse if she didn't have a dog, but he was afraid she would take it the wrong way. "I'll help you carry it," he said.

She looked at him in surprise. "You?" she asked.

He didn't know if she was surprised that he would help her or because she thought he was a wimp and didn't think he could carry the heavy wooden doghouse.

"I could probably get a friend of mine to help, too," he said slyly. "Larry Clarksdale. Do you know him?"

She looked even more surprised. "Larry Clarksdale," she repeated. "Uh, yeah, I think I know who he is."

David tried to see if he could read anything into Mo's voice or the way she looked, but he couldn't. "He always wears blue sunglasses," he said.

Mo smiled.

Again David couldn't tell if she was smiling because she liked Larry or because she thought his sunglasses were goofy.

"So we'll meet you back here after school?" said David.

"Okay," said Mo.

"Me and Larry," said David.

"Okay," said Mo, staring intently at her project.

David smiled, glad to be able to help Larry. He looked at Mo and tried to imagine her sitting in a Paris café, but couldn't. Of course he had never seen a Paris café.

The reason he was depressed was because he had said "Good morning" to Miss Williams in homeroom, and she'd replied "Good morning, Mr. Ballinger," but she'd seemed distracted, like she was thinking about something else and was in no mood to be bothered. She'd seemed sad, too.

He didn't say "Delightful weather we're having." It suddenly seemed like a dumb thing to do.

He realized it was stupid to be depressed over something like that. She might have been tired, or maybe she had the Monday morning blues. Or something else could have been bothering her that probably didn't have anything to do with him. It could have been anything! She had a whole life that he knew nothing about. Who knows what could have been on her mind? Who knows what she did over the weekend?

It was just that saying hello to her and hearing her

say "Hello, Mr. Ballinger" to him was the high point of his day. He had hoped it was a high point of her day, too, but maybe it didn't mean anything to her at all.

"Puke! What stinks?" said Randy, holding his nose. "Oh, it's David!"

Alvin laughed.

David tried to ignore them.

"Why don't you just go to another school?" asked Randy. "Why do you have to stink up this one?"

"Lay off him," said Mo. "He didn't do anything to you."

"He's the one who stunk up the whole school Friday," said Alvin. "I can still smell it!"

"I thought Randy farted," said Mo.

David laughed.

"What are you laughing at?" Randy demanded.

David stopped laughing.

"He's laughing at you, fartface," said Mo.

Randy took a step toward Mo, but she held her ground and he backed off. "C'mon, Al," he said, leading Alvin away.

"You have to stand up to those assholes," Mo told David after they were gone.

"Yeah, well, it's easier for you," said David. "You're a girl."

"So?"

"So Randy wouldn't hit a girl."

"Yeah, right," said Mo. "He's such a *gentleman*."

David smiled. He wished he had been the one who had called Randy fartface. *What are you laughing at?*

asks Randy. *I'm laughing at you, fartface!* It would have been great. Except he knew he could never say anything like that. It wasn't only that he was afraid of Randy. He just couldn't imagine those words coming from his mouth.

At lunch he told Larry about how he had arranged for them to help Mo carry her doghouse home.

"Did she know who I was?" Larry asked.

David nodded. "She remembered your blue sunglasses."

Larry smiled. "My shades," he said, tapping his glasses just above the bridge of his nose. "Yeah, they're cool. So what else did she say? Did she say anything else about me?"

David repeated his entire conversation with Mo word for word.

Larry said "Hmmmm . . ." several times as he listened very carefully.

David told him about Randy and Alvin and what Mo had said about farting.

"I told you she was funny," said Larry. "Besides being pretty, she has a great personality, too."

For the rest of the lunch period Larry switched back and forth, one moment very excited about his "date" with Mo, then the next being Joe Cool and acting like it was no big deal. Every once in a while he giggled. Finally, when lunch was almost over, he abruptly declared, "I'm not going."

"What?" asked David.

"You should have asked me first, before just saying that I'd help," Larry pointed out. "How do you know that I don't have other plans?"

"What other plans?"

"I didn't say I had other plans. I said I could have had other plans. Maybe I had already promised to carry someone else's doghouse home."

"I figured you'd want to walk home with Mo."

"Well, you figured wrong."

"What am I going to do now?" asked David. "It's too big for Mo and me to carry by ourselves."

"That's your problem," said Larry. "Oh, all right, I'll help you. But I'm not helping her. I'm helping *you*."

"Okay," said David.

"Okay," said Larry.

AFTER SPANISH they put their books away, then walked together to the shop room. Mo was sitting on top of a worktable, next to her doghouse.

"Hi," said David.

"Hi," she said. "Hi, Larry."

Larry grunted. He took his hands out of his pockets, rubbed them together, and said, "So where's this old doghouse?"

Mo looked at him like he was crazy.

"It's right there on the table," said David.

"Oh, yeah, right," said Larry. "Well, let's get to it."

Mo came down off the table. "Maybe you could see better if you took off your dark glasses," she suggested.

"Hey, I never take off my shades," said Larry.

The heaviest part of the doghouse was the back, since most of the front had been cut out to make

77

a doorway. Larry and David took the back, and Mo, facing forward, held up the front as she led the way. Directly over her head was the word KILLER.

They just barely fit through the door.

They were halfway across the schoolyard when the barking started.

At first it was just Alvin and Randy.

Alvin had a high-pitched bark that sounded like "Arf-arf! Arf-arf!"

Randy's was more like "Grrr—ruff! Grrr—ruff!"

They were walking backward, barking in Mo's face.

David glanced at Larry, who looked back at him. He didn't know what else to do except hold up his corner of the doghouse and keep walking.

Roger and Scott joined in.

Scott howled, "Aaaaaoooooooo."

Roger said, "Woof, woof, woof!"

David could hear other kids around them laughing, and some of them barked once or twice too. He wondered if Miss Williams was among them.

"Hey, David, your pants are unzipped!" shouted Roger.

There was more laughter.

He was almost certain they were zipped. Besides, even if they weren't, they were hidden by the doghouse.

"Grrr—ruff!"

"Arf-arf."

"Aaaaaooooo . . ."

"Woof! Woof!"

78

Leslie and Ginger also barked but David thought they sounded more like sick cats.

"Don't get too close," warned Alvin. "She might bite you."

David felt the front of the doghouse bang to the ground. He looked around his corner to see Mo chasing Alvin.

"Mad dog! Mad dog!" Alvin yelled as he easily eluded her.

David remained by his corner of the doghouse. He didn't know what else to do.

Mo tripped and fell in the grass.

Alvin stood over her barking while his friends laughed.

Mo picked herself up. "If I'm a dog," she said, "you know what you are? A bullock!"

"Ooooh—a bullock!" Alvin said with a laugh. He smiled at his friends. "What's a bullock?"

Mo caught her breath. "It's a bull that's had its balls cut off."

Alvin's face turned bright red as Mo walked away, back toward the school building.

For a second David thought she was just going to leave him and Larry standing by her doghouse, but she turned around and headed back to them. She picked up her end of the doghouse and said, "C'mon. Let's go."

He felt bad about not doing anything to help Mo, but what could he have done? Besides, Mo could take care of herself. Her last remark seemed to shut everyone up.

"Hey!" shouted Scott. "It's the Three Stooges! Mo, Larry, and *Curly*!"

That got everyone laughing again. "The Three Stooges," someone repeated.

"They even look like The Three Stooges!" said Roger.

"Except the real Three Stooges aren't as ugly," said Alvin.

David, Mo, and Larry carried the doghouse away. Roger and his friends didn't follow. David could hear them laughing about The Three Stooges.

"Hey, Curly! Zip your fly!" called Scott.

What rotten luck, thought David. I would have to become friends with kids named Mo and Larry!

As he thought about it, he realized that Mo did sort of look like Moe from The Three Stooges. He smiled in spite of himself.

17

DAVID HEAVED a sigh of relief as they set the
doghouse down in Mo's backyard. He stretched out
his stiff, cramped arms.

Larry looked around nervously.

"You want something to drink?" Mo offered.

"Sure," said David.

Larry continued to look nervously around him.

Mo led them to the back door of her house. "You
want water or something else?"

"Water's fine," said David.

"Larry?" asked Mo.

"Huh?" said Larry.

"Water?"

"Okay."

Mo reached behind a bush and turned on the hose.
She took a drink from it, then handed it to David.

David took a long drink, then gave it to Larry.
Larry's eyes darted back and forth as he drank.

"So where's Killer?" he finally asked.

"She doesn't have a dog," said David.

Larry relaxed.

Mo turned off the hose. "I want to get a dog," she
explained, "but so far my parents won't let me. But
once they see this neat doghouse, they have to let me

get a dog, right? I mean, what good's a doghouse without a dog?"

"Right!" said Larry.

David was glad there was a logical explanation.

They walked back over to the doghouse. He and Larry sat on the grass and leaned against it. Mo lay on her back in front of them, looking up at the cloudy sky.

"Why do they hate me so much?" she asked. "It's not my fault I'm ugly."

David waited for Larry to say something, but Larry kept his mouth closed.

"You're not ugly," David finally said.

"Yeah, right," said Mo.

Again David looked at Larry, but he remained silent behind his blue sunglasses.

"It's me they hate," said David. "I used to be best friends with Scott—since the second grade—but he had to stop liking me in order to become popular. He has to prove to Roger and Randy that he's not my friend anymore. I guess he has to make up for all the years we were friends by hating me now."

"You were friends since the second grade?" asked Larry.

David nodded.

"I've never been friends with anybody for more than, I don't know, a couple of months. My family's always moving all the time. I've never even gone to the same school two years in a row."

"That must be tough," said Mo.

"I'm always the new kid," said Larry. "When I was little it wasn't so bad. It's easy to make friends when you're a little kid. You just find some other kid and go play. But now it seems like it's impossible to make new friends."

"I'm your friend," said David.

Mo laughed. "That's only because Scott started hating you," she said.

"That's not true," said David. "I'd be his friend anyway."

"What if Scott wanted to be your friend again?" asked Larry. "You'd probably start hating me, too, just so you could be popular like them."

"No, I wouldn't," David insisted. "I wouldn't want to be one of them."

"I would," said Mo. "I don't care if Leslie and Ginger are the two biggest pissants in the whole school. I'd trade places with them just like that"—she snapped her fingers—"if I could be pretty like them."

David looked at Larry, but he kept his mouth shut.

"Nobody cares that they're pissants," Mo continued. "They're beautiful. That's all anyone cares about."

"You would never be a pi—like them." David blushed.

"I would too!" said Mo. "If I was beautiful I'd be the most revolting pissant this world has ever seen."

David laughed.

"You're not ugly," Larry blurted out. "I mean, a lot of people probably think you're very attractive."

Mo made a sound like a horse. "Right," she said. "My grandmother!"

"No, really," said Larry. "In fact, there's this boy at our school—I can't say his name—but he told me he thinks you're beautiful."

"He's probably gay," said Mo.

83

Larry laughed.

"So what's your excuse, David?" asked Mo. "Larry's always moving and I'm ugly. How come you're one of The Three Stooges?"

"Oh, I don't know," said David. For a second he wasn't sure if he should tell them, but then he said very matter-of-factly, "There's a curse on me."

He waited for Larry or Mo to react, but they didn't.

"Okay, I don't know that I'm really cursed," he said. "But it sure seems that way."

"I know what you mean," said Mo. "Sometimes I think there's a curse on me, too. It's like no matter what I do, there's always something that screws it up."

"Yeah, like when I go to a new school," said Larry. "I try real hard to be friendly and, you know, make a good impression, but something always happens. Like this year. It was my first day here, and some idiot isn't watching where he's going and spills his chocolate milk in my lap. How am I supposed to make new friends and be cool and everything when I've got chocolate milk all over my pants? Who drinks chocolate milk anymore anyway?"

"I haven't had chocolate milk since I was a little kid," said Mo.

"That's what I mean," said Larry.

David decided not to try to explain his curse to them. He didn't think they'd believe him anyway. He didn't really believe it himself.

He figured he was probably no different than Larry or Mo or anyone else. Maybe everyone feels cursed.

"You guys don't know what a curse really is," said Mo. "At least you don't have periods! Now, that's a curse."

David and Larry blushed, then laughed to cover their embarrassment.

Mo stood up and stretched, obviously proud of herself.

Larry and David also stood up. "You know, Mo," said Larry, "if you want your parents to let you have a dog, maybe you should change the name on your doghouse."

Mo looked at Larry, then at the doghouse, then back at Larry. She smiled at him.

18

THE FOLLOWING morning was cold, gray, and miserable. It wasn't raining, but there was a heavy mist in the air. Rain would have been an improvement.

Miss Williams was wearing a shiny black plastic rain jacket. "Good morning, Mr. Ballinger," she said as David stepped away from his locker. Her green eyes flashed at him.

"Good morning, Miss Williams," he gallantly replied, glad that she seemed to like him again, after being so distant yesterday.

They walked side by side to Mr. MacFarland's class. Neither said a word, until finally, just before they reached the door, he decided to take a chance. "Delightful weather we're having."

As soon as he said it, he wished he hadn't. It was so stupid.

Miss Williams looked up at the gray and gloomy sky. She had a very quirky expression on her face. "Yes, quite," she answered.

They entered the classroom and headed to their respective desks.

Yes, quite, thought David. It was the perfect thing to say.

He couldn't stop thinking about her all morning, in homeroom, math, and on into recess. He relived their conversation again and again.

Good morning, Mr. Ballinger. Good morning, Miss Williams. Delightful weather we're having. Yes, quite.

Yes, quite. It was perfect. She was perfect. Yes, quite perfect.

"David," said Larry.

"Huh?"

"Earth to David," said Mo. "Come in, please. Anybody there?"

"What?"

Larry and Mo laughed.

"He's probably thinking about his *girlfriend*," said Larry.

"Oooh, does David have a girlfriend?" asked Mo.

"Well, there's a girl he likes," said Larry. "Except he won't tell me her name."

David felt himself redden. He glared at Larry. Didn't Larry realize how easily he could turn the tables on him? All he'd have to do was tell Mo that Larry was secretly in love with her. Or maybe—it suddenly occurred to him—Larry wanted him to do that.

"Oh, I bet I know who it is!" declared Mo. "Tori Williams! Am I right?"

Actually David didn't know if she was right or not, but he figured she probably was. The last name was right.

"I've seen you and Tori making moon eyes at each other," said Mo.

Larry laughed.

Well, now he knew her name.

"At least she's not a snot," said Mo. "Although you have to admit she is a little spacey."

"Perfect for David," Larry said with a laugh.

Tori Williams, thought David as he headed to science. And Mo didn't just say she saw him making moon eyes at her. She said she saw *them* making moon eyes at *each other.* Tori Williams. It was a nice name. Yes, quite.

He saw Miss Williams, Tori, at lunch. He had just gotten out of shop and was on his way to his locker. She was angling across the grass in his direction. Her arms were wrapped around her books, pressed against her chest. Her red hair hung on both sides of her shoulders.

She hadn't seen him yet. He wondered if he should call her Tori. He kind of hoped she wouldn't notice him. She was nice to him this morning and that was good enough. He didn't want to press his luck.

"Good afternoon, Mr. Ballinger," she said.

"Good afternoon"—he paused—"Miss Williams." He couldn't call her Tori.

She remained by his side as he continued to his locker. He glanced at her, and her green eyes flashed back at him. They both smiled. He wondered if this was what Mo would call "making moon eyes."

He stopped at this locker. "My locker," he told her.

She stopped, too.

He turned the combination: 32 left, 16 right, 22 left. He pulled up on the handle but the locker didn't open. He tried it again, 32–16–22, but it still didn't open.

He smiled sheepishly at Miss Williams. Tori. She shrugged.

He wondered if it had anything to do with the curse. But how? What did they do to Mrs. Bayfield that had anything to do with a lock or a locker?

He was about to try again when he realized his mistake. He felt himself blush as he explained, "That was the combination to my gym locker."

"I do that sometimes, too," said Miss Williams. Tori.

David tried again, this time using the correct combination. The locker still wouldn't open. "What the . . .?" he muttered.

Tori Williams bit her bottom lip and shrugged. She pushed out one side of her face with her tongue.

He looked back at the locker, then felt a sinking feeling in the pit of his stomach. It was the wrong locker. His locker was the next one over. He didn't dare tell her that. "I don't know what's wrong," he said, stepping away from the locker. "I'll have to go talk to the janitor."

"You can put your books in my locker if you want," said Tori Williams.

"No, that's okay," said David. "I'll go talk to the janitor."

She looked around. "Well, so long, Mr. Ballinger."

"Bye, Miss Williams," he said. She started to walk away. "Tori."

She stopped. "David," she said without turning around, then continued on her way.

He made sure she was gone, then went to the right locker and opened it. He put his science book and notebook away and took out his lunch.

Then it hit him. Why *didn't* I put my books in her locker? That would have been perfect. Damn! That would have been great.

Yes, quite.

"HERE COMES Stooge number three!" announced Roger.

David could feel everyone turn and look at him as he made his way across the lunchroom to where Larry and Mo were sitting. He just hoped he wouldn't trip or something. Actually he did feel like a stooge for not putting his books in Tori's locker.

Neither Larry nor Mo said a word as he sat down across from them. Roger and his friends were at the next table.

"Hi, Curly," said Randy. "How ya doin'?"

David noticed that Ginger was wearing Scott's fringed leather jacket. That meant Scott was now going steady with one of the most popular girls in school.

And all he had to do was hate me, thought David. If only I had put my books in Tori's locker. That would have been just as good as her wearing my jacket. Even better!

"I like your jacket, Ginger," said Mo. "It looks like it's made out of genuine *rat* skin."

David smiled. Mo could say anything to anybody.

Ginger stared at Mo.

"What's the matter, Ginger?" asked Mo. "Rat got your tongue?"

Larry laughed.

"Gee, I'm sorry, Mo, but I can't talk to you," said Ginger. "I'm not allowed to talk to *boys*."

Mo turned bright red.

"That shut her up," said Leslie.

As soon as Roger and his friends left Larry cracked up laughing.

"What's so funny?" said Mo.

"She said she wasn't allowed to talk to you, but she had to talk to you to tell you that!"

"So?" demanded Mo.

"So she talked to you, when she said she couldn't."

"So?" asked Mo again.

Larry shrugged. "I don't know," he said.

"I know," said Mo. "You don't know anything." She got up and walked away.

12

"WHAT DOES a cow say?" asked David.

Elizabeth concentrated very hard. She pressed her lips together tightly and said, "Mmmmm."

"Moooo," said David.

"Mmmm," said Elizabeth.

David laughed. Then Elizabeth laughed too.

"Hi, Liz'beth," said Ricky, entering her room.

"Hi, Ricky!" said David, exaggerating the words to encourage his sister.

Elizabeth smiled.

"Hey, David, can I ask you something?" said Ricky.

"Sure."

"I was just wondering about something. We were talking about famous comedians today at school. Um, who are The Three Stooges?"

David felt his stomach tighten. "The Three Stooges," he said, trying to be as matter-of-fact as Ricky. "They're some old-time comedians. They were always hitting each other and breaking things and stuff like that."

He wondered what Ricky knew. Roger's brother, Glen Delbrook, was in Ricky's class.

"They kind of acted stupid?" asked Ricky. "Goony?"

"No. Well, maybe. It was more, just kind of, I

don't know. . . . They were funny. It's a kind of humor known as slapstick comedy. They were very funny; very well respected in their field."

"Was one of them named Curly?" asked Ricky.

"Yes."

"Did he have real curly hair?"

"No," David suddenly realized. "He was bald. I guess that was the joke. They called him Curly even though he was bald. Why do you ask?"

"No reason," said Ricky. "We were just talking about comedians at school. Glen said his favorite co-median was Robin Williams, and I said mine was Woody Allen."

David knew that Ricky knew that David liked Woody Allen.

"And then some stupid girl said her favorite co-median was Curly of The Three Stooges."

"Oh," said David. "Well, he was funny, too. Very well respected in his field. I think The Three Stooges are on TV late at night. We could tape it and watch it tomorrow."

"No, that's okay," said Ricky. "I think I get the idea."

"So what do you want to do?" asked David. "Want to play chess or something?"

"Nah," said Ricky. "I got a lot of homework." He walked out of the room.

DAVID'S MOTHER was making chicken and dumplings for dinner. She asked David to put the sack of flour back on the shelf for her.

He stood on the counter and put the sack on the top shelf, jumped down, and landed hard on the linoleum floor. The sack of flour tipped over and fell on his head.

Ricky burst out laughing.

It took David a few seconds to figure out what had happened. His curly hair had turned white with flour.

Even his mother laughed.

"Is that like something Curly of The Three Stooges would have done?" asked Ricky.

David smiled. "Yeah, I guess so," he said.

It wasn't until later that night, when David was lying in bed, that he realized the curse had struck—if there *was* a curse, and he didn't believe in curses.

Roger and Randy had trampled all over Mrs. Bayfield's flower garden. They had stepped on her flowers. Now the flour had "stepped" on him.

Oh, come on, now, he thought. That's really pushing it. Flowers and flour are completely different things. Just because they sound alike—that shouldn't mean anything.

All it proved was that if you really want to believe something, you can always find some way to make it seem true. Just like those stupid horoscopes.

Still, he had to admit it is pretty strange for a sack of flour to suddenly fall on your head. That kind of thing doesn't usually happen.

He thought about talking to his dad about his problems—telling him about what they'd done to Mrs. Bayfield, and then about all the things that had happened to him. Maybe his dad would be able to find some kind of logical, scientific explanation for everything.

Except he was too ashamed to tell his father that he helped steal a cane from a poor old lady. And he would be too embarrassed to talk about all the things that had happened to him. His dad probably would just tell him to go apologize to her.

Besides, what kind of scientific explanation could there possibly be? No, science had nothing to do with it. There were only two possible explanations. Either he was cursed or he was a stooge. It was one or the other.

20

HE DECIDED to tell his friends about the curse. "Do you know Felicia Bayfield?" he asked on Friday at recess.

"Who?" asked Larry.

"I know her," said Mo. "She's this old, spacey lady who wears a lot of funny clothes."

"Sounds like Tori Williams," said Larry. He and Mo laughed.

"She's a witch," said David. "She murdered her husband. She removed his face."

"Ugh!" said Mo.

"He lived for a while," said David, "but you can't live too long without a face. But his face is still alive. It's hanging on a wall of her house. She put it in some kind of special solution to preserve it. And she talks to it, and it talks back."

David didn't like saying mean things about Mrs. Bayfield, but he had to convince his friends she was really a witch. Little did he know that one day his own face would be hanging on the wall of her house.

"I wonder what a person would look like without a face," said Larry. He thought a moment. "Wouldn't there just be another face behind it? How thick is a face?"

96

"Real thin," said Mo. "Thinner than paper. And behind it you just have blank skin that you could almost see through, with holes where the eyes, nose, and mouth used to be."

"Like a ghost," said Larry. "Except you're alive."

"A Doppelgänger," said David.

"What?" asked Mo.

"I don't know," said David, shaking his head. "Remember when I said I thought I was cursed?" he asked. "Well, it wasn't like you thought. Mrs. Bayfield put a curse on me. She said my Doppelgänger will regurgitate on my soul."

He started at the beginning. He told them about how he had helped Roger, Scott, and Randy steal her snake-head cane, except he made it sound like he was the one who led the attack.

". . . Then she said in a really creepy voice, 'Would you boys like some lemonade?' Except I don't think it was really even lemonade."

"What'd you do?" asked Larry.

"You didn't drink it, did you?" asked Mo.

"No. As I was pouring it in my glass I pretended to trip, then I knocked her rocking chair over and poured the lemonade right on her face!"

"All right!" cheered Mo.

He didn't want to tell them that he really just stood around while the other boys knocked her over in her chair and poured lemonade on her head. It wouldn't make sense. Why would she put a curse on him if he had just stood there while everyone else did everything?

"I tossed the empty pitcher away," he said, "but it accidentally went into her window. It broke the window and the pitcher."

The more he lied, the more he got into it. But at the same time he felt a horrible sense of guilt right in the pit of his stomach. It only bothered him a little at first, but the feeling grew, like Pinocchio's nose, with each lie.

"Roger, Randy, and Scott ran away with her cane, but I stood over her. Her legs were up in the air. If you think her clothes are weird, you should see her underpants!"

"You saw her underpants!" exclaimed Larry.

"What'd they look like?" asked Mo.

"It was like they were made out of spider webs," said David. "And there were spiders crawling all around and some other kinds of bugs, too."

"Gross," said Mo.

"So then I flipped her off," said David. "You know, gave her the bird."

"Good going," said Mo.

"That's when she said the thing about my Doppel-gänger."

"What's a Doppelgänger?" asked Larry.

"I looked it up in the dictionary. It means the ghostly counterpart of a living person."

"What's that?" asked Mo.

"I don't know." He explained the curse to them, but he exaggerated that, too.

". . . And I was playing catch with my little brother and I threw the ball right to him, but it suddenly curved in midair and crashed into my parents' bedroom window."

Larry and Mo were skeptical at first, but as David went over each incident they had to admit that if nothing else, it was a lot of weird coincidences.

"Are you sure you're not making this up?" asked Mo.

"You know about the beaker I broke in science class," David reminded her. "And Larry, remember what happened to me in Spanish?"

"That's right!" Larry exclaimed.

"Oh, yeah, I heard about that," said Mo. "Your fly was down and you didn't know it."

David blushed. "It was because I saw her underpants," he explained. "Everything I did to her has happened to me. Except so far I haven't poured lemonade on my head. That's probably next. Oh, and I also flipped off my mother."

"You flipped off your mother!" exclaimed Mo.

David shrugged.

"I don't believe it," said Mo. "You wouldn't flip off your own mother!"

"I was just waving to her," he explained, "when suddenly I got like a cramp in my hand, and all my fingers bent down except the middle one."

"No!" said Mo.

"It was really no big deal," said David. "It was just a cramp. Besides, it's not such a bad thing to do, when you think about it. Why is raising your middle finger any worse than raising any other finger?"

"It just is," said Mo. "It's the most horrible thing you can do!"

"Why?" asked David. "Most people probably don't know what it means." He turned to Larry. "You've lived in other countries. Do they know what it means there?"

"They do it differently in different countries," Larry explained. "In Spain they do it like *this!* In Hong Kong they do it like *this!*" He demonstrated the gesture for each country. "In Italy they do it like *this!*"

Mr. Lugano happened by at that moment. He grabbed Larry's shoulder and said, "You're coming with me, young man!"

Mr. Lugano was Italian.

21

DAVID DIDN'T see Larry again until Spanish class. "What did Mr. Lugano say to you?" he asked after class was over. "Did you get in trouble?"

Larry smiled. "He couldn't do anything! First he was going to send a note home to my parents telling them what I did, except he couldn't figure out how to write it in a note. So then he told me I had to tell my parents what I did. But then I said, 'What did I do?' And he said, 'You know.' And I said, 'No, I don't.' So finally he just told me not to do it again, and I said, 'Do what?' "

David laughed, but abruptly stopped when he saw Scott, Randy, and Roger coming.

Scott, Randy, and Roger were walking down the center of the sidewalk next to the row of outside lockers. There wasn't room for David and Larry to get by.

David stepped aside to let them pass.

Roger glanced at David, then turned to Scott and said loud enough for everyone to hear, "Hey, Scott, are you going out with Ginger again on Saturday night?"

"Sure," said Scott, equally as loud. "You and Leslie want to join us?"

"Hey, that sounds like a good time," said Roger.

"How about you, Randy?" Scott asked. "Why don't you and Tori join us?" He said the name Tori especially loud.

"Yeah, that Tori Williams is one hot babe!" said Roger.

"Maybe I will," said Randy.

David's face burned, even though he was fairly sure they had said all that just for his benefit. Somehow Scott must have found out that he liked Tori Williams. Maybe Scott also saw them making moon eyes at each other.

But Randy still might ask her out for Saturday night, he realized, just because Randy knew David liked her. He wondered if Tori would agree to go out with Randy. She must know Randy's a jerk. But then he remembered that he himself once thought Randy was a good guy. Randy was good at pretending he wasn't a jerk.

"You shouldn't have stepped out of their way," said Larry.

"Huh?"

"You lost face," said Larry.

"What are you talking about?"

"It's a Japanese expression," said Larry. "You reminded me of it when you were talking about Mrs. Bayfield stealing people's faces. I used to live in Japan, you know."

"No, I didn't know. I don't even know what you're talking about."

"You know how Mo always tells you to stand up for yourself. It's the same thing. When you don't stand

102

up for yourself, the Japanese say you lose face. Like just now, when those guys were coming toward us. We have just as much right to walk on the sidewalk as they do. You stepped aside, so you lost a little face."

"There wasn't room for all of us," said David. "What was I supposed to do? Push my way through them? It's not worth getting in a fight over."

"Every time they push you around and you do nothing about it, you lose a little more of your face," said Larry.

David rubbed his face with his hand. "They push you around too," he said. "I don't see you doing anything about it."

"That's different."

"How?"

"I don't have to fight. I know kung fu."

"Yeah, right," said David.

"I do," said Larry. "I have a black belt. If I had to, I could take on all three of them at once." He karate-chopped the air in front of him. "They wouldn't have a chance."

"Yeah, right," said David.

"But that's not *the way* of kung fu," Larry continued. "It's always best to walk away from a fight. Like remember when they wouldn't let me use the bathroom? I just walked away. You only fight if you have no other choice. Sometimes it takes more courage to walk away than it does to fight."

"Well, how come it's all right for you to walk away, but if I walk away I lose part of my face?"

Larry didn't answer. "You know what you should

103

do," he said. "You should call up Tori Williams and ask her out for Saturday night, before Randy."

"Randy's not going to ask her out," said David. "They were just saying that. Besides, you know I can't ask her out."

"Why not?"

"There's a curse on me, remember? What if I take her to a movie and then pour lemonade on my head. Or her head?"

"That's not going to happen," said Larry. He shrugged. "Just don't drink any lemonade."

"What if she asks me to get her a cup of lemonade?"

"Tell her they don't have any. Get her a Coke or something."

"You don't realize how powerful the curse is. Even if I ordered a Coke, the person behind the counter would probably make a mistake and give me a lemonade. Then as I'm about to hand it to Tori, there'd be an earthquake or something, and I'd trip and pour it right on her head! No, there's no way I can take her out so long as I'm cursed."

"Yeah, right," said Larry.

David forced a laugh.

"What?" asked Larry.

"Oh, I was just thinking," said David. "Those guys all think they're so tough. They have no idea you know kung fu. They don't know you could tear them apart."

"Right," said Larry. "But only if I couldn't walk away." He smiled. "Too bad about the curse. Otherwise you and Tori would have a great time to-gether."

They had reached an understanding. If David would believe Larry knew kung fu, Larry would believe that the only reason David didn't ask Tori Williams out on a date was because of the curse.

"Hey, Larry," said Mo, coming up behind them. "Will you teach me that?"

"What?"

"You know, how to give someone the finger in Italian."

22

FRIDAY AFTERNOON and evening David couldn't stop thinking about Tori—and Randy. What if he really did ask her out? What would she say to him? *She might be talking on the phone to him right now.*

Saturday he worried about their date. He wondered where they went, what movie they saw. Was it rated R? What else did they do? Did he put his arm around her? *He might be kissing her right now.*

Sunday he wondered if she was in love with him. What if she came to school wearing Randy's jacket? She wouldn't be allowed to talk to him anymore, not even "Hello, Mr. Ballinger."

He was glad he hadn't put his books in her locker. He'd never be able to get them out. Maybe she's been in love with Randy all along. Maybe she was just pretending to be nice to David, like Randy used to do. It was some kind of big joke. She pretended to like David, but really she and her friends were all laughing at Curly, the stooge.

Monday morning he was standing outside the door to Mr. MacFarland's class when he saw her coming toward him. He didn't know whether to say hi to her anymore. At least she wasn't wearing Randy's jacket. She had on a long multicolored kind of shawl.

"Hi," he said.

She was still a couple of yards away, and he said it so quietly he didn't think she even heard him.

"Hi, David," she said. Her green eyes flashed as she breezed into the room.

"Hi," he said again, in case she didn't hear him the first time. Feeling like a total fool, he eased his way through the desks to his seat.

Actually, he realized, whether or not he was a fool depended on whether or not she heard the first hi. If she did, then he was a fool for saying hi twice. She and Randy would probably have a good laugh over it together.

On the other hand, if she didn't hear him say the first hi, then that meant she thought she said the first hi. That'd be good. If you say the first hi to someone it means you're making an effort to be nice to that person, but if you say the second hi then maybe you're just being polite.

Big deal! he chided himself. Who cares who said the first hi? He closed his eyes. Big deal. I don't care. I don't care. I don't . . .

He looked at Tori. She seemed half asleep as she thumbed through the pages of her social studies book. Little did she know what a simple hi had done to him.

I have no face, he thought.

He had thought about what Larry had said about losing face. If I had a face, he thought, I would just go up to Tori Williams and talk to her and tell her how I feel. If I had a face, I wouldn't let Roger and his friends push me around. I would never have laughed at all their stupid jokes.

I would never have gone with them to steal Mrs. Bayfield's cane. I would have stood up for her and told them to leave her alone. I would have told her I was sorry instead of giving her the finger. I have a finger, but I don't have a face.

Maybe my Doppelgänger is wearing my face.

He realized that what he should do was go back to Mrs. Bayfield's house and tell her he was sorry. Better late than never. If she had put a curse on him, that'd be the only way she'd remove it. But even if there was no curse, he should still tell her he was sorry. It was the right thing to do.

He knew what he should do, but he also knew he wouldn't do it. Because he had no face.

"WE FIGURED it out!" Mo told him at recess. "We know how to remove your curse! Larry figured it out."

Larry smiled. "It was so simple, I don't know why I didn't think of it sooner."

"I know," David muttered. "Tell Mrs. Bayfield I'm sorry."

"Huh?" said Larry. "No. That wouldn't work. No, I got it all figured out."

"He does," Mo agreed. "It's perfect."

"What?" asked David.

"You have to pour a pitcher of lemonade on your head," said Larry. He smiled, proud behind his blue sunglasses.

"Are you crazy?" asked David.

"Mrs. Bayfield put a boomerang curse on you,"

Larry explained. "They're actually pretty common in Australia."

"Larry lived in Australia for six months," said Mo. Somehow, David wasn't surprised.

"Everything you did to Mrs. Bayfield has happened to you, right?" Larry asked him. "It's the classic Australian boomerang curse. Except you haven't poured a pitcher of lemonade on your head. Once you do that, the boomerang will have gone full circle and the curse will be over."

"No way!" David protested. "I'm not pouring lemonade on my head."

"Look, it's going to happen anyway," said Larry. "At least this way it will be under controlled conditions. You'll be at home with me and Mo. Would you rather it happened unexpectedly? Here at school? Or in front of Tori?"

"He's right," said Mo.

"I don't *know* that it's going to happen anyway," said David. "Maybe the curse is already over."

"Good, then ask Tori out on a date," said Larry.

"I can't. The curse may be over and it may not. I just don't know. I may never know. Besides, I think she already went out with Randy on Saturday."

"So you can ask her out for next Saturday," said Larry.

"I don't think you're afraid of the curse," said Mo. "I think you're afraid of Tori."

"I'm not afraid of—"

"Then dump a pitcher of lemonade on your head," said Mo.

"It's the only way," said Larry.

"Then you can go out with Tori," said Mo. "Unless you're chicken."

AFTER SCHOOL, Mo and Larry walked home with David to watch him dump lemonade on his head.

"Why do you have to watch?" David asked. "Why can't I just do it by myself?"

"There always have to be witnesses," said Larry.

David thought it was ridiculous. He really didn't believe he was cursed, but even if he was, there was no guarantee that this would cure him. *A boomerang curse!* Give me a break. Where does Larry come up with these things?

He opened the door of the freezer and removed a can of frozen lemonade concentrate. "It's not going to work," he said. "It's pink lemonade."

"So?" asked Mo.

"So, Mrs. Bayfield's lemonade wasn't pink."

"Will that make a difference?" Mo asked Larry, *the expert.*

Larry rubbed his chin. "It doesn't matter," he declared. "As long as it's lemonade."

David looked at him in disbelief. He peeled off the top of the can and dumped the contents into the blender. Then he added four cups of water. He stared at the pink turd in the bottom of the blender.

"Turn it on," said Mo.

"What if you're both part of the curse?" he asked.

"What do you mean?" asked Larry.

"Maybe somehow Mrs. Bayfield got into your heads and made you convince me to dump a pitcher of lemonade on my head."

110

"She didn't get into my head," said Larry. "I'd know it if she got into my head. At least I think I would."

"It's just that there is no other way I would have poured lemonade on my head," said David.

"You don't know that," said Larry.

"Everything that has happened to me I've done to myself," said David. "*I* broke my parents' bedroom window. *I* flipped off my mother. *I* forgot to zip my fly. *I* dropped the beaker in science class. *I* leaned too far back in my chair and fell over. But there is no way I would ever have poured lemonade on my head."

"A curse is a curse," said Mo.

"You'd pour it on yourself anyway," said Larry. "At least now it's in a controlled circumstance. It's like when a bomb squad blows up a bomb. The bomb's going to explode anyway, but at least they make sure no one gets hurt by it."

David pushed the button on the blender. Very quickly he had a pitcher full of foamy pink lemonade. They took it outside to the backyard.

"I never used to be friends with you," David pointed out. "We didn't become friends until after Mrs. Bayfield put the curse on me."

"So what's that supposed to mean?" asked Mo.

"Maybe Mrs. Bayfield made me be friends with you. Maybe she knew Larry used to live in Australia. Maybe she knew you'd make me pour lemonade on my head."

"Look, do you want to go out with Tori or don't you?" Mo demanded.

"Sure I want to go out with her," said David.

"Well, then shut up and dump it on your head!"

David took off his shirt and sat down on the grass. He held the pitcher of lemonade at shoulder level. "This is so stupid," he told them. Holding the pitcher steady, he lay down flat on his back.

"Go ahead," said Mo.

He held his breath, then tipped the pitcher, slowly at first. A couple of drops splattered on his forehead. He quickly tipped it the rest of the way, dumping the whole thing on his face.

Larry and Mo cracked up.

David sat back up and waited for them to stop laughing.

"So how do you feel?" asked Larry.

"Like a jerk," said David. "A sticky, wet jerk."

They laughed again.

David had taken off his shirt so it wouldn't get wet, but now he picked it up and used it to wipe his face.

"Well, what about the curse?" asked Mo. "Is it gone?"

David stood up. "I don't know," he said. "Maybe I do feel a little lighter. Like I'd been carrying around a heavy weight and it's no longer there."

"That's the curse," said Larry.

"Go call Tori," said Mo.

"Not yet," said David. "I have to be certain the curse is really gone. I'll wait a month, and if there's absolutely no sign of the curse, then I'll call her."

"A month!" exclaimed Mo.

"Three weeks," said David.

"One day," said Mo. "That's all!"

"I have to be sure the curse is really gone."

"Three days," said Larry. "That's the standard waiting period in Australia. You'll still be able to ask her out for Saturday night." He checked his watch. "It is now four seventeen, Monday. If the curse doesn't strike by four seventeen on Thursday, then you have to call Tori."

23

LARRY AND MO went home. David brought the blender and his wet shirt back into the house.

Ricky was sitting at the kitchen counter. His face was buried in his arms, which were folded on top of the counter.

"Hey, Rick," said David. "Are you all right?"

He didn't answer.

David set the blender pitcher in the sink, then walked over to his brother. "What's the matter?" he asked, putting his hand on Ricky's shoulder.

Ricky jerked his shoulder free as he looked up at David. His eyes were red and swollen as if he'd been crying, and his face was dirty and bruised. He quickly stood up and headed into the hall.

"Ricky?" said David as he started to follow.

"Go away!" Ricky yelled. "I hate you!" He disappeared into his room.

David returned to the kitchen and washed the pitcher. Whatever it was, he thought, Ricky will get over it. He had a feeling it might have something to do with Ricky finding out he was one of The Three Stooges.

Well, I never told Ricky I was someone great. He's

the one who built me up so much. He had to find out the truth sooner or later. It's not my fault.

The glass pitcher slipped out of his hand and fell to the floor. He looked at it in horror.

It wasn't broken.

He shook his head. That was close, he thought. If the pitcher had broken, it would have meant the curse was back and he wouldn't be able to ask Tori out on a date.

He tried to decide if he really believed that Mrs. Bayfield had put a curse on him. Probably not. But if she did put a curse on him, did he really get rid of it by dumping lemonade on his head? Probably not. But if he did get rid of the curse, and nothing bad happened by Thursday afternoon, would he really have the courage to ask Tori Williams on a date? Probably not. But if he did ask her out, would she go with him? Probably not.

HE SAW Tori the next morning as he entered Mr. MacFarland's class. "Good morning, Mr. David," she said, smiling.

He turned away and pretended he hadn't heard her as he made his way to his desk. There was no point in trying to talk to her now. If the curse didn't strike by four seventeen on Thursday, he'd call her up and ask her out. There was no sense in complicating things by talking to her. She probably liked Randy anyway.

He leaned way back in his chair, balancing on the two back legs.

"So, anything bad happen to you yet?" Larry asked at recess.

David shrugged. "My brother hates me." He was sitting on the grass, squinting into the sun.

"Is that part of the curse?" asked Mo.

"No," David admitted. "I don't think so. I didn't do anything to Mrs. Bayfield that would cause her brother to hate her."

"My sister hates me," said Larry, "and I'm not cursed."

"I hate my brother," said Mo.

THE CURSE still hadn't struck by seven P.M. Tuesday, at least as far as David could tell. Maybe it struck and I don't even know it, he worried.

He was lying on the couch in the den, watching television.

"This is Jim Rockford. At the tone leave your name and message. I'll get back to you."

Ricky walked into the room. For a moment he just stood in front of David, blocking his view. Then he picked up the remote control and changed the channel to wrestling.

David didn't say a word. He knew Ricky liked reruns of *The Rockford Files* as much as he did, and that they both thought wrestling was stupid.

Taking the remote-control device with him, Ricky sat down in the chair and put his feet on the ottoman.

"You want to play cards or something?" asked David.

Ricky stared at the TV. "Oooh, neat!" he exclaimed as one of the wrestlers slammed the other to the canvas. "Aw-right!"

"You know you think that's stupid," said David.

"No, I don't!" snapped Ricky. "Just because you think it's stupid doesn't mean I have to think it's stupid. I don't have to like everything you like. I think *Rockford*'s stupid!" He looked back at the TV.

One wrestler was stepping on the other wrestler's face while twisting his leg at the same time.

"Oh, wow, radical!" Ricky exclaimed.

David got up and started out of the room.

"You're the one who's stupid!" Ricky called after him.

WEDNESDAY MORNING David leaned back in his chair, balancing on the two back legs as he stared at the side of Tori's face. You don't know it, he thought, but if nothing happens today or tomorrow, I'm going to ask you out on a date. His stomach churned.

He tried to imagine the conversation.

She'd answer the phone. *Hello?*

Good evening, Miss Williams. This is Mr. Ballinger.

Good evening, Mr. Ballinger.

He decided it would be easier to ask her out if he called her Miss Williams. Maybe he could ask her to tea.

I say, Miss Williams, would you care to have a spot of tea with me?

117

I'd be delighted, Mr. Ballinger.

"Mr. Ballinger!" said Mr. MacFarland.

David's chair bounced forward as he sat up straight. "Yes."

"Does everyone have the right to be happy?"

David had no idea what Mr. MacFarland was talking about, but he could guess the answer from the way that Mr. MacFarland asked the question. "No," he said.

"That's correct," said Mr. MacFarland. "The Declaration of Independence says everyone has the right of the pursuit of happiness. What's the difference between the right to be happy and the right to pursue happiness?"

"Okay, um," said David, trying to fake it. "Not everyone's going to be happy all the time. I guess most people are hardly ever happy. You probably have to be sad sometimes in order to be happy. Sometimes you might think you want something, but then when you get it, it doesn't make you happy. You might be happier pursuing it than you are when you actually get it."

He had no idea if what he said made sense or not.

"Mr. Umbridge," said Mr. MacFarland. "Does that mean you have the right to do anything you want in order to pursue happiness? If smoking marijuana makes you happy, do you have the right to smoke marijuana?"

"No."

"Why not?"

"Because it's supposed to be bad for you."

"Is that something the government should decide? Or should people be allowed to make their own choices? Cigarettes are bad for you, but they're not illegal. Alcohol is bad for you. Even television is bad for you. What if it was discovered that television caused severe brain damage? Should the government be allowed to make it against the law to watch television? Miss Peters."

"I don't think they could ever make television illegal. It's just like cigarettes. The cigarette companies are too powerful. Too many people would lose their jobs and . . ."

When the bell rang, David quickly left his seat and hurried out the door so that Tori Williams wouldn't try to say good morning to him.

"YOU WANT to go with us to the park after school today?" Mo asked David at lunch. "We're going to watch criminals pick up trash."

"See, every Wednesday criminals come to the park and pick up trash," Larry explained.

"Robbers and murderers," said Mo.

"Well, I don't know if there are any murderers," said Larry. "I think they are mostly drunk drivers and shoplifters."

"Oh, I thought there'd be murderers," said Mo, obviously disappointed.

"Well, maybe there are a few murderers," said Larry.

119

David figured Larry didn't want him along. "Sorry," he said. "I can't make it. Besides, I don't think I should be around murderers when I still might be cursed."

"The curse is gone," said Larry. "The lemonade took care of that."

"I just want to be careful," said David. "You said three days was the standard waiting period."

"You just want to be cursed so you don't have to ask Tori out on a date," said Mo.

"Bullshit," said David.

Larry and Mo looked oddly at him. For some reason it sounded strange to hear David say "Bullshit."

He felt odd about it too, and blushed right after he said it.

AFTER LUNCH he headed toward P.E.

"Hello, Mr. Ballinger," said Tori, hurrying alongside him.

"Hi," he muttered, looking down at the ground.

"I liked what you said in homeroom," she said, "about happiness. Having to be sad in order to be happy."

"Yeah, well, I just had to say something," he said, then walked quickly away from her and into the boys' locker room.

"Bye, David," he heard her say behind him.

He walked down the row of lockers. Lately he had begun to dread gym. He felt very vulnerable there, especially when changing clothes. So far he'd been left pretty much alone, except for being called a few names. But he was constantly afraid that Roger and some of his friends might try to steal his clothes or put a jockstrap over his face.

He tried not to run around too much during soccer. He didn't want to sweat too much because he didn't want to have to shower. When he returned to the locker room, he quickly changed his clothes, then went to the bathroom and splashed his face with cold water.

"Your brother's got more guts than you do," said Roger Delbrook. He was combing his hair in front of the bathroom mirror. "Sure Glen beat him up, but at least he fought back. That's more than you ever do. You just stand there like a pile of—"

The gym teacher entered the bathroom.

David headed outside. He saw Tori Williams coming out of the girls' locker room. He quickly turned before she spotted him.

"WHAT'S WITH you and Ricky?" asked his mother. "He said he hated you."

"I don't know," said David. He was sitting at his desk doing his homework.

"I think you should go talk to him."

"I'm doing my homework," said David.

He wondered if Glen had really beaten up Ricky, like Roger had said. Was that why Ricky hated him?

He went into his closet, got his baseball and glove, then headed for his brother's room. He was surprised by how nervous he felt. "So, you want to play catch?" he asked.

Ricky didn't look up from his paperback book.

David stood in Ricky's room, pounding the ball into his glove.

Ricky put his book down. "What do you want?"

"Did you get in a fight with Glen Delbrook?"

"What do you care?"

"I care. I'm your brother."

"Unfortunately!"

"What did I do?" asked David. "Just tell me what I did!"

"You're a stooge!" said Ricky.

"Look, just because Roger calls me names. That's his problem. Names don't hurt me."

"But it's true!" said Ricky. "You are a stooge. I saw you and your stoogy friends. You dumped a whole pitcher of pink lemonade on your head."

"Look, I—"

"Why'd you do that?" Ricky demanded. "If you're not a stooge, why'd you do that?"

David didn't know what to say. How could he tell Ricky about the curse? Ricky would only think he was a bigger fool. Ricky was too smart to believe in curses.

"Stooge!" said Ricky.

David walked out to the backyard. He tossed the ball onto the roof of the house, then caught it when it rolled down. He tossed it up again. It momentarily disappeared from view, then he lunged and caught it as it rolled off the roof.

"Careful," his mother called to him from the kitchen. "You already broke one window."

"I won't," said David.

He tossed the ball back onto the roof, just above the window.

24

T HURSDAY.

David was wearing socks, no shoes. "I made orange juice," he said, holding the pitcher in his hand. "Anybody want some?"

"That's very nice, thank you," said his mother.

David poured a glass for his mother, holding the glass in one hand and the pitcher in the other. His feet slid a little bit as he handed it to her.

"Dad?" he asked.

"Sure," said his father. "Careful, not too full."

He didn't spill a drop.

"Hey, Ricky, you want some orange juice?" he asked as his brother entered the kitchen.

"I'm not thirsty," said Ricky.

David put down the pitcher.

Ricky walked over, picked up the pitcher, and poured himself a glass of orange juice.

H E S A W Tori Williams when he got to school. He didn't say anything to her, and this time she didn't try to say anything to him either. She just walked right past him as if he wasn't even there.

"I don't think she likes me," he told his friends at recess.

124

"You're just too chicken to ask her out," said Mo.

"No, I'm not. It's just that she ignores me all the time. She won't even say hello to me anymore. I think she likes Randy."

"Well, you still have to call her up today," said Mo.

"Unless the curse strikes," said David. "I still have until four seventeen."

"You sound like you want the curse to strike," said Larry.

"No, I don't," David insisted. "I just want to be sure it's gone, that's all."

"He's afraid to call up Tori," said Mo.

David changed the subject. "So," he asked, "did you go watch the criminals pick up trash?"

"Yes!" exclaimed Mo. "They were so scary. You should have been there. There were robbers and murderers. You could tell they were planning an escape, too."

"A criminal spoke to her," said Larry.

"It was horrible!" said Mo, grinning from ear to ear.

"What'd he say?" asked David.

"I remember every word," said Mo. "We were sitting by these bushes with these weird-looking yellow and red flowers and the man picked up a piece of paper right next to me!"

"She put it there," said Larry, "so that he'd have to come near us to pick it up."

"It was my math test," said Mo. "It has my name on it! Luckily it didn't have my address."

125

"What did he say to you?" asked David.

Mo looked at David with wide, frightened eyes. "He said, 'Those are pretty flowers.' "

David stayed late in science class to help Mr. Lugano put away some laboratory equipment and chemicals. "Be careful not to drop anything," Mr. Lugano warned him.

"I won't," said David.

He didn't.

"You know, I was thinking," Larry said at lunch. "If you're afraid to go on a date with Tori—"

"I'm not afraid," said David. He lay on his back as he drank from a carton of lemonade.

"Well, anyway," said Larry. "I was thinking. It might be easier to ask her out if it was sort of like a double date."

"Huh?" said Mo.

"I was just thinking," Larry said to Mo. "Maybe you and I could pretend to be on a date, too. We wouldn't really be on a date. We'd just pretend to be on a date." He adjusted his blue sunglasses. "Like, if David wants to put his arm around Tori, or something, he can signal me, and then I'll put my arm around you. I'll just be pretending, but Tori won't know that."

"Oh, well, sure, if it will make it easier for David," said Mo. "Sure."

"So where do you want to go?" asked Larry.

"We could go to a movie," suggested Mo.

"Okay," said Larry. "A scary movie! That way Tori will want to hold David's hand or grip his arm or something."

"I'll grip your arm," said Mo. "But it won't count."
"Right," said Larry.

"It's still only a little past twelve," David reminded them. "We have four more hours."

They never asked him, but actually he thought their "pretend" date was a good idea. That way, when he called up Tori he could just say something like, "Some friends of mine and I are going to a movie. You want to come along?"

That is—if the curse didn't strike first.

After school, Mo and Larry stuck with him to make sure he didn't cheat. "I'm not going to cheat," he protested. "Why would I cheat?"

They continued to plan their "pretend" date. They decided to see *The Tongue That Wouldn't Die!* It was scary and they figured it would also make Tori think about kissing.

"The curse may have already struck, and we don't even know it," said David.

"You'd know if—" Larry started, then stopped.

Roger, Scott, and Randy were hanging around the bike rack with three girls. Roger was with Leslie. Scott was with Ginger. Randy was with Tori.

David looked at Tori as she looked back at him. Then she turned abruptly and said something to Randy.

David and his friends kept walking.

"You don't know that she likes Randy," said Mo. "She might just have been getting her bike."

"It was just a coincidence that she happened to be there when Randy was there," said Larry.

"She talked to him," said David.

127

"That doesn't mean anything," said Mo. "Maybe he was in her way. She probably said 'Get out of my way, jerk!' "

"You still have to ask her out," said Larry.

David realized that Mo and Larry didn't want anything to get in the way of their pretend date. "Unless the curse strikes," he said.

When they entered David's room, the clock radio next to his bed read 3:33 P.M.

"Three threes," said Larry. "That's lucky."

"I think the curse has already struck," said David. "I just haven't figured out how yet. It can be real subtle sometimes."

Larry and Mo didn't buy it.

"So, what do you want to do?" David asked.

"Nothing," said Mo. "We're just going to wait."

Ricky walked past David's door and scowled at David and his stoogy friends.

It was 3:45 P.M.

"We can go out back and throw the ball around," David suggested.

"No way," said Larry. "We're staying right here until four seventeen."

"How about something to drink?" asked David. "I'll go make some lemonade."

Mo and Larry each put a hand on David's shoulder, holding him in place. "We're not thirsty," said Mo.

"You can't fight a curse," said David. "If it wants to strike it will strike whether we drink lemonade or not."

The clock read 3:57 P.M.

C'mon, curse, he thought. If you're going to strike, strike me now!

The time was 4:05 P.M.

"I have to go to the bathroom," said David.

"Not yet," said Mo.

"Look, do you want me to go in my pants? That could be part of the curse."

"I'll go with you," said Larry.

"I can go to the bathroom by myself."

"I'm going with you."

"Don't let him try anything," warned Mo.

Mo waited outside the bathroom door while Larry went in with David. He did what he had to do, flushed the toilet, washed his hands, and started toward the door.

"Your fly," said Larry.

"I was just about to do that," said David. He zipped it up.

"So how'd it go?" Mo asked.

"He tried to walk out with his zipper down," said Larry, "so you'd see his underwear!"

"I did not!" David exclaimed. "I can't believe you'd think I'd do that!"

They escorted him back to his room as if he was some kind of prisoner. It was 4:13 P.M.

They watched the numbers change. 4:15 . . . 4:16. David looked up at the ceiling as if he hoped the roof would cave in.

4:17.

25

MO AND LARRY wanted David to call up Tori right then and there, but he convinced them that it would be better to call her up that night. Mo finally agreed that girls were more romantic at night.

"But if you chicken out," she warned, "don't even bother coming to school tomorrow."

David sat on his parents' bed and waited for 8:11 P.M. They had decided he'd call her then. They chose 8:11 P.M. because it would seem spontaneous. If he called her at exactly eight o'clock or exactly eight fifteen, Tori would know he'd been planning the call for a long time.

Sometimes you just have to do what your friends want you to do, David realized, no matter how terrible it is. He had finally learned that. It was the opposite of what everyone had always told him. Just say no, he had been told again and again. Don't let peer pressure make you do something you don't want to do. Be yourself. Just say no. If your friends don't like you for it, then they're not really your friends.

But he didn't have any other friends. He had said no to Roger and Randy. That was why they hated him.

Besides, Larry and Mo weren't asking him to do anything really bad. It wasn't as if they were asking him to take drugs or steal a car. They wanted him to ask out Tori Williams so that they could go out too. There's a difference between "just saying no" and letting your friends down.

It was more a matter of face. If he didn't call her up, he'd lose even more face. Besides, he wanted to go out with Tori. So what was the problem?

He was afraid that Tori Williams would just say no.

He got out the phone book from the nightstand next to his parents' bed and thumbed through the pages until he got to Williams.

"HELLO."

"Hello, Tori, this is David."

"Oh, hi, David. I was just thinking about you."

"Really? What about me?"

"Oh, I don't think I should tell you *that*."

"Maybe I was thinking the same thing about you."

"Maybe."

"Well, anyway, the reason I called was—Would you like to go to a movie with me on Saturday night?"

"Sure, that sounds like fun."

Unfortunately, that conversation never happened—except in David's head.

"HELLO."

"Good evening, Miss Williams. This is Mr. Ballinger."

131

"Oh, well, make it quick, Ballinger. I'm expecting a call from Randy."

"Oh. Okay. Well, I, um, would be delighted if you would consent to have tea with me on Saturday."

"What?"

"We don't have to have tea. I mean, some of my friends and I are going out to a movie and I thought maybe you'd like to come along."

"Are you asking me out on a date?"

"Yeah, sort of. Sure, why not?"

"Are you crazy? The only reason I talk to you is because I feel sorry for you. Why would somebody like me want to go out with a stooge like you? Be real, Curly!"

That conversation never happened either.

HE NEVER called her. There were more than two pages of people named Williams in the phone book.

He couldn't call up each and every one and ask if someone named Tori lived there. Surely Mo would understand that. What if there was another Tori Williams? What if he asked the wrong Tori Williams out on a date?

He decided he would just have to ask her for her phone number tomorrow at school. Actually, the more he thought about it, the better he liked that idea. He'd ask her for her phone number, and then she'd ask him why he wanted it. Then he'd say because he wanted to call her up to ask her out on a date. If she gave him her phone number it would mean she wanted to go out with him. And if she didn't give him her phone number, then he wouldn't have to call her and be rejected.

He put away the phone book and went into the den feeling a lot better about things. His mother and Ricky were watching television. Ricky turned and scowled at David.

"What's the matter, Ricky?" David asked sarcastically. "Wrestling not on?"

Elizabeth was playing with blocks on the floor. She dropped a circular block through a circular-shaped hole.

David, his mother, and his brother all clapped their hands and told her what a good girl she was.

"How come I don't see Scott anymore?" David's mother asked.

David shrugged. "I don't know," he muttered. "I guess we just have different interests."

"Yeah, Scott's not a stooge," said Ricky so only David could hear.

"Ba-ba," said Elizabeth.

"Bottle?" asked David.

"Ba-ba!" said Elizabeth.

"I'll get her some apple juice," said David's mother.

"That's okay," said David. "I'll get it."

He went into the kitchen and got the apple juice out of the refrigerator. As he poured it into Elizabeth's bottle he thought about Mrs. Bayfield. At least we're finally even, he decided, even if there never really was a curse. Everything that happened to her had now happened to him.

Except did that make them even, really? What if

she didn't put a curse on him? What if it was just one coincidence after another? Then nothing that happened to him really made up for the suffering he had caused her.

He pictured her again, lying helplessly on the ground, her face covered with lemonade, her legs in the air.

He stuck Elizabeth's bottle into the microwave for a few seconds to take the chill off. He started to screw on the nipple when the phone rang.

"Hello?" he said, answering it. "Hello?"

Nobody answered.

He hung up, then brought Elizabeth's bottle back to the den. "Here you go," he said, handing the bottle to her. "Good, fresh apple juice!"

"Ba-ba!" said Elizabeth as she took it from him. She turned it over above her head. The nipple fell off and the apple juice poured all over her face.

IT WASN'T the curse, David tried to tell himself later as he sat on his bed. I just forgot to screw the nipple on Elizabeth's bottle. It was because the phone rang. The phone had rung as I was about to screw the nipple on and then I just forgot about it. It could have happened to anyone.

He wondered who it was that called, then hung up. Maybe it was Mrs. Bayfield. Maybe she called to make him forget to screw the top on the bottle, so that it would pour all over Elizabeth.

No, it couldn't be her, he realized. She only knew his first name. There was no way she could know his phone number.

Of course, if she really was a witch, and if she could somehow know the exact moment he'd be getting Elizabeth apple juice, then she could also know his last name, phone number, and who knows what else about him.

"Hey, David," said Ricky.

He turned and looked at his brother.

Ricky was standing in the doorway. His middle finger was raised and pointed at David.

FRIDAY MORNING David put on what he thought were his best and luckiest clothes. He needed all the luck he could get. Not only was he going to ask Tori for her phone number, but also he had to explain to Mo why he hadn't called Tori last night. Not to mention the fact that the curse was back.

"No blue jeans?" his mother said when she saw him.

He shrugged.

"Well, you look very nice," she said.

He wore a baggy pair of gray drawstring pants and a long-sleeved pullover shirt with no collar. The shirt had blue and white horizontal stripes. He kept the shirt on the outside of his baggy pants. He wore his regular dirty sneakers.

"You look like a stooge," Ricky said under his breath.

David ignored him. He didn't care what Ricky thought. All that mattered was what Tori thought.

When he got to school, Larry and Mo were waiting by his locker. He took a deep breath, then slowly headed toward them.

"So what'd she say?" asked Larry.

He took another breath.

"You better not say you didn't call her," warned Mo.

"I didn't call her," said David.

"I knew it!" said Mo. She turned to Larry. "I told you he'd wimp out."

"I didn't know her phone number," David explained. "There were over two pages of Williamses in the phone book. What was I supposed to do, call each one?"

Mo shook her head in disgust.

"You should have found out her phone number before you went home yesterday," said Larry.

"How? I couldn't talk to her until four seventeen. Look, I'll talk to her today. I got it all figured out. I'll ask her for her phone number. If she gives it to me, then I'll know she wants me to call her up. If she doesn't give it to me, then it doesn't matter anyway."

Mo and Larry looked at him, unsure.

"By the way," David said, "the curse is back. Of course you don't care about that."

"What happened?" asked Larry.

He told them about the apple juice pouring onto Elizabeth's face. They both giggled at the word *nipple*.

"Wait," said Larry when he had stopped giggling. "You said it was apple juice, right?"

David nodded.

"Then you got nothing to worry about," said Larry. "So long as it wasn't lemonade. You just forgot to *screw the nipple*." He and Mo giggled again.

David also told them about his brother giving him the finger.

"Look, you said you're going to ask her for her phone number?" asked Mo.

"Yeah."

"Then quit making excuses!"

David started to say something, then stopped as Roger and Randy walked past them. He could feel himself tense up as they approached, and then feel the tension leave his body as they passed.

"They seem to have stopped hassling us," said Larry. He laughed. "I think they're afraid of Mo."

Mo smiled.

"Yeah," David agreed. "She's our watchdog."

He didn't know why he said that.

Mo flipped him off, then turned and walked away.

"I'm sorry," David said to Larry. "But see, that proves the curse is back."

"It proves you're an asshole," said Larry.

"I didn't do anything," said David. "She's just supersensitive."

"Well, you just better ask Tori out," said Larry.

"Why? Just so you can go out on your *pretend* date with Mo? That's bullshit and you know it. You're just afraid to ask Mo out on a real date, so you're trying to get a free ride from me."

Larry flipped him off.

TORI WILLIAMS was already sitting at her desk when David entered Mr. MacFarland's class. She was having a very lively discussion with the girl who sat next to her, Lori Knapp. Tori was gesturing wildly about something and they were both laughing.

David planned the route to his desk so that he walked in front of her. He wanted to see how she'd react to him.

She didn't react at all. She just kept talking to Lori. As near as David could figure, they were talking about nose jobs.

He sat down at his desk and leaned back in his chair. It didn't matter anyway. He didn't have to ask her out anymore. She'd probably just flip him off too.

Is that it? he wondered. Is the whole world going to give me the finger? Is that my punishment?

He imagined that for the rest of his life wherever he went, to the store, to the park, everyone who saw him would say, "Oh, you're David Ballinger," then flip him off. He'd get on a bus, and all the passengers plus the driver would point their middle fingers at him. He'd go to a baseball game and suddenly the whole crowd would stand and shout, "Hey David Ballinger!" with their middle fingers raised high in the air.

His chair toppled over. He fell on his back with his legs in the air.

"Mr. Ballinger," said Mr. MacFarland.

He scrambled to his feet and quickly reset the chair. "Excuse me," he said.

After class he remained seated as he watched Tori walk out of the room. She never looked at him. He gathered his things and headed out. He was halfway to his math class when he stopped and hurried back the other way.

He slowed down when he saw Tori. He walked behind her for a while, watching her red hair bounce and flow across the back of her yellow shirt. He stepped up alongside her.

"Hi," he said.

Her green eyes flashed as she turned and looked at him. "Hi," she answered.

They slowed their pace.

"Did you hurt yourself?" she asked.

"What? No." He shrugged. "It was just sort of embarrassing." He looked at the underside of his elbow, where it had hit when he toppled over in his chair. There was a grayish mark on the shirt.

"That's a pretty shirt," she said.

"Thanks. It's my lucky shirt."

"It's nice. You look like a Greek poet."

He smiled. "You want to know why I wore my lucky shirt?" he asked.

"Why?"

They stopped walking. "Well, there was something I was going to ask you," he said. "Except it doesn't matter because now I don't have to ask you anymore."

"I wanted to ask you something, too," said Tori.

The bell rang. All around them kids scurried into classrooms.

"What'd you want to ask me?" asked David.

Tori smiled. "You tell me what you were going to ask me."

David folded his arms in front of him. "It doesn't really matter now," he said, "but, um, I was going to ask you if you had a phone."

"No!" she said instantly. She blushed. "I mean yes, of course we have a phone, but, uh, I hardly ever use it. Why'd you want to know that?"

David shrugged. He was taken aback by her sudden defensiveness. "What'd you want to ask me?" he asked.

"Is Maureen your girlfriend?"

"Maureen?" he asked. "Mo? No. She's just a friend."

Tori pushed out one side of her mouth with her tongue. She looked toward a classroom, as if she needed to be going.

140

David uncrossed his arms, nervously put his hands behind his head, and stretched. "The reason I was wondering if you had a phone," he said, "was because I was just sort of wondering what your phone number was. I mean, I might want to call you up sometime to find out about homework or, you know, ask you out or something, and there's probably a lot of Williamses in the phone book."

Her green eyes were looking right at him. "You want my phone number?"

"I guess," he said. He stretched again. As he raised his arms the drawstring on his pants became untied, and his pants fell down.

In one motion he turned, pulled up his pants, and ran.

He didn't stop until he reached the rusty iron gate in front of Mrs. Bayfield's mansion.

27

THE GATE creaked as David pushed it open. He walked slowly up the path to the house. The garden which had been trampled by Roger and Randy had been replanted with yellow and white chrysanthemums. The broken window next to the door had been fixed.

The rocking chair was stuck in the back corner of the porch. It seemed almost ghostlike, teetering slightly as David stepped up the old wooden stairs onto the splintered porch.

The poor old woman is probably afraid to sit and rock anymore in her own front yard, he thought.

Poor old woman? He wondered how he could still think such things. She was a witch. Pants don't just fall down.

He approached the door and smiled uncertainly at the word WELCOME printed across the old straw mat.

He tried the doorbell, although he could tell by looking at it that it probably wouldn't work. It didn't. It practically fell off the wall when he pushed it.

He had to pull open a torn screen door so he could knock on the heavy wood door behind it. There was an odd-shaped door knocker. He knocked a couple of times with his fist, but that didn't seem to make much of a noise, so he lifted the heavy metal door knocker. He then realized it was in the shape of a shrunken head. He knocked it twice against the door, then quickly stepped back.

The screen door banged shut in front of him.

He didn't know what he would say when Mrs. Bayfield opened the door—if she opened the door. All he could do was tell her he was sorry and beg her forgiveness.

He heard movement inside the house, then the doorknob turned and the door opened a few inches. Mrs. Bayfield peered out at him from under a safety chain.

"I'm sorry," he said. "I'm really sorry. I know I should have said I was sorry earlier, instead of pouring lemonade on my head, and I'm sorry I didn't. I guess I just didn't believe you put a curse on me, but that doesn't matter. I should have said I was sorry anyway, whether or not you put a curse on me. The curse shouldn't have anything to do with it. Even if my pants didn't fall down. I shouldn't have even been here in the first place. I never should have pointed my finger at you, whether you know what it means or not, although I guess you probably do. I thought it would make me popular. But I never wanted to hurt you. You have to believe that. It's because I have no face."

He didn't know if anything he said made sense. Mrs. Bayfield didn't say a word.

"What else can I say?" he asked. "I'm sorry. What do you want me to say?"

The door closed.

There was a clicking sound and then the door opened wide. Mrs. Bayfield was wearing a plain brown-knit dress and she leaned on a plain wooden cane. She looked older than he remembered. For some reason it made him glad when he noticed that she had on the same red high-top sneakers.

"Come in," she said.

He stepped inside.

Although the outside of the house was old and run-down, the inside was beautifully and lavishly decorated. The floor to the entryway was covered with green and white marble tile, and the walls were covered with a rich red and black cloth. A large oval mirror encased in an ornate gold frame hung on the wall in front of him.

He smiled mockingly at his "lucky" clothes as he saw himself in the mirror.

"You look like a Greek poet," said Mrs. Bayfield.

The smile left his face. He turned and looked at her in awe. He shouldn't have been surprised. He already knew she was a witch. At least he thought he knew that, but those last words erased any doubts he still might have had.

It was exactly what Tori had said to him—before his pants fell down.

Felicia Bayfield obviously had seen and heard everything that had happened to him. She'd seen his pants fall down. Of course she probably saw him put on his pants every morning, too.

He got even more proof, not that he needed it, as

he passed a small table with a telephone. Next to the phone was a pad of paper with DAVID BALLINGER written on it. Under his name was his phone number.

He nodded as he looked at it. So she was the one who called him last night.

She led him into the living room. He felt his eyes widen as he looked at all the strange and beautiful masks hanging on the walls.

He sat down on the edge of the couch and stared at them. Some of the masks were very odd; faces with three eyes or faces that were half black and half white. There was one that looked like it was part lion and part human, although it was impossible to tell where the lion stopped and the human started.

But the eeriest ones looked like real faces. He couldn't tell what they were made of. They seemed to have too much texture to be paper or plastic. There was a woman with a double chin, a man with a deep scar, and one mask in particular that he couldn't stop looking at. It was the face of a very ordinary man with wire-rimmed glasses and a tiny birthmark on his cheek. The mask extended just below the man's chin, so that there was the very top of a tie, and just above his head to the very bottom of a hat. David had the feeling that if you removed the hat and tie, the face would just dissolve away.

He turned his eyes away from the masks to the wrinkled face of Mrs. Bayfield. She was sitting in a large overstuffed armchair across from him.

"What happened to your friends?" she asked.

"Oh, you mean Roger, Scott, and Randy? They're not my friends. Scott used to be my best friend but not anymore. Roger and Randy were never my friends, not even then. They're the ones you should have cursed. Not me. I mean, I'm not saying I wasn't partly to blame, but they're the ones who knocked you over and poured lemonade on your head and stole your cane. Why'd you pick me? I just sort of went along with them."

"I wonder . . ." said Mrs. Bayfield. "Who is more to blame? The leaders or the followers?"

"Isn't there anything I can do?" David pleaded. "I still have my whole life ahead of me! Just tell me what I have to do, and I'll do it!" He threw up his hands. "Or am I just going to be cursed for the rest of my life? Can you tell me that? Do I have to spend my whole life wondering when my pants are going to fall down?"

Mrs. Bayfield's green eyes sparkled as she smiled. "Isn't that what life is all about?" she asked. "We all pretend we're such important, dignified people. We become doctors or lawyers or artists. Hello. How are you? Let's have a barbecue on the Fourth of July. But really we all know that at any moment our pants might fall down."

"There was this girl," said David.

"Of course."

"I know you know," said David. "It's just that I think she might have liked me. Did she? Do you know that? Can you tell me? I know it doesn't matter anymore, but can you tell me what she would have said if my pants didn't fall down?"

Mrs. Bayfield pushed out one side of her face with her tongue.

David shook his head. "Never mind," he said. "It doesn't matter anyway. I can never face her again. How can I even go back to school? Everyone will know about it. And then my brother will hear about it at his school. He already thinks I'm the biggest stooge on earth."

"Bring me back my cane," said Mrs. Bayfield.

David looked up. "And then you'll remove the curse?"

"Bring me my cane," she repeated.

28

HE HEADED in no particular direction as he walked away from Mrs. Bayfield's house. He couldn't go back to school and it was too early to go home.

He thought about running away. He could hitchhike to San Francisco, then stow away on a boat to China. By the time anyone found him it would be too late. They'd have to give him a job mopping the deck, or was it called swabbing the deck?

Of course he knew he would never do that. Besides, he couldn't run away from the curse. It would follow him wherever he went, dumping lemonade on his head and pulling down his pants. Somehow he'd have to get the cane from Roger Delbrook.

Maybe he could buy it from him? He had more than five hundred dollars in the bank. He figured he could probably get the cane for no more than fifty.

He imagined their conversation. *Hey, Roger, I got a deal for you,* he'd say.

What do you want, Ballinger? asks Roger.

You know that cane you took from old Buttfield? I'll give you ten bucks for it.

Go to hell, Ballinger.

I'm not kidding. I'll give you ten dollars for it. Make it fifteen.

148

I wouldn't give you the cane for a hundred dollars, asshole!

All right, twenty dollars, but that's my final offer.

You really want it? You can have it for fifty!

Twenty-five.

Forty.

Thirty.

Thirty-five.

Okay, thirty-five.

He'd give Roger the money and Roger would give him the cane.

Here's the cane. Take it and stick it up your ass!

Thanks.

It seemed like a good plan. It was certainly worth thirty-five dollars to get rid of the curse.

Or he could steal it.

He had thought he was walking in no particular direction, but looking up, he discovered he was at the corner of Commonwealth Circle. Roger lived at the end of the street. David had never been inside Roger's house, but he knew where he lived. His house was at the cul-de-sac at the end of the block.

Both of Roger's parents probably worked, so there was probably no one home right now. The cane was probably just stuck inside Roger's closet.

He walked down the street. It was amazingly quiet. There might not have been anyone home in any of the houses.

With his hands in his pockets, he walked around the circle of the cul-de-sac. He just wanted to get a better look at Roger's house. He had nothing better to do. He had no intention of breaking in.

But if he was going to break in, how would he do it? First he'd have to ring the doorbell to make sure nobody was home. And then if there was nobody home?

At the side of the house there was a fence with a gate leading to the backyard. He could just walk through the gate, or, if it was locked, hop the fence. Once in the backyard, no one would be able to see him from the street. He would just have to find an open window.

Or he could break a window. He smiled. Roger broke Mrs. Bayfield's window. It would only be fair. Roger stole Mrs. Bayfield's cane. Now he could break Roger's window and steal back the cane. Might as well trample some flowers while he was at it.

Of course he wasn't really going to do that. He was just killing time until he could go home. He walked toward the Delbrooks' front door, just to see if anybody was home.

He tried to think of what he'd say if somebody answered. He could say he was selling magazines. No, that was too complicated. If he heard someone coming, he'd just run away. No harm, no foul.

He rang the doorbell.

No one answered the door.

Just to make certain, he rang the bell again. He also knocked loudly on the door with the side of his fist.

Nobody was home.

He stepped backward off the stoop away from the door and looked around. The street was still empty. He casually headed toward the side of the house.

There was a small chain sticking through a hole in the tall wooden gate. He tugged at the chain. It was locked.

He stepped back. The fence was about seven feet tall. He took a few more steps backward, then untied the drawstring on his pants and retied it, tight.

He ran at the fence and jumped. He grabbed the top of the gate with his hands as his feet kicked against the side trying to get some sort of traction. He managed to get his right elbow up and then swung his right leg over.

"Hey! What are you doing?"

He looked back to see a little kid running toward him. It was Roger's brother, Glen.

David was half on, half off the top of the gate. "My ball went over the fence," he said. He hopped back down to the ground. "I rang the doorbell but nobody was home."

"I know who you are," said Glen. "You're Ricky's brother."

"I was just getting my ball," said David. He didn't know why he was even bothering to explain himself to a fifth grader. "Forget it!" He started to walk away.

"Stooge!"

He stopped and turned around. "What'd you call me?"

"Stooge!" Glen said scornfully. "You're the Big Stooge and Ricky is the Little Stooge. That's what everyone calls him."

David took a step toward him.

"You know what Ricky said?" asked Glen. "He said The Three Stooges were highly respected in their field!" He laughed. "He said it was a compliment to be called a stooge!"

"I'm warning you," said David as he took another step toward Glen.

Glen raised his fists. "You want to fight?" he asked. "I'll fight you. I could beat you up just like I beat up Ricky."

David stopped. He didn't know what to do. He couldn't very well fight a little kid. "What are you doing home from school?" he demanded.

"Half day," said Glen, his fists in the air. "Teachers' meeting."

David glared at him, then sighed disgustedly, trying to show his contempt.

"What's the matter?" asked Glen. "You afraid to fight a fifth grader?"

"I got better things to do than mess with a little kid like you," said David, turning away.

"Stooge!" shouted Glen. "Wait till I tell my brother. Wait till I tell my brother you were afraid to fight a fifth grader! And I bet there's no ball back there, either. Wait till I tell my brother you were—"

David spun around. "You can tell your brother . . . You can tell your brother that I think he's a sack of dogshit! Tell him that. Tell your pissant brother that I'll be back here tomorrow, if he wants to do anything about it. Tell him I want the snake-head cane, too. You got all that or do you want me to write it down for you? Tell him David Ballinger will be back tomorrow at noon to get the snake-head cane and that he better be here!"

He turned and strode away, leaving Glen Delbrook with his mouth hanging open.

29

LARRY CLARKSDALE'S number wasn't listed in the phone book, but David was able to get it from Information.

"What happened to you?" Larry asked after his sister called him to the phone. "Where'd you go?"

"You didn't hear about it?" asked David.

"No. What?"

"The curse struck."

"What happened?" Larry asked sarcastically. "Did you step on a flower?" He was obviously still a little mad from this morning.

David was glad that at least the whole school hadn't heard about his pants falling down. Or maybe everyone heard about it—except Larry.

"It struck," he said simply. "I can't tell you how, but it was definitely the curse. I had to leave school." He paused for effect. "I went back to Mrs. Bayfield's house."

He thought he heard Larry gasp.

He told Larry what Mrs. Bayfield said, and then what happened when he tried to steal the cane.

"Why?" Larry asked when he was through.

"What do you mean, 'Why'?" asked David.

"You don't really believe in that stuff, do you?" asked Larry. "Curses? Witches?"

154

"If you knew what happened today, you'd believe," said David. "Besides, you're the one who talked about boomerang curses. You're the one who made me pour lemonade on my head!"

"But I didn't tell you to call Roger Delbrook a sack of dogshit," said Larry. "That's just asking for trouble."

"But—"

"Anyway, I never lived in Australia," Larry admitted. "I made that up."

David felt a sinking feeling in his stomach. Larry had been his one hope. "What about Japan?" he asked.

"I never lived outside the U.S. Hey, but don't tell Mo, okay? She thinks I'm a man of the world."

"Then you don't know kung fu?" asked David.

"I had a couple of lessons when we lived in Indianapolis," said Larry.

"You said you had a black belt."

"I do. It goes with my gray slacks."

"Oh great," said David. "I was hoping you'd help me tomorrow. I'll fight Roger—I have to do that—but I was hoping you'd keep his friends away in case they tried anything." He sighed. "What about Carmelita?" he asked. "You didn't live in Venezuela, either?"

"I bought those pictures from a guy for five bucks," said Larry. "I think he lived in Venezuela."

"Thanks a lot!" said David. "You complain about how hard it is to make friends, but then I try to be your friend and all you do is lie to me. Then, when I really need you, you let me down. Some friend!"

"Me?" asked Larry. "You're the one who didn't call up Tori when you said you would. And then you called

155

Mo a dog. Man, you're lucky you didn't go back to school today. She was ready to kill you. And then the only reason you call me up isn't to apologize but because you want my help. No way! I'm not going to fight your battles for you. You got yourself into this, not me. I mean, now who's trying to get a free ride?"

"Forget it!" snapped David. "I should have known better than to ask *you* to help a friend."

"Friend? You're not a friend. You're a leech. No wonder Scott hates you!"

"You've got no face," said David. "Only a pair of ugly blue sunglasses."

"You're a butthead."

David heard Larry slam down the phone. "And you're a dipshit," he said into the dead air.

He walked down the hall. The door to Ricky's room was open. David could see him sitting at his desk, probably doing homework.

Big stooge, little stooge. It was one thing for Roger and Scott to call him a stooge, but it wasn't fair that Ricky was the little stooge. Big stooge, little stooge. It gnawed at his insides whenever he thought about it. Even if there was no curse or cane, he'd have to fight Roger for that.

Ricky turned around and looked at him.

"Hi," said David. "You want help with your homework or anything?"

"Go blow your nose, snotface!" said Ricky.

David continued down the hall. Go blow your nose, snotface! He wondered if one of the other fifth graders said that to Ricky today.

156

Actually, he suddenly did feel like he needed to blow his nose. Maybe it was the power of suggestion.

He didn't dare let Ricky hear him. He went through his parents' bedroom to their bathroom and closed the door.

It seemed so hopeless. Roger was bigger and stronger than he was. Plus, Roger knew he was coming so he'd probably have all his friends there too.

It's me against the world. I have no friends left. My brother hates me. I'm cursed. I can never talk to Tori again.

He looked at himself in the bathroom mirror and smiled. A strange feeling of confidence came over him.

He had nothing left to lose.

30

"I CLOSED my eyes," said Tori Williams.

She was standing at his front door. It was ten thirty, Saturday morning. He had been playing solitaire as he anxiously waited for twelve o'clock, when he heard the doorbell ring. He went to the door and there she was.

"You asked me for my phone number," she said. "I closed my eyes as I tried to remember it. I can remember things better when my eyes are closed. When I opened my eyes, you were gone."

He stared at her for a second. Or maybe it was a minute.

"Aren't you going to invite me in, Mr. Ballinger?" she asked. "It's not polite to leave a lady standing out in the cold."

"Please come in, Miss Williams. Would you care for a cup of tea?"

"Thank you."

He led her into the kitchen.

"Do you have any herb tea?" she asked.

"I don't know. I don't think so. I'll check."

He found a brown bag of tea way in the back of the cabinet behind the coffee, decaffeinated coffee, regular tea, coffee filters, paper plates, and birthday candles. "Chamomile tea?" he asked, pronouncing it like it was spelled. He'd never heard of it before.

"Cam-o-meel," said Tori. "It's good."

It wasn't in tea bags and David didn't know how to brew loose tea, so Tori made it. She used a Japanese teapot that David and Ricky had once given their mother on Mother's Day. As far as David could remember, it had never been used before.

They sat next to each other at the kitchen counter and sipped their tea. David added some honey to his. It didn't taste too bad—kind of like sweet grass. Her eyes flashed at him over her raised teacup.

He looked at the clock on the stove. It was ten to eleven. He set down his cup. "You're going to think this is really weird," he said.

"What?"

"I don't know how to begin." He smiled. "Fourscore and seven years ago—"

Tori laughed.

"Do you know that lady, uh, Mrs. Bayfield?"

Tori swallowed her tea. "Yes. She's—"

"She's a witch!" said David.

Her eyes widened. "She is?"

"I'm not kidding. She put a curse on me. That's why those things have been happening to me, like what happened yesterday when I asked you for your phone number."

"I closed my eyes," said Tori.

"Well, I just want you to know it wasn't my fault. I guess in a way it was my fault, but not in the way you'd think. It all started about three weeks ago. I used to hang out with Scott, Roger, and Randy."

159

He noticed Tori's face redden slightly when he mentioned Randy's name.

"Have you ever seen Mrs. Bayfield's snake-head cane?" he asked.

"Uh, I think so," said Tori. "It was stolen, wasn't it?" She took another sip of tea.

He wondered how she knew that. He wondered what she was doing here. It suddenly occurred to him that Randy might have sent her as part of some kind of joke. Or maybe as a spy.

"I helped steal it," he said.

She raised her eyebrows.

He told Tori what happened. How they knocked Mrs. Bayfield over and stole her cane, but the whole time he had the feeling that Tori already knew all about it.

"At the time I thought it was a mean thing to do to a poor old lady," he said. "You know, what if it was her only cane and she couldn't walk without it? Little did I know . . ." He shook his head. "I really didn't do anything bad to her, except for giving her the finger, which really isn't so bad when you think about it. Mostly I just sort of stood around." He shrugged. "But I guess followers are just as much to blame as leaders."

"What did Randy do?" asked Tori.

"Randy? He was the one who pulled her rocking chair over."

"So then what happened?" asked Tori.

"She put a curse on me. I know it sounds crazy, but everything that happened to her started happening to me!" He told her about throwing the baseball

160

through the window and about the apple juice pouring on Elizabeth's face. "Remember when I fell over in my chair in social studies?"

"Yes!" whispered Tori. "Twice." She put her hand over her mouth. "Was that the curse?"

David nodded. "Just like she had been knocked over in her rocking chair. And I guess you probably heard about the beaker I broke in science."

She nodded. Her mouth was hidden behind her cup, but he thought she was smiling.

"It wasn't my fault," he explained. "It was the curse. Roger broke her pitcher of lemonade, so she broke my pitcher."

"She must be a witch," Tori said conclusively.

He couldn't tell if she really believed that or if she was just playing along. "She really is," he said. "She steals people's faces. She has them hanging all over the walls of her house. Somehow she manages to keep them preserved."

"The lemonade!" exclaimed Tori.

"Huh?"

"It probably wasn't really lemonade. It was face juice!"

"Uh, maybe," said David.

"Lucky you didn't drink any," said Tori.

He nodded. He told her about seeing Mrs. Bayfield's underwear. "And then, well, you know what happened yesterday when I was talking to you."

"I closed my eyes," she reminded him.

He smiled. "Well, even if you didn't see what happened, she saw. She sees and hears everything I do!"

"She does? How do you know?"

"Well, I don't know if you remember but, um, yesterday you said I looked like a Greek poet."

Tori blushed.

"After I left you, I ran to see her. To try to beg her to remove the curse. The first thing she said to me was, 'You look like a Greek poet.' It was her way of telling me she'd been watching me the whole time."

Again, David thought he saw Tori smile behind her cup. Why did he have the feeling she knew something he didn't?

"I wonder if she's watching us right now," Tori whispered. She looked around suspiciously.

"Probably. There's nothing we can do about it." He glanced at the clock. "So anyway, now I have to get the cane and bring it back to her so she'll remove the curse."

"Did she tell you that?"

He nodded.

"She said she'd remove the curse if you returned the cane?" For the first time, Tori seemed genuinely surprised.

"Yes," he said. Then he took a sip of tea.

"Hmmm," said Tori.

Ricky was coming down the hall. David watched him out of the corner of his eye. The last thing he needed was for Ricky to make some crack about his brother the stooge, or his stoogy girlfriend.

Ricky stopped and stared at Tori. He walked into the kitchen.

"Hi," she greeted him.

"Hi," said Ricky, still staring.

David introduced them. "Tori, this is my brother, Ricky. Ricky—Tori."

"Would you like some chamomile tea?" Tori offered.

David closed his eyes. He could just imagine what his brother was thinking.

"Okay," said Ricky.

"Get a cup," said Tori.

Ricky got a teacup and sat down at the counter on the other side of Tori. He reached for the teapot, but Tori picked it up first. "It's bad luck to pour your own tea," she said as she poured it for him.

He took a sip, then made a face.

"Do you want some honey in it?" she asked.

"Did you put honey in your tea?" asked Ricky.

"No, I like it plain."

"I don't want honey," he said. He took another sip of tea. "It's good." He smiled at Tori.

David watched, amazed. Ricky obviously didn't think Tori was a stooge. He glanced at the clock on the stove. It was twenty-five past eleven.

"Like this," said Tori. She held her teacup in her first two fingers. Her pinky was sticking straight out.

Ricky daintily picked up his teacup.

They both laughed.

The doorbell rang.

David and Ricky looked at each other.

"Somebody get that!" shouted their father.

"I'll get it," Ricky said reluctantly. He took another sip of chamomile tea, then stood up and headed for the door.

David and Tori smiled at each other like they were sharing some secret joke, except David didn't know what the joke was.

Ricky returned, followed by Larry, Mo, and a little brown and gray dog that Mo had on a leash.

It wasn't much bigger than a puppy, with one ear up and the other down.

"Oh, how cute!" exclaimed Tori.

Larry and Mo stared at her for a second, then looked quizzically at David.

He shrugged.

Larry pointed at the dog with his thumb, smiled, and said, "Killer."

"I got him at the pound," said Mo, kneeling down to pet her dog. "I wanted to get a big, mean dog, but"—she rubbed Killer's head—"if nobody took him they would have executed him."

Killer licked her face.

"Would you like some chamomile tea?" Tori offered.

"Barf," said Mo.

Tori laughed.

"No, it's really good," said Ricky.

"So, uh," said Larry, "we'll go with you to fight Roger. If you still want. I mean, if you're going to get beat up, I might as well get beat up too." He smiled and adjusted his blue sunglasses. "What are best friends for?"

David smiled. "Thanks, buddy," he said. "Thanks, Mo."

"I'm not just doing it for you," said Mo. "I'm doing

it for me, too. I'm sick of those"—she looked at Ricky—"aardvarks."

"You're going to fight Roger Delbrook?" asked Tori.

"If I have to," said David. "He has the cane."

"I'm going too," she declared.

"Me too!" exclaimed Ricky.

David looked at his brother. "I don't—"

"Glen'll be there," said Ricky. "I want another shot at Glen Delbrook!"

31

THEY FINISHED their tea, everybody who had to went to the bathroom, and at a quarter to twelve they headed for Roger Delbrook's house.

Ricky and Tori held hands. David was glad that Ricky liked Tori, although he would have liked to have been the one holding her hand. After all, he was the one who was about to get his face broken.

"Wait," said Mo.

Everyone stopped while Killer did some business in the middle of the sidewalk.

"Okay," said Mo.

"You should clean that up," said David.

"Why?"

"Someone might step in it."

"So?"

David stared at her. He didn't know why he was getting into this now.

"You clean it up," said Mo.

"I'll clean it up," said Tori. Using a stick, she pushed Killer's droppings off the sidewalk and into the bushes.

David felt foolish. "I guess we're just a little tense," he said.

"Yeah," said Mo. "Hey," she said, trying to sound

upbeat, "we got nothing to worry about. Roger's the one who should be worrying!"

"Yeah!" Larry joined in, trying to sound enthusiastic.

"And Glen!" said Ricky.

"They're probably peeing in their pants right now!" said Mo.

Ricky laughed.

They continued on to the Delbrooks' house. Tori held Ricky's hand again. "It's the house at the end of this street," Ricky said when they got to Commonwealth Circle, letting everyone know that he knew the way; that he wasn't just tagging along.

They walked to the end of the cul-de-sac.

"Wait here," said David. He walked alone to the front door.

The house seemed quiet and dark, as if no one was home. Maybe Roger's afraid of me, he thought. Yeah, right.

He was about to ring the bell, then he stopped and pounded loudly on the door with his fist.

He waited.

"Sorry, we don't want any," said Roger, opening the door. His friends laughed.

"Hey, Curly, zip your fly!" said Ginger.

They were all there: Randy, Scott, Alvin, Leslie, Ginger, and Glen.

"I've come for the cane," said David, trying to keep his voice from quivering.

"Well, you're not getting the cane," said Roger in a whiny, mocking voice.

His friends laughed.

"Do yourself a favor, Ballinger," said Scott. "Go home."

David glared at his former best friend. "This has nothing to do with you, *Scotty*," he said. "So just keep your kiss-ass nose out of it."

Scott reddened. He started to reply, but seemed to gag on his words. He laughed scornfully.

"Is this what you want?" asked Leslie, holding up the cane with the two heads and four green eyes. She handed it to Roger.

"I'll fight you for it," David challenged Roger. "Winner gets the cane."

Roger laughed. "Why should I fight for it?" he asked. "I already have it."

His friends laughed again.

David didn't know what to do. He had worried about a lot of things throughout his sleepless night, but it never occurred to him that Roger just wouldn't fight him. "You chicken?" he challenged.

Roger laughed. "That's me," he said, smiling.

David flipped him off.

The smile left Roger's face. "Don't do that," he warned.

David kept his middle finger pointed at Roger as he stepped back off the front stoop.

Roger handed the cane to Randy. "You better take it back," he said, stepping outside.

Take it back? David wondered. How would he do that—keep his middle finger down and raise the other four?

"What are you smiling at?" demanded Roger.

He hadn't realized he was smiling, but now he smiled even wider, keeping his finger pointed right at Roger's nose.

"Look, he brought his *gang,*" Alvin said, laughing as he followed Roger outside.

"Some gang," said Roger. "Three big stooges, one little stooge, and—" He stopped and looked at Randy.

Randy reddened.

David kept his finger raised as he glanced at Tori.

Roger's fist banged into his ear. He stumbled backward but didn't fall. A second punch hit him in the side of the neck.

He held his arms in front of his face for protection as he tried to get his balance so he could fight back. Roger's fist smashed through his arms into his nose.

David swung weakly back at Roger. He heard Mo cheering, "C'mon, David, get 'm!" as Roger slugged him in the stomach.

Roger grabbed David's shirt collar with his left hand and hit him in the face again and again with the front and back of his right fist. David felt like a rag doll, unable to protect himself or fight back. At last his shirt collar ripped off in Roger's hand, and he fell dizzily to the ground.

As he looked up at Roger he realized something he wished he had realized a lot sooner. He didn't know how to fight. He didn't know how to defend himself or even throw a punch. . . .

RICKY FLUNG himself at Glen, and the two boys fell to the ground. They rolled around on the grass, grabbing and clawing at each other. . . .

"HEY, MO, is that your sister?" asked Alvin, pointing at Killer.

Mo pushed him. "You afraid to fight a girl?" she challenged.

"No," said Alvin. He slammed his open hand into her nose and mouth.

She fell to the ground. Alvin brought his leg back, like he was about to kick her, but stopped. "Aw, she's crying," he said.

Larry took off his blue sunglasses. . . .

DAVID REALIZED something else, too. He could stand the pain. Sure, it hurt, but *not that much*. He pulled himself to his feet and charged wildly at Roger. . . .

RICKY HAD Glen in a headlock and kept tightening his grip as Glen helplessly kicked his legs. . . .

SCOTT HAD one arm around Ginger and the other around Leslie. Tori slowly walked toward them. . . .

"YEEE-AHHH!" shouted Larry, jumping in front of Alvin. He tried to remember everything he learned in his kung fu class in Indianapolis. His hands were like steel plates, but his arms and legs were fluid like water. He was in tune with his center of balance.

"What are you supposed to be?" asked Alvin.

Larry kicked him in the stomach. . . .

GLEN TWISTED out of the headlock, jammed his elbow into Ricky's side, and climbed on top of him. Ricky kept a hand on Glen's face, trying to push him back. Glen punched him in the eye, but it was with his left hand and not very hard. . . .

TORI PUSHED her way past Scott and continued on toward Randy, who was sitting on the front stoop holding the cane in his lap. She sat down next to him. . . .

DAVID DUCKED under Roger's flying fist and charged into him. They both fell to the ground. David quickly lunged on top of him and punched Roger as hard as he could in the side of his face. Roger winced with pain. . . .

KILLER SAT in Mo's lap, licking the tears off her face.

Larry tried to kick Alvin again, but this time Alvin caught Larry's foot in midair. Larry had the wind knocked out of him as he fell hard on his back. Alvin dragged him across the yard. . . .

ROGER PUSHED David off of him and punched him in his already bloody nose. He grabbed David's curly hair, pulled him into the bushes, and ground his face into the dirt. . . .

171

TORI AND RANDY stared into each other's eyes. Randy shrugged his shoulders. . . .

ALVIN DRAGGED Larry right through the middle of a bush, then dropped him in the dirt next to where David was lying. . . .

RICKY HAD Glen pinned down. "You give up?"

"No," Glen groaned.

"You give up?" Ricky asked again, pushing Glen's chin back, stretching his neck.

"No!" Glen gasped.

Roger kicked Ricky in the side of the head.

The next thing Ricky knew, he was lying on the ground next to Glen.

"You better leave my brother alone," Roger warned, standing over him. . . .

LARRY COUGHED.

David lay with his head in the dirt. He wasn't ready to lift it yet. He just needed to lie there. He closed his eyes.

"Oh, I think I'm going to throw up," Larry moaned. He coughed again.

David's head ached as he pulled himself up to his knees. He spat some dirt out of his mouth.

Larry pulled himself up too. They stumbled across the yard. David wiped his face on his sleeve, then looked at the blood and dirt on his shirt.

Mo handed Larry his blue sunglasses. "You were wonderful!" she said, beaming.

Tori walked up behind them and slipped her arm through David's. "Shall we take our leave, Mr. Ballinger?" she asked. She was holding the snake-head cane. . . .

RICKY AND GLEN sat next to each other on the ground.

"You had me," Glen admitted. "Until my brother went and *kicked* you. I can't believe he'd do that."

Ricky shrugged. His head still throbbed.

"Your brother's girlfriend is pretty," said Glen.

Ricky nodded.

"Your brother's okay, too," Glen added.

"He's the best!" said Ricky. . . .

ROGER SHOOK his head as he looked down at Randy, who was still sitting on the front stoop. "Why the hell did you give her the cane?" he demanded.

"She doesn't even like you," said Leslie. "She likes David."

"Tell me something I don't know," said Randy. . . .

"WE SHOWED them!" declared Larry behind his blue sunglasses as they headed away from the Delbrook house.

"You better believe it!" echoed Mo. "That's the last time anyone messes with us."

"Did you see my kung fu?" asked Larry. "I learned that in Japan. Would you believe I only had one lesson? Man, if I just had a couple more lessons! But still, my first kick—*whap!*—right in his gut. Alvin now knows what it's like to feel the foot of Larry Clarksdale!"

"That's right!" said Mo.

"You stood up to him too, Mo," said Larry, "until he sucker-punched you."

"I may have been down," Mo said, "but I wasn't out."

"You just had to watch Killer," said Ricky.

Mo smiled at Ricky. "Right," she said. "I like the way you handled Glen."

"I did all right," said Ricky. "And he knows it. I mean, Glen's not really a bad guy. He's just got a rotten brother."

"Well, I have to admit Roger probably got the better of me," said David, limping on the cane. "But I got in one good punch, and he's going to remember that for a long, long time."

"Better believe it," said Larry.

"No one picks on my brother and gets away with it!" Ricky said triumphantly.

"Or mine," said David.

"We went after the cane," said Larry, "and we got it!"

David raised the cane into the air and they all cheered.

"Couldn't have done it without Tori," said Mo. "She just walked right up to Randy and took the cane from him. He never knew what hit him."

Tori smiled. She karate-chopped the air in front of her. "Broke his heart right in two," she said with just a trace of sadness in her voice.

32

TORI'S AND David's hands almost but not quite touched as their arms swung back and forth. David could still feel the spot on his arm where Tori touched him and said, "Shall we take our leave, Mr. Ballinger?" That one spot of pleasure more than made up for all the spots of pain that covered the rest of him.

He looked at her walking beside him. She smiled at him.

"Hey, Larry," said Ricky. "Do you think you might be able to teach me some kung fu?"

"Uh, I don't know, Ricky. I mean, the whole thing about kung fu is knowing when to use it. It's an awesome responsibility. You have to learn great self-discipline. It takes an inner strength. Do you know what I mean?"

"I think so," said Ricky.

As David's arm swung forward he let his hand brush against Tori's hand. Their hands brushed again on the backswing. As her hand came by a third time he caught hold of her last two fingers.

She didn't say a word. He didn't look at her. He didn't know if she was looking at him as he held her pinky and ring finger in the palm of his hand.

Her fingers wiggled a little bit. He loosened his grip

and they both shifted their hands around so that he held her entire hand.

He glanced at her and then they smiled at each other. They shifted their hands again so that their fingers interlocked.

They came to the private road leading to Mrs. Bayfield's run-down mansion. "This is her street," announced David. The sound of his own voice surprised him.

The road was cool and dark. It was lined with tall trees that blocked out the sun.

"It's kind of spooky," said Mo.

"You guys don't have to come if you"—David looked back and noticed that Larry and Mo were also holding hands—"don't want to."

"We've come this far," said Larry. "I'm not going to turn around now."

"Is she some kind of witch?" asked Ricky. He was holding Killer's leash.

"She put a curse on me," said David. "That's why I've been acting like such a stooge lately. It wasn't really me. It was the curse. I didn't tell you because I didn't think you'd believe me."

"I believe you," said Ricky. "I guess she put a curse on them, too," he said, gesturing toward Larry and Mo.

"No, we're just naturally weird," said Mo.

"That's why I had to get the cane," David continued. "It belongs to Felicia Bayfield. She said she'd remove the curse if I brought it back to her."

"So then what's the problem?" asked Ricky. "All you have to do is give her the cane."

"It's not that easy," said Tori. "She's a wicked, evil witch, with all kinds of strange and mystical powers. She might put an evil spell on all of us!" She squeezed David's hand.

"I want to see her!" said Ricky.

David let go of Tori's hand and wiped his sweaty palm on his jeans. "Okay," he said. "Let's go."

Tori took hold of his hand again.

They slowly approached the rusty iron gate. David pushed it open with the cane. He and Tori walked through first, followed by Larry and Mo, then Ricky and Killer. Killer stopped and peed in the yard.

"That's the window we broke," David said quietly.

"It looks as good as new," Mo whispered.

"Someone must have fixed it," said Larry.

"Maybe," whispered Tori. "Maybe not."

"What do you mean?" asked Ricky.

"Maybe when David broke your window, her window suddenly became fixed."

"I just got a chill down my spine," said Larry.

They stepped up the wooden stairs. "That's the rocking chair," said David. They slowly approached the door. He let go of Tori's hand.

"You have to knock," said Tori. "The doorbell's broken."

David opened the screen door, then turned and looked quizzically at her.

"I mean it looks broken," she said. She shrugged. "You can try it if you want."

"No, it's broken," said David. He raised the shrunken-head door knocker and hit it three times against the hardwood door. Then he stepped back and slowly closed the screen door so it wouldn't bang shut.

Tori gripped David's arm with both her hands.

"What if she's dead?" whispered Mo. "What if she died before she can remove the curse?"

"Maybe the curse died with her," said Ricky.

"No, it doesn't work that way," Larry explained. "If somebody puts a curse on you, then dies, there's no way to remove the curse. And if you have children, they'll be cursed too."

There was a clicking sound behind the door, then it opened a few inches. Mrs. Bayfield peered out.

"I brought back the cane," said David, holding it up for her to see.

"So you did. So you did!"

The door closed. Then the safety chain was released and the door opened wide.

Tori dropped to her knees. "Please don't hurt me," she begged. "I know you have great powers, but David Ballinger brought back the cane like he said he would, so you'll remove the curse you put on him. I just came along with David Ballinger."

Mrs. Bayfield's green eyes darted from Tori to David to Tori, then back to David. "And who, Mr. Ballinger, are these other rapscallions you brought?"

Still holding hands, Mo and Larry stooped down a little too. "I'm Larry and this is Mo," said Larry.

"Maureen," said Mo.

"We made him pour lemonade on his head," said Larry, trying to get on her good side.

David thought he saw Mrs. Bayfield start to smile,

but her face quickly returned to its stern expression as she focused on Ricky. "Is that your dog?" she asked.

Ricky shook his head. "It's hers." He pointed at Mo. "I'm his brother." He pointed at David.

"I see," said Mrs. Bayfield. "Well, come inside. All of you. Bring the dog, too."

"His name's Killer," said Mo, by way of a warning.

33

IT SEEMED to David that all the faces on the wall were staring at him; the man with the scar, the woman with the double chin, the half-man, half-lion. He tried not to look at the face of the ordinary man with the wire-rimmed glasses, but his eyes kept being drawn to it. The man's face had a very slight smile. David didn't remember seeing that smile the last time.

Felicia Bayfield rubbed her long, skinny hands together. "So, Mr. Ballinger," she said. "You want me to remove the curse, do you?"

He anxiously waited. He felt Tori squeeze his hand, and he squeezed back.

There was a couch, a love seat, and two large chairs in the living room, but he and his friends were all bunched together on the couch. Killer lay in Mo's lap.

Mrs. Bayfield sat in the chair across from them. "Well?" she demanded.

"Oh," said David. "I didn't know you wanted me to answer. I thought it was one of those questions, you know, that you're not supposed to answer."

"Rhetorical," whispered Tori.

"Rhetorical," said David.

"Hrrmph," muttered Mrs. Bayfield.

"He brought back the cane," said Tori. "You said you'd remove the curse if he brought back the cane."

"Silence!" ordered Mrs. Bayfield. "I don't like *children* trying to tell me what to do. In my day children were taught to respect their elders." She rose from her chair. "Stand up, Tori!" she commanded.

Tori let go of David's hand and stood up.

Mrs. Bayfield grabbed her elbow and said, "Come with me into the kitchen."

David leaped to his feet. "She didn't do anything," he said, taking hold of Tori's other arm. "She was just—"

Felicia Bayfield's cold stare silenced him. He sat back down on the couch and watched Mrs. Bayfield lead Tori through a door at the end of the room.

"What do you think she's going to do to her?" whispered Ricky.

"I wonder how she knew her name was Tori," asked Mo.

"I hope she doesn't steal her face," said Larry.

"What?" asked David.

"I hope she doesn't steal her face," Larry repeated.

"No, what were you saying, Mo?" David asked.

"Tori never said her name," said Mo. "I wonder how she knew it."

"That's just part of her powers," David explained. "She's been watching me for the last few weeks. She knows everything I do. She's seen me with Tori. Still—"

"What?" asked Mo.

"She called her Tori, but she called me Mr. Ballinger."

181

"So?"

"I don't know," said David. He looked at the faces on the wall. The ordinary man was no longer smiling. The face hadn't really changed, but it just didn't seem to be smiling anymore. Maybe it never was.

Larry gasped.

David turned around to see Tori step back into the living room holding a mask over her face. She was followed by Mrs. Bayfield. Each step Tori took was very slow and deliberate. Her hands rigidly held the mask in front of her.

It was a mask of her own face.

The shape of the nose, the mouth, everything was the same. Every freckle.

Mrs. Bayfield was holding a glass filled with a cloudy yellow liquid. "Stop!" she commanded.

Tori stopped and stood perfectly still, like a statue.

Mrs. Bayfield stepped past her and held out the glass to David. "Here."

He hesitated a moment, then took the glass.

"Drink it," she said.

For just a second he considered throwing it in her face, but that was how he got into this mess in the first place.

"If you want the curse to be removed," she said, "you better drink."

"What about her?" he asked.

"Only one thing can save her now," said Mrs. Bayfield.

"What?"

"First you have to drink."

He drank the liquid. It was sweet, but at the same time very sour.

"Ahhhhhh . . ." said Mrs. Bayfield as if she had been the one who drank it. "I feel a lot better. We are both now rid of the horrible curse."

"You?" asked Mo.

"The curse was just as painful for me as it was for Mr. Ballinger," she said. "Maybe even worse for me."

"What about Tori?" asked David. He looked at her, rigid like a statue, her face in front of her face.

"Kiss her," said Mrs. Bayfield.

Tori seemed to move just a little bit, then became perfectly still again.

David got up from the couch and stood directly in front of her. He could feel his own heartbeat and he could see Tori's body tremble just a little bit. She had a beautiful face, even if it wasn't attached to her head.

He no longer believed any of this. Besides, he never believed in curses in the first place.

He kissed the mask gently on the lips. He was surprised by how hard and stiff it felt.

"Oooh." Tori swooned behind the mask. She dropped to the floor in a faint. Her mask still covered her.

"Okay," said David. "Now tell me what's going on."

Tori removed the mask. She still had her face behind it. She blinked her eyes. "Where am I?" she asked.

"You can stop pretending," said David.

"I assure you, Mr. Ballinger," said Mrs. Bayfield, "no one—"

"Why do you keep calling me Mr. Ballinger?" he asked.

"That's your name."

"Except you call her Tori," he pointed out. "You two know each other. You call me Mr. Ballinger because that's what she always used to call me!"

Mrs. Bayfield and Tori looked at each other. Then they both laughed.

"What? You mean she's not a witch?" asked Larry.

"She's my aunt," said Tori, getting up. She hugged Felicia Bayfield and they both laughed again. "My great-aunt."

David looked at the two of them together and wondered why he hadn't noticed it sooner. They looked very much alike. If nothing else, their green eyes should have given it away. He wondered if Mrs. Bayfield used to have red hair, too.

He glanced at Ricky, who was still sitting petrified on the corner of the couch.

"We had you going," said Tori. "You thought that drink was my face juice, didn't you?"

"Oh, I knew it was lemonade all along," said David.

"Then why'd you kiss her?" asked Ricky.

He felt himself blush as he shrugged his shoulders.

Tori also blushed. "That caught me by surprise too," she said. "I didn't know she was going to tell you to do *that*."

"Wait," said Mo. "I don't get it. If you're just a normal person, how'd you put a curse on David?"

184

"I never said I was a normal person," said Mrs. Bayfield.

Tori laughed.

"But no, I did not put a curse on him," she continued. She turned to David. "When you and your compatriots attacked me, one of them said something like, 'Watch out, the witch might put a curse on you.' So I made up a curse. I don't even remember what I said."

" 'Your Doppelgänger will regurgitate on your soul,' " said David.

Mrs. Bayfield laughed. "It's not very good, but I didn't have a lot of time to think of something better." She waved it off. "I had completely forgotten about it until you suddenly appeared at my door ranting and raving about curses and lemonade and your pants falling down. I had absolutely no idea who you were or what you were talking about. And then, to my utter astonishment, I realized you were one of the boys who had attacked me, and that you really believed I had put a curse on you." She held out her hands and smiled. "But I certainly didn't know you were the famous *Mr. Ballinger.*" She looked at Tori.

Tori blushed again.

"But you did know my name," said David. "And my phone number. I saw it written on a pad of paper."

"I wrote that," said Tori. "I called you from here. You probably don't remember. I heard you answer the phone and then I got scared and hung up. I just wanted to find out . . . I mean, you had been so nice to me and then you suddenly just started ignoring me. I just wanted to find out why. I thought maybe it was something I said, or maybe Maureen was your girlfriend and she didn't want you talking to me."

"Me?" exclaimed Mo.

"Yeah, well, what about you and Randy?" asked David.

"That was . . . Okay, I sat next to him at the movies, but I didn't go there *with* him. It was just a coincidence. We shared a box of Milk Duds." She shrugged. "Is that why you stopped talking to me?"

"No. I was afraid of the curse," explained David. "Larry had a plan to remove the curse." He glanced at Larry. "We tried it, and then we had to wait three days to see if it worked. I was afraid to talk to you during those three days. I guess I acted kind of weird. But that night you called me, I was going to call you, except I didn't know your phone number."

"Oh," said Tori, disappointed he hadn't called. "I wasn't home anyway. I was here."

"So that's why you poured lemonade on your head!" exclaimed Ricky. "That was *Larry's plan.*"

"You got a better one?" asked Larry.

"Did you say David's pants fell down?" Mo asked Mrs. Bayfield.

"He has the cutest purple shorts!" exclaimed Tori. She and Mo laughed.

"You said you closed your eyes!" said David.

"I lied."

"I assure you, David," said Mrs. Bayfield. "If I'd known you'd come back with your face so badly bruised, I would never have asked you to bring me my cane. I'm very sorry about that."

"Me too," said Tori. "I didn't know what to do when you said you had to fight Roger. I didn't know how to stop you. And then he just kept hitting you over and over." She shivered.

David shrugged. He was glad he'd brought back the cane, even if there was no curse. He was glad he stood up to Roger, too.

He had gotten his face back. So what if it was a little bruised? At least he could feel it was there.

34

"YOU SEE that mask there," said Tori, pointing at the face of the ordinary man with the wire-rimmed glasses. "That's Herbert Bayfield. She made that for him on their twenty-fifth wedding anniversary."

"Wow," said Mo. "He looks so real."

"She's actually a very famous artist," Tori bragged. "She's got masks hanging in museums all over the world. One museum offered her a lot of money for Uncle Herbert's mask, but she won't part with it. It's famous for its smile that seems to appear and disappear depending on how you look at it. It's been compared to the smile on the *Mona Lisa*."

"Do you think she'll make a mask of me?" asked Mo.

Tori shrugged. "She looks for interesting faces. But I never know what makes a face interesting to her. Course, she also makes masks of everyone in our family." She looked at her own mask, still on the floor. "It's actually not finished yet," she said. "That's why it was still in her studio." She picked it up and held it next to her own face. "See, it doesn't have all the freckles."

"Did she count your freckles first?" asked David.

"Huh?" Tori smiled. "No. You can't count them because some are so light it's hard to tell if they're

188

really even freckles. That's why she's such a good artist. She can do all that."

Mrs. Bayfield returned from the kitchen with cookies, a pitcher of lemonade, and some glasses. "Would anyone like some face juice?" she asked.

She poured everyone a glass.

"What about you both saying I looked like a Greek poet?" asked David.

"What?" asked Felicia Bayfield.

"We went to the foreign film festival last weekend," Tori explained. "There was a movie about a Greek poet. You were dressed just like him."

"Was it a Greek movie?" asked Mo.

"No, it was French," said Tori. "But it was about a Greek poet."

"Oh, yeah, I think I saw it when I lived in France," said Larry.

"Is that somewhere near Indianapolis?" asked David.

Larry ignored him.

"Okay," said Mo. "How about this? Maybe you thought you were just making up some words, but maybe you happened to say the words just right and really did put a curse on David without even knowing it."

"That means he's still cursed," said Larry. "And you don't know how to remove it."

"How else do you explain all the things that happened to him?" asked Mo.

"Tell me more about this curse," said Tori's famous aunt.

"I don't know," said David. "I've never believed

in anything like that, but it was just so weird. Everything that those guys did to you happened to me. There were too many coincidences."

He told her everything that happened, from breaking his parents' bedroom window to his pants falling down. He even told her about the flour falling on his head.

"Well," said Mrs. Bayfield, "I have an idea. But I don't know if it's right."

"What?" asked Tori.

"If you are cursed, Mr. Ballinger—David," said Mrs. Bayfield, "it is only because you are a sensitive, caring human being."

"Him?" asked Larry with a laugh.

"I imagine David felt very guilty about what he and the other boys did to me. Didn't you, David?"

"I thought you were just a lonely old lady," said David. "I didn't know you were famous."

Mrs. Bayfield smiled. "You probably felt you should have been punished for what you did," she said. "And when nobody punished you, you punished yourself."

"You mean I broke our window on purpose?"

"You or your subconscious."

"And I purposely didn't tie my pants tight enough because I wanted them to fall down?"

" 'Fraid so."

David shook his head. "I'm really weird, aren't I? I mean Roger and Randy and Scott didn't punish themselves."

"They obviously are not as sensitive as you are." Mrs. Bayfield smiled warmly at David. "You're a

190

caring, thoughtful, considerate human being. Maybe that is a curse in this cold world we live in. You have the soul of a poet."

Tori beamed at him.

David looked at all the faces on the wall. Little did he know that someday his face would be up there with them.

35

DAVID THOUGHT a lot about what Tori's aunt had said. He really never did believe one hundred percent that he was cursed. But on the other hand he also found it hard to believe that he did all that stuff to himself on purpose.

Or maybe his subconscious did it to him.

Or his Doppelgänger.

But why else would he flip off his mother if he didn't want to get punished? Then his mother didn't even punish him for that, he remembered, so he had to keep punishing himself.

In the end, he realized, all he had to do was tell Felicia Bayfield he was sorry. The whole time his subconscious, or Doppelgänger, kept doing stuff to him, trying to make him do that. At last he didn't tie his pants tight enough and that finally did it. He ran to tell her he was sorry and the curse never struck again.

Or, on the other hand, Mrs. Bayfield could be wrong and he still might be cursed. Or maybe that was just what life was all about. Maybe everyone is cursed, one way or another. He remembered Larry and Mo saying that they sometimes felt like there was a curse on them too. Everyone steps in dogshit once in a while.

It was like Mrs. Bayfield said: We all try to act like we're so important—doctors, lawyers, artists—but really we know that at any moment our pants might fall down.

The bell rang. David walked out of math, put his books away in his locker, and headed out for recess.

He felt himself tense up when he saw Roger and Scott heading toward him even though they had pretty much stopped bothering him. Scott had his arm around Ginger.

I guess not everyone's cursed, David realized. Scott Simpson didn't seem like he was cursed at all. He always got everything he wanted. He was popular. He got all A's. He was a good athlete. He was handsome. It hardly seemed fair.

Scott walked by without even glancing at his former best friend.

But then again, thought David, Scott Simpson didn't have the soul of a poet.

He checked to make sure his fly was zipped, then headed out to join his friends.

"DID YOU see what David gave me?" asked Tori. "He made it in shop class."

"His apple-cheese board!" exclaimed Mo.

"It's not an apple-cheese board," said Tori, somewhat offended. "It's a heart."

"Oh, uh, that's right," Mo said very quickly. "It's a heart. I don't know why I said it was an apple."

"I think it looks more like an apple," said Larry. "Not the kind of apples you get in here in America, but the kind of apples I ate when I lived in Zambia."

193

150 years later...

36

"HERE COMES the drooble!" said Harley.

His buddies laughed.

Willy tried to ignore them.

"What's the matter, drooble?" asked Harley. "Your underwear too tight?"

Harley's friends laughed again, and so did a couple of girls.

Willy reddened. At least he didn't hear Maria laugh. He would have recognized her laugh. It was almost musical.

"No quacking," said Mrs. Po, his teacher. "We are in a museum, not a quack factory."

Everyone stopped talking. They were on a field trip. It was March 15, 2139. There was no school tomorrow because it was David Ballinger's birthday.

"Hey, drooble!"

Willy turned around to see Quentin flip him off. He looked away and focused his attention on the painting at the end of the hall. It was a picture of a man with a bucket over his head.

Everyone in his class laughed when they saw it. "What a drooble!" someone said.

"We should get a bucket for Willy," said Quentin. "He's so ugly!"

Willy entered the Bayfield room.

He looked at all the faces on the walls. He moved from mask to mask until he got to the face of David Ballinger. Then he stopped and stared.

I bet nobody ever called you a drooble, he thought.

Everyone in his class had had to memorize a famous speech. Willy had chosen Ballinger's Moscow Address. He remembered how important he felt as he stood and recited it in front of the class. Maria's eyes seemed to shine at him as he spoke with the dignity and grace that made Ballinger famous.

He was still standing in front of the mask when Maria stepped up beside him. He was afraid to even look at her. His heart was pounding so loudly he was afraid she might hear it. He gripped the wood bar in front of the exhibit.

They stood next to each other without saying anything for several minutes, both staring at the face of David Ballinger.

She started to go.

"Hi, Maria," he said, then blushed.

It was so stupid. He should have said hi when she first got there, not when she was leaving! When someone leaves you're supposed to say bye, but he couldn't say bye without having first said hi to her. *I'm such a drooble!*

"Hi, Willy," she replied.

He watched her brown ponytail bounce behind her as she walked out of the room. "Bye," he whispered.

He looked back up at the mask of David Ballinger. *I wish I could be more like you.*

Louis Sachar says that even though he's known for writing funny books, he tries "to write with intelligence and sensitivity." His first book, *Sideways Stories from Wayside School,* was an instant hit with his readers and critics, who invited comparisons with Roald Dahl and Daniel Pinkwater. Sachar, the author of several books, including *There's a Boy in the Girls' Bathroom,* lives with his wife and young daughter in San Francisco.

Life's

a Funny Proposition,

Horatio

Life's a Funny Proposition, Horatio

a Funny Proposition,

Barbara Garland Polikoff

Henry Holt and Company   New York

Published by Henry Holt and Company, Inc.,
115 West 18th Street, New York, New York 10011.
Published simultaneously in Canada by Fitzhenry & Whiteside Ltd.,
91 Granton Drive, Richmond Hill, Ontario L4B 2N5.

Library of Congress Cataloging-in-Publication Data
Polikoff, Barbara Garland.
    Life's a funny proposition, Horatio / by Barbara Garland Polikoff.
    Summary: As Horatio tries to adjust to the death of his father
from lung cancer, O.P., Horatio's grandfather, mourns the loss of
his dog Mollie.
    ISBN 0-8050-1972-3
    [1. Death—Fiction.   2. Grandfathers—Fiction.]   I. Title.
PZ7.P75284Li   1992
[Fic]—dc20   91-46724

Designed by Paula R. Szafranski

Printed in the United States of America
on acid-free paper. ∞

10 9 8 7 6 5 4 3

For my friend Becky Glass

Life's a Funny Proposition, Horatio

1

I t was snowing too hard to go ice skating on the lake, so Horatio was just hanging around. "Driving her up the wall" was the way his mom put it. So she kept suggesting things for him to do. Exciting things like writing a thank-you note to his Aunt Bella for the slime green bathrobe she had given him for his birthday. Or taking his clothes off his bookshelves and putting them in drawers. Or using cleaning fluid on the rug where he had spilled taco sauce.

What he really wanted to do was to play some of his new tapes loud enough to blast the icicles off the roof. No way. Now that O.P. (his grandfather, the Old Professor) had come to live with them, he had to keep his music low or listen through headphones. O.P. was always working on his book and needed quiet.

Then his mom had come up with one of her "creative" ideas. "Write a list of things you really believe." She was big on self-expression. His, not hers. Anyhow, she promised to make pecan pancakes for him while he was writing his list. Anything for pecan pancakes.

He went to his room, kicked stuff into corners to clear a space on the floor, put on a tape (pretty low), laid out a sheet of brown wrapping paper and with a fat purple marker began to write:

Horatio Tuckerman's List of Absolute Truths

1. Being a kid is the pits.
2. Cigarettes should be banned from the earth just like poison gas.
3. When someone dies, the hardest thing to get used to is that they just aren't around anymore.
4. Boring people who have low, mumbling voices shouldn't be allowed to be schoolteachers. They should be dentists, because when someone is yanking your tooth out you don't hear what they're saying anyhow.
5. Silver Chief is the best dog in the world.

He put the one in about dentists because that's what his mom was and he was feeling subversive. (Another of his mom's ideas was to keep a record of new words. *Subversive* was the first one on his list.) He would rather she did something more motherish—teaching kindergarten or writing cookbooks like Erik and Angie's mom. Having a mom who was a dentist was just one more thing that made him different from other kids. There were enough things already.

To begin with, there was his name. How could a parent who loved a baby name him Horatio? Well, his father, Joshua Tuckerman (the Young Professor), had.

2

He had written plays and taught Shakespeare at a university. His favorite play was *Hamlet,* and one of his favorite characters was—you guessed it—Hamlet's friend, Horatio.

Which brought Horatio back to Absolute Truth #1. Being a kid is the pits. The reason: you have no rights. Your father likes Shakespeare and so you end up with a weird name. He had thought of dropping Horatio and just using his initials, H.T., but his dad had said for sure some clown was going to call him Hot Turds.

Now that his dad was dead, being mad at him for picking the name Horatio didn't feel right. If he was going to be mad about anything, it would be because his dad had smoked. He had finally quit by going to a hypnotist, but by then he had already smoked two packs a day for twenty years. Horatio had seen a photograph in the doctor's office of what a smoker's lungs looked like. Black, like burnt spareribs. The guy who didn't smoke had lungs clean and pink as bubble gum.

Sometimes when Horatio was in bed at night, his mind would flash to his father. There'd be this window in his dad's chest and through it he'd see these scary black lungs. Your mind does terrible things to you, mostly when you're feeling bad already. As if it's your enemy and wants to make you suffer.

More on names. His was Tuckerman and his mom's was Berg because she had kept her own name when she married. When they had moved to Wisconsin after his father died, his teachers, his friends' parents, anyone who had met him before they had met his mom would call her Mrs. Tuckerman or Dr. Tuckerman. She'd tell them

3

her name was Berg, and they'd look at her as if she'd pulled up her sleeve and showed them a tattoo.

Still more on names. When Myron the Moron and Kevin the Creep found out he was a vegetarian, they started calling him Turnip instead of Tuckerman. They thought that was cosmically funny. They probably thought it was funny to lock lambs up in tiny sheds so they couldn't move! That makes the lambs' meat tender. Sick! When he had first read about that—bizang!—no more lamb chops on his plate! And then when that cow at the County Fair looked at him with her big brown eyes and he thought, Hey, Elsie, a hunk of you might end up on my hamburger bun, that was it for hamburgers. His Aunt Bella had once served a cow's tongue, curling pink and pimply on a big blue plate. He had nearly thrown up.

But the most important difference between him and other kids was, and always would be, that his father had died. He knew kids who didn't live with their fathers because their parents were divorced, but they all had them. And they could be with them, even if it was just on weekends. No one else's dad had died of lung cancer.

Folding the list like a newspaper, he went into the kitchen to deliver it, hoping to see his mom stacking pancakes on the griddle. No mom. More importantly, no pancakes. The only thing on the stove was a pot of coffee. Then he heard her laugh coming from her bedroom. She was talking on the phone. Probably to Sue Ellen. Ever since his dad had died, she talked to Sue Ellen a lot. He wished Sue Ellen lived close by. She and his mom had gone to college together and they always had a lot to say to each other. Sue Ellen could really make his mom laugh.

The coffee smelled good. Like chocolate. He poured a little into a cup and took a sip. Bitter! Once, after his dad had tasted one of his mom's new coffees, he had groaned and said, "Evie, this tastes like mud! It must have been ground this morning." His mom acted as if she didn't think that was funny, but she couldn't help smiling.

Horatio underlined the words *absolute truths* three times, then taped the list to his mom's closed door, making enough noise to let her know he was doing it.

"Evie!"

O.P. was calling his mom. His voice sounded funny. Geez, he'd hate being old. Having a metal box inside you to keep your heart ticking.

"Evie!"

Horatio hurried to O.P.'s room (which had been his room three months ago). O.P. was sitting on the floor, breathing hard.

"Help me up, Horatio, please."

Horatio bent down and grabbed O.P. around the shoulders. The old man's cold hands gripped his as he lifted him into a chair. O.P. was light as a potato chip. It was scary he was so light.

"Grandpa, are you all right?"

"My glasses fell under the bed. I bent down to get them and couldn't stand up."

"I'll get Mom."

"No, I'm fine. A-one."

"She's been talking an hour already. I'll get her."

"Just call Mollie in, Horatio. She's too old to be out in this freezing weather."

Horatio hadn't known O.P.'s dog, Mollie, was outside. He went into the kitchen and opened the door. A gust of wind slapped him and he stepped back. It was cold! Snow covered everything. A drift, white and smooth as meringue on a lemon pie, had built up against the garage and the frosted branches of the willow were really weeping now. As he looked out across the snowy yard to the lake it was hard to tell where the shore ended and the water began.

Silver Chief was sleeping in a curled ball under the oak tree, snow dusting his fur. But where was Mollie?

Horatio drew a deep breath and yelled, "Mollie!" Snow stung his eyes and he squinted, scanning the neighbors' yards and the shoreline for a large, shaggy black dog. He wanted to see Mollie so badly that for a second he thought he did see her.

"Mollie!" he hollered, fighting the wind. *"Mollie!"*

2

hen someone dies, they just aren't around any-more. You don't see them walking dripping wet out of the shower looking for a dry towel. Or pouring coffee into a Mickey Mouse mug and sitting with you while you eat your granola. You don't hear their computer clicking away behind the closed door of their room, or their laugh bursting out when you tell them something funny. You don't see their glasses lying in places they didn't know they left them. And then when you returned them, wow, the thanks you'd get, as if you'd really done something wonderful.

The Young Professor had five pairs of reading glasses, all bought at Walgreens. When he was writing a play, which was most of the time, he'd throw the door of his study open, look around like a wild man, drop his glasses on the kitchen table, in a plant, on the refrigerator, and rush out to Lincoln Park and walk along the lake until he was calm enough to come back in the house. And then the question, "Has anyone seen my glasses?"

The answer would always be no. He'd begin yanking up couch cushions, crawling under his desk, lifting up books. If he didn't find the glasses in five minutes flat, he'd run out to Walgreens and buy a new pair.

One crazy day, four pairs of glasses turned up at once. If Horatio had been his father, he would have been disgusted with himself. But not his dad. He had lined them up on his desk and smiled as if it were a big accomplishment to have four pairs of brown-rimmed glasses from Walgreens, priced $9.99.

Horatio had found a pair of those glasses in between the couch cushions a month after his dad had died. He had wanted to yell, "Hey, Dad, guess what I found?" But he couldn't. His dad just wasn't there and never would be, swiveling around on his chair and smiling, wearing that ragged Peanuts sweatshirt with the faded words HOW CAN WE LOSE WHEN WE'RE SO SINCERE?

It was at times like that when he really knew what it meant to have someone die. When you wanted them right there in front of you so bad that you felt sick. The kind of sick that pulls all your guts down into your stomach and won't let go of them, until maybe the next day when you go to chess club and get involved in a dynamite game.

He didn't tell his mom he had found the glasses. He just put them in his bottom drawer, stuffed behind the old Peanuts sweatshirt. He had asked her if he could have that sweatshirt when she was packing his father's clothes to give away. She had held the sweatshirt against her cheek.

"I can still feel him in it," she said, and then handed it

8

to him. Her face was stony. No expression. It seemed as if she had made herself numb so she could get through the packing. He felt so bad for her. He wanted to hug her and try to make her feel better, but he was afraid he'd cry.

She hadn't been stony at the funeral, though. He knew because he looked at her a lot and most of the time she was crying. He hadn't known where else to look. He hated people staring at him, feeling sorry for him when he didn't even know who they were.

His dad had asked to be cremated, so there wasn't any coffin at the funeral. His mom explained that the ashes go in a box and the box goes into a vault in a cemetery unless you want the ashes scattered somewhere. His Uncle Stewart, O.P., and his mom had buried his dad's ashes in the park by the Shakespeare statue that his dad had liked so much. When Horatio was little, his dad would lift him up and sit him between Shakespeare's pointed shoes. It was fun being up there, and he'd grab onto the big bow on one of the shoes and not let go when his dad wanted to take him down.

His tenth birthday was just five days after his dad had died, and Uncle Stewart took him on a weekend backpack in the Wisconsin woods. At night they made a campfire, and when it was time to go to sleep, Uncle Stewart had stirred the ashes, spreading them so they wouldn't ignite again. Horatio got so sick seeing the ashes that he had to run into the trees and vomit.

Uncle Stewart was a dentist too. Weird, two people in the same family wanting to poke around in a lot of mucky mouths. It was Stewart's idea that Horatio and his mom move to Spring Creek and that she be his partner in his dental office.

After that he and his mom talked a lot about going to Wisconsin. She said she knew he'd love living in the country, and she was right. Too many people in Chicago, too many buildings, too many cars.

He had always loved Spring Creek. There were woods and lakes and raspberries growing along the back roads, and if you got to them before the birds did, they were sweet and juicy. In the morning if he took a walk with his mom and Uncle Stewart, they might see a deer feeding. It would look at them, its face so alert with its licorice nose and big, soft eyes, and then it would run off, its white tail the last thing he would see as the deer vanished into the woods.

His mom wasn't much of a city person either. Besides being a dentist she was a potter, and her dream was to have a studio big enough for a giant kiln. In Chicago she had to rent a studio in a crummy neighborhood where she was afraid of being mugged.

So he hadn't really been surprised when she sat on his bed one Sunday morning and told him that she had finally decided that they should move to Spring Creek. She had talked real fast.

"I hope it's okay with you, Horatio. I know you don't want to leave your friends. It'll be hard at first, but you'll make new ones. And Stewart found a good house for us on Moccasin Lake. It's a real country house, one story made out of cedar, with a full basement for a studio and . . ." She had stopped, and a smile had crept onto

10

her face. He had noticed it because she didn't smile that much since his dad had died.

"... it has a big, fenced-in yard, perfect for a dog." Her smile got even bigger and she handed him a white card printed with the words *Tamika Borland, Siberian Huskies, 777 Half-Day Road, Schaller, Wisconsin.*

He had jumped up as if he had dynamite in his jeans and hugged her. "Mom, I want a male, and his name will be . . ."

"Silver Chief!" she said, hugging him back. "Dog of the North!"

And then they both laughed, and he had run and taped the white card in the middle of his dresser mirror so that if he stood a certain way, the words *Siberian Huskies* were written across his forehead. While his mom telephoned Uncle Stewart, he looked through some books on his closet floor until he found his copy of *Silver Chief, Dog of the North.* His dad had given him the book for his ninth birthday. It had been his dad's favorite when he was a boy, and Horatio loved it too. He propped pillows under his head, stretched out on his bed and opened the book to Chapter One. He could almost recite the first sentences by memory.

Across the brooding desolation of the frozen Northlands drifted the eerie, mournful howl of wolves. It died away and a heavy silence closed in upon the stark land. . . .

11

3

Horatio shivered as the wind slammed the kitchen door behind him.

O.P. looked at him anxiously. "No luck, Horatio?"

"Mollie must have gone farther than she meant to, Grandpa, and it's taking her a while to get back."

"Is Silver Chief in his house?"

"No, he'd rather be outside. He loves the snow."

A shadow of a smile crossed O.P.'s face. "It's his feather bed."

"I'm going to look for Mollie. I'll be right back."

"Your mother might not like that, Horatio. It's getting dark. You'd better ask her."

"She's still on the phone. She won't care."

"Well, don't stay out too long."

Silver Chief rose and stretched when he saw Horatio. His fur glistened with snow, and his blue eyes were the color of the lake in summer.

"Come on, Silver Chief, let's find Mollie."

Silver Chief's ears stood up like small flags that signaled, "All systems go."

Mollie often explored the beach, so Horatio walked across the frozen sand to the lake. It was tough going because his boots punched through the icy crust to the soft snow underneath. It was like pulling his feet out of a hole with each step.

Silver Chief ran along the shoreline so swiftly that his paws hardly made a mark. Horatio could see no other prints. Mollie must not have come this way, unless falling snow had already covered her tracks. Across the lake a dog darted out of some trees, and his heart leaped. Mollie?

He stared. It wasn't Mollie. Too fat and too big. Mollie was thin and kind of bony, like O.P.

Nobody else in the world was outdoors. That's the way it seemed, anyway. The ice fishermen's blue and red tents were empty. The fish were probably swimming so deep they'd never come up for bait.

He put his hands on either side of his mouth and yelled, "Mollie!" so loudly his throat ached.

If only she'd suddenly appear!

His mom was waiting in the kitchen when he returned. She looked at him expectantly, her face clouding with worry when he shook his head.

"But Mollie never stays out this long, Horatio. Could she have gotten lost?"

"She probably doesn't feel like coming back inside yet. She likes the snow."

"Well, you'd better go tell O.P. He's in the living room."

"You tell him."

His mom wrapped her arms around her chest as if she were cold. "If anything's happened to Mollie . . ." She sighed and walked out of the kitchen.

So where were his pecan pancakes? You'd think she would have had them waiting hot on the griddle.

He swung open the refrigerator door and peered inside. Two cartons of plain yogurt, a carton of coffee yogurt, cranberry juice, mushrooms, tofu swimming in water, two foil packets of leftover fish, two packages of pita bread and some dead-looking lettuce. Nothing good. He shut the door. He needed something hot.

His mom had been forgetting a lot of things that she was going to do for him since O.P. had come to live with them three months ago. O.P. had suffered a heart attack, and the doctor said he shouldn't live alone. That's when Horatio's mom got the idea that O.P. should come to Spring Creek. She thought it would be good if Horatio had the company of a man in the house. But it wasn't as if he and O.P. really knew each other. O.P. had lived in London and taught Shakespeare at a university there. He'd just visit them for two weeks in the summer, and then Horatio's dad would go to London during the winter vacation to see him. The airplane fare was too expensive for them all to go.

O.P. had a white beard and hair that was wild because he would comb his hands through it when he was reading. His hair had been black, like Horatio's and his dad's. Black hair and nearsighted brown eyes ran in his dad's family. Plus being tall and thin. His dad had been thin, but with good muscles in his arms and legs from working out at the gym. O.P. was thin, zero. He was a real bookworm. Who ever heard of a worm having muscles?

Horatio planned to work out too and carry sixty pounds in his backpack like his dad, clear up Mount Rainier without losing a breath. But no brown-rimmed glasses for him. He had convinced his mom to let him wear contacts when they had moved to Spring Creek.

Well, he wasn't going to ask for those pancakes. Forget it. He'd starve.

He opened the kitchen door, bracing himself for a slap from the wind, and yelled for Silver Chief.

The husky came loping toward him, ran into the house and stood looking at Horatio intently, his eyes unblinking, his tail up.

"Want a biscuit, Silver Chief?" He teased Silver Chief by pretending to put the biscuit in his own mouth. Silver Chief cocked his head to one side and looked at him curiously. When he gave him the biscuit, Silver Chief carried it under the dining-room table, propped it upright between his paws and took a small bite.

"Silver Chief has better table manners than you do," his mom liked to say. "He doesn't gulp his food."

Horatio wished Erik weren't at a drum lesson so he could call him and talk to him about Mollie. This waiting was terrible, although he was telling himself he wasn't really worried. A dog's a dog. They run off sometimes, but they come back. Especially Mollie. She was so attached to O.P. She'd never run away.

Hey, he thought, this might be a good time to call Erik because Angie might answer the phone. Yeah, this was the perfect time to call. Why not?

I'll tell you why not, Horatio answered himself. Because you're the world's biggest nerd. You've got as much guts as tofu when it comes to girls. Angie, especially. Admit it. On a scale of one to ten on NERDINESS WITH GIRLS, you're eleven!

His mom and O.P. came into the kitchen, interrupting his conversation with himself. O.P. looked more worried than ever.

"Grandpa, Mollie'll be all right. She can take care of herself."

"You're right, Horatio." O.P. sat down at the table and opened the Sunday paper. "We should just go about our business."

"Our business should be eating," Evie said. "I made vegetable soup and there's salad and Martha's millet bread."

I knew it, Horatio thought. She forgot the pecan pancakes.

It wasn't the greatest Sunday dinner. It was actually pretty awful. They were all pretending they weren't listening for Mollie's bark at the door. When the wind blew a garbage can over, they all jumped. O.P. kept looking at his watch, and then he'd look at the kitchen clock. His mom would try to make conversation and come up with all kinds of stuff, like her mind was a drawer and she was digging out all the junk at the bottom.

"When I was driving to work, the car in front of me

16

was plastered with these stupid bumper stickers," she said. " 'If you don't like the way I drive, get off the sidewalk,' and 'I've lost a lot of things, but the one I miss most is my mind.' There was one I couldn't read and I kept trying to and almost got into an accident. Bumper stickers ought to be outlawed."

"You can't outlaw bumper stickers!" Horatio exploded. "That would be against freedom of speech."

"But they present a clear danger," O.P. said with a hint of a smile.

The phone rang and his mom jumped up and grabbed it. "Hello?"

Let it be someone calling to say they found Mollie, Horatio prayed.

His mom's voice went flat. "Yes, Stewart. No, that's okay. We're on a funny schedule today. Mollie went out and hasn't come back, and we're a little antsy."

A little!

"What would the police do? Oh. Well, I suppose it's worth trying."

"Stewart says we should call the police," his mom said, hanging up the phone. "They'll keep an eye out for Mollie when they're patrolling. Can't lose anything."

O.P. pushed aside his plate of soup. "It's a good idea. Nothing comes of nothing."

Horatio guessed that that was a line from Shakespeare. O.P. was always quoting from Shakespeare or some other famous poet. Once, when Horatio had won a chess match after it had been called off three times, a couple of people had shaken his hand and said, "Congratulations."

17

Nice and simple. But not O.P.! He said, "Well, Horatio, all's well that ends well." Weird!

O.P. put the call in to the police, and things felt a little less heavy. At least they had done something.

After they had cleaned up the kitchen, his mom said with a kind of fake cheeriness, "Why don't you and O.P. play some chess?"

"I've got some homework," Horatio lied, and went into his room and closed the door. He just couldn't be with them anymore. He needed space. He felt beat.

He looked out the window. The moon was a little more than half full. It looked blurred, as if a kid had drawn it with chalk and then smudged it by accident. Not a star anywhere.

Usually he liked the night. Nighttime said to him, "You can stop trying now, and just be a lump. And no one will know."

Lumping out, he called it. He stretched full length on the bed and pulled *Silver Chief* from under his pillow.

He had read just two pages when he heard a knock on his door. Even before he had time to say Come in, his mother walked into the room. She had taken a shower and was wearing a white bathrobe with her initials, E.B., on the pocket. She said they stood for Extra Busy. She was really good looking. Everyone said so. Erik thought she looked like the model on a TV commercial advertising stuff for sinus relief. Not that she looked like she had bad sinuses, but the model had long brown hair too, and eyes that kind of turned up, Chinese-like.

"Horatio, I'm worried about O.P. This stress is bad

18

for him. Chess might take his mind off Mollie." She motioned to the book. "It looks like you've finished your homework."

"Well, I just couldn't concentrate on chess right now."

His mom didn't understand. Her face told him that. She was mad.

"I'm not going to beg you." She closed the door pretty hard.

So now he felt crummy.

He put the book back under his pillow and walked into the dining room to see if Silver Chief was still under the table. He wasn't. His mom must have let him out. Sometimes he wished Silver Chief were more like Mollie and stayed around the house and followed him around. If O.P. was sitting on a chair on the sun porch, Mollie would lie next to him, sometimes with her face resting on his shoe. She even slept in O.P.'s bed. O.P. said he hadn't let her do that in London, but when she came to Wisconsin things were so different, he decided she needed to be close to him. Now O.P. couldn't sleep without her.

Horatio walked back into the kitchen and opened the door. The wind had died down and smoky clouds hid the moon. Across the lake he could see houses, their windows yellow squares of light. Could someone in one of those houses have seen Mollie and taken her in? But she had a name tag and they would have called. She wasn't the kind of dog anyone would just keep. She was a mutt and pretty old.

Silver Chief was sleeping under the oak tree. Horatio

19

could see his black-and-white masked face, a little like a raccoon's.

O.P. wasn't reading in the big green chair by the fireplace. He was sitting doing nothing. His hands, resting on the arms of the chair, looked like the hands of one of those models in a wax museum.

"O.P., you'd better go to bed. We'll hear Mollie when she comes," his mom said. She put her book down on the coffee table. It was one of her special books on pottery. Whenever she was nervous, she'd get one of those books and leaf slowly through the photographs. It calmed her, she said.

"No, Evie. I'm staying here."

"Well, if you need me, just call. I'm bushed."

"Maybe Mollie found some warm place and decided to sleep there for the night," Horatio said, "and she'll come back in the morning."

"Maybe, Horatio. Thank you for that nice idea. Now, you better get to sleep too."

Back in his room Horatio drew the blinds, something he never did. But tonight he needed to feel closed in, safe. The darkness outside seemed an enemy, hiding Mollie, making her scared and lost.

"Horatio."

His mom again.

"Horatio, I just remembered your pecan pancakes! Why didn't you remind me?"

Horatio shrugged.

"I'll make them for you now. Okay?"

"It's kind of late to eat."

"I guess you're right." She didn't move, as if she had

20

something more to say but didn't know what it was. "Well, some night this week then. Double pecans. Okay?"

"Okay."

"Good night." She closed the door.

He buried himself under the covers. He knew it was being a baby to have wanted her to give him a good-night hug and tuck his blankets close around his chin and under his feet the way she used to when he was little. His dad would always stick his head in his room and say, "Sleep well, fellow."

He closed his eyes and made himself think about the chess column he had read in the paper. The move that Black made was pretty stupid. He'd cut out the column and bring it to school tomorrow to show Erik.

He hoped tomorrow wouldn't be another day with no Mollie and no news. He burrowed deeper under the covers.

4

oratio thought he was the first one up, but when he walked into the kitchen O.P. handed him a sheet of paper with MISSING written in large letters, followed by *Mollie, a black dog with a white left ear. Please contact Benjamin Tuckerman, 777 Oriole Lane, 555-2334.* "Would you pin this up on the Moccasin Lake bulletin board, Horatio?"

"Sure." Horatio put the note in his jeans. The phone rang, and he felt O.P.'s eyes on him as he picked up the receiver.

"Hello. Yeah, just a minute, I'll see if she's up."

O.P. sank back in the chair.

"Hey, Mom, telephone!" Horatio yelled. "Are you up?"

"Yes, thanks."

He could hear her talking. She sounded pretty cheerful. Kind of fake, if you asked him.

The whole thing with Paul Miller was fake. He still couldn't believe she would go out with a guy she had met when he came in for a checkup. Weird. She had even

22

done gum surgery on him. He probably hadn't flossed his teeth every night. Horatio hoped that he was a terrible flosser and had tons of plaque and would have to have his two front teeth pulled and a bridge put in that squeaked when he ate.

"Horatio." His mom came into the kitchen in bare feet, holding her running shoes and a red sweatshirt. Her toenails were the same red. Dumb.

"I'll make you and O.P. some oatmeal. How about it? I've got fifteen minutes before I leave for the health club."

"No, thanks, Evie," O.P. said.

"O.P., you've got to eat."

"I'll take something later."

"I'll eat granola," Horatio said. Had his mom made another date with Pink Gums Paul? She was in a pretty good mood for someone who was supposed to be worried about a missing dog.

"O.P., I'll call the police and make sure they keep checking for Mollie. Can you concentrate on your work today? I hate to think of you counting minutes until Mollie shows up."

"Minutes. Count them by sensation and not calendar, and each moment is a day . . ."

"Who said that?" Evie asked.

"Mickey Mouse," Horatio mumbled.

O.P. didn't seem to hear either of them. "Time goes on crutches . . ."

"Shakespeare," Evie said.

O.P. took Evie's hand and patted it. "Evie, I don't want you worrying about me."

23

"If there's any news, call me."

"Horatio's putting up a notice on the Moccasin Lake bulletin board. Maybe we should also be thinking of putting an item in the newspaper."

"I'll put up a notice at the health club. Half of Spring Creek walks in and out of there. Horatio, on your way home can you pick up some chili at Sunny's? I won't be home for dinner. I'm going out to an early movie with Paul."

"I don't like Sunny's chili."

"Well, get whatever you want. Their veggie pizza is good. O.P., should Horatio get some vegetable soup for you?"

"Evie, it's my heart that's weak. Not my stomach. I'll eat pizza with Horatio."

"Would you buy a couple of cinnamon buns too, Horatio?"

Cinnamon buns, not oat bran muffins, Horatio thought glumly. She's really feeling cheerful.

The bulletin board, put up by the Spring Creek Lions Club, was set in a triangle of ground where Oriole Lane and Lake Road intersected. It was a surprisingly warm day after the bitter-cold Sunday, and the icicles around the rim of the sign were melting. Horatio opened the glass door and fit his note in between announcements of a rummage sale and beginning yoga lessons. He took a red marker out of his daypack and underlined the word *missing*.

It was going to be a slow day at school. Old Willie Shakespeare had it right. Time moved on crutches. Especially if you had to listen to Gretchen Peterson read her oral report on the Industrial Revolution. Gretchen was in the acting club and was working on her enunciation. She said each word as if her tongue were outlining it in black. He slouched in his seat and closed his eyes.

At lunch he looked for Erik in the cafeteria line. He was standing next to Susie Boyce. She was talking to him and giggling. The girls were crazy about Erik. Horatio couldn't see why dimples and eyelashes thick as a broom turned the girls on, but since when was he any good at figuring out girls? Erik was pretty shy, and the attention from the girls embarrassed him. Susie Boyce was enough to embarrass a gorilla!

Erik smiled when he saw him, then asked, "What's wrong? You look terrible."

"Mollie's lost," Horatio said. "She was out all night."

"Is Mollie your sister?" Susie asked.

Horatio ignored Susie. She was like a gnat, little and pesty. "Erik, will you help me look for Mollie after school? I want to go to Thatcher Woods, but we'll pick up Silver Chief at my house first."

"Sure. I'll meet you at the flagpole, but aren't you going to eat now?"

"I'm going outside to look around."

"If you're late to math, I'll tell Mrs. Helm your little sister is lost in the woods," Susie said.

Her mother should have stepped on her when she was born, Horatio thought. He half ran out of the building, relieved that he didn't run into anyone on hall patrol.

■　■　■

25

After school, Erik beat Horatio to the flagpole. Five minutes later, they were at Horatio's house. Ten minutes later, they were in Thatcher Woods, Silver Chief leading the way. They walked along the main trail, struck out cross-country for a while, then connected with the trail again. Snow had turned to slush, and Horatio felt water penetrate his boots. Erik was just wearing running shoes. His feet were going to get soaked.

The slushy trail slowed them down, but it didn't bother Silver Chief. Nose to the ground, he moved ahead quickly. They tried to keep up, but when there was no sign of his white plumed tail, Horatio called and Silver Chief bounded back. He waited for them and then continued to a fork in the trail, where he turned right and headed for Arrowhead Lake.

Mollie had always loved going to the lake. She'd wait for Horatio to throw a stick far out into the water and then she'd swim to retrieve it. Not Silver Chief. He was afraid of the water. If the smallest wave slapped the sand, he'd jump back and eye the lake suspiciously.

Most of the ice in the lake had melted. The fragments that were left looked like pieces from a giant puzzle. As the water moved under them they bumped into each other, making a clicking sound.

"I've got to stop a minute, Erik. There's something in my boot," Horatio said. "Keep going. I'll catch up." Erik's shoes were squishing water, but it didn't seem to bother him. He continued along the lake, Silver Chief a few feet ahead.

Horatio was tying his lace when he heard Erik's shout.

26

Fear tightened his chest and he started running. As soon as he saw Erik's face he knew something terrible had happened. Erik pointed to a spot farther down the shore, where Silver Chief was standing. Next to Silver Chief, Horatio made out a black, flattened shape lying on the ground.

He could hardly breathe. He had felt like this when he had walked into the hospital on the days his dad was so bad that all he could do was just lift his hand off the blanket to say hello.

As he and Erik drew close, Silver Chief lay down next to Mollie. Mollie's paws were crossed over each other as if she were sleeping. A strand of waterweed was tangled in her tail. Her black ear lay flat on a patch of snow.

"She must have run out on the lake . . . and the ice cracked. She probably just made it to . . ." His voice broke.

Erik nodded numbly.

What should they do? What would O.P. want them to do? They couldn't bury Mollie. The ground was still frozen. They'd need something, a blanket or a sheet, to carry her in if they were to bring her home.

"Let's move her under the trees for now." Horatio stooped to lift Mollie, but Erik was able to get a better grasp and carried her to a spot that Horatio covered with evergreen branches. Mollie's head settled in an awkward position and Erik shifted it so that it rested more naturally.

Horatio ran his hand along Mollie's furry back, then stroked her head. Reaching for his daypack, he pulled out his old Chicago Bears sweatshirt and covered her. Erik anchored the ends of the sweatshirt with rocks.

But Horatio couldn't tear himself away. There was something else he had to do. He picked up a stick, the kind Mollie loved to retrieve from the lake, and laid it beside her as he would have laid a flower.

In spite of his effort to hold them back, tears filled his eyes and his sobs came hard and dry. He couldn't seem to stop crying. Erik put his arm around his shoulders and held it there tightly.

A cold wind had begun to stir the trees. The light was disappearing fast. Horatio called Silver Chief, but the husky refused to leave Mollie. He had to pull him up by his collar and force him to start walking.

When they had left the lakeshore behind and were back in the trees, Silver Chief took charge and led the way. They moved through the darkening woods as silently as wolves.

5

O.P. was sitting at the kitchen table, reading the newspaper.

"I forgot to stop for the veggie pizza," Horatio said.

What would he say if O.P. asked if he had any news about Mollie? If he told him the truth, he could see him turning white, his heart would stop and he'd crumple to the floor like a dropped shirt. Maybe it would be easier for O.P. not to know, to think that maybe some people liked Mollie and took her home with them.

"It doesn't matter, Horatio."

"I'm going to have a peanut-butter-and-jelly sandwich. I suppose you don't want one."

O.P. smiled. "It would be a real culinary adventure."

"So, should I make you one?"

"Yes, but go easy on the peanut butter."

Horatio made the sandwiches in slow motion, spreading the jelly until it filled each corner of the bread. He felt beat. Too much heavy feeling tires you out. Crying especially. He hated crying. He had cried so much in the months after his dad had died that he would have thought he didn't have a tear left. Funny, he hadn't been embarrassed about crying in front of Erik. With any other guy he'd have felt like a baby.

It was quiet at the table with only the two of them. Just the clicking of O.P.'s teacup on the saucer. Not that Mollie made noise, but she was There, a Living Being, following O.P. around while he made his tea, dragging her old rawhide bone across the floor and dropping it at his feet so he'd throw the gummy thing for her.

Horatio thought of calling Silver Chief into the house. Would that make O.P. feel better or worse?

O.P. said the sandwich was good, but Horatio didn't think he meant it. He felt uncomfortable being alone with the old man. He was still mad at him for taking his room, even though he knew he shouldn't be. It had its own bathroom, and old people get up to go a lot during the night. But that room was big and had great windows and all his stuff fit in there with space to spare. The room he had now was much smaller. He still had things jammed in his closet that he couldn't find any place for.

O.P. put his teacup down slowly. "Horatio. I worry that Mollie may be suffering. Perhaps she's hurt and is in pain lying alone somewhere."

Horatio pushed a half-eaten sandwich aside. "Maybe someone found her and is taking good care of her," he said, but his words sounded weak even to him.

O.P. got up from the table and put his plate in the sink.

When he emptied his teacup, he banged it against the faucet and shattered it. Horatio helped pick up the pieces. The old man's hands were shaking.

"I'm not good for much, Horatio," he said. "I can't stop worrying about Mollie. 'Pleasure is often a visitant, but pain clings cruelly to us.' "

"Grandpa . . ." Horatio's heart had begun to race. "Grandpa, there's something . . ."

O.P.'s face looked so frightened that Horatio's words died in his throat.

"What is it, Horatio?"

"Oh, nothing. I . . ."

"Something's bothering you."

"I didn't want to tell you, but . . ." Horatio tried to wet his mouth with his tongue, but it was dry as wool. "Erik and I went looking for Mollie in the woods by Arrowhead Lake. She must have run out on the lake and . . . fallen through the ice." He swallowed hard, and continued. "She must have just been able to pull herself up on the sand . . . she was lying by the edge of the water . . ."

O.P. sank into a chair. His whole body went limp inside his clothes like a puppet whose strings were suddenly cut.

Horatio put his hand on his shoulder. "Grandpa. Mollie . . . she looked all right. Kind of peaceful. I covered her."

O.P. stood up and in his hurry to get to the closet, forgot his cane. "I'm going to get her, Horatio," he said, pulling his coat off a hanger.

31

"Grandpa, you can't carry Mollie!" Horatio took the coat from him, but O.P. grabbed it back.

"Horatio, I can't leave her in the woods. I'll carry her in a blanket." He limped across the hall to the linen closet and pulled a light blanket from a shelf. "Just tell me where the trail starts."

"Grandpa, it's dark outside. You'll trip. It's hard walking in the woods. And Mollie's heavy. I'll go back with Erik tomorrow when it's light."

But O.P. wasn't listening. He was pulling on his coat, and his eyes looked hard and bright.

Horatio handed him his cane and put on his own jacket. O.P. rushed out of the house and stepped into a puddle on his way to the car. Horatio followed close behind. The old man's eyes burned and the wind blew his white hair wildly about his face. He looked like . . . who was it? Yes—King Lear—out on the heath . . . with the storm raging around him.

O.P. didn't seem to notice Horatio in the car beside him. He drove silently, his body rigid, his hands blue-white on the steering wheel.

He *is* like King Lear, Horatio thought. Going kind of crazy with grief. It helped him to think of O.P. like that. It helped him understand his craziness.

If only the wind would stop blowing. It battered the trees and sent dead branches skittering across the road. If his mom could see them now, she'd hit the ceiling. He didn't care. He wanted her to be upset. If she hadn't taken off with Pink Gums Paul, she would have been around to stop O.P. from doing this crazy thing.

O.P. was driving faster than he usually did. Horatio was relieved when they reached Thatcher Woods.

"Grandpa, right there; pull up near the litter barrel." Horatio opened the glove compartment and took out a flashlight. He was feeling better now, more in command. He'd be able to get Mollie back. He'd have to.

Luckily the air was still warm, above freezing anyhow. The trail was sloppy, but not dangerous. He could hear the high tree branches creak as they swayed back and forth. O.P. was a little shaky, but he was managing to move ahead all right. His cane left a trail of holes in the slush.

When they reached the lake, Horatio stopped. The rough part was just beginning. He looked at O.P. He was breathing pretty hard.

"This is the lake, Horatio?"

"Yes. We go along the shore awhile. Do you want to rest?"

"No. Let's keep going."

Arrowhead looked enormous under the dark sky. Black and cold and deep. Horatio shivered. He had read that the deepest part went down twenty-six feet. But he didn't want to think about water. Only about how he was going to lift Mollie and somehow settle her in the middle of the blanket, then carry her over his shoulder back to the car. Erik would be surprised when he told him about it. His mom . . . well, he didn't know what she'd think.

"Just a little farther," he said. A log had fallen across the trail and he helped O.P. step over it.

As they got closer Horatio had an awful thought. What if some animal had found Mollie?

No. He could see the outline of Mollie's body under the evergreen trees. Everything was as they had left it. Even the stick was still in place.

"There, Grandpa. Under those trees." Horatio's stomach felt as if it were laced up tight like a boot. He took O.P.'s arm and led him slowly to where Mollie lay.

O.P. looked at the still body under the sweatshirt. Leaning on Horatio for support, he bent down and lifted the shirt from Mollie's head. He ran his fingers slowly back and forth over her face as if he were trying to imprint its contours into his own flesh.

"Can I put her in the blanket now, Grandpa?"

O.P. nodded.

Horatio stretched the blanket out on the ground. Thrusting his arms under Mollie, he managed to lift her and set her down on the fuzzy material. Then he placed the four corners of the blanket together, twisted them and pulled Mollie up so that her weight rested against his back.

"She's not too heavy for you?" O.P. asked.

"I'm okay."

He had thought it would be awful carrying Mollie. A corpse. What an ugly word. Dead dog was better. Alive. Dead. The cycle of nature. Natural, it was all natural.

But was it? Was it natural to die of cancer? Of drowning? Was it natural when a tree died after being struck by lightning?

Too much. Just too much. All he was sure of right

then was that he was carrying Mollie over his shoulder, that O.P. was walking in back of him managing his cane and the flashlight, that the wind had died down a little and that Mollie would rest safely that night in one of her favorite places, the backseat of O.P.'s old blue Ford.

After they had returned home, O.P., looking exhausted, went to his room. Horatio opened the kitchen door and peered into the trees in the back of the yard, where he thought he detected movement. Silver Chief liked to prowl back there in the nighttime. Once, the light of the moon had caught the blue of one eye as he looked toward him, making it glare like a tiny flashlight. It had startled him, pulling him out of the safe house into the wilderness, where wolves roamed the mountains at night and a boy would do well to be safely zipped into his sleeping bag in a snug tent. But he felt a shiver of excitement also. He liked the fact that Silver Chief had that streak of wildness. It made him feel closer to the wilderness, like the Mountie Jim Thorndike in Jack O'Brien's book.

Silver Chief took his time responding to Horatio's call. When he finally ran into the house, he immediately settled under the dining-room table and rested his face on his paws.

Horatio crawled under the table and lay down next to him. Usually when he did that, Silver Chief would get up and move. But he didn't tonight.

He knows I need to be with him, Horatio thought. He could feel Silver Chief's peacefulness. How could a living thing be so quiet? He rested his head on the warm, furry body and lay very still, matching his breathing to Silver Chief's.

Breathe in, breathe out, breathe in, breathe out . . . he and Silver Chief, breathing alike.

Quiet finally came. And with it, sleep.

6

"Horatio. Wake up."

Horatio opened his eyes. His mother was bending over him. He sat up and Silver Chief licked his face.

"You fell asleep under the table with Silver Chief. You'd better put him out now and come to bed. It's late."

Groggy with sleep, Horatio walked to the kitchen and opened the door for Silver Chief. What time was it? Then he felt the pain, and he remembered. Mollie.

That's what was so awful about a person or an animal dying. While you sleep you forget, but then you wake up and remember and they die all over again.

"Did you and O.P. enjoy your veggie pizzas?" his mom asked. She was wearing a dress that he had never seen before, and she had that green stuff on her eyelids. All for a little movie.

"We didn't have pizza."

"Oh? What did you have?"

"Peanut-butter-and-jelly sandwiches."

"But what did O.P. eat?"

"A peanut-butter-and-jelly sandwich."

"Horatio. Be serious."

Horatio walked to the window and squinted. His eyes felt scratchy and his throat was dry. "Erik and I went looking in the woods for Mollie. We found her at Arrowhead Lake. She . . . the ice broke. We figured she fell through. She was lying on the shore."

"Oh, no! Oh . . . how awful!"

He couldn't turn around. He knew what his mom's face would look like. "Yeah."

"Does O.P. know?"

"I didn't want to tell him . . . I was scared what it would do to him, but he was talking about how worried he was that Mollie was hurt somewhere, that she was suffering."

When he looked at his mom, she had that stony expression. She was hanging on to those black high-heeled shoes she always yanked off the minute she walked in the house.

"I went back to the woods with him to get Mollie. She's covered up in his car now."

"How did you get Mollie to the car, Horatio?"

"I carried her over my shoulder in a blanket."

"I can't imagine O.P. walking in the woods at night."

"I tried to stop him, but I couldn't. He was kind of . . . crazy. Like . . . King Lear."

Horatio's mom looked away from him and sat down on the couch. Her eyes were teary. Somehow that made him feel better. As if her crying helped him get rid of some of the heaviness inside him.

She pulled a hankie out of her purse, wiped her eyes and nose and suddenly was all business.

"We'll have to take Mollie to the vet in the morning, Horatio. I'll do it before I go to the office. O.P. will have to decide what he wants to do with her ashes."

She walked out of the room and Horatio heard her call O.P. softly, then go into his room.

Horatio hadn't known it until O.P. was living with them, but his mom really loved the old professor. He could see how she acted with him. It was too much sometimes, the attention she paid him.

"I'm going to bed, Mom," he said when she came back into the living room.

"Horatio, thank you for all your help. It must have been awful for you, finding Mollie and then having to tell O.P. I know you loved Mollie . . ."

"Yeah, well . . . how was the movie?"

"Some good laughs. You might like it."

"I probably wouldn't."

"There's a movie coming about a bear. Wonderful scenery. Maybe we can go next weekend. O.P. might enjoy it too."

"Yeah, well . . . we'll see."

Back in his room he flopped on his bed. He was too beat to get out of his clothes, to brush his teeth, for sure to floss them. He couldn't believe that his mom flossed every single night. Did she floss the night his dad died?

Stupid! What kind of stupid things was he thinking? He yanked off his jeans and crawled under the blankets. As soon as he closed his eyes he saw Mollie breaking through the ice. He tried to think of something else, but the scene kept replaying in his mind. He sat up, switched on the light and reached for *Silver Chief, Dog of the North* and turned to the chapter in which the husky was gone so long that Jim was afraid he had returned to the wilderness forever. And then Silver Chief comes back. He loved that part. He read until his eyes closed and the book slipped out of his hands.

Erik hadn't been at school that day. Horatio was going to stop at his house, but then he thought he'd better call from school first. Maybe Angie would answer. He hoped so. She was a year younger than Erik and had red hair too, but it was a nicer red than Erik's, kind of gold-red and silky. If she were a dog, you'd want to pet her all the time. She had green eyes and laughed a lot. She bit her nails, which he was kind of glad about because it meant that she had some hang-ups too. She was crazy about horses and was at Smitty's stable a lot, which was why she was never home when he went there to play chess with Erik.

Angie *did* answer the phone. And he forgot what he was going to say at first. Like he had mashed potatoes in his skull instead of a brain.

"Erik's sick, Horatio," she said. "He's got a super-bad cold."

"We have a big chess tournament Saturday. Do you think he'll be okay by then?"

"He looks awful now. And I think he has a fever."

"What's he doing?"

"Sleeping. He doesn't even feel like reading his chess books. So you know he's got to be sick."

"Well, tell him I called."

"Okay."

"How's your horse doing?"

"Lila isn't really my horse. Smitty's just nice. He never gives her to anyone else to ride when he knows I'm coming."

"Which is every day."

Angie laughed. "I guess. Well, I'll tell Erik you called."

"Thanks."

In the fall while he was out with Silver Chief, he had walked over to Smitty's stables and stayed in the trees so no one could see him. He had spotted Angie. Red hair made her easy to find. She was practicing jumping with Lila. He watched for ten minutes and then cut back through the trees, and she never knew that he had been there.

As he walked home he saw O.P. out for a little air. Even in a down jacket he looked thin as a fence post. Mollie usually trotted alongside him. Now he was alone.

He's got to get another dog, Horatio thought. A little time had to pass, he knew that. There were so many great dogs needing homes. At the shelter in Chicago, Horatio could have taken any one of twenty and been happy. He wished that were true of fathers. He'd walk into this big warehouselike room that had rows of offices with fathers in them. Then he'd walk down the hall and pick out a good dad, one who fit, who looked at him in a way that made Horatio feel he had known him for a long time.

Could there be one more father in the world who wore Peanuts sweatshirts and liked to eat bagels out by the lake and yell lines from King Lear?

He'd tell his mom to talk to O.P. about a new dog when the time was right.

O.P. lifted his gloved hand in a wave. "Warm day, Horatio. I think I can smell spring."

"Yeah, all the snow's gone."

O.P. rested on his cane. "I don't know if I thanked you for your help with Mollie."

Horatio shifted from one foot to the other. "That's okay." I should walk with him for a while, he thought. But he just told O.P. that he'd see him at home and began jogging.

He had always taken long walks with his dad. But O.P. wasn't his dad.

He slowed down when he could see his house and walked the rest of the way. Their mailbox had *Tuckerman* and *Berg* written on it. It used to be okay with him that he and his mom had different names, but now with his dad gone, he wished she were a Tuckerman and not a Berg. They would seem more like a family. He guessed he could change his name to Berg. Horatio Berg. Then he could use his initials as a nickname. H.B. No more Hot Turds.

But what could H.B. stand for that would be gross? That was the test. Let's see . . . Hot . . . Buns.

He'd stick to Tuckerman.

7

Horatio saw O.P. waiting in front of the school in the old blue Ford. He stepped out of the flow of kids pushing through the doors of the building and stood against the wall of the entry hall. Pulling his daypack off, he went through the motions of rearranging his books just to gain a few seconds.

Going with O.P. to scatter Mollie's ashes was the last thing in the world he wanted to do.

"I know this brings up a lot of hard memories for you," his mom had said that morning as she left for work. "But I think you can handle it."

How did she know what he could handle? He didn't even know himself.

It was hard to tell how upset O.P. was. He acted pretty normal, asking him how his day had been, driving his usual twenty-five miles an hour. But he could be faking. Horatio knew about that. You get good at it after a while.

When they got to the vet's, Horatio waited in the car

while O.P. went into the building. He came out a moment later carrying a small box. It was just an ordinary box. Anything could have been in it. He placed it carefully on the backseat.

They didn't talk. Horatio watched the snow falling, each flake large enough to be seen separately. They settled on fence posts and mailboxes and nearly covered the sign by the fruit stand that still advertised watermelon and strawberries for sale.

O.P. pulled into the parking spot beside the litter barrel, put on his gloves and opened the car door. "You wait here, Horatio. I know this is hard for you." He opened the back door and removed a metal urn from the box he had placed on the seat. "I'll just walk down the trail a bit."

"I'll follow behind with the flashlight," Horatio said.

O.P. began to walk, using the cane like a blind man, probing the space he was moving into. It was perfectly quiet, as if the day itself was holding its breath.

When O.P. stopped at a small stand of aspens, Horatio was right behind him. The old professor handed him his cane and stood very still for a moment, head bowed. Then he tipped the urn, moving it in a wide arc in front of him. Ashes, fine as dust motes, fell to the ground and were absorbed quickly into the wet earth. O.P. spoke in a low voice.

Rocked in the cradle of the deep,
I lay you down in peace to sleep.

Horatio bowed his head and watched the ashes disappear into the earth. O.P.'s voice gathered strength.

Death, a necessary end, will come when it will come.

Snow fell gently, making O.P.'s hair glisten and laying epaulettes on the shoulders of his coat. Brushing a snowflake from his cheek, he reached for his cane, stood silent for another moment and then began walking the slushy path back to the car, Horatio lighting the way with the flashlight. Trees, heavy with snow, blocked the darkening sky.

They were almost home when O.P. spoke. "I'm glad you were with me, Horatio."

Horatio nodded. He was feeling sad, but it was a good kind of sadness. He hadn't known that sadness could feel okay. Seeing the ashes hadn't bothered him the way it had at the campfire with Uncle Stewart. Mollie was part of the earth now, and out of the earth grew the aspens that had gathered around him and O.P. like old friends.

"Grandpa, what you said about death coming when it will come. I suppose that was Shakespeare."

"Brutus spoke those words at Caesar's burial."

O.P. steered the car to the far right to let a speeding pickup truck roar by.

"Wow!" Horatio said. "He must be going ninety."

O.P. smiled wryly. "Hurried and worried until we're buried and there's no curtain call. Life's a funny proposition, after all."

"That's not Shakespeare."

"No, that's from a song by George M. Cohan. Joshua used to sing it. He liked Cohan's music."

"Yeah, now I remember. Sometimes he'd sing that in the shower."

"It's a good shower song. Do you ever sing in the shower, Horatio?"

"Sometimes."

"What do you sing?"

"Oh, anything that comes into my head."

"The world is composed of two kinds of people, those who sing in the shower and those who don't. I'm glad to know you're a shower singer."

"Are you?" Horatio couldn't imagine O.P. singing in the shower.

"I was. But now I must concentrate on keeping my balance." He glanced at Horatio. "Cohan was right, Horatio. Life is a funny proposition. You'll see the truth of that as you get older."

"I'm old enough now."

O.P. didn't say anything. But when they got out of the car, he put his arm around Horatio in a quick hug before they walked into the house.

8

hursday, and Erik still hadn't returned to school. Horatio decided to stop off at his house and see how he was doing.

Angie answered the back door. She was barefoot and her hair was in a fat braid, which made her look different. More of her face showed.

"Erik's at the doctor's," she said.

"Do you know when he'll be back?"

"He just went with my mom about five minutes ago." She shivered. "I'm freezing." She went back inside the kitchen, leaving the door open, which Horatio decided to take as an invitation to follow.

"Erik's cold's turned into laryngitis," she said. "He can hardly talk."

"He won't be at the chess tournament, then?" What a stupid thing to ask!

"No. He's mad about that. Oh, if I burnt them!" Angie grabbed a hot pad, opened the oven door and pulled out a pan of cookies. "I guess they're okay. Open the door,

47

please!" She rushed past him out to the stoop and put the pan down in the snow.

"They'll cool out here faster." She walked back in, slamming the door behind her.

"What kind of cookies?"

"They're my invention. I put in chocolate chips, raisins and nuts for Erik, and butterscotch chips and marshmallows for me."

"Sounds . . . great."

"Want to try one?"

Angie retrieved the cookies from the stoop. One slid off the pan into the snow.

"I can eat that one," Horatio said.

"Leave it for the birds." She slid a spatula deftly under a cookie and handed it to him. "Here. Aren't you dying of the heat with that jacket on?"

Was she inviting him to take it off and stay? He just stood there with the cookie. Like a nerd. He'd better take a bite. He hoped they weren't gross tasting.

"Hmmm. They're good."

"You sound surprised."

He unzipped his jacket. But Angie didn't tell him to take it off. "They're more like candy than cookies."

"Yeah, my mom says too many of them'll rot my teeth. Hey, guess what? My mom's dentist was sick so she had a checkup with your mom yesterday."

"I hope she doesn't have eroding gums."

Angie screwed up her face. "What's that?"

"Soil erodes, trees fall out; gums erode, teeth fall out."

Angie laughed. "What do you do if you have eroding gums?"

"You floss. Every day. Even if you hate it, which I do. My mom has a pottery workshop in our basement, and she made this giant molar and painted 'Floss!' on it and hung it in the bathroom. I keep banging my head on it."

"I'd still rather have a mom who's a dentist than one who does what mine does."

"Your mom writes cookbooks, doesn't she?"

"Yeah. Now she's doing a series called 'The Adventurer's Guide to Healthy Eating.' In the last book the adventures were with different kinds of beans. This one's with tofu."

"My mom buys tofu and never eats it. It just sits in the refrigerator in that slimy water."

"She might want this book, then. My mom tests all the recipes on me and Erik so she'll be sure they won't kill anyone."

"Do you like tofu?"

"No! I make up poems about how awful it is and paste them on the bathroom mirror. It hasn't helped." Angie looked at the ceiling as if one of the poems were written there and began to recite:

Tofu is awful,
A terrible jawful,
It should be unlawful
To feed it to your kid.
I nearly died when my mom did.

49

Horatio smiled. "I bet my grandfather could come up with a quote from Shakespeare about tofu. He's got a Shakespeare quote for everything."

"They didn't have tofu when Shakespeare lived!"

"Hey . . . wait. I've got one!" Horatio could hardly keep the triumph out of his voice. "Tofu or not tofu. *That* is the question."

Angie giggled. "Hey, can I use that? My mom will be really impressed."

"Now you've got to come up with something on flossing."

"Hmmm . . . Let's see, what rhymes with floss? Gloss, boss, sauce, moss . . . hmm . . . moss . . . If you don't want your teeth growing moss, you'd better start now"—Angie raised her fist—"and FLOSS, FLOSS, FLOSS!"

Horatio laughed. "I guess plaque *is* a little like moss."

"Maybe. Anyhow, take another cookie. And I've got to get going. I've got a clarinet lesson."

Horatio pulled a chess book out of his daypack. "Could you give Erik this?"

"Okay. Any messages?"

"Tell him I hope he gets his voice back soon. And thanks for the cookies." He took a bite of the second cookie Angie handed him and was out of the house, down the steps and a block away before he started running.

He had just hung out with Angie! And it hadn't been a total disaster. His daypack bounced against his back like a big hand slapping him "Congratulations!"

He stopped running. Suddenly he didn't feel so good. Those cookies were heavy. They had fallen like lead to the bottom of his stomach and were just sitting there.

Oh well, he thought. Tofu or not tofu.

He started running again.

9

It was Saturday, nearly a whole week since Mollie had disappeared. Last Saturday it had been too cold to ice skate and today it was too warm and the ice was no good. Anyhow, Horatio didn't feel like being out on the ice. It might start him thinking about Mollie's death. It came up in his mind too much already.

When it did, he tried to block it off by thinking about something really great. Sometimes he couldn't come up with anything, but today he had hanging out in Angie's kitchen to replay over and over again.

When the phone rang, he was sure it was his mom or one of her friends. Maybe Pink Gums Paul. He'd tell him she joined Dentists in Space and just took off for Mars.

It wasn't Pink Gums. Definitely not. It was Angie!

"Horatio, I'm calling for Erik. He's going bananas. He asked me to bring some chess problems over to you that he's been working on. And then you can call and tell him what you've figured out. He's still not supposed to talk much."

"Okay. I'll be around." (Cool. He was so cool.)

"I'm going to the stable now, so I'll drop them off on my way."

By the time the doorbell rang Horatio had changed out of a mud-colored sweatshirt into a blue fisherman's sweater that still had some shape left. He debated whether to change into cleaner jeans, but decided not to go overboard.

Angie was wearing a yellow poncho and high black boots. Her hair was pushed up into a yellow rain hat.

"I didn't know it was raining out," Horatio said.

"It was, but it stopped." Angie pulled off the hat and her hair tumbled out. She handed Horatio an envelope and a book. "Here's the chess stuff."

"I was wondering if you'd like to meet Silver Chief."

"I would. Erik talks a lot about him. He's wanted a dog forever, but my mom's allergic."

When they walked out into the yard, Silver Chief ran to greet them. Horatio rubbed him behind his ears and he flipped over and turned his belly up.

Angie laughed. "Hey, I thought he was a wilderness dog. He's more like a big kitten."

In an instant Silver Chief was back on his feet. He stared at Angie for a second and then took off, running at full speed, ears back, nose into the wind, circling the yard as if he were racing another dog and was determined to win.

"You insulted him," Horatio said. "He's showing you he's no kitten. He could run the Iditarod."

"Silver Chief, I didn't mean to insult you!" Angie yelled.

They watched until Silver Chief had run himself out. Horatio called him, and as he came close Angie managed to land a pat on his head. As if bored with the whole thing, the husky walked away and started chewing at a low-hanging willow branch.

"He's a beautiful dog," Angie said as they walked back to the house. "And I bet he's easy to take care of, too. Easier than a horse. Right now I've got to go and change Lila's straw. It's really grungy."

"I don't know anything about horses."

"Do you want to come and meet Lila? She loves people."

"Yeah, sure." (Cool, was he cool!)

They walked along the lakeshore for a while. The melting snow made the sand soggy. It was easier going when they cut through a meadow. Horatio's foot caught in a deep hole and he pitched forward onto his knees. He got up quickly, embarrassed.

"Are you okay?" Angie asked.

He nodded and followed her through an opening in a barbed-wire fence.

The gate to Smitty's Good Luck Stable had two horse-shoes nailed on it.

"A horseshoe's supposed to bring good luck, isn't it?" Horatio asked.

"But you have to mount it with the opening facing up to catch the good luck."

Horatio pushed the gate open and they puddle-jumped to dry land.

"Hi, Smitty," Angie said as a man on a handsome black horse rode up to them. "This is Horatio. Horatio, Smitty."

Smitty smiled, revealing teeth that were stained brown. He smokes, Horatio thought. Smitty was the skinniest man he had ever seen. His cowboy hat came down over his eyebrows and his eyes were black as ink blots. Horatio wondered if he were part Indian.

"Pretty damp around here," Smitty said. "Not a good day for the trails, Angie. You'll be kicking up a lot of mud."

"I came to change Lila's straw."

"There's plenty in the barn. You know where the old stuff goes."

Smitty rode off, and Horatio and Angie jumped puddles to get to a small barn. It was dim inside, and it took Horatio a moment before his eyes adjusted. Three horses swung their heads to look at them. Angie went up to the white one and put her face against its muzzle.

"This is Lila," she said. "And Lila, this is Horatio."

Horatio held out his hand, palm up, the way he had learned to do with dogs. Lila had big, dreamy eyes framed by bristly eyelashes.

"She's beautiful," he said. "What kind of horse is she?"

"Arabian. They're really strong. They have one less vertebra than other horses. That makes their back shorter so they can walk across a desert carrying really heavy loads without getting tired." She nuzzled her face against Lila's. "Hey, I'm changing your sheets today."

"Do Arabians come in different colors?" It sounded as if he were asking about ice cream flavors! What a nerd!

"Sure. Chestnut, black. Lila was born gray. As she grows older she'll get whiter and whiter until she's all white. Now she's in between, with white and gray mixed. You call that dappled."

"You mean Arabians are never born white?"

"Right."

"She's got such gentle eyes."

"I just sit in the barn with her sometimes. She knows when I need some T.L.C."

"What's T.L.C.?"

"Tender loving care."

"I thought it might mean twenty little cookies."

"I don't believe you!" Angie smiled, and Horatio noticed the beginning of a dimple in one of her cheeks. She and Erik really looked pretty much alike. It felt strange and nice both.

"I'll put Lila in a different stall so I can start."

"I'll help," Horatio offered.

The sky had lightened and pale rays came through the one small window in Lila's stall. The straw had a thick smell, almost like dried seaweed. It was heavy, and the rake wasn't that strong. He'd rather lift the stuff out by the handful. He would have if it weren't so . . . what was Angie's word? Grungy.

Angie returned, dragging two large trash barrels. She started raking and they didn't say much, but it felt okay. It actually felt pretty good. He was a little wired, though. Being alone with Angie in this small, cozy place. He knew what some of the guys in school would say if they saw him now. Something dirty that they'd think was cool. Big talkers. Put one of them here with Angie and see what they'd do.

All he knew was that he was feeling good. Angie's hair was the brightest thing in the whole barn. She raked fast, humming. He couldn't figure out the song. Should he ask her?

"What's that song you're humming?"

"Was I humming? Probably 'Four Strong Winds.' It's a folk song."

"I don't know anything about folk music."

"What do you know? Rock?"

"Yeah, and some old songs my dad used to sing."

Angie looked at him, her eyes sympathetic. He turned away, scooped up a pile of straw and dumped it in a barrel.

"You must miss him."

"Yeah."

She had a piece of straw sticking in the bottom of her braid. He reached over and pulled it out.

"Straw," he said, and handed it to her.

Stupid, stupid. They're in the stuff up to their eyeballs and he tells her it's straw!

"Do you ever talk to Silver Chief the way I talk to Lila? Like he's your best friend?"

"Yeah. But he's probably not as good a listener as Lila. He's got to be in the mood."

"Girls are better listeners than boys."

"Better talkers, too."

"They're better inside talkers and boys are better outside talkers. You know what I mean?"

"No."

"Well, girls talk about what's going on inside them, their feelings about things. And boys talk about what's going on outside them, like baseball games, chess tournaments, space stuff." Angie paused as she pushed the dirty straw down into one of the barrels. "My mom's always talking about relating—that's her big word—me relating to Erik and Erik relating to me and me relating to my father. And my dad talks about toxic waste and computers and how much he hates tube socks."

Horatio laughed. "But your dad hating tube socks is real inside stuff. I feel the same way. You always end up with too much sock at the toe and it bunches up inside your shoe and drives you nuts."

"Your dad was a writer, wasn't he?"

"Yeah. Plays."

"I bet you take after him."

"I don't know . . . maybe. Why do you think that?"

"Oh, it's just a feeling. You don't mind that I said that, do you?"

"No."

"I take after my dad in only two ways. I have hair like his and I can crack the knuckles in each of my fingers anytime I want."

Horatio winced. "Don't show me."

"Do you want to be a writer?"

"No."

"I think I might. Not cookbooks, though. Travel books. I want to travel all over the world and then write about it."

"Sounds good."

"What do you want to be?" Angie stopped raking and looked at him.

She was waiting. She was probably a super listener. But he had never told anyone what he dreamed of doing. It was his secret. It would get spoiled if he talked about it. He could see it now, his mom bringing him piles of books from the library to read about it. And she and O.P. discussing it at the dinner table, asking him questions, wanting to encourage him. Which is what parents and grandparents are supposed to do, right? Then the secret would be theirs too, not all his.

Angie was waiting. He took the leap, feeling a small tearing as he did it. A letting loose.

"I want to travel and photograph animals—help protect endangered species."

Angie liked that. He could see her eyes warm up. She smiled. "Horatio, I hope you do it. You will. You're smart enough."

He shrugged. And then the pleasure in seeing her response gave way to fear. "Don't tell anybody else what I told you, okay?"

"I won't. But haven't you told Erik?"

He shook his head.

"You've never told anyone about it at all? Your mom?"

"Nope."

"Oh." Angie's eyes grew even warmer. "So I'm the first one you've told."

"You and Lila."

Angie laughed. "You can count on her to keep a secret. She knows a lot of them."

Horatio slowed his raking up. Why go fast and finish? He wanted to make their time in the stable last. "Has your mom ever written anything but cookbooks?"

"Maybe, when she was younger. All I know about are the cookbooks." Angie pushed the last rakeful of straw into a barrel. "Horatio, I worry a lot about my mom smoking."

"Have you told her that?"

"A million times. So has Erik. She smokes the most when she's writing. That's what's so bad."

"My dad too. He finally went to a hypnotist."

"And that worked?"

"Yeah, but he had already smoked for twenty years."

"My dad has tried to get my mom to stop. He tells her it's crazy, she's writing all these books about healthy eating and she's poisoning herself."

"He's right."

"Is smoking bad for your teeth?"

"Smoking is bad for everything."

"If my mom has another appointment with your mom, maybe she could tell her she'd better stop smoking."

"I can ask my mom if she could tell your mom something scary."

"Would you?"

"Sure."

Angie scooped up the last of the old straw and they both pulled the barrels out to the back of the barn, then dragged a bale of clean hay into Lila's stall and began scattering it with pitchforks.

When they had used up all the straw, Angie brought Lila back. "I'd like to groom her. Do you mind if we stay a little longer?"

"No. Can I do something?"

"Just take that curry brush on the shelf there and brush her, hard; but not too hard."

"Does she like it?"

"She even likes when I brush her bangs. Don't you, Lila?" Angie brushed the snowy white hair falling over Lila's forehead. "If she could, she'd purr."

"I bet you spend more time on her hair than on your own," Horatio said.

"Does my hair look that bad?"

"I didn't mean it like that! Your hair is pretty." His face was on fire. He was going to burn up the barn.

Angie blushed and became very intent on taking a tangle out of Lila's mane. "Kids at school say all I think about is horses. But that's because they don't have anything that's special to them. If they did, they'd understand."

"It's like that with me and chess."

"You're lucky. You have two special things, Silver Chief and chess."

As Horatio moved to Lila's other side his hand grazed

Angie's hair. She had a smudge of dirt on her cheek. He wanted to reach over and rub it off.

"You've got dirt on your cheek," he said, his voice a little gruff. She didn't seem to hear him. "Anyhow, I have three and a half special things, not two. The third is being outdoors, seeing wildlife, stuff like that. And the half is photography. When I get the camera I want, it'll get to be a whole instead of a half."

Angie's braid had come loose and her hair was falling over one eye. She pushed it away. "The other day I saw a fox for the first time. It just walked across the trail, looked at me and kept going. I felt so . . . oh, I don't know. Animals, when they look at you and trust you, it's such a good feeling."

"Yeah. That happened to me with a raccoon once."

"I always wonder how photographers get those incredible closeups of animals, like they're just a foot away from this tiger that's ready to pounce."

"They use really strong lenses."

"But still, they've got to be pretty close!"

"Photographing wild animals can be dangerous."

"Does that scare you?"

"No. Not now, anyway."

"Lila's not exactly endangered, but maybe you can practice on her when you get your new camera. I'd love to have a good photograph of her jumping. I want to enter a competition when she's ready."

"Do you have to practice a lot?"

"A lot."

"Erik told me that you helped out at the animal shelter last summer."

"I'm going to do it this summer too."

"I want to get my grandpa to go there. Maybe he'll see a dog he likes."

"Some people don't want to get a new pet when their old one dies. They think the new one will never be as wonderful as the one they had."

"Yeah," Horatio struggled to find the right words. "But a new dog wouldn't have to be like Mollie. It would just be itself . . . you know, great in its own way."

"Have you told your grandpa that?"

"Kind of. Listen, if I get him to go to the shelter with me, would you come too?"

"Sure, if you want me to. It really made me sad when I heard about Mollie. I thought about it all day."

"I wish I could stop thinking about it."

"I know. Well, we'd better get going." Angie planted a kiss on Lila's forehead. "That's your beauty treatment for today."

Horatio stroked Lila's nose. "Good-bye, Lila."

As they walked out of the barn a frigid wind slapped them, swirling a mist of fine snow in their faces.

"It's freezing!" Angie wrapped her scarf around her head.

Horatio pulled on the hat his mom had knit for him with a brim he could yank down over his forehead. He didn't, though. He looked like such a nerd that way.

They didn't talk as they half ran the mile to the intersection. They stopped when they got there. They each had to go in a different direction.

Angie's cheeks looked bright pink above her purple scarf. Snow made her eyelashes shine.

"Just let me know when you want to go to the shelter. And good luck!" She waved, and Horatio watched her run into a world of wind, swirling snow and gray clouds.

10

His mom was in the kitchen. She was wearing jeans and her hair was tied back with a ribbon. Music was playing on the stereo.

"Mozart?" he asked. He was pretty safe with that one. She was always playing Mozart.

"His clarinet concerto."

"You like the clarinet?"

"I never used to, but I do now. I love this concerto."

"Is the clarinet hard to play?"

"I would guess so. Getting your tongue and lips to do the right thing."

He almost told her that Angie was taking clarinet lessons, but he resisted just in time. He motioned to the chopping block filled with fresh vegetables. "Making a stir-fry?"

"A casserole. I saw the recipe in the newspaper."

"Could you put that crunchy crust on it?"

"You liked it? It's just cornflakes and butter." She slit a zucchini expertly down the middle. "Where have you been?"

"I went with Angie to clean out her horse's stall. She needed some help."

"Angie has her own horse?"

"Well, kind of. It's really the stable owner's, but she takes care of her and rides her all the time."

"How's Erik?"

"He's still not supposed to talk."

"Have you found a replacement for him for the tournament tonight?"

"Buddy Burmeister."

"You're probably not happy about that. Horatio, I'm going out with Paul tonight. We made last-minute plans to go to a concert."

"You're supposed to drive me to the tournament!"

"O.P. will drive you. Then he can stay and watch. It'll be a diversion for him."

"I don't want to have to worry about anyone when I'm playing chess!"

"It's such a good chance for him to get out of the house and get his mind off Mollie."

"A good chance for him! What about me?" His voice rose. "You never ask me what I want!"

"Horatio! Shhh!"

"He can't hear. His door's closed."

"I can drive you to the tournament, but we'd have to leave this minute."

"Forget it." He stalked out of the kitchen into his room and flopped on his bed.

That's what he meant about kids having no rights!

■　■　■

The front doorbell rang. Pink Gums Paul. He wasn't going to be polite and say hello the way his mom would like him to. He heard her laugh. And then he heard O.P.'s voice. O.P. had come out of his room. He was always polite. Maybe when you were old, being polite when you didn't want to be didn't grind you up inside.

"Horatio."

His mom stood at the door of his room. She had her green eyelids on.

"I'm going, Horatio. I'm sorry about tonight. We'll have a good talk tomorrow. Do you have some time?"

"For what?"

"For a talk. Maybe we can go out for Sunday breakfast."

"Maybe."

"Good luck tonight. I hope Buddy does brilliantly."

"Thanks."

And she was gone. He could smell that rose perfume she wore. And then it was gone too. The front door slammed, and a car motor started. Wheels scrunched on the gravel driveway. Pink Gums had a pretty dumpy car. Sounded like he needed a new muffler.

O.P. wanted to get going pretty early, which was all right with Horatio.

"It's nice to see Evie go out and have a good time," O.P. said as they drove down the empty street.

Horatio didn't answer.

"Is it hard for you to see your mother go out with a man, Horatio?"

He hadn't asked for this! He was supposed to be staying calm, getting his chess head screwed on. "Grandpa, I can't talk about this now, okay?"

"Of course, Horatio. You have a serious evening ahead of you."

That was the end of the conversation. O.P. drove without saying another word, and Horatio closed his eyes and tried to clear his mind. Fat chance!

When they pulled up to the community center, O.P. didn't get out of the car.

"Good luck, Horatio."

"I thought you were coming in."

"No, you go ahead. Call when you're ready to be picked up."

"But Mom said you were going to stay."

"Evie worries about me too much. Play well."

Horatio got out of the car, and O.P. waved and drove away.

The custodian of Spring Creek Community Center was a broad-shouldered, cheerful man who communicated by smiling and winking. He was setting up tables in the meeting room. The center had just been redecorated, and the newly varnished floors were polished to a hard shine. The ugly mustard walls were now white, a welcome change. If only they hadn't rehung those awful photographs of all the dead park presidents, Horatio thought. He was sure by their expressions that they all had had trouble with false teeth. None of them were smiling.

He set up his chess set on one of the tables and sat down. Then Buddy walked in. He looked pretty hyper.

"Hi, Horatio." Buddy pulled off a red tasseled hat, letting loose a springy mass of blond hair. He had very pale skin and sharply cut features, like a Pinocchio puppet. "I thought I'd be the first one. My dad dropped me off. He wanted to watch, but he makes me nervous. What's wrong with Erik?"

"Laryngitis."

"Oh, he'll be sick for a while, then. I'll fill in for him next Saturday too."

"He might be back."

"No way!" Buddy exclaimed.

When Pete and Jerry walked in, Pete looked at Horatio. "My head isn't screwed on straight tonight. I hope yours is."

"Mine's mashed potatoes," Horatio said.

The guys from the competing team arrived a minute later, followed by Rudy, the tournament director. He had on a flowered yellow tie and green plaid pants.

"Rudy, where did you get that clown suit?" Buddy slapped him on the back.

"All right, gentlemen, set up your boards," Rudy said.

And the chess evening was officially under way.

11

There was a knock on his door. His mom. She was home early.

"Come in," he said.

The minute he saw her, he knew something was wrong. Her eyes looked as if she had been crying. She had put on an old wool shirt over her dress and she was holding it around her as if she were freezing.

"How did the chess match go?" She sat down at the foot of his bed, barely missing his toes. "Sorry! We'll have to buy you a king-size bed soon!"

"We lost. It was my fault. I dropped a knight. I couldn't concentrate."

"Oh." She pulled a Kleenex out of the shirt pocket and wiped her nose. "Do you feel awful?"

"Yeah."

"That's why you're not sleeping yet?"

Horatio shrugged. He pulled himself up and sat against the pillows. "I guess."

"Why couldn't you concentrate, Horatio?"

"I don't know."

She was going to try to get him to talk. Pull him into one of those discussions that wore him out. He just wanted to disappear into a hole. No, what he'd really like was to see Angie and Lila. Horses were so peaceful. We ought to learn from them, he thought. We should shut up for maybe a year, just walk and look at the trees and maybe the whole world would straighten out.

"Horatio, I lost my match too." She smiled ruefully. "I got creamed."

What was she saying? He looked at her, waiting for her to say more. But she didn't. She just sat there, wiping her nose.

"How did you get creamed?"

"Well, I know Paul isn't your favorite person in the world, but then, no man I went out with would be, would he?"

Horatio felt his gut tighten. Here it goes. No matter how hard he tried to stay out of it with her, she oozed him in.

He pulled his blankets up. "I miss Dad."

She looked away from him, down at her hands, rubbing the spot on her finger where her wedding band used to be. "I wake up and turn over and expect to see him in bed next to me. And when he's not there, I feel like he's just behind a screen and if I could tear the screen away, I'd be able to touch him."

"But Mom, how—Oh, I don't know . . ."

"What don't you know?"

"Forget it."

"No, tell me what's bothering you."

"If you still miss Dad so much, how can you go out with some other man?"

Evie wadded the Kleenex and stuffed it in her pocket. "You always have asked hard questions, Horatio."

"But Mom, how can you have a new guy come to the house and go out somewhere, and then doesn't he want to kiss you and stuff? I mean, I don't understand. If I were you, I couldn't do it."

Evie smiled. "You couldn't, huh? Well, I understand how you feel. But Horatio, I didn't go out with a guy, meaning Paul, until a year and a half had gone by without your father. That's a pretty long time to be lonely. So I said to myself, well, are you going to close up shop and live on memories, or are you going to do what might hurt? Take a chance and go out with a guy and maybe have a terrible time, but maybe it will be all right. Maybe you'll even enjoy yourself. So I decided to try."

She picked up one of Horatio's shirts from the floor and wiped her eyes. "So, I went out with Paul and got to like him and thought maybe this might not be forever, but for now, it feels good. He made me want Saturday nights to come again. But I got creamed, Horatio. The woman he had been going with for five years when he lived in Indiana has changed her mind about living here. She's coming. And"—she rolled the shirt into a ball and threw it across the room—"I'm going."

Horatio climbed out from under the blanket and patted her awkwardly on the back. "Mom, I didn't want you to get creamed."

"I know that, Horatio."

"Can I ask you something?"

72

"Just make it easy."

"Doesn't it freak you out to eat dinner with someone who has gums that are eroding away?"

Evie laughed and hugged him. He hugged her back, and they hung on to each other and didn't let go.

She was the first to break away. "Let me straighten your bed, Horatio."

Horatio stepped down on the floor and Evie fluffed the pillows, smoothed the sheet and then held the blanket back.

He climbed in and she tucked the blanket close around his chin and under his feet the way he used to like it when he was little.

"Good night, Horatio."

"Mom, we've got to get Grandpa to the animal shelter. Maybe he'll find a dog he likes."

"Perhaps he'll be ready to think about it after more time passes."

"But it's like part of him is missing . . . you know what I mean?"

"Yes . . . I know what you mean. Now you better settle down and get some sleep."

"Mom."

"Yes?"

"I don't think you lost the match. Pink Gums did. He's the big loser."

She bent down and kissed him good night. It felt like she hadn't done that for years and years.

12

The sun had just hit the edge of his window, laying a bar of light along the floor. It was early enough to spot a deer feeding in the woods if he'd get up and out. What was going on in his mind wasn't all that great that he wanted to lie in bed anyhow.

He heard sounds coming from his mom's studio, right below his room. She was having trouble with the door of her big kiln. He wished he could fix it for her. She must not have slept very well to be working this early.

He stretched, rolled out of bed and picked up the clothes he had discarded on the floor. He'd better do his laundry. He was at the point where there were more clothes on the floor than in his drawers. He was the only kid he knew who had to do his own laundry. His dad's influence. He had always shared housework with Evie and saw no reason why Horatio couldn't throw his own dirty clothes into the washing machine. Although it was a drag, Horatio hadn't been able to find a reason why his father wasn't right.

He put on clean clothes except for his jeans and dumped two armfuls of dirty clothes down the chute. He'd get to the laundry sometime that day. Not now. And he wasn't up for that early walk either. All the stuff that had happened the night before hung on him like cobwebs. Through the window he could see Silver Chief lying on a bed of new snow. So clean and white. Much easier than changing straw!

The *Spring Creek Enterprise* was on the kitchen table, and he flipped through it until he found the chess column. His mom came into the kitchen, and he said "Hi" without looking up. He didn't want to see that her eyes were red from crying over Pink Gums. It would make him feel too guilty for being glad that nerd was out of their lives.

"Horatio, that chess column must be really fascinating." She touched his hair lightly as she passed him on the way to the sink, filled the coffeepot with water and put it on the stove. Her eyes weren't red, but she looked wiped out.

"I've got an idea about what we can do today," she said. "There are sled races in Hamilton with over forty husky teams racing. How would you like to go?"

"You hated it when we went last year."

"I wasn't dressed warmly enough. This time I'll wear my down jacket and double socks."

"I've got stuff to do. You don't have to take me."

She walked over to him. "Horatio, look at me."

Horatio lifted his eyes to her face. She looked into them for a moment before speaking. "I'm not taking you. We're going together, you and I. Okay?"

Horatio could see his reflection in her eyes. "Okay."

"I'll make breakfast, then finish up some glazing. Can you be ready by nine thirty?"

And then she took the eggs out of the refrigerator and the pecans and flour out of the cabinet, and he knew she was going to make pecan pancakes for breakfast.

13

Should he try to talk to Angie at school about going to the shelter or should he call her at home? He decided to call. Erik was still saving his voice, so he probably wouldn't answer the phone. The chances were good that Angie might.

He lucked out. She did.

"O.P. said he'll go to the animal shelter, but just to look," he told her. "I'm hoping he'll see a dog that he just can't resist, though." He guessed he was nervous because he talked on and on about O.P. finding a dog as if someone had wound him up.

"It's so good O.P. is going, Horatio. I didn't think he would," Angie responded.

"Yeah." Horatio hesitated. "I think he's going because my dad died two years ago today and he's trying to be nice to me."

"Oh, well . . . it's good for him to have something to do too."

"We'll pick you up in front of the library at three fifteen. All right?"

"Right. Hey, my mom doesn't have eroding gums. I asked her."

Horatio laughed. "That's good. How's she doing on her tofu book?"

Angie groaned. "Last night she tested tofu-and-spinach pancakes out on us."

"Does your dad have to eat all that weird stuff too?"

"When he's home. But he travels a lot."

"I would too if I were him."

Angie thought that was pretty funny. He did too, actually. When he had hung up the phone, he couldn't think of one totally nerdy thing that he had said. It felt good, not being mad at his nerdy self. It felt so good, he went down to the basement to do his laundry. His mom had said that if he waited one more day, he'd be able to donate his clothes to science for research on molds.

O.P. backed the car out of the driveway. "I'm counting on you for directions, Horatio."

"I told Erik's sister, Angie, that we'd pick her up at the library. She's been there before."

O.P. nodded.

He looks pretty miserable, Horatio thought. Maybe I shouldn't have pushed him into going to the shelter.

O.P. drove slowly, his hands gripping the wheel. He was wearing the new green-and-blue-striped scarf that Evie had given him. She had said it was time for him to wear something that wasn't brown or gray. But his jacket was brown. And his pants. And his shoes.

As they pulled up in front of the library, Angie dashed

78

out. "I had to wait for a science book forever!" She scrambled into the backseat.

"Angie, this is my grandpa. Grandpa, this is Angie."

"It's a pleasure to meet you, Angie," O.P. said.

"I'm glad to meet you, too."

"Horatio tells me you're our navigator."

"Just take this street all the way to County H. Then take a right to Peace Mill Road. About a mile down we'll see the sign for the shelter."

Angie sat back in the seat and Horatio didn't know what to talk about. He'd just be quiet. It didn't seem right to talk about things that would leave O.P. out.

Soon after they turned onto Peace Mill Road they saw the white sign with a green silhouette of a collie on it. They bumped along between overhanging oak trees until they came to the shelter, a sprawling blue farmhouse with a maze of kennels and dog runs along the rear. A small boy was trying to coax a brown-and-white puppy into a car.

Angie smiled. "Look how serious that little kid is!"

"Getting a dog is serious business," O.P. said.

As they walked to the office a dog in one of the kennels spotted them and started to bark. It was like a signal. Another dog began barking, then another and another until the whole kennel joined in.

O.P. covered one ear with his free hand. "Quite a cacophony!"

"What a funny word," Angie said. "What does it mean?"

"A jumble of loud noises."

"Yeah, and guess what you call a lot of chickens squawking? A cacklephony." Horatio grinned. "My dad figured that one out."

The woman at the desk in the shelter office was short and squat, stuffed into a yellow T-shirt that had PUPPY POWER written across the front with a sprinkle of paw prints. Her eyes, one green and one brown, caught Horatio's attention. Two different-colored eyes were common with huskies. Had she been working with dogs so long that she had begun to look like one?

She had a friendly smile. As soon as she spoke Horatio liked her.

"How can I help you today?"

"With your permission we would like to visit the dogs," O.P. said. "We aren't interested in choosing one today, however."

"That's okay. Just start in that corridor through there and keep going. The far door will lead you to the outside kennels. I'll be glad to answer any questions."

O.P. motioned to Horatio and Angie to go first.

Dogs! So many different sizes, breeds, shapes and color combinations. Most of the dogs were so eager for company that they pressed their faces against the wires, barked, wagged tails, pushed paws through openings, licked any hand that came close enough to reach.

Horatio glanced at O.P. How was he taking this? He couldn't tell. The old man walked slowly, stopping, putting his hand out to touch a wet nose or stroke a paw.

"Look at this sweetie!" Angie was getting her hand licked by a caramel-colored puppy with wistful brown eyes.

"I could never work here," Horatio said. "I couldn't stand seeing these dogs disappointed. People coming by and then walking away and leaving them."

They came to a cage in which a large black dog was sleeping. But as soon as she heard their voices she sat up and looked at them.

Angie put her hand through the wires and the dog walked over. She stroked its head. "She's so gentle. What a sweet face for so big a dog."

"Most likely a senior citizen," O.P. said.

"She seems friendly. Look, she's licking Angie's hand."

"Doesn't she have a nice face?" Angie asked, looking at O.P.

O.P. raised his eyebrows and smiled. "I suspect some campaigning is going on here."

He moved on and stopped at a small kennel in which a medium-size, shorthaired dog was pacing back and forth. She had only three legs.

"She must have been in some kind of accident," Horatio said.

"You've had a time of it, old girl." O.P. put his hand against the cage and the dog barked.

"She has some terrier in her, I bet," Angie said.

"She reminds me of a lion in the zoo the way she paces back and forth."

O.P.'s voice was sympathetic. "She's having a hard time, confined in that small space."

A bark sounded that was so mournful Horatio and Angie looked at each other. They followed the sound to a cage where a black-and-white dog with a pink nose was

81

lying with its face on its paws, letting out an end-of-the-world howl.

Horatio squatted and looked the dog in the eyes. "It's going to be okay, buddy. Someday someone will take you home." The eyes just looked at him, steady and yearning. "Maybe O.P. won't be able to turn this one down, Angie."

But O.P. walked by the sad dog without stopping.

When they had passed through the whole kennel, O.P. went back to the senior citizen's kennel and then the three-legged dog's. But after a couple of seconds he was ready to go.

"I guess it didn't work," Angie whispered to Horatio as they walked behind O.P. on their way to the car. "That black dog would have been perfect!"

"Yeah, that's what we think. But what does he think?"

O.P. didn't tell them what he thought. When they had walked back to the car, he suggested that they all sit in the front seat. Angie sat in the middle, pulled off her hat and rested her head against the back of the seat.

"The woman at the shelter said they might have to put that three-legged dog to sleep," O.P. said.

"Why?" Horatio and Angie demanded at the same time, their voices mirroring their distress.

"The shelter is small, and they're not allowed to keep dogs that someone isn't going to take home."

They turned quiet then. O.P. leaned forward intently. Visibility was always a problem for him at twilight.

Horatio was pressed so close to Angie he felt his skin tingle. The heater warmed his legs and the car tires hummed. They rolled by dark silos and hulking barns and then a farmhouse with windows that glowed. He thought of a warm kitchen and a family sitting around a table at dinnertime eating and talking.

"Tired?" he asked Angie.

"Just sad for some of those dogs. I feel so awful when I see an animal that's hurt or lonely."

In the dim light her face looked . . . what was the word Horatio wanted? Enchanted. Like the long-haired princess in that fairy-tale book O.P. had given him when he was little.

"I saw a fawn once that was hit by a car. It was just lying on the road, and when I looked at it, a big tear rolled down its cheek."

"Oh, Horatio! A tear? Are you sure?"

"Yes, one big tear."

"What happened to the fawn?"

"A farmer called the animal warden, but I had to go before he came for the fawn. I've never stopped thinking about it."

They arrived at Angie's house much too soon. Horatio hated to have her leave the warm, dark cocoon they had been enclosed in. The minute she waved to them from the doorway of her house, he began figuring how he could see her again.

14

The house looked closed and dark by the time Horatio and O.P. pulled in the driveway. Horatio had hoped his mom had come home early. It didn't happen often, but when it did, the house was so much easier to walk into. The other day when her last appointment was canceled she had baked gingerbread, and he smelled it the minute he opened the door. Or if she got home really early, she might be down in her studio working on her pots.

He flicked on the lights, turned the thermostat up and went into the kitchen. O.P. followed. The Old Professor wanted to say something to him, but was having a hard time.

"Should I put up some water for tea, Grandpa?"

"No, thank you." O.P. sat down at the table, opened the newspaper he had left there that morning, then folded it again. "This is a hard day, Horatio."

"Yes."

"Perhaps it would help to share our feelings with each other."

Horatio was just going to check if there were any leftovers in the refrigerator. It didn't feel right to do that now.

O.P. continued. "I often have the feeling that the order of things has gone awry. The record keeper up there made a mistake and called the wrong Tuckerman. Joshua should be here with you, not your old grandfather."

Horatio walked to the sink. "Want a glass of water, Grandpa?"

"I'm going to light a memorial candle for Joshua now. I'd like you to be with me. Is that all right with you?"

Horatio nodded and followed O.P. into his room. It was hard to believe this space had once been his. Books were on shelves, stacked on the floor, piled on O.P.'s desk. Framed scenes from Shakespeare's plays covered the wall and plants crowded the windowsills. A photograph of his dad and O.P. stood on the table by the bed. They had their arms around each other's shoulders and were smiling. His dad had hung that same photograph on the wall of his study. Pain, as sudden and sharp as a beesting, made Horatio look away from the smiling faces to the candle O.P. was placing on the bookcase. The Old Professor struck a match three times before it ignited, but when he lit the wick, his hand was steady. Fire leaped up, and Horatio stood beside him, watching it burn down to a small, steady, blue-red flame.

The front door opened and Evie's loaded purse thumped to the floor. Two more thumps. She had kicked off her shoes.

"Anybody home?" she called.

"We're in my room, Evie."

Evie walked in and collapsed in the easy chair. "I was hoping to walk in the house and see a new dog." She looked at the burning candle for a moment, then leaned back, her arms hanging loosely. The hood of her jacket had flattened her hair and she had eaten all her lipstick off. "I walked by the lake for a while, but that didn't help."

O.P. took off his glasses, polished them with his handkerchief and put them on again.

"What would you both think of sharing a few moments of remembrance together? Perhaps we could each choose something appropriate to read?"

"Something that Joshua loved," Evie said, vitality returning to her voice. "I'd like that, O.P." She turned to Horatio. "What do you think, Horatio?"

He couldn't answer. He felt as if he had been squeezed into a very small space with no air to breathe.

"You and your father did so much reading together," she continued. "There must be something you could share with us."

He looked at them tensely. "I don't want to read! What good will that do?" He ran to the front closet, yanked his jacket off a hanger and pulled the door open.

"Horatio, wait!" Evie ran after him, but he slammed the door and ran out of the house, down the driveway to the road, his legs pumping, the wind chilling his flaming face. The gravel spurted out from under his feet. Headlights, tiny orbs at first, grew into piercing suns that bore down on him. Dazed, he paused, like an animal that had just run out of the thick woods. He jumped out of the road as the car swerved around him. The driver shouted a curse.

He ran until he couldn't run anymore and stopped under a giant oak and leaned against it, his forehead pressed to its rough bark. Breathing heavily, he grabbed a fallen branch and swung it with all his strength against a tree trunk.

"I want him back!" he shouted. "I want him back!" He swung, hitting the tree over and over until the branch split in his hands. His breath was ragged and his throat ached. He rested against the tree until he was breathing normally again, then picked up an oak leaf, crisp with beginning frost, and held it against his hot cheek.

The moon floated in a gauzy net of clouds. The road, streaked by moonlight, looked dark and deep as a river. He inhaled deeply, and the night air felt as cleansing as the air blowing on a mountaintop. Relief welled up in him. A straitjacket binding his heart had burst. Tears came to his eyes, and he didn't wipe them away. When one trickled into the corner of his mouth, he licked it. Salty as ocean water. Somehow, that comforted him.

When he began walking back home, he moved slowly. Following a new path in his head, he wanted to be sure of its direction. When he reached the house and opened the door, his mom and O.P. were sitting and reading. He looked at them, and they looked at him, but he could say nothing and went to his room.

A knock sounded on his door and when he opened it, O.P. was there, holding a photograph album.

"Horatio, your father put this album together when he was just a couple of years older than you are now. I'd like you to have it." He handed the album to Horatio and walked back to the living room.

Horatio looked at the album with the gold eagle on the cover. Its corners were frayed, and it smelled as if it had been hidden away in a trunk for a long time. Then he sat down on his bed and turned to the flyleaf. Printed on it in white ink were the words *Camp Windstar, 1959. Joshua Tuckerman.* He was surprised to see how closely the printing resembled his own.

The first photograph was a washed-out brown-and-white color and pictured four smiling guys in pajamas in front of a log cabin. The caption said *Doc, Bernie, Abe and Mush.* The next photograph was clearer. A big guy was standing near a lake holding a canoe paddle like a sword. *Mac the Magnificent.* The next photograph— more guys clowning around in the sand. Was that tall, skinny one with the glasses his dad?

He studied the face, then read the caption: *Bernie, Doc, Ray and Yours Truly.* It was his dad. He was smiling and standing with his foot on the chest of a guy sprawled out on the sand.

It felt strange seeing his father as a boy. Strange, and yet good, too, as if he knew him then, that they might have been friends. He wanted to jump into the happy world of those photographs, hang around with those guys, put his arm around his boy-dad.

When he reached the last page, he turned back to the photograph of the boy standing with his foot on his friend's chest. Then he closed the album and put it under his pillow. He would look at it again before he went to sleep.

He could hear his mom and O.P. talking in the living room. He wasn't sure he wanted to be with them, but he didn't want to be alone, either. His mom began to recite:

When in disgrace with fortune and men's eyes,
I all alone beweep my outcast state . . .

His dad had loved that poem. He had recited it the day before he died. He had asked Horatio to sit close to him and he had laid his hand on Horatio's knee as he spoke, his voice surprising Horatio with its strength.

Horatio walked in stocking feet into the living room and stood behind his mom and O.P. They were facing the memorial candle burning on the table in front of the big windows. The moon was clear of clouds now and shone with a clean, bright edge above the aspen branches.

His mom's voice was a little shaky. She stopped, struggled to get a hold of herself, then continued:

. . . Haply I think on thee, —and then my state
(Like to the lark at break of day arising
From sullen earth) sings hymns at Heaven's gate:
For thy sweet love remembered, such wealth brings,
That then I scorn to change my state with kings.

The words hung in the quiet room, shining. After a moment O.P. cleared his throat and spoke very softly. "Evie's recitation was so beautiful that I'll add only a few words:

We are such stuff as dreams are made on
And our little life
Is rounded with a sleep.

His mom moved between him and O.P., took his hand, and then took O.P.'s hand. They stood linked together for a moment before they went into the kitchen to drum up something for dinner.

Horatio stood at O.P.'s open door. The Old Professor was sitting in the tweed chair, reading one of his thick books. He looked up when he heard Horatio's voice.

"Grandpa, do you have one more of those candles that I can burn in my room?"

"No, but take this one."

"Oh, that's all right. Never mind."

O.P. got up and handed him the burning candle. "No, no. I've had it for a while. Now it's yours."

"Thanks, Grandpa."

Horatio returned to his room and placed the candle on the windowsill facing the moon. He felt drained, but quieter, freer, not uptight anymore.

His dad had been such a neat guy. They had done so much together. Sunday afternoon was their special time, while his mom worked in the pottery studio. They loved to go to the Maxwell Street Market and nose around and see what bargains they could find in all the junk and clutter. They'd try on cowboy hats and suede jackets with fringe and laugh at how they looked. Often they'd return with bargains that Evie thought were the ugliest things she'd ever seen, especially the printed ties. One Sunday they made a real find—a ten-speed bike. They bargained for it with an old toothless man with the loudest laugh Horatio had ever heard. He and his dad took turns riding the bike on the bike path in Lincoln Park and then bought food at the deli and had a picnic on the rocks. The wind was so strong it kept blowing their paper plates and napkins away. They didn't want to leave, so they sat in a cave of large boulders and looked out at the whitecaps and the changing colors in the sky.

His dad had just found out that he had lung cancer, but instead of lying around and feeling sorry for himself, he did more than ever, as if he didn't want to miss any chance he could get to be with Horatio and his mom. And he was like that right up to the day he suddenly got worse and had to go to the hospital for the third time and there was nothing anyone could do to keep him from slipping away from them, just as the sun had disappeared that Sunday they had sat on the rocks together. A blazing orange-pink had lit up the whole sky, and then the sun slipped below the horizon and was gone. Horatio had felt cold and had moved closer to his dad, and his dad had put his arm around him and they sat watching the gulls wheel and soar.

Now that he thought about it, he had probably spent more time with his dad in the ten years they were together than a lot of guys spent with their dads in a whole lifetime.

He stretched out on the bed and pulled the blanket up to his chin. The words of the poem replayed in his mind, in his mom's voice, then in his dad's . . . "For thy sweet love remembered, such wealth brings, that then I scorn to change my state with kings. . . ."

He breathed deeply and watched the candle burn below the moon. Even though his father had died young, he wouldn't change places with another kid whose dad might live to a hundred.

Never.

15

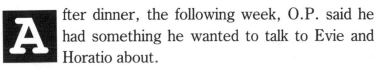fter dinner, the following week, O.P. said he
had something he wanted to talk to Evie and
Horatio about.

"Let's go into the living room, then," Evie said. "We'll
do the dishes later."

"No, Evie, sit down. We can talk here." O.P. waved
his hand at her empty chair.

"Horatio, let's just clear the plates. I can't relax at a
table full of dirty dishes. Should I put up water for tea?"

"Evie, I don't want to make an event out of this. I
simply want to talk to you and Horatio for a few minutes."

"Mom." Horatio picked up her and O.P.'s plates.
"The dishes are cleared. O.P. wants you to sit down."

"Well," O.P. said as Evie and Horatio faced him
across the cleared table. "As you both know, there has
been some talk in this house about my getting a new dog.
Horatio particularly has been urging me to go to the
shelter again. I didn't want to do that. You see, I had
decided not to get a new dog."

"But Grandpa . . ."

O.P. raised his hand. "Just hear me out, Horatio, please."

Horatio sighed and sat back in his chair.

"I've felt that no dog could replace Mollie, but there's also another reason. I am an old man who is alive by the grace of a pacemaker." He smiled at Horatio. "I think, Horatio, I could be classified as endangered."

"O.P., people with pacemakers live years and years," Evie said, distress sharpening her voice. "I know a woman—"

"Evie," O.P. broke in. "I'm taking too long to tell you that I've changed my mind. I may get another dog. But only if I'm sure you both realize that a new dog might outlive me. Evie, but mainly you, Horatio, would then have to care for it."

Horatio met O.P.'s intense eyes. "I've already thought of that, Grandpa."

"Ah, so, Horatio." O.P.'s voice was gentle. "Would you be able to love a dog with only three legs?"

Horatio stared at O.P. as he digested his words. Then he smiled. "Yes, Grandpa." He pushed his chair back and stood up. "Mom, we saw this dog at the shelter. She was pacing back and forth in a tiny kennel. And they might have to put her to sleep because they figure no one's going to want her because she's been in an accident and only has three legs. The shelter lady said the rules are that they can't keep problem dogs that no one wants. They don't have the room."

"Wait a minute," Evie said. "Slow up. You mean this dog has three legs and can still run?"

"Her walking is a little . . . bumpy, but she gets around fine. Right, Grandpa?"

"I called the shelter and talked to the woman in charge," O.P. said. "She explained that the dog is nervous because she's caged and that she's very affectionate when she trusts you. She definitely belonged to someone at some time."

"We think she's part terrier, right, Grandpa? She's kind of a reddish brown color."

"Evie," O.P. said. "What do you say about this? We don't want to push you into anything."

Evie was silent for a moment. She looked at Horatio and then at O.P. "O.P., are you thinking of getting this dog because you're worried that she might be put to sleep?"

O.P. sat back in his chair, pressed his palms together and rested his chin on his fingertips. "I have been worrying about that dog, yes, and yes, I don't want her killed. She's a survivor. She's had to fight to live." He paused, then continued. "The fight almost went out of me when Joshua died. But I'm here, and being alive means choosing to move on, not hanging back in the shadows." He dropped his hands into his lap and turned to Horatio. "That's what Horatio has been trying to help me with. And you too, Evie."

Evie walked over to O.P. and put her arms around him. "I love a three-legged man, why shouldn't I love a three-legged dog?" She unhooked his cane from the back of his chair. "Your third leg is just detachable, that's all."

O.P. took Evie's hand in his and turned to Horatio. "Horatio, you're certain about this dog?"

95

Horatio didn't say anything. He wasn't sure he could trust his voice. He just nodded yes.

"Do you want to pick up Angie so she can go with us to the shelter?" O.P. asked Horatio.

"She's always at the stable on Saturday. Erik may be able to come, though. He's going back to school next week."

"Call and see. I'll be waiting in the car."

Erik answered the phone. "Hey, Horatio, this bird is ready to fly!"

"O.P.'s decided to get a dog! Can you come to the shelter with us? We're going right now."

"Let me ask my mom. Hang on."

In a moment he was back. "Okay! I'll be ready."

"O.P.'s getting a really neat dog. She's missing a leg, but she gets around fine. There was a chance they might have put her to sleep if someone didn't take her."

"Sounds like something O.P. would do."

"Yeah . . . Okay, we'll be there in five minutes."

Erik was waiting outside his house as they drove up. He looked pale and his hair had grown so long it hung over his ears.

"I think it's great that you're getting a dog, Professor Tuckerman," he said as he settled in the front seat.

"We'll both have to get used to each other."

O.P. drove faster than usual. In the shelter parking lot Horatio noticed that he walked toward the office quickly, hardly leaning on his cane.

"We're glad you're back," said the Puppy Power woman. "It's wonderful that you're taking Sky. I never thought she'd get out of here."

"How did you know her name is Sky?"

"She had no tags on, but it had been raining for a week and the day the policeman brought her in the rain stopped and the sky turned blue. So I named her Sky."

Sky was pacing back and forth in the kennel. When she saw them, she barked and jumped against the wires.

"Today's your lucky day, Sky." The woman clipped a leash onto Sky's collar and handed it to Horatio.

"You and Erik take her to the car, Horatio," O.P. said. "I have to sign the papers."

"She's a beautiful color." Erik bent down and put his hand out to pet Sky, but she backed away.

They walked Sky to the car, and she jumped in as if she had been riding in the old Ford all her life. Horatio hugged her, but she wriggled out of his grasp.

"I don't blame you, Sky," he said. "You don't know me well enough for that stuff yet."

O.P. walked to the car, carrying a ragged blue blanket.

"This is Sky's. They had given it to her to sleep on. I thought she should have something familiar to take with her."

Horatio opened the back window as O.P. started the car and Sky thrust her face out, lifting it to catch the wind as they picked up speed.

"Looks like she's used to riding in a car, Grandpa. She loves the wind."

"Good. I can look forward to having a driving companion. Horatio, how do you think Silver Chief will feel about a new dog in his territory?"

"I don't know."

The first thing Horatio did when they arrived home was to take Sky out to the yard to meet Silver Chief. O.P. and Erik went with him.

Silver Chief ran up to them and Sky stood still. She looked frightened. Silver Chief stared at her, then circled her, sniffing.

"She looks so small compared to Silver Chief," Erik said.

Silver Chief put his paw on Sky's shoulder and Sky barked and ran to the fence, then stood there and barked again as Silver Chief ran up to her. Then both dogs circled each other and as if on command, took off and ran the length of the yard, then reversed, ran back, and stopped and looked each other over again.

Silver Chief put a paw out and grazed Sky's nose. Sky ducked her head and batted her shoulder against Silver Chief. Silver Chief leaped, bumping into Sky, and both dogs went down together, a tangle of paws and tails. Sky righted herself and barked as Silver Chief pressed toward her again.

"I think that's enough for the first meeting," O.P. said. "Why don't you call Silver Chief into the house, Horatio?"

Erik smiled. "Silver Chief thinks she's a big toy."

"Silver Chief, into the house!" Horatio called.

But Silver Chief stood his ground, watching Sky.

Horatio ran to him and tugged his collar. "Let's go."

"Sky, come," O.P. said. "That's a good girl."

Once both dogs were in the house, Sky went over to Silver Chief's bowl of water near the kitchen sink. Silver

Chief growled, ran over to the bowl, pushed Sky aside and started drinking.

"Sky, I'll get you your own bowl," Horatio said. He opened the cabinet under the sink and rummaged around until he pulled out a blue bowl. Mollie had used that bowl a long time ago when she had first come from London. He put it back in the cabinet, found an old camping pot, filled it with water and started to walk toward Sky. Then he stopped and handed the pot to O.P. "You give it to her, Grandpa."

O.P. put the pot down on the floor. "Sky, this is for you."

Sky walked over and before she started to drink, she licked O.P.'s hand.

"She's saying thank you, Grandpa."

"I'm glad you met Sky," O.P. said as they drove Erik home. "And thank you for helping Horatio find Mollie."

At the mention of Mollie they all turned quiet. O.P. broke the silence as they approached Erik's house. "Come over and visit again soon, Erik. I'd like you to get to know Sky as well as you knew Mollie."

"I will, Professor Tuckerman."

Horatio didn't expect Angie to call. But she did, the moment she returned from the stable and Erik told her about Sky.

"I dreamed O.P. would get a dog, Horatio."

"Come on!"

"I did. Honest. Is your grandpa happy?"

"Well . . . I think he's happy, but a little sad, too."

"Yeah, I can see how that would be."

"Listen, you didn't really dream that he'd get a dog, did you?"

"I really did. I didn't know which dog, it was just a dog. But the shelter was in my dream. And so were you."

"Me?"

"Yes."

"What was I doing?"

"Flossing your teeth."

"I don't believe you!"

"The floss was bright red and it unraveled from a huge spool, the kind electrical wire is on."

"And every time I moved to a new tooth, sparks flew out, right?"

Angie laughed. "Hey, I'm taking Lila out on the trail tomorrow. Want to come?"

"I can't."

"Why?"

"I'll be flossing my teeth. I've got this big spool of red floss . . ."

"You have to come. I told Lila that you would."

"Well, what time?"

"Can you meet me at the stable at ten?"

"Okay. See you then."

"We have a new woman in the house, Evie," O.P. said when Evie came home. "Her name is Sky."

Evie dropped her packages and put her hand out. Sky

approached cautiously, but when Evie stroked her head she backed away.

"She'll have to get used to us," O.P. said.

"She hasn't let being three-legged stop her."

"She's missing a leg, and I'm dragging one. She'll teach me a few things."

Evie hugged O.P. "Congratulations, O.P. I wish you and Sky many happy years together."

Evie had brought home a large veggie pizza with a dessert of chocolate-fudge–mocha cake. Horatio ate until he was stuffed.

"I'm going to walk off some of this dinner," he said. He put on his jacket and went out the front door so the dogs wouldn't see him.

It was a clear night, bright with stars. The trees were black silhouettes rising on either side of him, taller than they ever looked in the daytime. The moon was white as candle wax. Snow muffled his footsteps.

It felt strange walking without Silver Chief. For a moment he looked back, imagining he heard him. No. Just his own prints marked the snow. He thought of the evening he had followed O.P. into the woods to get Mollie and how O.P.'s footsteps had a circle from the cane punched in the snow next to them.

He had told Angie that O.P. had probably felt happy but sad, too, bringing Sky home. He knew that's how *he* felt. Finding Mollie's old blue bowl had brought the sadness . . . the same with his dad's camp album. It had made him glad to see his dad having so much fun when he was a boy. It was almost as if he were there at camp with him. But then, turning the last page of the album, the sadness had come. He had felt sad, too, hearing his mom recite that Shakespeare poem, but then, thinking about the words of the poem as he was lying in bed, he had realized something about his dad dying young that made him feel lighter inside, not so stone heavy. More . . . peaceful.

The low, mellow hoot of an owl startled him. He stopped and listened. He had seen an owl only once, a small horned owl sitting in a tree. So perfect, with those round yellow eyes staring at him.

He wondered if Angie had ever seen an owl. He'd have to ask her.

He walked slowly until he came to the fork in the road, then turned back and walked more quickly when he saw the lighted windows of his house shining through the trees.

O.P. was sitting with his book on his lap. Silver Chief was in his spot under the table.

"Have a good walk?" O.P. asked.

Horatio nodded. "Where's Sky?" And then he saw her, lying against the window wall, half hidden beneath the drapes, the blue blanket under her outstretched paws.

"She's settling in," O.P. said.

"She feels safe there, I guess."

His mom was writing a letter and eating grapes. She had taken a shower, and her hair was wet. He liked her best this way—at home, in old clothes with no makeup on. He hoped she didn't meet a man to go out with for another year or two. Maybe then he'd be ready.

He didn't want to go to his room. It felt good in here with O.P. and his mom and the two dogs.

"Grandpa," he said. "How about a game of chess?"

About the Author

When Barbara Garland Polikoff is not writing, she leads writing workshops in a Chicago elementary school. Although she resides in Highland Park, Illinois, she spends as much time as she can in her house in the Wisconsin woods, where she and her husband take long walks with their Siberian huskies, Gaia and Gila.

Ms. Polikoff is the mother of three children, all of whom are animal lovers and vegetarians like Horatio.